U0139905

W.S. Maugham

毛 姆 文 集

W. Somerset Maugham

旋转木马

The Merry-Go-Round

〔英〕毛姆 著 李磊 译

上海译文出版社

献给

赫伯特和玛格丽特·邦宁

“我倾己之所有，

　投入这颤抖的词句，

以及那遍寻

　而终不得的乐曲。”

第一部

一

伊丽莎白·朵瑞斯这辈子可让她的亲戚朋友们伤透了脑筋。她颇有些资产，一直蛮横无理地使唤着自己的穷亲戚们。她以手中的存款为武器，惩罚身边的所有人，就像《圣经》中的罗波安王挥舞着蝎子鞭惩罚自己的民众；而她的穷亲戚们则像天底下所有虔诚的小东西一样，出于善良，将这一切不断推向更为悲惨的境地。她在基督教福音派盛行的环境中长大，坚信亲戚们应该在苦难中寻求救赎，于是，她总是语含嘲讽、尖酸刻薄，用自己的方式不断地提醒着这些亲戚他们是多么一文不名。她自以为是地操纵周围人的生活，不仅干涉别人的衣着和习惯，甚至还要控制他们内心的想法，特别是那些关于她的想法；但凡经历过她的审查检视，最后的审判都没什么可怕的了。她不停地邀请家境贫寒的女性远亲们来家中同住，她们都称呼她为伊丽莎[1]姨妈，随叫随到——她的呼唤简直比王室的命令更为专横；她们的心中夹杂着感恩与恐惧，逆来顺受地接受着她的差来遣去，将此刻的痛苦视作背在背上的十字架，指望着有朝一日凭着这份付出能在她的遗嘱中分得一杯羹。

朵瑞斯小姐喜欢玩味自己手中的权力。在与这些远房亲戚女士同住期间（每位女士陪伴她的时间往往还挺长——毕竟从某种程度上来说这个老太太还挺好客），她以摧毁她们的意志为己任。看着这些温和的女士默默忍受着自己夸张无理的要求，看着她们卑躬屈膝，所有的念想都被无情碾碎，她感到其乐无穷。她有个恶趣味，喜欢公然羞辱别人，或者勉强别人做那些他们特别不喜欢做的事情。她总能第一时间发现自己的女宾们对什么最敏感，然后丝毫不留情面地恶毒攻击她们的弱点，直到她们皮开肉绽、鲜血直流，痛苦地在她面前打滚。没有任何一点缺陷能躲得过她的戏谑嘲讽，不论这缺陷是身体上的还是心理上的，不论是身上多了点赘肉还是偶尔有一些健忘。她真心鄙视这些可怜的姑娘们，当着她们的面嫌弃她们唯利是图，发誓自己不会给她们这些软弱愚蠢的家伙留下一个子儿。她还总爱问她们该怎样把自己的财产捐给慈善团体，然后在她们不情不愿、含含糊糊地给出建议时，明目张胆地表现出开心。

所有这些亲戚中，朵瑞斯小姐只对一个人心存忌惮——那就是莱伊小姐。莱伊小姐虽然只能算得上是她最远房的亲戚，却和她一样直言不讳，总是有一说一，并且还特别聪颖善辩，总能把针对自己的粗率论断巧言转换成对对方的无情嘲弄。朵瑞斯小姐并不讨厌她的独立精神；相反，她其实挺欣赏她的，并且还相当怕她。莱伊小姐妙语连珠，看上去是真的很喜欢唇枪舌剑，并且还总能凭着优雅的风度、机敏的反应、渊博的知识占上风。她那么穷，和别人一样觊觎着自己的财产，却胆敢跟自己耍贫嘴，甚至还敢在自己的地盘上挑起战斗，这让朵瑞斯小姐疑惑不解，但也感到有趣极了。莱伊小

① 伊丽莎，对伊丽莎白的昵称。

姐总是毫无顾忌地向别人指出，自己的表亲的观察是多么缺乏逻辑，言行是多么愚蠢无理。朵瑞斯小姐所有的观点都逃不出她的讽刺，连她的福音派教义都难以幸免；而这位富有的老妇人根本不习惯竟然有人敢反驳自己的观点，因此常常陷入自相矛盾的境地。并且，在舌战中获胜的莱伊小姐从不掩饰胜利的喜悦，失利的老妇人只能被气得哑口无言，脸色苍白。最令朵瑞斯小姐如鲠在喉的是，每次都是她主动挑起争斗，但是到了最后关头，首先败下阵来求饶的也总是她。不过，她们最终总归还是会决裂的。而导致她们最终决裂的导火索，却是那么的微不足道、不足为奇。

莱伊小姐一般都会在冬天出国旅行，那期间她会把自己在切尔西的小公寓租出去。但是那一年，由于一些始料未及的情况，她不得不提前回国，而那时候她的公寓里还住着租客。于是，她只能联系朵瑞斯小姐，询问是否能去老皇后街投靠她一段时间。这位年长的暴君讨厌自己的亲戚们，但更讨厌自己一个人生活：她需要身边有个人来发泄自己的脾气，而本来要在三四月陪伴她的外甥女生病了，她只能自己一个人过一个月。于是，她飞扬跋扈地给莱伊小姐回了信——即使是对莱伊小姐，她也克制不住这股专横劲儿。在信中，她不容分说地规定了她应该在哪一天的哪个时间点乘坐哪一班火车来。不知是这封信中的什么内容激发了莱伊小姐的反抗精神，还是她确实另有行程安排，她在回信中表示，根据自己的计划，她在后面一天乘坐另一班火车来更方便。收到信后，朵瑞斯小姐当即发来电报，表示如果她不按照信中规定的日期和时间来，自己就不会派马车来接她。对此，莱伊小姐的回复非常简短："那就别来。"

收到电报后，朵瑞斯小姐仿佛能看到她的表亲写下这几个字时嘴角挂着的一抹笑。“她肯定觉得自己特别聪明。”她嘟哝道，“她真是像猪一样顽固。”

无论如何，我们的女主人还是接待了莱伊小姐。只有对莱伊小姐，朵瑞斯小姐才会流露出一丝温情：毕竟，莱伊小姐是她最不讨厌的亲戚了，尽管她并不甜美乖巧，也没什么礼貌，但至少她并不无聊。和她对话时，朵瑞斯小姐不得不时刻做好防备，而这往往能让她表现出自己的最佳状态，有时候甚至能让她忘掉自己蛮横无理的恶习，展现出理智、有趣的一面，让人觉得其实她也并不总是那么的难以亲近。

“你开始变老了，亲爱的。”落座用餐时，朵瑞斯小姐一边用敏锐的双眼搜寻着客人脸上的皱纹和鱼尾纹，一边悠悠说道。

“你这么说的话，我可当你是在奉承我。”莱伊小姐反驳道，“对一个矢志不婚的女人来说，年老可是最好的借口。”

“我猜，如果有人向你求婚的话，你就结婚了吧，就像其他所有人一样？”

莱伊小姐笑了。

“两个月前还有个意大利王子倾心于我，想和我共度余生呢，伊丽莎。”

“那些天主教徒可什么都干得出来，”朵瑞斯小姐说，“我猜，告诉了他你的收入情况后，他就发现自己误判了对你的爱吧。”

“我拒绝了他，因为他是个有德行的好人。”

“波莉[1],到了你这个年龄,可没法再挑三拣四了啊。”

“不得不说,我发现您有个很可爱的能力,总是能同时对同一个事物形成两种截然不同的观点。”

莱伊小姐中等个头,身材纤细;头发梳得很简单,已经开始发灰;她的脸上已经长了挺多皱纹,纵横间颇显出其性格中的坚韧力量;她的嘴唇很薄,但却很灵活很有表现力,使她看起来更显坚毅。她长相算不上端正,更谈不上漂亮,但是她的举止中自有一份独特的优雅,言行中不乏迷人的魅力。她有双明亮的眼睛,眼中闪烁着的机敏有时候甚至会令人感到不安:无须任何言语,在这双眼睛面前,狂语妄行自能显露出其荒诞可笑的本质;在这双犀利的眼睛的探寻下,所有半是鄙夷半是逗趣的矫揉造作都只想速速遁形。朵瑞斯小姐特意提醒她老之将至时,她还是往常那副独特的姿态,但是却表现得那么克制、温和、有礼,简直令人佩服。没什么人能看出来她真实的想法,即使是看出来了,也没人忍心责怪她:这就是隐藏自己的完美艺术。为了彰显自己的美学态度,莱伊小姐总是穿得极尽简约,最常穿的就是黑色,她唯一的配饰是一个文艺复兴时期的珠宝吊坠——任何一家博物馆都会抢着收藏这枚精美绝伦的吊坠。她用一根长长的金项链将这个吊坠挂在脖颈上,不时以指尖轻轻拂过,用她那直言不讳的亲戚的话说,她这是在展示自己的纤纤玉手。她那合脚的鞋子以及做工精美的丝袜也很好地凸显出了她引以为傲的美足:小巧有型,有着高高的脚背。来客人时,她就这样,坐在

① 波莉(Polly)是莫莉(Molly)的异体,两者都是玛丽(Mary)的昵称。

精雕细刻的意大利直背橡木椅子上，靠墙坐在两扇窗间。她总是那么一本正经，这令她在朋友面前对生活做出的大胆批判更显有力。

住到老皇后街后的第三个早上，莱伊小姐说她想出门走走。她拿着一把途经巴黎时购买的时髦阳伞走到楼下。

“你不会是要带着这个东西出门吧？”朵瑞斯小姐轻蔑地叫道。

“是啊。”

“瞎胡闹！你得带把伞，马上要下雨了。”

“我有一把新的遮阳伞和一把旧的雨伞，伊莉莎。肯定没问题的。”

“亲爱的，你对英国的天气可真是一无所知。让我来告诉你吧：一会儿准会下倾盆大雨。”

“伊莉莎，你这是在瞎说。”

“波莉，我希望你出门时带把伞。”朵瑞斯小姐的脾气上来了，“气压计的读数正在下降，我的脚感到有些刺痛了，这就说明一会儿准下雨。你竟然随便推测未来的天气情况，这太不虔诚了。”

“在气象学方面，我敢说我和你一样熟悉上天的旨意。”

“这可一点都不好笑，波莉，你这是在亵渎神明。在我的房子里，所有人都要按我说的去做，我要你带上伞再出门。”

“别傻了，伊莉莎！”

朵瑞斯小姐摇铃叫来了管家，吩咐他取来她自己的伞给莱伊小姐用。

“我绝对不会用这把伞的。”年轻的女士笑着说。

“波莉，你要记住，你是我的客人。”

“因此，我有权利做我自己想做的事情。”

朵瑞斯小姐站起来，她身形高大，有种居高临下的气势。她把伞伸到她面前威胁道：

“如果你不带着雨伞出门，就别再来了。只要我还活着，你就别想再跨过这个门槛。”

那个早上，莱伊小姐的情绪肯定也不怎么好。她习惯性地噘了噘嘴，以一种令人难以忍受的轻蔑眼神看着自己年迈的表亲。

“我亲爱的伊莉莎，你可太高估你自己的重要性了。伦敦难道就没有旅馆么？你可能以为我和你住在一起是为了图乐子，但其实我是在苦修啊。说真的，这一切对于我来说已经太沉重了，我不想再忍受了，你的厨子肯定是这个城市里最差劲的一个。”

“她跟了我二十五年了！”朵瑞斯小姐的脸颊上泛起两团红晕，“之前可从来没人敢抱怨她的厨艺。如果有人向我抱怨，我的回答是，她做的饭菜在我看来已经够好了，在其他人看来只会觉得更好。波莉，我知道你很顽固，性子又急，我愿意忘记你今天的鲁莽。你还是拒绝按照我说的去做么？”

“是的。”

朵瑞斯小姐粗暴地摇响了铃铛。

“告诉玛莎马上把莱伊小姐的行李收拾好，并叫一辆四轮马车过来。”她怒喝道。

“是，夫人。”管家早已习惯了女主人的喜怒无常。

朵瑞斯小姐转向她的客人，她的客人此时正颇有兴致地观察着她，这令她气不打一处来。

"波莉,我希望你认识到,我不是在说着玩的。"

"咱俩之间恩断义绝。"莱伊小姐语含嘲讽,"我该把你的信件和照片还给你么?"

朵瑞斯小姐生着闷气坐了一会儿,看着自己的表亲冷静地阅读着早报上的时尚资讯。很快,管家说四轮马车已经等在门口了。

"那么,波莉,你就真的这么走了?"

"你让人把我的行李都打包好了,车都叫来了,我只能走了。"莱伊小姐柔声说。

"这是你自己一手造成的,我可不想你走。如果你承认自己只是一时任性固执,并且带着雨伞出门,我愿意把这一切都一笔勾销。"

"看看外面这大太阳。"莱伊小姐答道。

此刻,就像是特意要惹怒这位独断专行的老妇人,灿烂的阳光在房间内轻盈舞动,在地毯上绘制出绵延不绝的美丽图案。

"我想我应该告诉你,波莉,我本来打算在遗嘱中给你留下一万英镑。不过,现在我当然是不准备这么做了。"

"你最好还是把你的钱留给你那些朵瑞斯家族的亲戚去吧。要我说,他们跟您做了六十多年的亲戚,绝对有资格得到这笔钱。"

"我的钱,我愿意留给谁就给谁。"朵瑞斯小姐忘形狂吼,"要是我愿意的话,我可以把所有的钱都捐给慈善事业。你很独立,因为你每年有可怜巴巴的五百英镑进账,但是,很显然这笔钱还不足以让你在出门的时候不把房子给租出去。记住,没人能要求我做任何事情。而我可以让你成为一个富有的女人。"

莱伊小姐不慌不忙，悠悠回应。

“亲爱的，我相信你还能再活上个三十年，继续祸害整个人类，折磨你的那些可怜的亲戚们。我可不指望能活得过你，我可不愿跟你耗，忍受你这个反复无常、自以为是、横行霸道、无聊透顶、自命不凡的老女人。”

朵瑞斯小姐听了这番话，大口喘着粗气，气得浑身发抖。但莱伊小姐却依旧不依不饶。

“你有那么多穷亲戚，去欺负他们吧。去冲那些可怜的马屁精发泄你的怨气和坏脾气吧。但是，就当是我求你，以后都不要再跟我没完没了地说那些无聊透顶的东西了。”

莱伊小姐一向重视修辞，并且特别喜欢用略显浮夸的词语。她确信，自己刚才说的这番话令人无言以对，于是昂首挺胸走出了门去。在这之后，这两位女士之间就再也没有任何交集了。朵瑞斯小姐就这样又活了将近二十年，一直到生命的最后阶段都是那么的专横、严苛，丝毫未改自己福音派新教徒的作风。最后，因为女仆的一点行为不端，她情绪激动，气急而亡。她死后，她的亲戚们如释重负，不约而同地长舒了一口气。

葬礼上，他们没哭，只是心有余悸地看着棺木中躺着的这个严厉、强势、盛气凌人的老太太。然后，他们提心吊胆地请家庭律师宣读了她的遗嘱。遗嘱是她亲手写的，有两个仆人现场作证，具体内容如下：

我，伊丽莎白·安·朵瑞斯，居于威斯敏斯特老皇后街79

号，未婚，现撤销此前本人所做的所有遗嘱和遗产处置安排，并宣布这就是我最后的遗嘱。我指定玛丽·莱伊，居于切尔西艾略特大厦72号，为我的遗产执行人，我将包括动产与不动产在内的所有的资产均赠予玛丽·莱伊。对于我其他的侄孙、侄孙女们，以及其他或近或远的兄弟姐妹们，我祝福他们，并且希望他们能谨记过去这些年里我为他们树立的榜样和我对他们提出的忠告。我希望他们未来能具备坚毅的性格、独立的精神。我要提醒他们，谦逊者不能承受地土①，因为给他们的报偿正在来世等着他们呢。我希望他们继续按照我的要求一如既往地为犹太人社会转化项目和额外助理牧师基金慷慨解囊。

我在此遗嘱上按下手印，以资证明。1883年4月4日。

伊丽莎白·安·朵瑞斯

就这样，莱伊小姐在五十七岁时拥有了每年三千英镑的收入、一处位于威斯敏斯特的漂亮老屋以及大量维多利亚时代早期家具。这完全出乎她的意料。这位古怪的老妇人在与莱伊小姐激烈争吵后的第三天写下了这份遗嘱，其中的条款完全实现了她的三个目的：让所有的相关人员大吃一惊；以德报怨，让对一切都满不在乎的莱伊小姐受到感化；让所有朵瑞斯家族的人大失所望、怒火中烧。

① 此处化用《圣经·新约·马太福音》5：5："温柔的人有福了，因为他们必承受地土。"

二

没过多久,这位新主人就在自己的房子里安顿了下来。莱伊小姐本就满心痛恨现代性,认为这房子自有一种古雅老派的魅力:它建于安妮女王统治时代,房屋中处处体现着那个时期特有的悠然、宽敞、舒适的风格,门口的遮罩上有优雅的装饰图案,栏杆是铸铁的,并且,特别让她高兴的是,屋内还配备了造型独特的灭火器。

每间房都很大,房顶微微倾斜,透过宽大的窗户,可以俯瞰伦敦城里几乎所有的花园美景。对于房屋的装饰布置,莱伊小姐并没有大动干戈。她是个彻头彻尾的享乐主义者,过去这些年来,光是对自由的热爱已经扰乱了她懒散性情中的平静。但是,为了自由,为了完全的彻底的自由,她愿意付出任何代价:她竭尽全力回避所有那些像生理疼痛般令她感到不适的关系与束缚——家庭关系或是亲密关系,习惯的束缚或是思想的束缚。她下定决心,不让自己在人生的任何一个阶段中为物质所累。有一次,她感觉自己过于依恋外在的东西——来自西班牙的柜子和精美的扇子,有着镀金木雕和英国镂空凹版的佛罗伦萨画框,那不勒斯的铜器,在法国边远地区找到的桌子和长椅,于是以大无畏的精神鼓起勇气将它们一股脑全都卖掉了。她从不让自己过于恋家,因为她不想在离开家时感到痛苦;她更愿意做一个步履不停的行者,悠然漫步人生路,永葆发现美的胸怀，思想开放，没有偏见，对世间的荒唐事付之一笑。因此，她只带着自己寥寥的几样东西就搬了过去，仿佛她的表亲留给她的这个房子只不过是一个配备了家具的寄居之所，在那里她依然是那么的无拘无束。当死神到来时——一个年轻的异教徒，睡眠之神的孪生兄弟，而不是基督教传统中那具阴森的骨架——她会慷慨赴约，微笑着离开人生这场巨大的筵席，没有一丝悔恨和遗憾。她根据个人的品味对之前一些略显笨拙的摆设进行了重新布置，很快客厅就变得更为雅致，也更具特色；前面那次惊心动魄的抛售之后新收集来的艺术品，给房间的布置增添了一分典雅和优美。她的朋友们毫不意外地发现，就像在她之前的公寓里一样，她的雕花直背椅还是放在两扇窗之间，客厅里的家具也经过了精心布置，如此一来，作为房子的女主人，同时也作为这房子的整体美学中最重要的一部分，她就可以坐在自己的椅子上指挥和操控自己的客人们了。

舒舒服服地在新居里安顿好之后，莱伊小姐马上给自己的老朋友、远房表亲，特坎伯里的主任牧师阿尔杰农·兰顿写了封信，邀请他带上女儿到自己的家中做客。兰顿小姐回信说他们非常愿意接受邀请，预计在一个周四到达。对于他们的到来，莱伊小姐没有表现得特别热络——她一时兴起，打定主意，不想过多表露自己的感情。不过，向来对于神职人员和善有礼但不无鄙夷的莱伊小姐，却是打心眼里敬重自己的表亲阿尔杰农。

他是个瘦瘦高高的老人，有点驼背，一头白发，皮肤苍白，几近透明；他的眼中透着冰冷和忧郁，但是他的神色中却只有无尽的温和。他举止沉稳持重,同时又极具亲和力,让人不禁联想到那些备受敬仰的老牧师——他们的名字被永久镌刻在英国教会中。他们不论是绅士出身还是朝臣出身,都教养出众,而阿尔杰农同他们一样,相较于《圣经》方面的学问,其古典素养更为引人注目。也许,他的思想稍嫌狭隘,不怎么能接受现代化的思维方式,但他浑身上下流露出来的高超的审美水平和基督徒的文质彬彬,让人不得不心生崇拜,甚至心生爱慕。莱伊小姐喜欢研究形形色色的人,总是饶有兴致地观察着最具多样性的各种趋势(她对一切都内心存疑,觉得没有哪种生活方式或思维方式就其本质而言更有价值),阿尔杰农素朴得庄严、直白,对此她很是欣赏,因此对他也多了一分平日难得一见的包容。

"啊,波莉,你现在可是一个富有的女人了。"这位主任牧师说,"你可以放弃对那些可望而不可即的东西注定徒劳无功的追求了。你可以安定下来,成为这个社会中光荣的一员了。"

"你不用提醒我,我知道,和上次见面比起来,我的头发愈发灰白了,皱纹也更加明显了。"

在过去的二十年里,莱伊小姐其实没什么变化。此刻,她像极了那不勒斯博物馆中阿格里皮娜的雕像。就像阿格里皮娜的雕像一样,莱伊小姐面部线条鲜明,看起来对世间的俗物完全不屑一顾;并且,她们都举止间尽显气度不凡,只不过,阿格里皮娜女王的气场源于对民众的统治,而莱伊小姐的不俗则来自对自己的控制。

"不过,阿尔杰农,有一点你说对了。"她补充道,"我现在老了,我不知道自己是否还有勇气把拥有的一切都卖掉。现在,我想我已经无法面对那种彻头彻尾的孤独了。我曾经是那么享受孤独,那种除了身上的衣服外别无长物的孤独。”

“你现在的收入可是相当可观啊。”

“对此,我真的只能谢天谢地！年收入少于五百英镑的人可没法奢谈自由;收入微薄的话,就只能每天为了生计而苦苦挣扎了。”

听说午饭要在两点才好后,主任牧师先行告辞了,屋里只剩下莱伊小姐和他的女儿。贝拉·兰顿不论如何都已经不能再被称为少女了——其实,就在不久前,她的爸爸为了庆祝她四十岁的生日还写了几首拉丁语小诗,令她颇为郁闷。她算不上漂亮,身上也少了其父作为主任牧师的那份风度与高贵：她身形略嫌方正,一头好看的棕发总是梳拢得一丝不苟;她身材有些粗壮,皮肤看上去饱经风霜,但她灰色的双眸中流露出的都是温良,她也总是那么和颜悦色。在服饰方面,她一方面追随着地方上使用昂贵面料的时尚,但另一方面又受到了聚集在有大教堂的城市中的虔诚未婚姑娘们的影响,追求耐穿与朴素,因此,她总给人一种在穿着上花了不少钱但却与时髦完全搭不上边的感觉。她显然是个在任何紧急情况下都可以信赖依靠的好女人。她特别热心慈善事业,还很能干,是特坎伯里慈善事业的有力领导者。并且,她深知自己在教会系统里的重要作用,管理自己小小的牧师圈子时严格果断但又不失温和,颇有手腕。但是,尽管她古道热肠,为人谦逊,她在心中却始终坚守着自己的价值观念：因为她的父亲不仅是一名身居高位的神职人员,而且还来自一个声名显赫的郡县——在那里,出身低下、娶家庭教师为妻的主教会声名狼藉。兰顿小姐能把自己身上最后的一分钱送给穷苦的助理牧师的病妻，帮助她减轻痛苦；但若要邀请她到自己的教区探访，她会犹豫再三——她的善意和友好一视同仁，但她的礼节却只留给有身份地位的人。

“今晚晚餐我邀请了挺多人来见你。”莱伊小姐说。

“这些人怎么样？”

“还不错吧。巴洛-巴塞特太太会带着她的儿子过来，他长得太俊俏了，我很喜欢他。律师巴兹尔·肯特也会来，我也很喜欢他，因为他长得就像是早期意大利绘画作品中的骑士。”

“玛丽，你还是这么招架不住长得好看的男人。”兰顿小姐笑道。

“亲爱的，美貌可是这个世界上最重要的东西。人们常说男人的外貌不重要，那可太蠢了。我可是认识一些男人，他们仅仅是因为长着一双迷人的眼睛或一张有型的嘴巴，就获得了世界上所有的荣耀……此外，我还邀请了卡斯蒂利恩夫妇。卡斯蒂利恩先生是一名议员，又无聊又浮夸，但他总能把人逗乐。”

正说着，有人送来了一张字条。

“太讨厌了！”莱伊小姐读罢叫道，“卡斯蒂利恩先生来信说，他今天要很晚才能离开议会，真希望他们没有秋季会期。不过也就他这样的人，明明无足轻重，却总以为自己不可或缺。现在我得找人填补他的空缺了。”

她坐下来，匆匆写了张字条。

亲爱的弗兰克：

我恳请你今晚八点到我家来参加晚宴。以你的聪明才智，你到了后肯定能猜出来我不可能一时兴起临时邀请九个人过来。因此，我必须向你坦白，我之所以邀请你，是因为卡斯蒂利恩先生在最后关头放了我鸽子。即便如此，如果你今晚不来的话，我以后就再也不和你说话了。

你永远的

玛丽·莱伊

她摇铃唤来侍从，让人立马把信送到哈利街去。

“我邀请了弗兰克·赫雷尔。”她向兰顿小姐介绍道，“他是个很好的男孩——现在，人们四十岁之前都是男孩，而他离四十岁还有十年呢。他是个医生，而且是相当有名望的医生，他最近刚成为圣路克医院的助理医师。他就住在哈利街，等着病人们的召唤。”

“他长得好看么?”兰顿小姐笑着问道。

“他一点也不帅。但是，他是所有我认识的人中，少有的几个能真正把我逗乐的人之一。你可能会觉得他很讨厌，甚至可能因为讨厌他而希望他彻底消失掉。”

说完这些，莱伊小姐又在窗边坐了下来，希望能让这位年纪轻一些的女士彻底放松下来。外面很温暖，阳光明媚，初秋的树木已经添上了或红或黄的色彩，但因为昨晚的一场雨，树叶显得有些沉重。圣詹姆斯公园总是自带一分庄严之美，穿过厚重的枝叶和修葺齐整的草坪，能看得到一汪清凉平静的小湖。莱伊小姐静静地看着这一切，心中略有一丝说不清道不明的自得——财富真的是个抚慰人心的好东西啊。

突然，兰顿小姐问道："你说，什么样的礼物适合送给诗人？"

"当时是一本诗韵词典啦！"她的朋友笑着回答，"或者是一本《布拉德肖指南》①，来告诉他们常识的美学价值。"

"别胡闹了，玛丽。我是真心想要寻求你的建议。我在特坎伯里认识了一个写诗的年轻人。"

"我就没看见过不写诗的年轻人。贝拉，你该不会是爱上了哪个脸色苍白却热情快活的助理牧师了吧？"

"我没爱上任何人。"兰顿小姐答道，她的脸上却浮现出了一丝红晕，"我都这个年纪了，那多不像话啊。但是，我很愿意告诉你这个男孩的事情。他只有二十岁，在银行里工作。"

"贝拉！"莱伊小姐叫道，声音里不无嘲讽与惊恐，"你可别告诉我你正在和一个不属于同一阶层的人眉来眼去啊！想想你的父亲会说些什么。看在上帝的分上，一定得小心那些充满诗意的男孩子啊。你这个年纪的女人应该每天都向上帝祈祷，祈祷自己不会爱上一个比自己小二十岁的男孩。那可是最近最流行的一种病。"

"他的父亲是布莱克斯塔布尔的亚麻布制造商，他在特坎伯里的瑞吉斯学校读的书，在学校里表现非常出色，几乎拿到了所有能拿得到的奖学金。本来他是要去剑桥继续读书的，但就在那个时候他的父亲去世了，于是为了维持生计，他不得不去银行工作。他的

① 即英国火车时刻表。

日子过得挺苦的。”

“可是,你究竟是怎么认识他的呀？没什么地方比有大教堂的镇子更排外了。而且,就我所知,在接受别人介绍认识的人之前,你一定会先查清楚对方的族谱,如果对方不是什么名门望族,你肯定会拒绝的。”

莱伊小姐待人从无偏见,她狠狠地嘲笑了自己的表亲对于名门望族的尊崇与执念。其实,她自己的名字也被煞有介事地列在伯克的某本地方名册上,但是她一直刻意隐瞒了这一点,仿佛这是什么见不得人的事情。对她来说,生于显赫的家族、有个好的出身,唯一的好处就是,这样一来她便可以更加全身心地投入到对贵族血脉这一套说辞的嘲讽中去了。

“他不是别人介绍给我的。”贝拉不怎么情愿地回答道,“我在一个很偶然的机会下和他成为了朋友。”

“啊,亲爱的,这听上去可不怎么合乎规矩。我倒希望他至少是在一起马车事故中英雄救美,挽救了你的性命,这才是丘比特最喜欢的小把戏。作为爱神,他一直都挺没有想象力,他使出来的伎俩总是那么乏善可陈……可千万别告诉我这个年轻人是直接在大街上和你搭话的!”

贝拉·兰顿没法告诉莱伊小姐自己究竟是怎么认识赫伯特·菲尔德的。因为,从某种程度上来说,他们的相识肇始于她的某种情绪和心态,对此,她自己其实也还没完全搞明白呢。她现在已经来到了大部分未婚女性迟早都会遭遇的那个尴尬时段：青春芳华已然逝去,剩下的只有单调乏味、日复一日的中年人生。一段时间以来,日常的工作任务做起来已然索然无味,因为这一切她都已经做过太多太多遍了。日子一天天过去,何其相似,何其无聊。她感到焦躁不安——这种焦躁不安曾经让很多或无名或知名的人士踏上未知之旅,粗壮的西班牙探险家科尔特斯①因此踏上了驶向未知海域的航程,还有很多其他人因此开始了险象环生的精神探险之旅。她现在开始嫉妒自己的朋友们,明明年纪都差不了多少,但是她们却都已经是孩子们的母亲了。并且,她渐渐开始后悔,因为父亲的缘故,她摒弃了作为一个女人应得的自然欢愉,现在仍孑然一身,无论从任何角度看来都是那么孤立无援。这种感觉令她苦恼忧虑。她一直都活在一方有限的天地中,虔诚和善行将她的生活填得满满的,如今这撩拨着她心弦的感情无异于来自魔鬼的诱惑。她向上帝寻求安慰,希望得到内心的平静,但却没什么效果。她希望通过无休止的工作转移自己的注意力,以双倍的热情管理自己的慈善事业。对于书籍,她提不起什么兴趣,于是,她一生气一咬牙决定开始学习希腊语。但是,这一切都无济于事。并且,事与愿违的是,各种新想法不断涌入她的脑海。她吓坏了,在她看来,没有女人曾遭受过这些无法无天的狂野幻想的折磨。她不断提醒自己,她拥有令自己深以为傲的光荣姓氏,要克制住自己;以她在特坎伯里的地位,她打心眼里认为自己有义务为芸芸众生树立起为人的典范——但是,这一切都没有起到任何作用。

① 此处指埃尔南·科尔特斯,大航海时代西班牙航海家、军事家、探险家。

兰顿小姐之前就喜欢在附近散步，但如今她再也无法从这份宁静中感到一丝乐趣。古老的大教堂饱经风吹雨打，颜色灰灰的，很漂亮，但是看着它，她却再也无法从中感受到曾经的那份宁静、驯从与希望。她开始到乡下去远足，但是在野外，春天的草地上星星点点绽放着黄色的花朵，秋天的树木叶子渐染上赤褐色的风霜，所有这一切都令她心中更是烦乱。她最喜欢到一座小山上去，在山上，她可以看到，就在不远处，海面上闪耀着粼粼的波光，大海的辽远广阔很大程度上抚慰了她狂躁不安的内心。有的时候，日暮时分，西边石灰色的云朵间会突然透出一片金红，暮光倾泻在安静的海面上，就像赤焰女神的队列驰骋在天地之间。然后，太阳陡然冲破阴沉昏暗的积雨云，如巨人冲出囚禁他的监狱围墙，就像一个巨大的铜球，释放出炫目的光芒。太阳仿佛使出了全身的力量，驱赶走天地间层层叠叠的阴暗，以其巨大的辉煌照亮了整片天空。平静的海面上渐渐拓出一条宽广神秘的火焰之路，人类神秘、热情的灵魂就沿着这条路永不止息地走向不死之光的源头。贝拉·兰顿啜泣着转过身，慢慢沿着来时路往回走。在她的眼前，山谷间，特坎伯里灰色的房屋在高高的大教堂周边错落分布，但是，此时大教堂的古旧之美却只让她心痛。

然后，春天来了：田野间开满了各色花朵，分外可爱，就像是一片春之地毯，梅塞尔·佩鲁吉诺的天使们肯定会光着精致的小脚丫在上面漫步。但是，她再也忍受不了这种痛苦了：鸟儿们在每一处树篱、每一棵树上啾啾唱着变化无穷的歌曲，歌唱生命的美妙、雨露的美好、阳光的绚烂。这一切都仿佛是在告诉她，世界是如此绚烂美丽，而人的一生又是如此的短暂，因此，每分每秒都应当像生命中的最后一刻一样，不能虚度。

有朋友邀请她一起去布列塔尼待一个月时，她马上就答应了下来——她已经厌倦了自己的不作为。旅游也许能让她的心不再那么疼痛，旅程中的疲惫也许会让她的身体不再那么蠢蠢欲动，不会老是想着要去做点什么不好的事情。两位女士沿着崎岖起伏的海岸线散步，她们就住在卡纳克，但是那里那些古老而神秘的石头好像一直在述说着生命的虚无：人来人往，曾经人们也充满了希望与渴望，但最后留下的却只有模糊信仰的浅浅印迹，让后人无从猜测。她们还去了勒法特，圣菲亚克教堂遗址的彩绘窗户像珍宝一样闪耀着光芒。但是，此刻她的心中充满了对真正的生活、对爱的渴望，因此，这一切闲适宁静的美好在她的心中激不起任何一丝波澜。她们途经了普鲁格斯塔尔和圣·泰戈内克著名的耶稣拜堂，那些有着石头阵列的阴森过道（一个民族对美的追求最终臣服于罪恶感）和西边灰暗的天空都让她感到压抑和窒息：它们显示出的都是死亡和绝望，但是她的心中却充满了向往以及渴望，而她渴望的东西，就连她自己也说不清道不明。就好像是不知怎么的，她漂浮在一片充满神秘色彩的黑暗沉寂的大海之上，在这里，生活中的常识和规矩派不上任何用场。这场旅行并没有如愿带给她宁静，反倒是令她又平添了许多不安。她迫不及待想要做点什么工作，于是，她回到了特坎伯里。

三

终于,在那个夏天的某个傍晚,兰顿小姐结束晚祷后无精打采地向教堂门口走去,突然看到一个青年男子正坐在教堂正厅的后面。那时,天色已晚,巨大空旷的教堂建筑里只剩下他和她两个人,就仿佛那里是他们的私人领地。他双眼炯炯有神,却茫然地望着不知什么地方,好像正沉浸在自己纷繁的思绪之中,全然忘记了自己的俊美丰彩。他眼睛特别的黑,头发飘逸,鹅蛋脸瘦瘦的,脸上的皮肤如女人般细腻透亮。没过多久,一个教堂司事朝他走去,告诉他教堂就要关门了。他站起身来,但仍沉浸在自己的思绪中,没怎么留意司事的话,从她身边走过时也没有看到贝拉。她没有再想起他,但是,后面一个周六的下午,当她像往常一样去教堂服务时,她又见到了那个年轻人。就像上次一样,他坐在教堂正厅最靠后的地方,与观光客和虔诚的祈祷者都隔得远远的。在一股说不清道不明的好奇心的驱使下,贝拉留在了那里,没有加入唱诗班。唱诗班与正厅之间由一道精美的幕帘相隔,在唱诗班里,由于她尊贵的地位,大家总是把她父亲牧师席位旁边的位置留给她。

那个男孩(他可能比男孩稍微大一点)这次在读一本书,她注意到,他读的应该是本诗集。他时不时地笑着仰起头来,她猜,他一定是在背诵自己喜欢的诗句。仪式开始了,相隔的距离为这早已熟悉的形式增加了一丝新鲜的神秘感：管风琴时而奏出响亮的长调，高亢的乐声在拱形的屋顶间回荡；时而发出低沉的悲鸣，就像是孩童在教堂高大的圆柱间发出轻柔的声响。每隔一段时间，唱诗班的合唱声融入风琴声，歌声穿过教堂，被教堂内的消音石层层削弱，听起来宛若大海中翻滚的波浪。突然，一切声音都消失了，一个男高音开始独唱——他可是这座教堂的骄傲。雄浑高亢的声音仿佛拥有一种能够冲破一切阻碍的魔力，古老圣歌（她的父亲喜欢过去那些未经任何修饰的音乐）的旋律在祈祷者的啜泣中直通天堂。年轻人手上的书本滑落了下去，他沉浸在这美妙音乐构建的和谐之中，脸上露出了渴望的神色；他的脸庞因为内心的狂喜而愈发迷人夺目，就像是画像中的圣人在看到神秘的圣光之后满面荣光。然后，双手捂脸，他跪了下来，贝拉看到，他在全身心地向上帝祈祷，感谢祂赐给人类可以听到天籁之音的耳朵和可以看见世间美景的眼睛。这一幕不知怎的深深触动了贝拉，她的心中涌起了一股不同以往的情感。

重新坐下后，他脸上的神情更加安宁优雅，嘴角也挂上了幸福的微笑。对此，贝拉感到嫉妒和难受。他的灵魂中究竟有种怎样的力量，能够为这一切赋予一种神奇的色彩？而这一切，贝拉费尽心力却还是失去了，或者，也许是她始终未曾参透。她一直等着，看着他慢慢走出大门，在门口向教堂司事点头致意。她问司事，这个人是谁。

“小姐，我也不认识他。”司事答道，“他每个周六和周日都会来。但是他从来不加入唱诗班。他就一直坐在没人能看见他的角落里读书。我从不打扰他,因为他很安静,是个值得尊敬的年轻人。”

贝拉搞不清楚自己为何总会想起这个长着一头好看头发的年轻人——他明明从来都没有注意到她。她也搞不清楚,为什么,在接下来的周日里,她会再一次来到教堂,在那里等待着他的出现。她更近距离地观察他,发现他瘦瘦的,手又长又好看,触碰东西时总是显得小心翼翼又充满好奇。目光交错间,她发现他的眼睛是蓝色的,就像意大利夏天的海水,蓝得深邃。作为一个有些拘谨的女士,她从来不敢和陌生人说话,但是,他表现出来的坦诚和单纯,以及表情中透露出来的迷人的忧郁气质,打消了她的顾虑。她克服了自己的羞怯,也突破了自我——她之前总是觉得和毫不了解的人做朋友不合规矩,有失身份。她心中隐隐有种直觉,告诉她这是她人生的转折点,要鼓起勇气用双手抓住这未曾体验过的幸福。天时,地利,一切都好像在推动着她走近这个人。她很兴奋,因为对于她来说这无疑是一场冒险。她焦急地等待着下一个周六的到来,然后,她问自己最喜欢的司事要到了教堂的钥匙,仪式结束后,她大胆地走向了这个自己连名字都不知道的年轻人。

“我可以带你到教堂里边逛逛,你愿意么?”她开门见山地问道,连自我介绍都没做,“我们可以两个人单独去,没有喋喋不休的司事和来来往往的人们,感觉一定会很棒。”

听到她的话,他的脸瞬间红到了耳根,但是,他马上笑了起来,笑容是那么的迷人。

“那真是太好了,你人真好。”他回应说,“我一直都想这么做来着。”

他的声音低沉悦耳，而且，对于她突如其来的邀请，他好像毫不惊讶。与此同时，贝拉却突然被自己的鲁莽吓到了，觉得有必要解释一下自己为何会提出这样的建议。

“我经常在这里看到你，我想你一定会想见见这个大教堂最好的一面。但是，恐怕你必须得忍耐我的陪伴了。”

他又笑了起来，仿佛这才第一次注意到她。贝拉目视前方，感觉到他正若有所思地看着自己。突然间，她觉得自己又老又过时，而且满脸都是皱纹。

“你在看什么书？”为了打破眼前的沉默，她问他。

他没有回答，而是直接把书递给了她。那是一本小小的雪莱抒情诗集，书页都快要脱落了，一看就已经被翻过了很多很多遍。

贝拉打开通往教堂后堂的们，他们进门后，她又把门锁了起来。

“能够单独来到这里实在是太好了！”他叫起来。他迈着轻盈欢快的步伐兴高采烈地向前走去。

一开始他还有点害羞。但很快，阴暗的礼拜堂、石制骑士卧像、珠宝镶嵌的窗花格……眼前的一切以及从其中传递出来的教堂的精神，让他打开了话匣子。他兴奋地说着话，言语间充满了孩子般的狂热与激情，令贝拉不禁感到吃惊。他表现出的喜悦也感染了贝拉，对她来说，这熟得不能再熟的一切突然焕发出了崭新的光芒。他的诗意与热情给古老的墙壁镀上了一层奇妙的阳光。那些被囚禁已久的石头仿佛也不知怎么的被抛向了天堂，多了分充满草地、鲜花、绿树气息的自然生气。温热的西风在哥特式的栏柱间流动，为古老的玻璃窗增添了新的光彩,一切都更加生动鲜活了。男孩的面颊因为兴奋而红扑扑的,听着他的话,贝拉也深受感染,心一直在怦怦直跳,喜悦着他的喜悦,激动着他的激动。他不停地用手比划着,随着他细长精致的双手(她虽然出身世家,但手却长得又短又粗,一点都不优雅)不停舞动,神圣教堂的过去仿佛渐渐浮现在她的眼前:她听见了金戈铁马的骑士列队穿行在旗帜之间时铁质盔甲发出的撞击声,看到了在那个时候的肯特郡,绅士们穿着花哨的紧身裤和紧身短上衣,淑女们衣领上是复古的飞边、裙摆下有大大的裙撑,他们正聚在一起,向风暴与战争之神祷告——那个时候,埃芬汉的霍华德已经击溃了菲利普国王的无敌舰队。

"我们现在去回廊吧!"他迫不及待地说。

他们坐在低矮的石头围墙上,看着眼前碧绿的草地:曾几何时,奥古斯丁的僧侣们曾在这里冥思徘徊。这里的拱廊典雅精致,柱子细细的,顶端刻着精巧的图案,让人不禁想到意大利的回廊,尽管那里种着柏树而且柏树已经衰败腐烂,但是却处处透出安宁的幸福感,而不是罪恶感。男孩之前只是从书里和画作中见识过南方的奇妙魔力,但他很快就懂了,他领会了那种意境,脸上流露出一种令人心生怜爱的向往之情。贝拉告诉他自己曾经去过意大利后,他就急切地问这问那。和别人在一起时,因为担心被嘲笑,她说起这些来总是很小心很克制。但是,他是那么年轻,那么热情,对她的回答总是给予热情的回应,让她卸下了心防。他们眼前的景色是那么的宜人:高大的教堂中央塔楼神圣威严,俯瞰着他们,其肃穆之美直抵他们的灵魂。因此,虽然从没见过托斯卡纳的修道院,但此刻他也感受到了抚慰与安宁。他们就这样静静地坐了一会儿。

“你肯定是个大人物。”他把身体转向她，说，“否则我们肯定没办法在这里待这么长时间。”

“对于司事来说的话，我算是个重要人物吧。”她笑道，“时间肯定挺晚了。”

“到我那里喝杯茶怎么样?”他问道，“我在教堂大门口的正对面有间屋子。”这时候，他注意到贝拉眼中的犹疑，马上微笑着补充说:“我叫赫伯特·菲尔德，我是个正人君子。”

她有点犹豫，和一个之前完全都没见过的年轻人一起喝茶，这好像有点奇怪。但是，她更怕自己看上去太因循守旧。去他的住处，肯定能进一步认识了解他这个人，也能给自己的这场冒险画上个圆满的句号。最后，她决定，她要真正的生活，而不是仅仅活着。这一切都取决于她自己的决定。

“来吧!”他继续说道，“我想让你看看我的书。”

然后，他碰了碰她的手，想要说服她。

“好吧，非常荣幸。”

他带她来到了药房上面的一间小小的房间。房子布置得很简单，就像是间书房。天花板很低，墙上镶有嵌板，上面挂着几幅皮埃特罗·佩鲁吉诺①的画作。房间里有很多书。

“真不好意思，房间有点小，不过我住在这里就是因为这里能看见教堂的入口。我觉得那里是特坎伯里最美好的东西之一。”

---

① Pietro Perugino(约1450—1523)，意大利画家，拉斐尔的老师。

他叫她坐下，自己去烧了水，切了面包和黄油。这一切都是贝拉从来都没有经历过的，所以一开始她有点拘谨。但是，这个男孩子因为她的到来而显得那么开心，所以，很快她也受到了感染，变得轻松快乐起来。这时候，男孩子也显露出了自己性格的另一面：对美的迷恋与求索已经抛诸脑后，此时，他表现得傻傻的，有点孩子气。他快乐地大声笑着。现在兰顿小姐已经是他的客人了，因此他也不再羞怯，而是滔滔不绝地讲起自己脑海中不断涌现出的各种话题。

“你想来根烟么?”喝完茶后，他问道。对此，贝拉微笑着予以拒绝。“那你应该不介意我抽根烟吧。抽烟时我会讲得更好。”

他把他们的椅子挪到窗口，窗外就是教堂那宏伟的砖石建筑。他继续说着，仿佛已经认识贝拉很久很久。最后，她起身离开时，他的双眼因为难过而瞬间黯淡了下来。

“我还能再见到你，是么? 好不容易才遇到你，我不想失去你。”

他这是在向兰顿小姐提出约会的邀请。此刻，这位主任牧师的女儿已经把一切礼数成规都忘得一干二净。

“我们可以找个时间在教堂见面。”

和很多其他女人一样，尽管内心中愿意答应他的一切要求，但是她还不想沦陷得太快。

“啊，那可不行。”他坚持道，“要等一个星期才能见到你，这我可忍不了。”

贝拉笑着看着他，他也急切地望着她的眼睛，紧紧握着她的手，仿佛如果得不到她的承诺，他就不会放她走。

“我们明天到乡下去走走吧。”他说。

“好啊。”她答道。她在心里不停地告诉自己，和一个比自己小二十岁的男孩子一起走走也没什么不好。“我五点半到西门。”

但是，晚上回去后，出于慎重，兰顿小姐又好好斟酌了一番。然后，她写了个字条，说自己之前忘记了还有一个重要的约会，没有办法赴约了。但是，便条送出去后，她还是摇摆不定，不停地责怪自己，因为自己的怯懦而让赫伯特·菲尔德深深失望。她告诉自己，也许在周日信件递送会出问题，他也许收不到信，这样的话，他就还是会去西门等她，搞不懂为什么她没有出现。就这样，她说服了自己，告诉自己非常有必要过去一趟，亲自告诉他为什么自己不能和之前说好的那样和他一起散步。

西门是个古老美丽的砖石建筑，在古时候曾是特坎伯里的外墙。现在，西门内已经建起了房屋，但是西门左侧的道路却仍然直通乡下。贝拉到那里时还挺早的，但是赫伯特早已等在了那里。他头上戴着草帽，显得格外年轻。

“你没收到我的字条么？”她问。

“收到了啊。”他笑着回答道。

“那你为什么还来？”

“因为，我想你也许会改变主意。我不怎么相信你真的有约在先。我很想见到你，于是幻想着你也许也会情不自禁地过来。我觉得你一定会来这里。”

“要是我没来呢？”

“那样的话，我可能会一直等着你……哎呀，别说这些了。阳光多美啊，正召唤我们赶快过去呢。昨天我们看了大教堂里的灰色石头，今天我们就去看绿色的田野和树木吧。听这西风吹过的声音，你难道不觉得风儿正吟诵着什么美好的东西么？”

贝拉看着他，无法拒绝他眼中闪耀着的激情。

“那我只能悉听尊便了。”她答道。

就这样，他们出发了。兰顿小姐努力让自己相信，她对赫伯特的兴趣更多的是出于母性的关怀，就好像是她会给没有妈妈的孩子果冻吃。她并没有想到，就在此时此刻，调皮的爱神丘比特就在他们周围飞舞着嘲弄她自欺欺人的小伎俩，向他们射出了银色的爱神之箭。他们沿着一条向北流向大海的小溪漫步，河边柳树枝繁叶茂，树下非常阴凉。在这个七月的下午，乡间的一切都是那么清新自然，馥郁芬芳。割下来的干草垛散发出迷人的香味，以往聒噪的鸟儿此刻都安静了下来。

“你能住在主任牧师府，我很高兴。”他说，“我能想象到你坐在那美丽的花园里的样子。”

“你见过那花园么？”

“没见过。但是，我能想象得到，在古老的红墙后面，花园里树影婆娑，开满了玫瑰。现在一定有很多很多玫瑰。”

所有人都知道，主任牧师最爱的就是玫瑰这种皇室花卉，他在当地花展中展示的花朵令镇上的人们叹为观止。他们继续往前走，很快，不知不觉间，赫伯特就挽住了贝拉的胳膊，仿佛是要在这个无情的世界里寻求一丝保护。贝拉的脸上浮出一丝红晕，但是她不想拒绝他。她甚至为他表现出来的自信而感到莫名欢欣。她小心翼翼地问了他一些问题，他言简意赅地对她讲述了自己的父母长期以来是如何挣扎着努力给他提供超过他们生活水平的教育。

“但是，说到底，”他说，“我并没有我想的那么可怜。银行的工作留给我很多空闲时间，我还有书，我还有希望。”

“你的希望是什么呢？”

“我有时候会写诗。”他回答道，羞红了脸，“这可能有点好笑，但是写诗给了我莫大的快乐。而且，谁知道呢，也许某一天我能做出点让这个世界铭记的事情呢。”

过了一会儿，贝拉坐在一道篱笆墙上稍事休息，赫伯特站在旁边，看着她，神情中满是犹豫。

“兰顿小姐，我想跟你说点事情，但是，我又很害怕……你现在不会丢下我不管吧？我好不容易才找到一个朋友，我可不能失去她。也许你不知道，能有个和善的人在我身边，和我说话，这对我来说究竟意味着什么。我经常感到孤独，孤独得可怕。你让我的生命变得不同。过去的一个周里，一切都仿佛发生了天翻地覆的变化。”

她真诚热切地看着他。难道他不知道自己给她的生活带来了多么翻天覆地的变化？她没法告诉他，当他用那双迷人的蓝眼睛看着她时，她简直都要融化了，她无法抗拒：他要的一切，她都愿意给。

“我的父亲周三要去莱纳姆，”她立马答道，“那天工作结束后，你想来主任牧师府的花园里喝杯茶吗？”

听到这话，他脸上绽放出的喜悦让她觉得自己得到了千百倍的回报。

“在那天到来之前我脑子里绝不会有其他任何事情。”

兰顿小姐发现，自己的焦虑与不安神奇地消失了。对她来说，生活不再是单调乏味的日复一日，现在，她的每一天都闪耀着奇妙的光彩。她的生活里多了一分乐趣，因此，每天的工作也不再仅仅只是任务，而是变成了一件乐事。她不断在脑海中回想着男孩说的每一件迷人的小事，发现和他说话比平日里和教士们讨论有意思多了。教士团体往往有很好的品味，副主教的第二任妻子还写过小说呢，不过，也就是因为她地位高贵，而且小说本身明显有道德教化目的，这本书才显得没那么下流。小教士们总是兴致勃勃地讨论着皇家学院。但是，赫伯特和他们不同，在他口中，书籍和画作也拥有了生命，对他来说像面包和水一样重要。贝拉觉得自己接触的文化更像是教养方面的培养，正规而乏味，因此总是非常谦逊地听着他充满激情的高谈阔论。

周三那天，她穿着纱衣，头戴一顶大大的帽子，款款走向花园。花园里，枝繁叶茂的大树下，茶具已经都准备好了。莱伊小姐若是注意到这位主任牧师的女儿竟然为了展现出自己最美的一面而精心安排了座位，一定会肆无忌惮地大笑起来。花园里幽静美丽，激发了赫伯特的孩子气，他的欢笑声穿过草地，如银铃一般，直击贝拉的心房。天色渐晚，树影慢慢拉长，他们谈论着意大利和希腊，谈论着诗人和鲜花。然后，厌倦了一本正经的交谈，他们无忧无虑地说起闲话。

“你知道，我可不能叫你菲尔德先生，”贝拉笑着说，“我得叫你赫伯特。”

“这样的话，我就叫你贝拉。”

“我不知道这么叫合不合适，你看，毕竟我都快是个老化石了，我叫你的教名是相当自然的事情。”

“我可不想让你觉得自己是我的长辈。我想让你纯粹就做我的同伴，我一点都不在乎你的年龄。在我心里，你一直就是贝拉。”

她又笑了起来，温柔地看着他。

“那么，我想，那就只能按照你的意思来了。”

“那是当然。”

然后，他迅速抓起她的手，在她反应过来之前，他吻了她的手。

“别犯傻了。”她赶忙抽回双手，叫道。她的脸已经红到了耳根。

看到她的反应后，他像个男孩子一样，大声笑了起来。

“哈哈，我让你脸红了。”

他的蓝色眼睛闪烁着迷人的光芒，为自己的小恶作剧沾沾自喜。他不知道的是，贝拉回到自己的房间后，那个吻仍灼烧着她的手，就好像心碎了一般，她痛哭起来。

四

莱伊小姐到客厅时发现,一向准时的主任牧师已经穿戴整齐,准备好用餐了。他穿着丝质的袜子和带扣的鞋子,非常考究。很快,贝拉也来了,穿着黑色缎子衣服,端庄典雅。

“我今早去了霍利韦尔大街,想去逛逛书店。”主任牧师说道,“但是那里已经不行了,伦敦现在已经不是过去的样子了,波莉。每次来到这里,我都会发现一些老建筑不见了,老朋友们也四散在天涯。”

他忧伤地回忆起了过去的好时光,那时候,他总是花好几个小时用手掠过一本本二手书,书卷特有的灰尘味道直冲他的鼻腔。现在犹太店主们搬走了,新的书店里书架一尘不染,早就没有了过去那种闲适情调,也不再欢迎无所事事来书店闲逛的人。

仆人来通报说,巴洛-巴塞特太太和她的儿子到了。她长得很高,颇有魅力,有一双美丽的眼睛,步履间充满了自信。她一头灰发浓密拳曲,梳拢得非常精致,让人想起十八世纪的流行风格,她的衣着也是那个年代的风格,因此,她整个人看起来就像是乔舒亚·雷诺兹爵士①的姐妹。她的举止之间流露出一种顽固之气,但是她一看就很有教养——在她成长的时代里,仪态仍是淑女教育中非常重要的一部分。她深深地以自己的儿子为傲:她的儿子今年二十二岁，高大健壮，一头漂亮的黑发一点都不逊于自己的母亲，并且，他长得很好看。他骨架不小，但是肌肉不会过分发达，大大的眼睛是深棕色的，鼻子高挺，皮肤是橄榄色的，饱满的双唇很是性感。对于自己的帅气，他是自知的。他性情很好，有点懒散，总是像个东方美人一样懒洋洋的。他不讲什么道德，满口谎话，但是，因为母亲对他要求非常严格，并且疼爱有加，他只能在母亲面前隐藏起自己的真实面目。作为一位有钱的寡妇，巴洛-巴塞特太太倾其所有培养自己的独生子，并且，她很高兴地认为，迄今为止，在她的保护下，自己的儿子远离了一切邪恶的诱惑。她希望儿子把她当作无话不说的朋友，并且总是向周围的人吹嘘，儿子的一举一动、所有想法都从来没有瞒过她。

“玛丽，今晚我想和肯特先生聊一聊。”她说道，“他是个出庭律师对吗？我们刚刚决定了，雷吉要进入律师行业。”

其实，雷吉很向往军人的漂亮戎装，但是却不愿意接受军旅生活中的种种限制；他厌恶商业领域，虽然他的父亲从中赚了不少钱。因此，他还挺喜欢更为绅士的法律行业。他隐隐约约地知道，如果要干这行的话，以后要参加很多晚宴，对此，他还可以接受。并且，如果当上了律师，他还可以戴上假发、穿上长袍，面对评审团慷慨陈词，赢得这个世界的尊敬与爱戴。

“一会儿你就坐在巴兹尔旁边吧，”莱伊小姐安排道，“弗兰克·赫雷尔会带你们过去。”

---

① Sir Joshua Reynolds(1723—1792)，英国肖像画家。他是皇家艺术学院的创始人和第一任校长，在他演讲中的许多观点是英国十八世纪美学原理最典型的体现。

“我相信雷吉一定能在法律界一展身手。而且,那样的话,我就能让他一直跟我一起待在伦敦。你知道的,他从来没让我发愁过。我把他培养得那么优秀,那么纯洁,有些时候我真的为此深感骄傲。但是,这世界上处处都是诱惑,而他又长得那么好看。”

“他确实长得很帅气。”莱伊小姐撇着嘴回答道。

她想,要是雷吉真的像他妈妈想象的那么正派,那她看人的眼力就差得太离谱了。他脸上流露着好色的痕迹,一看就不是善类,他深色的眼睛里闪着狡黠的神色,一看就并不单纯。

巴兹尔·肯特和赫雷尔医生在门口碰到了,于是一起走了进来。莱伊小姐曾说过,弗兰克·赫雷尔是所有她认识的人中最有意思的一个。要知道,她在这方面可是出了名的苛刻。他肩膀很宽,身材壮硕,个子不高,显得有点矮壮。他应该会很羡慕雷吉·巴塞特的大长腿。他的脸长得也不怎么俊俏,眉毛太浓,下巴太方。不过,他的眼睛却好像会说话,有时候充满嘲弄,有时候非常严厉,有时候又很温柔;并且,他低沉的嗓音很有磁性,也很有说服力,对此他自己也心知肚明。一簇小小的黑须遮住了他形状好看的嘴唇和整齐的牙齿。在大家看来,他是个强壮的男人,脾气不怎么好,但是能很好地控制住自己。在陌生人面前,他沉默寡言,冷若冰霜,总让人感觉不大自在。尽管朋友们都知道,他不论在什么时候都很靠得住,大家都对他交口称赞,但是,在外人看来,他实在是有点傲慢无礼。他从不掩饰自己对愚蠢行为的不耐烦,也不指望所有人都喜欢自己。因此,尽管莱伊小姐觉得和他对话很有意思,但是,在那些他由于种种原因看不上眼的人们看来,他总是心不在焉、不苟言笑。

弗兰克·赫雷尔相当内敛,大家都不知道的是,他的安静沉默背后其实隐藏着剧烈的情绪变化。他深知这是自己的弱点,因此早早就练就了一套喜怒不形于色的本领。但是,所有的情绪、感觉还是在的,它们在他的心中起伏波动,难以平息。他很不相信自己的判断,因为他的结论往往是从不充分的推理中得出的。于是,他不断地审视自己,就仿佛他的内心中关着一个危险的犯人,总是想要伺机而逃。他觉得自己简直是受制于生动想象力的奴隶,他明白,这和生活的乐趣是相对立的,而他的人生哲学就是,生活的乐趣才是人类存在的唯一目的。他热衷思维的乐趣,而不是身体的愉悦,他的精神总是驱使着他的肉体去做一些终是幻灭的事情。比方说,他热衷于寻求真理,别的男人都在追求爱情、声誉、财富,但是他追逐的却是一种确定性和必然性,这常常引来莱伊小姐的奚落(对于自己的疑惑,她总是放任不理;不在乎,就是她的人生态度)。但是,最终,他的所有研究都指向了另一个终点:他相信,现世的人生就是自己唯一的一生,因此,他力求让人生的每一刻都不虚度;但是,付出了那么多努力,花了那么多时间,世界上每时每刻都有那么多人同时在做着那么多事情,而这一切的一切最终却都将归于虚无。于是,他只能相信,也许在什么地方,一定会有意义的存在,为了找到这个意义,他以超乎寻常的热情投入到了科学研究和哲学思考中。而他在圣路克医院的同事们关注的则是显微镜下的玻璃片,除此之外概不关心。因此,在这些优秀的医师们看来,他是那么的特立独行,简直有点疯狂。

然而,在那个时候,赫雷尔内心的斗争与煎熬,骚动与激情,却鲜少有人能够看得出蛛丝马迹。他看上去兴致勃勃,在等待其他客人到来时,他和莱伊小姐聊了一会儿。

“我能过来是不是很好啊?”他问道。

“一点都不好,”她回答说,“对你这样贪婪的人来说,在我家美餐一顿可比你自己随便在家吃点乱七八糟的东西好多了。”

“简直是忘恩负义!不论在什么情况下,我都没有义务为邻居的聚会临时补缺。今晚我本可以充分享受独自晚餐之乐。”

“我有一个朋友——四十年前,人们可没有现在这么礼貌,也比现在的人有趣得多——当他的邻居说傻话时,他就会冲她大喊:‘继续喝你的汤吧,女士!’现在,我也要把这话送给你。”

“还有谁要来啊?”弗兰克问。

“卡斯蒂利恩太太,不过她肯定会迟到很久。在她看来,迟到是一种时尚,伦敦上流社会的人物要特别留意,不能表现得像个乡下人。此外,穆瑞太太也会来。”

“你还想让我娶她么?”

“不不,”莱伊小姐大笑着答道,“我已经放弃你了。我给你介绍个每年收入五千英镑的美丽寡妇,你却对我恶语相向,说我是个扒手,这可太不厚道了。”

“想到无聊的婚姻我就难以忍受,并且,老天爷不会让我娶个有知识的老婆。我要是结婚的话,一定会娶我的厨师。”

“弗兰克,希望你别再跟我开玩笑了……其实,如果没搞错的话,我觉得穆瑞太太已经打定主意要嫁给我们的朋友巴兹尔了。”

“啊!”弗兰克叫道。

莱伊小姐注意到,此时他的眉眼间掠过了一朵愁云。她仔细观察着他的表情。

“你难道不觉得她这么做很好么?”

“我对这类事情没什么想法。”弗兰克回答说。

“你这么说是什么意思啊?巴兹尔很穷,但又英俊又聪明。穆瑞太太一直喜欢文雅的男士。嫁给骑兵的最大坏处就是,你会越来越发现头脑的重要性。”

“穆瑞上尉是个彻头彻尾的傻瓜么?”

“亲爱的弗兰克,我们从来不会问一个士兵是否有头脑,我们只会问:他会不会打马球。穆瑞上尉这辈子做对了两件事:他立下遗嘱留给自己的妻子一大笔钱,然后就突然离开了,去了一个即使愚蠢也完全无碍的地方。”

在贝拉的明确暗示下,莱伊小姐还邀请了伦敦最时髦的传教士,格罗夫纳广场的教区牧师科林森·法雷。仆人通报这位先生的到来时,莱伊小姐注意到弗兰克·赫雷尔脸上闪过一丝厌恶,不禁乐了。法雷先生中等个头,一头铁灰色的头发梳得很整齐,脑袋也长得很好看。他的手软软的,很漂亮,指甲修剪得很整齐,戴着几枚价值不菲的戒指。他刚刚进入这个圈子,在选择朋友这方面非常慎重,而这也正是他的魅力所在。对于一个认识到尘世功名财富本是虚无的人来说,皇冠也不能晃到他的眼睛。他所能原谅的贫穷,仅仅存在于那些公爵夫人中。因为,即使家道中落,这些孀居贵妇眉眼间的气度,却仍能让最最轻率的人望而生畏。还是个乡下的教区牧师时,他文雅练达的举止和充满智慧的言谈就已经为他赢得了许多有权势的朋友。正是在这些朋友的帮助下，他终于等到了机会，来到了更能赏识其社交才华的地方。教会的尊严可以延续到第三代、第四代人身上，就像是教父们的罪过一样。很显然，一个人的祖父若是助教，那他肯定也很沉稳体面；一个人若是生在主教的家庭里，那他也必定彬彬有礼。

不出女主人所料，卡斯蒂利恩太太是最后一个到的。

"莱伊小姐，希望我没来晚。"她一边做出求饶的手势，一边说道。

"还不算太晚。"女主人回答，"我早就知道你肯定会迟到，所以通知你的时间特意提前了半个小时。"

于是，一行人郑重地向餐厅走去，法雷先生看过餐桌后表示非常满意。

"我一直觉得，精心布置的餐桌是现代文明社会中最真实的文明景观。"他对邻座说道。

他扫视了一圈餐厅，从周围的家具装饰中，他看到了一种毫不张扬、令人舒适的富足。朵瑞斯小姐在世时他就来过这里，他注意到之前挂在房间里的朵瑞斯小姐的肖像画不见了。

"莱伊小姐，我发现你取下了这个屋子的前主人的肖像。"他说道，优雅地挥着他那白白的、戴着珠宝戒指的手。

"我可受不了她每天盯着我一日三餐。"女主人说道，"和她共进晚餐时的场景我可还历历在目：她不停地让我吃谷物和橡果，就好像我是回头的浪子。并且，她还给我留下了很多遗产，以此来折磨我，让我余生都不得安宁。"

主任牧师严肃地笑了。对于莱伊小姐这个人他很是喜爱，但是对于她的种种言行他却也不无反对。他经常责备她，因为她读的书或是她言谈中的轻浮。对于她言语中的讽刺，他小小说教了一番：

"你可真是太刻薄了，波莉。伊丽莎确实是个很难相处的人，但是，她严于待人的同时更严于律己。我一直很敬佩她那强烈的使命感：如今，很多人活着都只是为了享乐，她的品质是多么难能可贵。"

"阿尔杰农，我们可能不像我们的父辈那么讲道德，"莱伊小姐回应道，"但是我们可比他们好相处得多。四十年前，人们是多么的令人难以忍受，他们有个讨厌的习惯，会把想到的全部都讲出来，他们的脾气也很糟糕，而且往往喝酒太多。我一直认为，我的父亲就是那个时代的典型。当他陷入狂热时，他称之为义愤；当我做什么他反对的事情时，他会备受折磨，义愤填膺。你知道么，一直到十五岁我才尝到黄油的味道，因为他认为黄油对我的身体和心灵都会造成危害。我从小到大都是怎么长大的啊！世界到处都充满了危险，被杜松子酒和陷阱包围着。在每个转弯和角落都隐藏着尚未爆发的火山，随时有可能喷出冒着硫磺烟雾的地狱之火。"

"那是一个充满暴虐和空想的时代。"弗兰克说，"老绅士们飞扬跋扈，年轻的女士们则总是为什么东西而神魂颠倒。"

"我相信，人们没有过去那么好了。"巴塞特太太一边说，一边看了眼自己的儿子。他正全神贯注地和卡斯蒂利恩太太说话呢。

"人从来就没好过。"莱伊小姐说。

"人类的堕落简直会令我不再信教，"主任牧师说道，声音庄重悦耳，“还好有大自然的杰作，它们向我展示了天意的另外一面。”

此刻，雷吉·巴塞特正尽情享受着这场超出自己预期的晚宴。他坐在卡斯蒂利恩太太旁边，刚一落座，他就开始厚颜无耻地观察她。只消轻轻一瞥，她就发现身边的男孩子长得很帅气，发现他的意图后，为了给他机会更从容地观察自己的风姿，她特意跟另一边的邻座滔滔不绝地聊了起来。但是，突然，她转向雷吉。

“好了，满意了吧？”她问道。

“什么？”

“你的审查啊。”

她灿烂地笑了起来，同时快速地、充满挑逗地看了他一眼。

“相当满意。”他笑着回答道，一点都不觉得难堪或不安，“我的母亲已经在想，莱伊小姐真不应该让我坐在你旁边。”

卡斯蒂利恩太太是位活泼灵动的女士。她生得小巧玲珑，就像是德国德累斯顿产的陶瓷牧羊女。她说话声音很大，也很尖锐，容易兴奋，也容易不耐烦；她动作敏捷，略带点紧张，听到雷吉说的话后，她不断地仰倒在椅背上，放声大笑。发现自己可以更进一步，完全不用担心会冒犯这位女士之后，我们这位“模范青年”用低沉世故的嗓音给她讲起了黄段子，同时肆无忌惮地盯着她的眼睛；他知道自己的魅力所在。他的目光令人沉迷，充满魅力——厚颜无耻是其魅力的重要组成部分，令众多女士们纷纷陷入其中无法自拔。而她也深深明白，此时自己无需再装模作样，于是明目张胆地脱下了世人强加在她身上的端庄伪装。卡斯蒂利恩太太脸又瘦又小，涂着厚厚的粉底，颧骨很高，头发乱糟糟的，有种不太自然的美感。但这却让雷吉感到放松，久经情场的他知道，这样的女人更容易得手。他觉得，自己的这位邻座虽然已经三十五岁了，但风韵犹存；虽然这位瘦削的金发美人容颜已经开始衰败，但是她身上佩戴的珠宝和穿着的华服却弥补了这一缺陷。她的衣服领口开得很低，坐在桌子对面的贝拉不禁在想，这件礼服究竟是怎么穿在她身上不掉的。

男士们离席吸烟时，雷吉给自己添上了第三杯酒，并将椅子挪向了赫雷尔。

“弗兰克，听我说，”他大声说道，“坐在我身边的是位小巧可人的女士，对吧？”

“你之前见过卡斯蒂利恩太太么？”

“从没见过！她是个情场老手了吧？天啊！我以为这场晚宴会非常的无聊，净是讨论政治、宗教，还有各种无聊的问题。我妈一直让我来，她总是说晚宴上的对话很有水平。我的天啊！”

弗兰克想到巴洛-巴塞特太太在莱伊小姐的餐桌上对自己的儿子寓教于乐，不禁笑了出来。

“但是，要我说的话，卡斯蒂利恩太太很不错。小骚货！她并不介意你对她说了什么……为什么，她一点都不像淑女。”

“这算是什么优点么？”

“淑女可一点意思都没有，难道不是么？你要跟她们说一些文绉绉的东西，或者各种无聊的东西，并且还要特别小心不能说脏话。要结婚的话，淑女或许很好；但是，说句良心话，找乐子的话，我可不喜欢淑女。”

过了一会儿，在去客厅的楼梯上，雷吉偷偷挽住了弗兰克的胳膊。

“听我说，兄弟，一会儿要是我妈感谢你邀请我周六去你家吃饭的话，你可别露馅。”

“可是，我并没有邀请你呀。我可一点都不想那天晚上和你一起吃饭。”

“天啊！你以为我想去你那里，花一整晚的时间和你讨论臭虫和甲壳虫么？我才不愿意呢！我要去和我认识的一个小姑娘吃饭，她是个打字员，那天晚上我要和她进行真正的爱的接触。我跟你说，那个姑娘可真不错。”

“我不明白，你要去和一个以打字为职业的年轻女士寻欢作乐，为什么我要因此撒谎，玷污我自己高尚的灵魂？”

雷吉笑了起来。

“别闹了，弗兰克，你一定得帮帮我。你是不知道，我妈一直把我绑在身边，这种感觉是多么窒息。她让我告诉她我做过的每一件事，所以，我当然得扯点谎话了。不过，不论我说了什么谎话，她都会照单全收。”

“你可以一直对她撒谎，直到你自己都编不下去了为止。”弗兰克说，“但是我不明白的是，为什么我要为你撒谎呢。”

“别那么残忍，弗兰克。你就帮我这一次吧。说我和你一起吃顿饭也没什么大不了的嘛。有一天晚上，天啊，我差点露馅。那天我跟她说要在补习学校学习，但是我其实是去玩了，我碰到了几个朋友，有点喝多了。要是她看出来的话一定会大吵大闹的。但是我努力让自己振作起来，对她说我有点头痛。第二天，我听到她跟别人说,我是个滴酒不沾的人。”

回到客厅后,弗兰克正好坐在了巴塞特太太旁边。

“啊,赫雷尔先生,”她说道,“我要感谢你邀请雷吉周六去你家参加晚宴。他最近学习太辛苦了,他应该稍微放松一下。有时候他的家教老师把他留到晚上十一点多,这可不太好,是吧?前天晚上,他都累坏了,楼梯都爬不上去了。”

“雷吉愿意偶尔来和我一起吃饭,我很高兴。”弗兰克冷冷地说道。

听到这话,雷吉慢慢地、意味深长地冲他眨了眨眼,然后便继续高高兴兴地和卡斯蒂利恩太太聊天去了。

五

不久,莱伊小姐的客人们纷纷告辞,只留下弗兰克·赫雷尔,他看上去一点都没有要离开的意思。

“你还不想上床睡觉,是吧?”莱伊小姐问主任牧师,“我们去书房坐坐吧。”

弗兰克一进书房就从一个抽屉里拿出了自己的烟斗,然后轻车熟路地从装烟草的罐子里取出烟叶填了进去,之后,他坐了下来。莱伊小姐注意到,贝拉对此有些惊讶,于是解释道:

“弗兰克在我这里放了一个烟斗,并且让我给他买了他最喜欢的烟草。上了年纪之后有个好处,就是你可以大半夜的,和年轻小伙子坐在一起聊一聊。”

等他也走了之后,莱伊小姐出于老规矩,不想让自己的客人感到不舒服,于是陪着贝拉回到她的房间。

“希望你喜欢这个小小的聚会。”她说。

“我很喜欢。”贝拉回复道,“但是为什么你会邀请卡斯蒂利恩太太?她实在是太庸俗了,你不觉得么?”

“亲爱的,”莱伊小姐语含讥讽,“她的丈夫在多塞特郡可是个非常重要的大人物,她自己也出身显赫,名门名录上可有整整一页介绍她的家族。”

“我可一点都看不出来她系出名门。”贝拉严肃地说道，“在我看来，她非常粗俗。”

“她确实非常粗俗。”莱伊小姐回答，“但那是一种出身最显赫的家族才特有的俗气。大声说话，笑起来像个巴士司机，说最低俗的俚语、穿得惊世骇俗……所有这一切可都是贵夫人的标志。我经常在邦德大街上看到一些女人，脸上涂着厚厚的粉，头发染成各种颜色，身上穿着的衣服连娼妓都会大吃一惊，但是，我发现，她们就是伦敦的潮流领导者。晚安。别指望明天早餐时见到我，只有天堂里的天使们才会聚在一起吃早餐。”

兰顿小姐却找了个地方坐了下来，看起来她并无睡意。

“你先别走。我还想听你讲讲肯特先生的事情。”

于是，莱伊小姐也和她一样，找了把带扶手的椅子，舒舒服服地坐了下来。朵瑞斯小姐曾经断言，一个有德行的人每天都应该做两件自己不喜欢的事情，对此，莱伊小姐马上说道，那她自己肯定正走在通往永恒幸福的康庄大道上。因为，在每一天的二十四个小时中，她都会做两件自己深恶痛绝的事情：起床，睡觉。因此，现在，她也一点都不着急回屋，而是跟兰顿小姐讲起了自己所知道的巴兹尔·肯特的事情。说实在的，肯特能引起贝拉注意，这一点都不奇怪，因为他的相貌是那么的不凡。他身着英国传统晚礼服，仪态优雅，但是人们却总是觉得，以他周身洋溢的浪漫风情，他应该穿一身佛罗伦萨骑士的甲胄才对。他四肢纤细好看，手又白又秀气，棕色的头发蜷曲着，有一点点长，正好衬托了他脸上皮肤的颜色。他的眼睛是深色的，脸颊瘦削，嘴唇饱满，脸上的表情中总有一丝忧郁，让人不禁想到早期意大利画作中那些精神和身体永远在战斗的美男子——在他们看来，地球总是那么美，充满了爱和冲突，处处有诗意，天空总是那么湛蓝深远，但与此同时，这一切又都是幻象，回廊的幽深寂静，即便是处于画作里的宫廷或军营中，也总是有种难以抵挡的诱惑力。所有见过他的人都知道，以后等着他的日子不会好过。透过他深邃的眼眸可以看出，他的灵魂中，爱欲与禁欲纠缠，冲动与风度并存，未来他早晚会经历这世间的暴风雨雪，细腻敏感如他，必定会受到倍于常人的冲击。

“他是韦扎德夫人的儿子。”莱伊小姐说。

“什么?”贝拉叫出声来，“你说的难道就是五年前那起可怕的官司里的那个女人?”

“是的。他当时在牛津，他在那里和弗兰克成为好朋友。一开始我就是通过弗兰克认识他的。他的父亲在他很小时就去世了，之后没多久他的母亲就嫁给了韦扎德勋爵，因此巴兹尔是祖母带大的。即使到了现在，她仍然非常美。那个时候，她更是美艳动人，风采卓绝。她的照片挂在所有商店的橱窗里——她年轻时有一股潮流，年轻人喜欢买自己并不认识的知名美人的肖像，即使是最贞洁的女士也并不觉得自己的照片被挂到文具店里或被售货员拿来装饰壁炉架是什么丢脸的事情。那时候，韦扎德夫人的一举一动都被各种小报详细地记录了下来，她举办的派对上充满了伦敦城里最时髦的一切。她每一场赛马大会都去，周围总是聚集着各种各样的崇拜者。并且，她当然在剧院中拥有一个专属自己的包厢；在洪堡，她也是最吸引眼球的女士。”

“肯特先生会去看她么?”贝拉问道。

“他放假的时候会去和她一起生活一段时间。她令他目眩神迷,他像其他所有人一样为她倾倒。弗兰克告诉我,巴兹尔崇拜自己的母亲。他一向对美充满热情,母亲的超凡风姿令他深感骄傲。我曾在一次聚会上偶然见过她,她确实是我见过的最华贵、最优雅的女士之一。她简直让人想到法国路易十四国王的情妇蒙特斯潘夫人。”

“她喜欢自己的儿子么?”

“她以自己的方式喜欢他。当然,她并不希望儿子一直在身边缠着自己。她驻颜有术。韦扎德勋爵年纪比她小,因此她并不是很愿意有个快成年的儿子在自己身边晃悠。她很高兴肯特老太太愿意照顾他,虽然她其实并不喜欢这位老太太。他在身边时,她总会往他的口袋里塞零花钱,并且每晚都会带他去看戏,让他很是开心。我敢说,自己的儿子长得如此俊美,她应该也为此感到高兴,十六岁时,巴兹尔长得可比希腊男青年更好看。但是,一旦他对自己表现出过度的依恋,我估计她也是不会对此鼓励纵容的。他从哈罗公学去了牛津。弗兰克的观察力很敏锐,他告诉我,巴兹尔是个特别特别单纯的男孩,坦诚开朗,从来不对任何人有所隐瞒,想到什么就说什么,非常直率。当然,这么多年来,关于韦扎德夫人的绯闻一直都没断过。她的生活极尽奢靡。大家都知道,韦扎德勋爵并不富裕,也不大方。但是,他的夫人那么大手大脚,身上佩戴的绿宝石一看就价值连城。连巴兹尔都禁不住猜想,他的母亲究竟有多少男性朋友。也许,每一个和母亲共度的、他向往已久的假期里,她都努力设法不让他看到任何招摇卖弄的东西;也许,当那些陌生的男士往他的口袋里塞各种礼物时,他都以为这是自己应得的。我现在真的得去睡觉了。”

莱伊小姐一边逗弄似的笑着,一边站起身来。但是,贝拉阻止了她。

“你可别想要滑头,玛丽。你知道的,我想听完这个故事。”

“你知道么,现在已经半夜一点多了。”

“我不管。你必须把这个故事讲完。”

莱伊小姐在制造了这个小插曲后,又坐回到椅子上,继续讲了起来。这其实正合她意。

“巴兹尔唯一的虚荣就是自己的母亲,他不断谈起她,为她在社交上的成功感到骄傲,为她不论在哪儿都备受崇拜而感到自豪。他愿意用自己的生命做赌注,捍卫她完美无瑕的品格。因此,当一切破灭时,他整个人都崩溃了。你还记得那个案件吧。每一个假正经的英国人都饶有兴致地关注着那起案件。每一个告示栏上都用大字写着,法庭正在审理一桩上流社会的离婚案件,在这个案子里,被告不少于四人。这真是大大满足了中产阶级的好奇心和偷窥欲。韦扎德勋爵好像是再也忍受不了自己妻子的挥霍无度,一纸诉状将她告上了法庭,在诉状里他还指控了厄内斯特·特伦斯勋爵、鲁姆上校、诺曼·维恩先生等人。很显然,这对夫妻过去几年婚姻生活并不幸福。很快,韦扎德夫人又提起了反诉,指控自己的丈夫和女佣有染,并且和一位住在沙夫茨伯里大街的普莱特女士私通。双方互相指控,刀光剑影,许多人出庭作证。当然,贝拉,你可能已经在

《教会时报》上看到过相关细节了。”

“我记得报纸上有过相关报道，”兰顿小姐回答，“但是我没读过。”

“真是个品德高尚的人！”莱伊小姐浅笑道，“如果报道离婚案件时没有扒出名人私生活的更多细节，普通英国人是绝对不会对这些有头有脸的人保持敬意的……不管怎样吧，韦扎德勋爵及其夫人相互指控的那些事情足以使生活在乡下的大家长们惊得头发都立起来。”

莱伊小姐停了一会儿，然后平静、缓慢地继续说了下去，仿佛她已经对相关问题思考了一辈子，已然仔细权衡过了其中的一切要素。

“你知道，离婚一般有两种情况：一种是体面的，双方都不在乎或是都害怕彼此，因此，无需多说什么，只要能尽快一别两宽、互不相见就好；另一种是报复性的，曾经发誓要相爱直到天荒地老的两人如今却剑拔弩张，狠命诋毁对方，即使自己因此身败名裂也在所不惜。韦扎德夫人就厌恶自己的丈夫们，并且，她格外讨厌自己的第二任丈夫，因为他没有像自己的首任丈夫一样，结婚四年后就优雅地去世了。他小肚鸡肠、脾气暴躁、酗酒贪杯，所有的坏毛病都闹得人尽皆知。他让仆人到法庭上作证指控自己妻子的隐秘习惯；对外公开自己截获的私人信件；把商人们传唤到法庭上，让他们说明究竟是谁在为韦扎德夫人的珠宝和首饰买单。他找来了当时最厉害的律师，整整两天的时间里，他的妻子以过人的机智、勇气、谋略应对着法庭上的交叉审问，若是换作其他任何一位稍微软弱一点的女士，她可能早就崩溃了。也许正是因为她在这个环节里表现出众，陪审团成员们崇拜她做出的有力反抗，也许是他们无法相信这么体面的一位女士会做出她丈夫指控的那些龌龊行为，也许更可能的是他们觉得这对夫妻实在是半斤八两，最终，法庭判决，指控不成立，韦扎德夫人保住了自己的身份。剩下的部分你自己就能猜到了。”

“我猜不到。玛丽，你接着说。”

“一开始巴兹尔完全不知道诉讼的事情。不过，后来，他还是在吃早餐时无意在《晨报》上读到了这个消息。他完全不相信自己的眼睛，他读着那篇报道，内心的情感很快从难以置信转变成了痛苦沮丧与恐惧。这条新闻彻底打垮了他。一时间，那些亲眼见过无数次但却从来没有真正注意过的细枝末节涌入了他的脑海。他突然明白了，自己的母亲其实和那些浓妆艳抹、为了五英镑而出卖自己肉体的妓女没什么区别。”

“但是，你究竟是怎么知道这一切的呢，玛丽？”贝拉不解地问，“这是你编的吧？”

“我读了报纸。”莱伊小姐有些不耐烦地说，“弗兰克也告诉了我很多，并且，我还有常识呢。我自认为深谙人性之道。如果巴兹尔没有真的像我说的那么想的话，那他也应该这么想。要是你再打断我的话，我就永远也讲不完这个故事了。”

“抱歉。”贝拉小姐谦恭地说，“请你继续讲吧。”

“你知道，弗兰克比巴兹尔大一些，那时候他也在牛津攻读医学学士学位。他发现这个可怜的孩子心中满满的都是羞耻感，非常焦虑，就像一个受伤的小动物，到处躲避着陌生人的眼光。弗兰克个性更强一些，他劝巴兹尔，让他就像什么都没发生过一样，如常生活，甚至还要像原来那样去大厅吃饭。但是，一件事也许对这个人来讲没什么大不了的，但同样的事情换到另一个人身上的话可能就难于上青天。巴兹尔想象着所有人都盯着他看，就仿佛他自己也不干净。他之前常常到处炫耀自己的母亲，但是现在这一切都成为赤裸裸的讽刺。报纸上继续不断报道着这个具有教化警示作用的案件，证人们讲了些不光彩的事情，巴兹尔整夜失眠，形容枯槁，他再也无法掩饰自己承受的痛苦煎熬。弗兰克让他做的已经完全超出了他的能力，于是，他一声不响地就跑去了伦敦。审判结束后，他去见了韦扎德夫人，但是具体发生了什么我就不清楚了。他再也没有回牛津。那时候正在招募帝国义勇骑兵队，有一次，巴兹尔经过圣詹姆斯公园时刚好看到他们在训练。他想离开英国，到一个没有人对他指指点点的地方去，而这正是一个好机会。于是，他应征入伍，一个月后就被派去了南非。”

“他是去做骑兵么?”兰顿小姐问道。

“是的。他表现得肯定很好，因为在那里他被任命为军官。但是，他拒绝了军官的头衔。于是，后来他们给他颁发了战地杰出表现勋章。他在南非待了三年，直到最后一支义勇骑兵队回国时他才跟着回来。然后，他安顿下来，学习法律，去年获得了上庭资格。”

“他后来见过自己的母亲么，这个你知道么?”

“我猜没有。他收入不多，每年差不多能赚三百英镑，过得紧紧巴巴的。我觉得，他做律师只是个形式而已，他真正想做的其实是写作。你可能没见过他去年出的一本描写南非的小书,里面记录了他对南非景色的印象和对当地风土人情的研究。那本书算不上成功,但是,在我看来,他在写作方面还是有点前途的。我还记得,他对某场战役的描写相当扣人心弦。他现在正在写一本小说。我敢说,有朝一日他肯定能写出一本好书。”

“你觉得他以后有可能出名么?”

莱伊小姐耸了耸肩。

“你知道,要想在文学上取得巨大的成功,就得在行文间有那么点粗俗粗粝,但是在这方面巴兹尔可完全不行。要想真正地打动别人、影响别人,就得真正地、完全地了解人性,要有人性共通的……我现在真的得去睡觉了。贝拉,你可真是太能聊了,我看你今晚是不想让我睡觉了。”

其实,这么说兰顿小姐未免有些过分,毕竟,她已经将近一个小时没怎么开口说过话了。

六

两位女士夜聊谈论着巴兹尔的同时，他正站在圣詹姆斯公园的桥上，出神地望着这里的夜景——没有一座城市比伦敦更美了，而在伦敦城里，数这里的夜景最美。静水流深，映着月光皎洁、树影婆娑，外交部大楼威严壮观，不可一世，堪称完美，简直可以和克洛德·洛兰①画作中的精巧建筑相媲美。这晚天气温暖，万里无云。四下无声，只有皮卡迪利街不时传来人声喧闹——每晚这个时候，那里都充满欢笑和嬉闹，除此之外，一切都是那么安静宜人，让巴兹尔想到某个宁静闲适的法国古镇。此时，他情绪激动，心脏跳得很快，因为，他终于确定无疑地知道，穆瑞太太也是爱他的！之前，他也不是没注意到，穆瑞太太看他时眼里充满柔情，并且对他说的话很感兴趣，但是他不敢贸然有更进一步的揣测。但是，就在今天晚上，当他们相遇时，穆瑞太太向他伸出自己的手，同时脸上浮现出一抹红晕，这让他自己也登时羞红了脸。他带她前往餐厅，她的指尖碰到他的手臂时，他感觉自己整个身体好像都燃烧了起来。她话不多，但是听他说话时极其专注，仿佛想要从中挖掘出什么隐藏的涵义。四目相交时，她的眼睛总是会害怕似的迅速躲闪开，但与此同时，她的眼神中却充满了热切，仿佛在期待着什么，她好像是已经预知了什么好事儿，有些畏惧，但同时也满心都是期盼。

巴兹尔回忆起穆瑞太太走进客厅时的情形。她仪态万千,裙摆摇曳,令他不由赞叹。她长得很高,几乎和他一样高,身材有些男孩气,但同时曲线婀娜。她的头发颜色不深,也不能算特别好看;她的眼睛是灰色的,总是温情脉脉;她的笑容非常甜美,特别有魅力。她的脸生得并不标致、精美,但是惹人怜爱的表情和白皙的皮肤却让她看上去总是略带忧郁、楚楚动人,就像是桑德罗·波提切利②笔下的女子:她们的眼中总是有一抹令人捉摸不透的忧伤,仿佛她们的心中总是压抑隐藏着巨大的痛苦。并且,她姿态优雅,也像极了画中人物。不过,对于巴兹尔来说,穆瑞太太最大的魅力在于她身上那种暖暖的能令人安心的感觉,他感觉,她能够保护自己免于世间的一切烦恼。这是他从她身上感觉到的,对此,他充满感恩,又骄傲又谦卑。他想要握住那双充满怜爱的手,想要亲吻她的唇。他仿佛已经感受到了,她修长白皙的双臂环住自己的脖颈,近乎慈爱地把他抱入自己的胸怀。

那天晚上,穆瑞太太看上去比以往任何时候都美。她在大厅里,亭亭玉立,一边等车一边和巴兹尔说话。她身上的斗篷特别美,巴兹尔不由得对此赞美了起来。她很高兴,微微红了脸,因为他注意到了。她低头看着斗篷上的精美织锦,它们简直就像十八世纪的布料一样华丽。

“这是我在威尼斯买的,”她说,“我觉得自己有点配不上它。但是,我又实在是无法抗拒它的诱惑,因为它像极了画廊里凯瑟

① Claude Lorrain(1600—1682),法国古典主义风景画家。
② Sandro Botticelli(1445—1510),十五世纪末佛罗伦萨的著名画家,欧洲文艺复兴早期佛罗伦萨画派的最后一位画家。

琳·科纳罗的画像中的一件斗篷。”

“它就是属于你的，”巴兹尔答道，他的眼中闪着光，“别人都配不上它。”

她笑了起来，面若桃花，向他道了晚安。

巴兹尔·肯特如今已不再是弗兰克在牛津认识的那个无忧无虑的青年了。那个时候，他就像风中的树叶，任何一种情绪都能轻易影响到他；那时，他可能上一分钟还因为遭遇了点失败而低沉沮丧，但是下一分钟就能满血复活，心中充满狂喜。那时候，生活看起来是那么的美好，他凡事都不会多想，生活的五光十色和不断变化着的美总能令他感到欣喜、快乐。那时他就立志要写书了，并且，凭着年轻人特有的多产而非创造力，他不停地写作着。但是，当他带着耻辱、充满沮丧地发现真实的世界龌龊不堪，自己的母亲并不忠贞时，他感到自己再也抬不起头来了。但是，在最初的恶心反胃之后，巴兹尔开始厌恶自己的感觉：他比任何人都爱这个可悲的女人，现在他应该要站在她身边。他不该审判、谴责她，在她受到可耻的羞辱后，他应该保护她、帮助她。难道他就不能告诉自己的母亲，世界上有很多比别人的崇拜、珠宝华服更美好的东西？他打定主意去找她，他要带她去欧洲大陆，在那里过隐姓埋名的生活。说不定这还是个能拉近母子关系的好机会。一直以来，虽然满心都是对母亲的盲目崇拜，但是巴兹尔却总是苦于无法真正走进她的内心世界。

韦扎德夫人仍旧生活在她的丈夫位于查尔斯街的住所里。指控撤销的那一天,巴兹尔匆匆赶到了那里。他以为,自己的母亲一定会蜷缩在房间里,惧怕白昼的光明,形容枯槁,暗自垂泪。想到这一幕,他柔软的心中充满同情,想到她遭遇的痛苦,他的心都在流血。他将走向他,吻她,对她说:“你还有我呢,母亲。我们一起离开吧,去开始一段新的生活。世界那么大,总有我们的容身之处。现在,我比以往任何时候都爱你,我会努力做一个优秀、忠诚的儿子。”

他按下了门铃,一位他认识多年的男管家给他开了门。

“我现在可以见见夫人么?”他问。

“可以的,先生。夫人正在用餐。你可以到餐厅去。”

巴兹尔走了进去,看到玄关里的桌子上放着好多顶帽子。

“还有其他人在么?”他惊讶地问道。

还没等管家回答,他就听到隔壁房间里传来一阵大笑。巴兹尔突然感到备受打击。

“夫人是在举办聚会么?”

“是的,先生。”

巴兹尔诧异地望着管家,无法理解眼前发生的这一切。他想要问他些什么,却又羞于启齿。这怎么可能。这个管家还在这里,这件事本身就已经很骇人听闻了,毕竟,他也曾经在那场可恶的审判中提供过证词,他的母亲怎么能忍受再次见到他逢迎谄媚的嘴脸。管家米勒注意到了他眼中的恐惧和脸颊的苍白,有点尴尬地把眼睛挪开了。

“你能去告诉夫人我来了,想跟她谈谈么?我去晨间起居室等她。我想,那里应该不会有其他人吧?”

巴兹尔等了差不多一刻钟。然后听到有人打开了餐厅的门,几个人大笑大叫着走上楼去。接着传来了他母亲的声音,还是像往常一样字字铿锵,充满自信:

"你们可一定要玩得开心。我要去见个人,在我回来之前,你们都不许走。"

不久后,韦扎德夫人现身了,唇边依然挂着微笑,巴兹尔在先前等候时无论如何也不愿承认的猜想如今变成了赤裸裸的现实。她一点都不低落,也不羞愧,还是像之前一样机警,和上次见面时比起来,她的高贵与骄傲可一分都没有少。他原以为母亲会穿着灰窣窣的粗布麻衣,但是,看啊!她穿着帕康夫人①设计的长袍,只有她能忍受这种大胆招摇的设计。她漆黑的眼睛闪闪发光,发型华贵,身上穿得五颜六色的,浑身散发着奢华的气息,就像是一个吉卜赛王室。她长得很高,身材很好,并且自视甚高,走起路来就像是来自东方的女王。

"亲爱的儿子,你能来实在是太好了。"她叫道,嫣然一笑,"我猜你是来祝贺我获胜的吧。但是你怎么不到餐厅来呢?那里可很好玩。你可真该开始成熟老练②起来了。"她探出头,让巴兹尔吻她(只有一个有爱并且时髦的母亲才会这么做),但是他却往后退了一步。他的嘴唇都发白了。

"你为什么不告诉我会发生这些事?"他的声音有些嘶哑。

韦扎德夫人浅浅一笑,从桌上的盒子里取出一根烟。

---

① 帕康夫人曾担任1900年万国博览会服装部分负责人。
② 原文为法语。韦扎德夫人说话夹杂不少法语词句,在本章中以仿宋字体表示。

"啊,我亲爱的儿子,我真的不觉得这是你应该管的事情。"

她点燃香烟,轻轻吐出两个相当有水准的烟圈,打趣地看着自己的儿子,眼神中有点轻蔑。

"我没想到你今天会举办宴会。"

"是他们非要来的。再说了,我也得做点什么事情来庆祝胜利。"她微微一笑,"我的天啊,你可不知道这次胜利是多么的侥幸!你读过我在交叉质询环节的发言么?就是那个东西救了我。"

"救了你什么?"他厉声叫道,双眉紧蹙,"它能让你免受羞辱么?是的,我读了,其中的每个字我都读了。一开始,我不相信那是真的。"

"然后呢?"韦扎德夫人冷静地发问。

"但是,那就是真的。有好多人都出庭作证了。天啊,你怎么能这样呢!你是我在这个世界上最崇拜的人啊……我以为你会感到羞耻,于是我来到这里,想要帮助你。难道你不明白这种耻辱是多么的恐怖么?母亲啊,我的母亲啊,你不能再这么继续下去了!上帝知道,我并不想要责怪你。跟我走吧,我们去意大利重新开始……"

他慷慨激昂地说着,然后看到韦扎德夫人冷冷的眼神中流露出不屑,于是停了下来。

"你这么说,就好像是我已经离婚了一样。这实在是太荒谬了。要是我真的离婚了的话,那现在离开一下没准有好处。但是,即便是真的离婚了,我也能面对这一切。你以为我现在要逃避么?别傻了,我的儿子。"

“你是说你要继续留在这里？现在，所有人都知道你是怎样的人了，走在街上他们会对你指指点点，并且他们互相之间流传着关于你的肮脏的故事。虽然那些故事很肮脏，但它们都是真的。”

韦扎德夫人耸了耸肩。

“我的事情不用你管！”她言语间充满傲慢，并且对自己的法国口音颇感骄傲，“如果你以为我会去欧洲大陆找个破旧的小镇隐姓埋名，或者到今非昔比的佛罗伦萨去为他们的社交生活再添一分污名，那你就真的是太不了解我了。我就是要待在这里。我还是会去每个地方，每一家戏院，每一出歌剧，每一场赛马，我都会去。还是会有些好朋友陪在我的身边。你看着吧，过不了几年，这一切就都会过去。毕竟，我做的那些事儿，并不比其他人过分到哪里去。如果说资产阶级的人们知道了一点他们之前不知道的关于我的事儿，那我可不在乎。我总算摆脱了我那蠢猪一样的丈夫，就冲着这一点，这一切也都是值得的。他知道事情的真相是什么：他这么搞我，是因为他怕了，他觉得我花的钱太多了。”

“你就一点都不觉得羞愧么？”巴兹尔低声问道，“你就不感到抱歉么？”

“亲爱的，只有傻子才忏悔。我这辈子做过的所有的事，如果再来一遍，我还是会继续选择去做——除了嫁给那两个男人。”

“你就准备继续待在这里，就当什么都没发生过一样？”

“别傻了，巴兹尔，”韦扎德夫人没好气地说，“我当然不会继续住在这个房子里了。厄内斯特·特伦斯在寇松街有一间相当不错的小屋子，他愿意借给我住。”

“但是你不能要他的东西，母亲。这太有损声誉了。看在上帝的分上，别再跟这些男人有任何瓜葛了。”

“说真的，我可不能因为自己的丈夫将他指控为共同被告就抛弃一位老朋友。”

巴兹尔走向她，双手搭在她的肩膀上。

“母亲，你肯定不是这么想的吧。我知道，我又蠢又笨，我有时候会词不达意。上帝知道，我并不想对你说教，但是，你难道不觉得荣耀、义务、纯净、贞洁，这一切都是很重要的么？别对自己太严厉。别人怎么说有什么要紧？让我们抛开这一切，远走高飞吧。”

“这简直是愚蠢至极。”她说。此时，她的脸色已经开始变差。“如果你没有什么更有趣的建议的话，我们还是去客厅吧……你来么？”

她朝门口走去，但是，巴兹尔拦住了她。

“你还不能走。毕竟，我还是你的儿子，你没有权利继续这么羞辱自己。”

“那么，你打算怎么做呢？”

韦扎德夫人此时虽然仍是笑着，但可以看出来她的脾气随时都有可能爆发。

“我还不知道，但是我肯定能找到办法的。如果你不愿意保护自己，那么我就必须要保护你。”

“你太放肆了。你怎么敢这样对我说话！”韦扎德夫人喊道，她的眼里闪着愤怒的火光，“你跑到这儿来，教育我一顿，是什么意思？你这么自命清高，真是可怜！我猜这一点你一定是从你的家族里遗传过来的，你的父亲从前也是这么的自命不凡。”

巴兹尔看着他，现在，他的心里只剩下愤怒：怜悯已经不复存在，他也不再想要掩饰自己的愤慨。

“我真蠢，这么多年来居然一直相信你。过去我竟然拿自己的生命打赌，相信你的清白无辜。但是，看着那些报纸上的报道，虽然陪审团拿不准主意，但是我知道，那都是真的。”

“那当然是真的了！”她叫道，充满了挑衅，“每一个字都是真的，但是他们没办法证明。”

“现在，我为自己是你的儿子而感到羞耻。”

“你可以不用管我，我的好孩子。你自己也有钱了，我可不想要一个笨手笨脚、没有教养的呆子成天在我身边转悠。”

“我知道你是什么样的人了，你让我感到恐惧。我希望以后再也不要见到你。我宁愿自己的母亲是个流浪街头的可怜女人，而不是你。”

韦扎德夫人摇了摇铃。

“米勒，”管家进来后，她对管家说道，仿佛忘记了巴兹尔的存在，“我四点钟的时候要用一下马车。”

“是的，夫人。”

“你知道我是要出去吃饭吧？”

“是的，夫人。”

然后，她假装终于记起了巴兹尔。他正默默盯着她，面色苍白，几乎不能控制自己。

“米勒，你可以带肯特先生出去了。他要是再来的话，就说我不在。”

她轻蔑傲慢地看着他离开，然后瞬间恢复了聚会女主人的姿态。

那之后，巴兹尔去了好望角三年。他不愿意回英国，服役期满后才离开了那里。一开始的时候，巨大的耻辱感让他无法忍受，日日夜夜备受煎熬。但是，当他离欧洲越来越远，最后终于踏上非洲大陆后，羞愧的感觉也渐渐淡了。他所在的中队很快就被派往内陆地区，繁重的工作纾解了他内心的伤痛；骑兵单调无聊的苦差事，行军的长途跋涉，兴奋感与新鲜感，这一切都让他筋疲力尽，夜里他睡得比之前任何时候都香。然后是战争的劳苦、沉闷、单调，他忍饥挨饿，备受极端天气的折磨。但是，这一切却让他靠近了之前想要躲避的人群。他们虽然粗野，但乐观坚强，互帮互助，并且在他生病时同情关心他，这令他深受触动。他看到人们面对真正的苦难时并肩作战、亲密同行，因此，之前对人类作为一个整体的厌恶感消失了。后来，他也上了战场，虽然之前他对上战场感到焦虑，担心自己会害怕，但是，真正到了战场上之后，巴兹尔却感到兴奋，感觉到生命的可贵。那个时候，邪恶、肮脏、丑陋都消失了，人们并肩而立，浑身充满了一种原始的力量，血液在血管里沸腾，死神就在他们之间游走。在死亡面前，没有什么琐碎、卑鄙、刻薄。

最后，巴兹尔意识到，继续躲藏在这里并不是什么勇敢的事情。他的才华在好望角没有施展的舞台，于是他打定主意要回到伦敦，骄傲地昂起头，展示自己真正的实力。他感觉自己越来越独立，因为他知道，自己能够积极地面对疲倦和欲望。并且，挂在胸前的奖章也说明了，他并不缺乏勇气。

终于回到伦敦后，他成为了林肯律师工会的一员，一边张罗着发表自己在战争期间写的一系列作品，一边认真地学习法律。尽管此前经历过的风风雨雨让他变得不苟言笑，而且喜欢自我反省，但在内心深处，他还是那个开朗乐观的年轻人，带着炽热的希望踏入了崭新的人生阶段。有些时候，他位于坦普尔的屋子太冷清了。他渴望拥有家庭，希望能有个女人来帮他操持家事，想要听到裙摆窸窣作响，女人充满爱意的声音在家里回荡。这是他的天性。现在看来，他生活中最后的一点苦涩也要消失了，因为，穆瑞太太恰好给了他他所需要的爱。他对自己仍有些怀疑，需要得到她的力量的支持。

然后，沉思中的巴兹尔突然眉头一皱，他之前太过喜悦，一时间忘记了一件事。他走下桥，把双手背在身后，漫步到了更为阴暗的林荫道上。他在树间走了很长一段时间，来回踱步，充满困惑，非常低落。已经很晚了，周围没什么人。无家可归的人们在长椅上混乱地蜷缩成一团睡觉，他们的身后还有个警察正在蹑手蹑脚地靠近。

几个月前，巴兹尔没在食堂吃饭，而是随便走进了一家位于舰队街的小酒馆。吧台后面有个特别漂亮的女孩子，立马引起了他的注意。这个小酒馆虽然装饰得花里胡哨，但给人的感觉却和伦敦的烟雾一样，灰蒙蒙的。在这个庸俗廉价的小酒馆里，她却是那么的清丽不凡。他没有在用餐时和女服务员搭话的习惯，但是，在这里，他却禁不住对她发出了几句并不罕见的评论。对此，女孩的回应很是傲慢(显然,在这种地方她学会了如何机智应答),明媚的笑容让她本就很标致的脸庞又增加了一分令人难以抗拒的魅力。他对她产生了兴趣,感到有点兴奋,因为之前从来没有人仅仅是因为美貌就给他留下这么深刻的印象。巴兹尔告诉圣路克街的医生弗兰克·赫雷尔,他在舰队街发现了全伦敦最可爱的女孩子。弗兰克嘲笑了这位朋友的激情。一天,他们路过那里时,巴兹尔为了证明自己说的没有错,于是硬带着他一起进了这间金皇冠酒馆。这之后,他又自己一个人去了一两次,女服务员渐渐认识了他,看到他之后总是友好地点头致意。巴兹尔一直喜欢浪漫的幻想,在他异想天开的想象中,他给这个漂亮的姑娘蒙上了一层玫瑰色的面纱:他美化了她的职业,在想象中让时光倒流,把女孩想象成为骑士和武士递送麻袋的利落女仆,她是青春女神赫柏,将甘露分发给永生的众神。当他把自己这些幻想告诉她,虽然完全没有搞明白他在说些什么,但是女孩的脸却红了起来,这是那些酒吧里的常客,那些她公认的仰慕者们的粗俗赞美从来没有取得过的效果。巴兹尔觉得,那抹红晕是他此生见过的最美妙的色彩。

打那之后,他去金皇冠的次数更加频繁了,他经常在下午喝茶的时候过去,那时候店里人最少。他们两个人越来越熟,会在一起讨论天气、客人以及当天的新闻。巴兹尔发现,有了她的陪伴,半个小时的时间一转眼就过去了。并且,他还感到有点受宠若惊,因为她对于他的关注和照顾明显比其他人多。一天下午,他到得有点晚了,高兴地发现,看到他时,她开心了起来,整个脸庞都洋溢着光彩。

“我还担心你今天不来了呢,肯特先生。”

她开始称呼他的名字,他也知道了,她的名字是珍妮·布什。

"我不来的话你会介意吗?"

"会有一点。"

这时,另一个女服务员向她走来,

"珍妮,今晚你休息,对吧?"

"是的。"

"你今晚准备干什么?"

"我不知道,"珍妮说,"我还没有任何计划。"

这时候,进来了一位顾客,珍妮的朋友和他握了握手。

"还是老样子?"她问。

"你愿意今晚和我一起去看戏么?"巴兹尔轻声问道,"我们先一起去吃点东西,然后你想去哪里我们就去哪里。"

这个建议在他的脑海中闪过,他连想都没想就脱口而出。珍妮的眼中闪着快乐的光芒。

这时候,一个矮个子的男青年洋洋得意地走了进来,他的牙一看就是假的。巴兹尔隐隐约约地知道,他和珍妮订了婚,经常能看到他隔着吧台冲她抛媚眼,同时一杯接一杯地喝加了苏打水的威士忌。

"珍妮,晚上一起去吃饭吧?"他说,"你愿意的话,我可以在缇沃利饭店订个座位。"

"汤姆,今晚恐怕不行。"她的脸微微羞红,回答道,"今晚我有别的安排了。"

"什么安排?"

“一个朋友要带我去戏院。”

“什么朋友?”男子面露不悦,问道。

“这是我自己的事情,对吧?”珍妮回答说。

“好吧,要是你不告诉我的话,我就走了。”

“我可没拦着你。”

“给我杯威士忌加苏打吧。动作快一点!”

男子说话相当傲慢无礼,仿佛在提醒珍妮,她在那里就是要为他服务的。巴兹尔一阵热血上头,他涨红了脸,想要告诉男子,对女士说话时要考虑得更周到、语气更温和。但是,珍妮用眼神制止了他。她什么话都没说,把他点的东西给了他。他们三个人就这么静静地坐着。

很快,男子喝完了酒,点上一根烟。他一脸狐疑地盯着巴兹尔,想要开口搭话问个清楚,但是,看到巴兹尔一脸镇定,他又改变了主意。

“那么,我走了,再见。”他对珍妮说。

他离开后,巴兹尔问她为什么不直接抛弃他,这总比惹恼他要好。

“我才不在乎呢。”珍妮叫道,“我也有点受不了他那副德行了。我还没有嫁给他,如果现在他不让我做我自己想做的事情的话,那他可以走人。”

他们在索霍区的一家餐馆共进晚餐,巴兹尔因为这个小小的冒险而兴致高昂,看到女孩开心,他自己也很高兴。并且,珍妮的美貌吸引了不少人的注意,这也令他很是满足。她很羞涩,但是巴兹尔逗她开心时，她笑得那么灿烂，双颊绯红：他突然意识到，她天性温和，愿意接受新事物，他可能可以帮助她，可以教给她新的理念，带她领略她之前闻所未闻的关于生命之美的观点。她戴着一顶帽子，他则是日常的着装，所以他们只能坐在二楼后排的位置，但是对她来说，这已经是非常奢侈了，她平常看戏也就坐在票价最低的乐池或者楼上的包厢里。演出结束后，她看着巴兹尔，眼波流转。

"我今天实在是太开心了。"她叫道，"跟你在一起比和汤姆在一起有趣多了。他总是想要省钱。"

他们租了辆马车回金皇冠，她就住在那里，和另一个女服务员同住一间房间。

"你以后愿意再和我一起出来吗？"巴兹尔问。

"当然愿意。你和其他来酒吧的男人都不一样，你是个绅士，并且你对我——就好像我是个淑女。这也是我为什么打一开始就很喜欢你，因为你并没有看轻我，你总是叫我布什小姐……"

"我更想叫你珍妮。"

"你可以这么叫我。"她回答道，满面含笑，又红了脸，"所有那些来酒吧的男人都以为他们可以对我做任何事情。但是你却从来没有像他们那样试图亲我。"

"这并不是因为我不想，珍妮。"巴兹尔笑着回答。

她没有做声，只是微笑着看着他，满目柔情。要是此时他还看不出这眼神中的邀请，那可真是个十足的傻瓜。他双臂环住她的腰肢，吻了她的嘴唇。对此，她全然没有任何反抗，他大吃一惊。轻轻的一吻变成了热烈的拥吻，巴兹尔的四肢都开始颤抖。马车在金皇冠门口停了下来,他扶她下了马车。

“晚安。”

第二天,他又去了金皇冠,看到他后,珍妮的脸更红了,她静静地和他打招呼,言行间透着一种亲昵。很长时间以来,他都是自己孤身一人,因此,他感到很满足。他很高兴,终于有人对他感兴趣了。自由当然很好,但是,男人总渴望着能有那么一个人,关心自己的饮食起居、健康状况。

“你先别走,”珍妮对他说,“我有话要和你说。”

他一直等着,直到酒吧里没有其他人。

“我解除了和汤姆的婚约。”她说,“昨晚他一直在街对面等着,看着我俩一起走出了酒吧。今早他来找我对质。我告诉他,如果不愿意的话,他可以退出。然后他就大发雷霆,于是,我告诉他,我不想再和他有任何瓜葛了。”

巴兹尔静静地看着她,看了好一会儿。

“但是,你是喜欢他的吧,珍妮?”

“不。我都不想见到他。我之前还挺喜欢他的,但是现在不一样了。我很高兴能够就此摆脱他。”

巴兹尔不禁想到,正是因为自己,她才解除了与汤姆的婚约。他有点激动,内心充满了力量,非常兴奋与骄傲。但是,与此同时,他又很担心自己会给她带来巨大的伤害。

“我很抱歉。”他喃喃低语,“我想我可能伤害到了你。”

“你不会因此就再也不来了吧?”看到他脸上的疑虑,她不安地问道。

他的第一反应是：此时决裂可能对他们两人来说是最好的。但是，一想到她美丽的眼中将充满痛苦，一看到她的眼中已经噙满了泪水，他就马上打消了这个念头。

"不，当然不。如果你愿意见到我的话，我当然非常乐意过来。"

"答应我，你每天都要来。"

"我会尽可能多来。"

"不行，这样可不行。你必须每天都来。"

"好的，我答应你。"

她的热情令他深受感动。要是此时他还看不出珍妮对自己的一往情深，那他就是个十足的笨蛋。不过，尽管他常常自省，但却从来没有问过自己，他对珍妮究竟是怎样的感情。他希望能对她产生有益的影响，并且发誓绝不让她因为自己而受到任何伤害。她和他概念里的女服务员都不一样，因此他觉得引导她懂得个人尊严不是什么难事儿；他很愿意帮助她脱离那个不上档次的职业，帮助她找到一个更方便学习的环境。尽管已经在金皇冠工作三年了，但她依然是那么单纯善良。不过，她不可能一直这么出淤泥而不染，他想带领她走上通往美好生活的康庄大道，以此证明自己对她的友谊。出于这些考虑，巴兹尔经常在珍妮晚上有空的时候带她去吃饭、看戏。

对珍妮来说，她从来没有在酒吧遇到过像他一样的人，谦恭有礼、举止文雅，言语间还满是新奇的东西。她经常听不懂他在说什么，但是听到他的话，她仍然感到高兴，并且就像所有女人一样，她会假装自己听懂了他的话,这让巴兹尔觉得她其实并没有那么的无知。一开始的时候,她吓坏了,因为他对她非常礼貌得体——就像对待一个女公爵一样,而其他人总是那么随随便便。然后,不知不觉间,崇拜与敬畏转变成了爱情,并且最终转变成了巴兹尔之前想都不敢想的盲目的爱慕。她不知道究竟是为什么,在那一夜之后,他就再也没有吻过她了;每次道别时,他都只是握握她的手。三个月了,除了称呼他教名之外,他们之间没有任何进展。

然后,春天总算是来了。舰队街和河岸街上,卖花女们售卖着美丽娇嫩的春日花束,她们手中的花篮为灰色调的伦敦城添上了一抹亮色。来自乡间的春风吹过熙来攘往的街道,也吹动了因为日复一日的辛劳工作而苦恼沮丧的人们的心。天空一片湛蓝,正是在这片蓝天下,草变绿了,树叶也长出来了。有时候,西边的天空中,云朵层层堆叠,在阳光的照射下美得炫目。日落时分,西边的云朵呈现出迷人的玫瑰色、金色,整条街道都被笼罩在夕阳的光辉中,烟雾蒸汽都泛着乳白的光芒。在这个时节,置身这么漂亮的伦敦城,每个人的心中都充盈着单纯的喜悦。

五月的一个晚上,温暖惬意,夜色温柔,空气都甜甜的。这是个美妙的夜晚,原本沉重的步伐都变得轻盈,疲倦的心也卸下了防备,充盈着一种奇妙的、略带哀伤的快乐。那天晚上,珍妮和巴兹尔去了索霍区那家他们经常光顾的小饭馆吃饭。之后,他们来到音乐厅,但是,那里喧闹的音乐和刺眼的灯光在如此甜美的夜晚里让他们难以忍受。宁静黑暗的街道仿佛在召唤他们。于是,巴兹尔提议离开这个沉闷的地方。珍妮欣然同意,同时也松了一口气——音乐厅里的歌声让她心神不宁，一种从未有过的不安让她内心悸动，充满无法言喻的渴望。他们走进了夜色之中，有那么一会儿，她睁大眼睛望着巴兹尔，她的眼神有些奇怪，混杂着恐惧与原始野蛮的狂野力量。

"我们去堤岸上走走吧，"她轻声说道，"那里比较安静。"

他们看着河水静静流过，星空下，河岸边的库房参差不齐地向远方延展开去。在那里，有一盏孤零零的灯闪耀着，就像是一只充满邪恶的眼睛，给那一方肮脏的砖瓦建筑增添了一丝神秘感，就仿佛有什么不法的激情或者罪恶正从那里蔓延。那晚，潮水很低，石墙之下，淤泥闪闪发亮。不过，有着小小圆拱的滑铁卢桥此时却显得格外光鲜，桥上的灯光或黄或白，倒映在河水中。就在不远处，停泊着三艘船，船上挂着红色的灯。它们好像有种奇怪的魔力，即使现在已经被废弃了，但是从它们身上却依旧能够看到顽强的生命力，看到它们曾经承载过的激情与劳苦。这些船也许肮脏、残破，但是却也总有一种浪漫的情怀——曾经，坚强勇敢的人们就住在这些船上，他们航行在越发辽阔的河面上，这是他们的永恒朝圣之旅，向着大海，向着广阔无垠的世界，不断前进。

他们慢慢地向威斯敏斯特大桥走去，河道蜿蜒处，堤岸上的光映在河道里，影影绰绰，恍若河上生出了一片森林，而那里本该是座神秘的、看不见的城市。路不长，他们却走累了。虽然夜色甜美，充满春日特有的馥郁芬芳，但是他们的四肢却像是灌了铅一样沉重。

"我走不回去了，"珍妮说，"我太累了。"

“我们叫辆车吧。”

巴兹尔拦下了一辆车,他们坐了上去。巴兹尔告诉车夫舰队街金皇冠酒吧的地址。他们没有说话,但是此时的无声反而更衬托出有什么比言语更重要的东西正在产生。终于,珍妮打破了此时的寂静。一句话脱口而出,她发出的仿佛并不是自己的声音。

“那一晚后,你怎么就再也不吻我了?”

她没有看他,他也表现得好像自己并没有听到她说了些什么。但是,他的四肢颤抖了。她的喉咙发热发干,她被一阵可怕的焦躁裹挟住。

“因为,我并不在意这个。”

她一阵心痛,心脏怦怦直跳。马车走得飞快,他们在堤岸上疾驰而过,外面漆黑一片。

“但是我希望你那么做。”她急切地说。

“珍妮,我们别再骗自己了。”

但是,嘴上虽然这么说着,他的身体却被另一种巨大的力量完全控制住。他一边说着,一边凑近她的唇。他已经忍耐了很久,因此,此时的吻显得格外甜美。她像头野兽一样气喘吁吁,双臂紧紧环抱着他,身上的香气驱走了他的所有念头:此时,他完全不顾车外有没有路人,紧紧地把她搂在怀中。她让他疯狂,她的美丽,她的顺从,她的激情。这个好像永远不会结束的吻让他疯狂,他这辈子从没有像现在这么欣喜若狂。他的心在颤抖,就像树叶在风中飘荡。

“你愿意跟我回家么,珍妮?”他在她的耳边轻声问道。

她没有回答，但是身体却与他贴得更紧了。他掀开马车顶上的幕帘，告诉车夫直接去他的家。

此后一周，甚至是此后一个月，因为这个女人给的爱，巴兹尔感觉自己变得更强大、更勇敢了，他心中充满骄傲，欣喜若狂。面对世界时，他变得更加自信，他的生命中也开始有了此前从未有过的活力。但是，很快，这场浪漫的冒险便转变成了一种庸俗不堪的秘密关系，他想到自己之前的理想——纯洁无瑕，追求崇高的事业——不禁羞愧难当。他的这份爱不过是一时的心血来潮，尽管令他心满意足，却也不过是昙花一现。但是，令他沮丧的是，珍妮已经将自己全身心托付给了他，她对他付出的是不朽的激情，而他对她的感情相比起来却非常冷淡。她一天比一天更爱他，他已经成为了珍妮生活中必不可少的一部分，如果哪一天他因为太忙没有时间去见她，他就一定会收到一封充满焦灼渴望的来信，信里到处都是拼写错误，语言表达也非常笨拙，但是目的却很明确：恳求他去找她。珍妮对他很是依赖，因此对他要求也非常严格。他不得不每天都去金皇冠，虽然那里对他来说已经渐渐失去了吸引力。她没受过什么教育，因此，他们一起度过的每一个夜晚都越发难熬——现在，他们已经不去看戏了，她晚上休息的时候就待在巴兹尔的房间里。他发现，和她对话都很艰难。他感觉自己的手脚都被套上了沉重的枷锁，他被禁锢在了这里。并且，令人无法忍受的是，除了害怕伤害她之外，他其实并没有别的什么想法。他并不擅长处理这类关系问题，他问自己，这样下去的结局会是什么。很多次，他下定决心想要和她分手,但是,一看到她对自己的依恋,他就失去了勇气。如此过去了六个月,他们的关系渐渐成为了一种习惯,就这么维持了下来。

但是,只有通过不断提醒自己已经不是自由之身,巴兹尔才能遏制住对穆瑞太太渐渐萌生的感情。他觉得,他对穆瑞太太的感情与之前经历过的感情都不一样。他迫切地想要斩断过去,开始一段崭新的、更加有益的生活。不论代价如何,他必须和珍妮做个了断。他知道,穆瑞太太冬天要去意大利,他想不出任何不追随她出国的理由:这样,他就能在意大利时不时地见到她,六个月之后,他就可以光明正大地向她求婚了。

理清思绪后,巴兹尔结束了一个人的漫步,慢慢走向皮卡迪利大街。一天的喧嚣已经散尽,此刻,那里安静得不自然,安静得有些可怕,实在是令人难以相信:整条大街肃穆、空旷、宽阔,沿下坡路缓缓走着,就像是走在某条波澜不惊的河边,宁静,自在。夜晚的空气纯净清新,却充满了回响,一辆经过的马车让周围突然一阵喧嚣,马匹奔跑的咔哒咔哒声在空中久久回荡。路灯整齐地排成一排,看上去自信又稳重,向周围的房屋投去冷冷的光。往低处看去,路灯照着公园笔直的栏杆和近处的树木,愈发显出了夜色的阴沉昏暗。行走间,可以看到煤油灯的黄色火焰跳动着,就像一串大小不一的褪色宝石。到处都是一片寂静,但是,除了开着的窗户外通体白色的房屋却安静得不大一样:关了门,上了锁,整个房屋仿佛都陷入了睡眠,它们无助、杂乱、破破烂烂地立在路边,仿佛没有了熙来攘往的喧嚣和进进出出的人影,它们也没有了意义。

七

接下来的周日，巴兹尔·肯特和赫雷尔与莱伊小姐共进午餐，还碰到了卡斯蒂利恩夫妇，他们是刚过了中午之后到的。这位活泼可爱的夫人的丈夫很有分量，给人留下的最深印象就是身材肥胖、说话无聊。他的头发已经秃了，脸肉肉的，打理得很干净。他是土地的拥有者，同时也是下议院议员，因此举止中处处透着自命不凡。上天似乎是在惩罚他的无趣，于是让他娶了一位充满活力的妻子。尽管他从不吝于向她公然示爱，但她却总是对他很不耐烦，非常轻蔑。卡斯蒂利恩先生乏味无聊，但是还特别喜欢讲话，一说起来就没完没了。现在，他发现大家因为他的出现而不知所措，于是逮住机会，滔滔不绝地说了起来，虽然他的话其实更适合在下议院里讲——毕竟，那里才是蠢货和烦人精们最后的避难所。

不一会，雷吉也跟着管家走了进来，他像只漂亮的小猫一样，悄无声息地溜进了房间。昨天的欢愉过后，他的脸色有些苍白，但仍然很俊美。莱伊小姐起身欢迎他，看到他向卡斯蒂利恩太太瞥了一眼，与此同时，这位女士的眼中闪着狡黠的光。她立马明白了，这两位之前早有预谋，说好了要来这里见面。发现一场幽会正在自己的家中发生，这位机敏过人的女主人乐了。不过，要不是因为那位议员先生说话太无聊，坏了她的心情，她本来并不打算让卡斯蒂利恩太太继续要她的花招。并且，艾米丽·巴塞特总是吹嘘自己多么关心儿子，总是说所有人都应该像雷吉一样品行高尚，这也惹恼了莱伊小姐。

“保罗，”卡斯蒂利恩太太说，“巴塞特先生听说你明天要在下议院演讲，很想去听一听……这位是我的丈夫，这位是巴洛-巴塞特先生。”

“是么！你是怎么听说我要演讲的？”卡斯蒂利恩先生高兴地问道。

雷吉的过人之处在于，他从来都不会着急忙慌地撒谎，然后等到后面闲暇时又对自己的表现追悔莫及。他思考了一会儿，然后眼神坚定地看着弗兰克，以防止自己接下来要说的话遭到反驳。

“赫雷尔医生告诉我的。”

“你要是能来的话，我当然很高兴。”我们这位演说家说道，“我的演讲就在晚餐开始前。那之后你想一起用餐么？不过，恐怕他们提供的晚餐会非常糟糕。”

“听完了你的演讲后，他就不会在意这些了，保罗。”卡斯蒂利恩太太说。

小伎俩得逞后，她的唇边浮起一抹淡淡的微笑。这之后，卡斯蒂利恩先生静静地转身看着莱伊小姐，身体微微抖动，一看就准备好了又一番长篇大论。见此情景，弗兰克和巴兹尔马上起身告辞。他们一起走向堤岸，有好长一段时间，他们两个都没有说话。

“我想和你说件事，弗兰克。”最终，巴兹尔打破了沉默，“我这个冬天想要出国去。”

“是么？那酒吧那边怎么办？”

“我不在乎。毕竟，我有足够的钱生活，而且我想好好尝试一下，看看自己有没有可能成为一名真正的作家。并且，我要和珍妮分手，这是我能想到的最好的办法了。”

“你这么做很明智。”

“啊，我真的希望自己从来没有蹚过这趟浑水。我不知道该怎么办。她对我的爱比我想象得要多得多，这令我感到害怕。我不想伤害她。我无法想象她可能会承受的不幸，但是我们不能一直这么继续下去。”

弗兰克没有说话，他双唇紧闭，面色凝重。巴兹尔感受到他无言的责备，情绪激动地说了起来：

“我知道我不该这么做。你以为我不痛苦不后悔么？我从来没有想过，她会这么当真。但是，我是个男人，和其他男人一样，我也有冲动。我想，换成别人的话，他们也会和我一样的。”

“我并不想要责怪你，巴兹尔。”弗兰克冷冷地说道。

“我本想好好帮一下那个姑娘。但是，我失去了理智，要是晚上我们也能和白天一样保持理智的话……”

“生活会是一所主日学校。”弗兰克打断了他的话。

这时，他们已经快要走到威斯敏斯特桥了，一辆马车从他们身边驶过。他们看到穆瑞太太坐在里边，优雅地向他们点头致意。巴兹尔羞红了脸，扭头往回看。

“不知道她是不是要去莱伊小姐家。”

“你要回去看看么?”弗兰克冷冷地问道。

他用犀利的眼神看着巴兹尔。巴兹尔的脸又红了起来,但很快他就抛开了一时的犹疑。

“不。”他坚定地说,“我们继续往前走吧。”

“你是因为穆瑞太太,所以才甩掉珍妮么?”

“啊,弗兰克,你不要把我想得那么糟糕。我不喜欢肮脏丑恶的秘密关系。因为我的——因为韦扎德夫人的缘故,我想要过一种比大多数人更干净的生活。跟珍妮在一起的时候,我自己都很讨厌自己。就算是没有遇到穆瑞太太,我也会这么做的,我还是会跟她分手。”

“你爱上穆瑞太太了么?”

“是的。”短暂的沉默之后,巴兹尔答道。

“你觉得她喜欢你么?”

“前一天晚上,我确信了这一点。但是,现在我又对此产生了怀疑。我希望她能喜欢我。我完全无法自已,弗兰克,我对她的感情和对珍妮的是完全不一样的。这份感情提升了我,支持着我。我不想自命清高,但是,当我想到穆瑞太太时,我无法想象任何苟且的事情。对此,我很骄傲,因为我对她的爱几乎完全是精神上的。如果她也喜欢我,愿意嫁给我,我想我可能可以为这个世界做点好事儿。我希望,离开这里六个月,珍妮对我的感情会渐渐淡下去——我觉得渐渐疏远比一刀两断好。”

“对你来说这样肯定不会那么痛苦。”弗兰克说。

“等我自由了之后,我就去找穆瑞太太,告诉她所有这一切,然后向她求婚。”

巴兹尔住在坦普尔的一处漂亮的房子里。尽管人们对这一带的日常生活有些不怎么好的议论，但是，这里有红色的房屋和挺拔的梧桐树，树木枝繁叶茂，树下处处荫凉，非常安静，别有一番滋味。他的房间位于建筑的顶层，布置得很简单，但处处体现了男主人热爱美好事物的好品味。彼得·莱利爵士①笔下的仕女甜美优雅，从墙上挂着的铜版画上往下张望。屋里的谢拉顿式家具使这间房间看上去朴素中透着精致。

弗兰克装上烟斗，但是他们还没坐下多久，就传来了敲门声。

“这会儿不知道是谁来了？”巴兹尔说，“周日下午一般没什么人来找我的。”

他走近窄窄的过道，打开了门。弗兰克听见了珍妮的声音。

“我能进来么，巴兹尔？屋里还有别人吗？”

“只有弗兰克。”他边带她进来边回答道。

珍妮穿着安息日的服装，在弗兰克看来，衣物的颜色未免有些浓艳：她穿着浅黄褐色的外套，但是头上却戴着一顶黑色的帽子，帽子上还有个颜色鲜艳的大蝴蝶结。不过，她的美貌足以让人忽略她夸张的衣着。她个子很高，生得极好，丰乳肥臀，一看就是个热情似火的姑娘。她简直是按照完美的希腊女神像雕琢出来的，没有哪位公爵夫人的嘴唇比她还小，鼻子比她还精致。并且，她粉嫩的小

① Sir Peter Lely（1618—1680），荷兰肖像画画家。他刻画宫廷妇女的作品色彩迷人，温暖而明快。

耳朵比海里的贝壳还精妙。不过,她最先吸引人注意的还是她周身闪耀着的色泽,她茂密亮丽的长发,明亮闪烁的眼睛和奶油一般白皙细嫩的皮肤。她的脸上有一种孩子气的天真,非常有魅力。弗兰克用批判审视的眼光观察她一番后,也不得不承认,虽然穆瑞太太在衣饰举止上有着明显的优势,但是和珍妮一比,仍然占不了上风。

"我以为你今天下午回家了呢。"巴兹尔说。

"没有,我做不到。店里三点打烊后我就马上来到了这里,当时你不在。我真怕你在六点前都不会回来了。"

很明显,珍妮想要和巴兹尔谈谈。弗兰克优雅地磕出烟斗里的烟灰后起身告辞。巴兹尔送他下楼。

"听着,巴兹尔,"弗兰克说,"要是我是你的话,我会趁机告诉珍妮我就要离开了。"

"是的,我也打算这么做。我挺高兴她能来。我本来想要给她写信,但是又觉得这样实在是太不磊落了。啊,我恨我自己,因为我会给她带去很多痛苦。"

弗兰克离开了。起初他很羡慕巴兹尔的好运气。他怪自己运气不好,从来没有漂亮女人死心塌地迷恋上他:这显然令人烦恼,而且对他来说是一种无法忍受的奴役,但是一直被投弃权票可不是什么好滋味。不过,现在,走在去俱乐部的路上,没什么人需要他,没什么人找他,他不禁有些庆幸,还好那些漂亮的女士们把她们的微笑都留给了比自己更有魅力的人。

七

巴兹尔回屋后,发现珍妮并没有像往常一样摘下帽子,而是站在窗边，看着门口。他走过去吻她，她却退缩了。

“今天别这样，巴兹尔。我有话要对你说。”

“好吧。先脱下你的外套吧，舒服一点。”

他想，也许珍妮和金皇冠的老板吵架了，或者是要责怪他过去两天没去看她。于是，他点起烟斗，有些心不在焉。他没有发现，她看自己的眼神有点奇怪。但是，等她开口说话时，她语气中的巨大的痛苦令他不由一惊。

“要是今天没找到你的话，我真不知道该怎么办了。”

“天啊，珍妮！你怎么了？”

她的声音有些哽咽。

“我惹上麻烦了，巴兹尔。”

她的泪水令他心如刀割，于是他温柔地伸出手想要抱住她。但是她又一次退缩了。

“不，请别靠近我，不然我就永远都没有勇气告诉你了。”

她站起来，擦干泪水，在房间里走来走去。

“我今天早上就想来见你，巴兹尔。我来到了门前，但是不敢敲门。然后我就离开了。今天下午，我来这里找不到你，以为你离开了，我真的多一晚也忍受不了了。”

“赶快告诉我究竟发生了什么，珍妮。”

他突然感到一阵害怕，脸色也变得和她一样惨白。她满是焦虑地看着他。

“过去几天我总感觉不大舒服。”她轻声说，“昨天我去看医生了。他告诉我，我有了孩子。”

说完后,她掩面痛哭。巴兹尔的心一下子沉了下去。他看着这个被恐惧与羞耻打垮的女孩,心中充满悔恨。如果说他之前从来都没后悔过,那么此刻,他后悔了,并且懊悔无比。

“别哭了,珍妮。我受不了这个。”

她绝望地抬起头,美丽的面庞因痛苦和绝望而变得丑陋,这深深地折磨着他。他很困惑,脑海中同时翻涌着无数个冲动的想法。他也害怕,但是与此同时,有一种感觉压倒了一切:他即将成为一个鲜活生命的父亲,他为此而狂喜不已。他的心因为骄傲而怦怦直跳,就像是个奇迹一样,一股爱意灼烧着他的心。他把珍妮揽在怀中,以一种从未有过的激情亲吻她。

“别这样了,看在上帝的分上,这对你来说没什么的。”她大叫道,努力想要挣脱他,“但是我该怎么办?我真希望自己已经死了。在认识你之前,我一直都很品行端正。”

他再也无法忍受她的痛苦,此前一闪而过的想法渐渐变得让他无法抗拒。只有一个办法能擦干这些眼泪,只有一个办法能补救这一切错误,而他此时胸中燃烧着的激情让这一切都变得更加简单。他的整个灵魂都在要求走上那条既定的道路,这令他情绪高涨,并且碾碎了他心中生出的其它所有反对的意见。不过,当他开口说出这话时,他的心却感到疼痛,因为,迈出了这一步后,他就再也无法回头了,只有上帝知道,踏上这条路后会有什么样的结局在等着他。

“别哭,亲爱的,这没什么不好的。”他说,“我们最好马上结婚。”

珍妮轻轻地倒抽一口气,哭声渐渐止住,她一动不动地看着地面,像是丧失了全部气力一般紧紧抓住巴兹尔。他的话慢慢进入了她的心里,她对此有些疑惑,似乎巴兹尔说的是某种她听不懂的语言。然后,她继续保持沉默,但开始颤抖起来。

"你再说一遍,巴兹尔。"她轻声说。停了一会儿后,她继续说道:"你说的是真的么?你真的能娶我么?"

她站起来,看着他,整个人虽然有些凌乱,但却显得格外楚楚动人,就像是个悲剧人物,其无以言表的悲痛恰恰有着最高贵深沉的感染力。

"我只是个酒吧服务员,巴兹尔。"

"你是我孩子的母亲,并且,我爱你。"他庄严地说道,"我一直都渴望能有个孩子,珍妮,你让我感到无比光荣和幸福。"

她的眼中泪光闪闪,此前充满焦虑和恐惧的面庞上绽放出了狂喜和幸福,这让巴兹尔感到自己获得了十倍的回报。

"巴兹尔,你真的是太好了。你说的是真心话,对吧?我可以一直和你在一起了么?"

"你真的觉得我会那么无情,会弃你而去么?"

"我之前是有些害怕。最近你没那么在乎我了,我很不快乐,巴兹尔,但是我也不敢表现出来。一开始我不敢告诉你,因为我觉得你一定会生气。我知道,你不会让我忍饥挨饿的,但是你有可能会给我一笔钱让我离开。"

他亲吻了她的双手。她的美光芒四射,他的心从来没有像现在这样燃烧过。

"我之前还不知道我是如此的爱你。"他叫道。

她呜咽着投入他的怀抱，不过，此刻她的哭泣中充满无法抑制的激情，她带着狂热的爱意吻上了他的唇。

巴兹尔在过道里有个小小的煤气炉。很快，珍妮就像个迷人的家庭主妇一样，开始泡茶。她动作慢悠悠的，周身洋溢着幸福感，能为他做事情，她感到很自豪。在她准备这些东西的时候，她坚持让他就坐在那里抽烟。

“我想我们不需要用人，巴兹尔，这样我就能一直服侍你。”

“你不要再回到那个讨厌的酒吧了。”

“你知道的，我不可能说走就走，留下一个烂摊子。我应该提前一周通知他们。”

“那就马上通知他们吧。等你自由了，我们就马上结婚。”

“我一定会非常幸福！”她高兴地叹了一口气。

“现在听好了，我们必须要保持理智，好好谈一谈。你知道，我并不是非常富有，我每年只有三百镑的收入。”

“这已经很多了。”她惊呼，“我爸每周最多才能赚三英镑十先令。”

巴兹尔笑得很迟疑，因为，他的品位很高，从来都没能很好地实现收支平衡。但是，他试图告诉自己，两个人一起生活可能比一个人过日子更省钱。他会更投入地研究法律，这样，他很快就能获得一份收入。没有案子时，他可以写作。他们可以在郊区，在巴恩斯或者帕特尼，找个小房子。他们的蜜月也不需要太奢侈，就去康沃尔过两周就行了。蜜月回来后，他马上就要开始工作了。

“要是我告诉我妈我就要结婚了，她肯定会很惊讶。”她大笑着说，"你一定得来见见我的家人。"

巴兹尔之前只见过珍妮的一个哥哥，他住在城里，偶尔会去金皇冠。除此之外，他对她的家人一无所知。他只知道他们住在蹲尾区。

"巴兹尔，要是你不娶我的话，我就打算再也不回家了。妈妈会把我赶出家门的。今天下楼的时候我就很害怕，总是觉得她会觉察到什么。"突然间，她的心中产生了一丝疑虑，"你说的是真的，对吧？你不会反悔吧？"

"当然不会啦，傻孩子。能有你这么个美丽的妻子，我难道不应该很骄傲么？"

快到六点时，珍妮不得不离开了。因为晚上六点，金皇冠酒吧将开门迎来想要好好喝上一杯的基督徒们。巴兹尔陪她到了酒吧，然后继续走了一段，边走边思考自己即将面临的人生新阶段。很少有人能够做到完全的我行我素，不理会别人的表扬或批评。他一直都没什么自信，此时更是迫切渴望得到别人的建议与同情。但是，他此时找不到弗兰克，也不好意思在同一天之内打扰莱伊小姐两次。于是，他回到了自己的俱乐部，给莱伊小姐写了一张便条，希望能在第二天早上前去拜访。

那一晚，他睡得很不踏实，因此起得也比平常晚一些。还没吃完早饭，他就收到莱伊小姐的回复，她表示愿意在十一点钟的时候和他一起到圣詹姆斯公园散散步。他准时来到了那里，他们闲逛了一会儿，看着公园里的野鸟，巴兹尔一直在犹豫，说着各种不相干的事情。不过,莱伊小姐注意到他今天格外严肃,猜到他今天肯定会说些沉重的话题。

“好了,究竟发生了什么事?”她坐下来,直截了当地问道。

“我只是想告诉你,我要结婚了。”

她马上想到了穆瑞太太,她之前还在想,不知道巴兹尔何时才能找到机会宣布这个消息。

“就是这个么?”她笑着说,“对年轻人来说,结婚是非常合理的行为,你也不用看上去这么严肃吧。”

“我要娶的是一位布什小姐。”

“她是什么人? 我怎么从来都没听说过她。”这位好心的女士满是好奇地看着他,问道。不过,很快,她隐隐约约地回想起来了一些东西:“弗兰克曾经和我说过,你在什么地方发现了一个名叫珍妮·布什的女孩,并发誓说她是世界上最可爱的女人。你说的不会是她吧?”她用探寻的眼神久久地望着他,“我想,你要娶的该不会是舰队街酒吧里的女服务员吧?”

“就是她。”他静静地回答。

“为什么呢?”

“大概是因为我爱上她了吧。”

“胡说八道! 一个多情的年轻人可以爱上很多女孩,但是,在这个议会法案规定强制执行一夫一妻制的国家里,他不可能把她们全都娶回家。”

“我恐怕没法给出其他的理由了。”

“你大可以写信告诉我你这有意思的决定。”莱伊小姐冷冷地说道。

他灰心丧气地低下了头，许久都没说话。

“我必须找个人说说这件事。”最后，他终于打破了沉默，“我真的是太孤单了，没有人帮助我，没有人给我建议……我要娶珍妮，是因为我必须这么做。我认识她一段时间了——这整件事情都很肮脏可恨。昨天我从你这边离开后，她到我房间来找我了。她都快疯了，可怜的家伙，她都不知道自己在说些什么，然后，她告诉我……”

“这一切你肯定是早就可以预见到的。”莱伊小姐打断了他的话。

“是的。”

莱伊小姐考虑了一会儿，慢慢地用遮阳伞的伞尖在脚下的沙土上写着自己姓名的首字母。巴兹尔在一旁焦虑地看着她。

“你确定你没有在骗自己么？”终于，她开口问道，“你并不爱她，对吧？”

“不爱。”

“那你就没有权利娶她。啊，我亲爱的孩子，你不知道婚姻有时候会变得多么烦人，即使是那些门当户对的婚姻。我这辈子认识不少人，我可以肯定地说，婚姻是这个世界上最可怕的东西，除非两个人之间充满激情，只能结婚。我憎恶所有将婚姻视为儿戏的傻瓜。”

“要是我不娶她的话，她会自杀。她和一般的女服务员不一样。在我认识她之前，她非常清白。这会毁了她。”

“我觉得你夸大其词了。说到底，这不过是因为你的无知而导致的一出令人遗憾的意外，根本没必要走上绝路或矫情装腔。你可以表现得像个绅士一样,好好照顾这个女孩。她可以到乡下去,直到这一切都结束。等她回来时,没有人会知道发生了什么,她也不会有什么损失。"

"但是,关键并不在于别人知不知道。这是一个关乎荣誉的事情。"

"现在才讨论道德问题,难道不是太晚了么?当初你引诱她的时候,你的荣誉感跑到哪里去了?"

"我知道,我是个彻头彻尾的大混蛋,"他谦卑地说,"但是,现在我看到了自己眼前的责任,我必须要承担起这份责任。"

"你说的就好像是之前没有发生过类似的事情一样。"莱伊小姐接着说。

"哦,是的,我知道,类似的事情每天都在上演。如果女孩做出了让步,那她可就完蛋了;这完全不是男人的问题。就让她流落街头吧,就让她走向堕落吧,然后再绞死她。"

莱伊小姐撇了撇嘴,耸了耸肩。她不知道他该怎么维持生计,以他的微薄收入,想要支撑起一个家庭还是很难的,并且,他其实并不适合从事辛苦乏味的律师行业。她也非常了解"文学"这个行当,深知在这一行更是赚不到什么钱。巴兹尔没有新闻工作者的手速,花两年时间才能写成一本小说,估计最多能赚五十英镑。并且,他还特别喜欢描写人的心理状态,估计在文学界获得成功的可能性不大。但是,与此同时,他这个人还挺大手大脚的,肯定不会缩手缩脚、节约度日,也没机会学习讨价还价。

"我想,你应该知道,人们可能不会邀请你的妻子出席活动。"

莱伊小姐补充道。

“那我也不会参加那些活动。”

“但是,你是世界上最不愿意放弃这些的人啊。你最喜欢做的就是参加晚宴,到别人的乡间小屋度假。并且,女士们的笑容对你来说也是那么重要。”

“你这么说,好像我是个食客。”他笑着回应,“我只是想要承担起自己的责任。我犯了一个可怕的错误,上天知道,我对此悔恨不已。但是,现在,我清晰地看到了摆在我面前的路,不论代价是什么,我都要顺着这条路走下去。”

莱伊小姐严厉地看着他,她锐利的灰眼睛在他脸上细细打量。

“你难道不觉得你有点过于看重自己的英雄主义情结了么?”她问道,声音中透着刺骨的寒冷,令巴兹尔不禁畏缩,“现如今,自我牺牲可是个奢侈品,所有人都想要尝试一下。人们因为怕胖而不吃糖,他们如此自我牺牲,只是因为他们单纯地热爱自我牺牲这件事情本身,他们才不管自己做出牺牲后追求的事物到底有没有价值。事实上,他们只想要满足自己的激情。”

“当我让珍妮嫁给我时,我从她挂满泪水的脸上看到了绽放的笑容,看到她那么高兴,我就知道,我做了一件对的事情。只要能让她幸福,我变成什么样都无所谓。”

“我在考虑的并不是你,巴兹尔。我想,即使没有和她结婚,你对她造成的伤害就已经够大的了……在你眼中,她就只是很可怜么? 你这么做,是因为你自己的自私和怯懦,因为你爱你的自尊,你害怕自己会伤害到别人。”

巴兹尔从来没有从这个角度考虑过,但是,在他看来,这个说法并不合理。他很快就将其抛诸脑后。

“你从来都没考虑过孩子,莱伊小姐。”他慢慢地说道,“我不能让这个孩子偷偷摸摸地来到这世上。他应该拥有属于自己的名字;不让他承受可怕的污名就已经很困难了。并且,能成为一个活生生的孩子的父亲,我感到骄傲。不论我受多少苦,不论我们两个人受多少苦,为了孩子,一切就都值得了。”

“你准备什么时候结婚?”沉默片刻后,莱伊小姐问。

“可能就这一两周吧。你不会弃我而去吧,莱伊小姐?”

“当然不会。”她微笑着回答,“我觉得你是个傻瓜,但是大部分人又何尝不是呢。他们从来不曾意识到,生命只有一次,犯下的错误难以挽回。他们游戏人生,以为自己是在下棋,可以试试这一步,再试试那一步,如果哪儿都走不动了,他们还可以清空棋盘,一切都从头再来。”

“但是,生命就像是一局棋,我们总会被打败。因为,坐在我们对面的是死神,我们每向前走一步,他都自有对攻之道,不论怎么运筹帷幄,我们总归会败给他。”

他们各自想着心事,走回到了老皇后街,到了家门口,莱伊小姐与巴兹尔握手作别。他迟疑了片刻,最后还是开了口:

“还有一件事,莱伊小姐。我之前觉得,穆瑞太太对我……我肯定是搞错了,但是,我还是希望她不要把我想得太坏。”

“恐怕你得忍受这一切了。”莱伊小姐的回答很是尖刻,“你们之前没做过什么约定吧?”

"没有。"

"我这几天能见到她,我会告诉她你要结婚了。"

"她会怎么想我呢?"

"我想你应该不想让她知道事情的真相吧?"

"是的。我只告诉了你一个人,因为我必须找个人推心置腹地谈一谈。在这世上的所有人中,我最不希望的,就是穆瑞太太知道这件事。"

"那么你就只能任由她自己猜想了。再见。"

"你还有什么话想对我说么?"他绝望地问道。

"亲爱的,如果你能承受得了这一切的后果,那么你就可以去勇敢地尝试。"

八

莱伊小姐回家后发现，主任牧师一个人坐在藏书室里。他们父女俩今天下午就要回特坎伯里了，贝拉整个上午都在逛商店。

“阿尔杰农，你知道么，在这个世界上，好人往往会给人带来更多的伤害。”莱伊小姐坐下来，发表起自己的高见，“坏人往往在作恶后会立马收手，将危害降到最低。并且，出于常识，他们做坏事后也不会感到心痛。但是，对于一个自认公正的好人，就没办法跟他们讲道理了。”

“你的说法颇有颠覆性。”主任牧师笑着答道。

“坏人作恶后，出于经验，他们总会适可而止，因此产生的危害反而小。然而，一旦有道德的人阴沟翻船了，为了以正确的方式纠正自己的错误，他们反而会接二连三地犯错。在这种情况下，他们对相关人员造成的伤害就会比彻头彻尾的恶人大得多，因为他们无法面对现实，不相信其他的路也行得通。”

“请告诉我让你发出如此论调的原因。”

“我的一个年轻朋友做了件傻事，然后想用另一件傻事进行弥补。他刚才表面上找我寻求建议，实际是想要让我为他的高尚行为叫好。”

莱伊小姐告诉他巴兹尔的事情，不过她并未透露相关人物的姓名。

“我首次担任助理牧师的职务是在朴茨茅斯。”她说完后，主任牧师说道，“我当时嫉恶如仇，急切地想要纠正所有的错误。我记得，当时有一个教徒陷入了类似的麻烦，为了孩子，也为了那个女人，我一定要让他娶那名女子为妻。我几乎是拽着他们的头发把他们拖上了圣坛。他们终于成为合法夫妻后，我觉得自己做了件好事儿。但是，六个月后，那个男人就割断了他妻子的喉咙，他自己也被处以绞刑。要是我当时不那么多管闲事的话，这两条生命也许就不会失去了。”

“格伦迪夫人①有很好的理解力，不应该背负现在这样的坏名声。她不介意一个男人是否有点疯狂，也不会嫌弃一个一点都不疯狂的男人弱不禁风。但是，她非常敏锐地知道，女人们需要一些更直截了当的规则：如果一个女人犯了错，落到了格伦迪夫人的手里，她肯定会毫不犹疑地第一个伸出手把她推进火坑。这个社会就像是个冷酷的怪兽，看上去睡眼惺忪，让你以为自己可以恣意妄为。但是，其实它一直都在默默地盯着你，在最出其不意的时候伸出它的铁爪将你压垮。”

“希望贝拉不会回来得太晚。”主任牧师说，“吃过午饭后我们得去赶火车了。”

“这个社会有自己的十诫，为既不很好也不很坏的普通人量身打造。但是，奇怪的是，以社会戒律为标准，不论你表现得比它好还

---

① 格伦迪夫人来自剧作家托马斯·默顿塑造的舞台形象——一个干涉别人私生活的假正经的代言人。

是比它坏,都会受到严厉的惩罚。"

"有时候我觉得,你死后都可以成仙了。"

"但是那样的话,活着的时候要非常痛苦,阿尔杰农。"

很快,贝拉回来了,主任牧师上楼后,她告诉莱伊小姐,在书商的建议下,她给赫伯特·菲尔德买了道登写的《雪莱传》,厚厚的两本大部头。

"希望他能写出更多诗,够出一本小册子。"贝拉说,"然后,我可以问问他,是否能让我来帮他安排发表。我想,也许肯特先生能帮我找到一个出版商。"

"亲爱的,你还会从你最好的朋友这里找到出版的费用。"莱伊小姐答道。

巴兹尔将自己即将结婚的事情告诉了自己的律师,因为他还有笔小小的财产被托管着,需要他的母亲在各种文件上签字。一两天后,他收到了这样的一封信:

亲爱的孩子:

我听说你就要结婚了,作为你的母亲我要送上我的祝福。明天来我这里喝茶吧,我要向你当面道贺。你已经生我的气很久了,一个男人可不能因为生气而闷闷不乐。为了防止你忘记,我在这里还是要提醒一下:我是你的母亲。

爱你的

玛格丽特·韦扎德

P. S.

如果一个人的父亲是个混蛋，他还可以安慰自己说他和父亲之间的关系总是有那么点不确定性，但是如果换作母亲，他就没办法用这种动听的话来欺骗自己的灵魂了。这真是个天大的讽刺。

韦扎德夫人很聪明，她早就知道，过不了几年，她就能凭借自己的美貌、财富和才华重新找回自己的地位。这位美人心里很清楚，在那次审判之后，她的地位摇摇欲坠，只能费尽心力，小心翼翼地避开一个又一个的陷阱。她明白，获得社会地位的提升，最好的办法就是做慈善和皈依罗马公教。不过，这个机敏的女士并不认为自己的处境已经糟糕到需要转变信仰。她知道，只需要在慈善事业上更勤快一点。韦扎德夫人为了自己的声誉，绞尽脑汁讨好了一位乏味无趣的老太太，她的财富和地位令她极具声望，她的好心肠让她成为了韦扎德夫人可以轻松操纵的工具。爱德华·斯金格夫人是位小个子的老妇人，一口假牙，栗色的假发总是歪向一边。虽然她人很无趣，但是却总是能够把伦敦城里最有头有脸的人物召集到自己的客厅里来。她和韦扎德勋爵是亲戚，曾经有过激烈的争吵，因此很自然地就成为了韦扎德夫人的倾诉对象。只要她愿意，韦扎德夫人可以巧舌如簧，令人完全无法拒绝。她口才极佳，而且记性特别好，她记得自己讲过的所有假话，因此从来没有被拆穿过。她楚楚可怜地向爱德华夫人讲述了自己不幸的婚姻，深深打动了她，承诺愿意竭尽所能帮助她。就这样，在这位老太太举办的所有宴会上，总有韦扎德夫人的身影;每到一个时尚聚集之处,老太太的身边也都有她陪伴左右。很快,人们就接受了这个不缺钱的有趣女人。

巴兹尔顺从地接受了她的邀请,来到了她的家里,发现自己的母亲正以她最喜欢的姿态坐在那里——在她的肖像画里,她就是这么坐着的。那幅画用色大胆,曾经引起巨大的轰动,如今就挂在她的背后。十年过去了,她几乎没什么变化。她的身边还是摆着香烟和嗅盐,以及一本最近引发了控诉的法国小说。在即将到来的义卖会上,韦扎德夫人有一个自己的摊位,此刻她正心满意足地看着义卖会的介绍手册,看着自己的名字出现在一群身份显赫的人物中间。

她像雕塑般亭亭玉立,穿着极尽奢靡浮夸的长袍,和其他人身上穿的略显邋遢的简约长袍完全不同。她享受男人们倾慕的眼光,从来都不吝于展示自己姣好的身段和优雅的曲线,总是穿着大胆暴露,性感十足。她想要吸引人们的注意,从不隐藏自己的魅力。她精通化妆①之道。英国女人化妆时大多会将自己的脸涂抹得很难看,总感觉化妆是通往地狱的第一步。韦扎德夫人也难免觉得化妆品有点庸俗和邪恶,仿佛胭脂盒的下面住着一个长着蹄子和尾巴的小恶魔。不过,她很倔强,一旦决定了要化妆之后,为了打消自己的疑虑,凸显自己的美貌,她总会极尽所能精心打扮一番。她用上了所有聪明人都知道的技巧,但是她用得很巧妙,最后的效果也往往令人赞叹:她把头发染成和眼睛、皮肤相称的颜色——其他大多数

① 原文为法语。

女人都会在这方面失手。她的眉毛描摹得很完美，睫毛底部精心绘制的眼线令她扑闪扑闪的大眼睛更为灵动传神。她唇上的口红简直是出自艺术家的手笔，她的唇美得就像是爱神丘比特手中的弓箭，直击人的心灵。

韦扎德夫人五年没见自己的儿子，注意到了他身上发生的变化，对此，她很感兴趣，但是却不带丝毫感情。

“让我给你倒点茶。”她说，“对了，从好望角回来之后，你怎么没来看我啊？”

“你忘了吧，你对米勒下令，不再接待我。”

“你真不该把这话当真①。每次我的女仆梳不好我的头发时，我都会解雇她，但是她还是跟了我好多年。那次之后不到一周我就原谅你了。”

他们四目相对了一下，意识到他们之间的关系未曾改变。韦扎德夫人耸了耸肩：

“我今天叫你来，是因为我觉得五年过去了，你应该变得更宽容了。不过，很明显，你就是那种永远都没有长进的男人。”

要是在一年前，巴兹尔肯定会回答说，他永远不会对不光彩的事情宽宏大量。但是，现在，他心中有愧，只能安静地坐在那里。他努力让他们之间的氛围保持在礼貌但冷淡的状态，对此，他的母亲一直都非常擅长。他料想到了她的下一个问题会是什么，想到不得不将自己的秘密告诉这个轻蔑无礼的女人，他就倍感煎熬。但是，

① 原文为法语。

正是因为这一切是如此令人不快，他决定毫不隐瞒地回答她的问题。

“你要娶的是谁？”

“你们之前都没听说过她。”他笑着回答。

“你是要将这个幸运儿的名字保密吗？”

“布什小姐。”

“这个名字听上去不怎么显赫，是吧？她的父亲是谁？”

“她的父亲就在这个城里。”

“有钱么？”

“非常穷。”

韦扎德夫人看着自己的儿子，目光敏锐，然后，她带着某种表情探身过去。

“冒昧问一句，你那个讨人厌的祖母会把她称为淑女么？”

“她是舰队街上一个酒吧的服务员。”他挑衅地说道。

没有丝毫犹豫，下一个问题接踵而至，声音响亮。

“什么时候分娩[1]？”

这个问题犹如晴天霹雳，打得他措手不及。血液一下子冲上了他的脸颊，他立马跳了起来。她冷冷地看着他，不无蔑视，他被她拆穿了，他慌了，不知道该说些什么。

“我说对了，是吧？很显然，高尚的人也沦陷了。啊，亲爱的，我还没忘记五年前你对我说的那些迷人的话语呢。你还记得么？你

---

① 原文为法语。

还记得你是怎么高谈阔论贞洁和荣誉么？你还叫我……任何有教养的儿子都不该把那个词用到自己的母亲身上。我想，比起我来，那个词可能更适用于你的妻子。”

“如果我的血液中流淌着欲望，那也是因为我不幸地成为了你的儿子。”他狠狠地叫道。

“想起你道貌岸然的样子，我不得不深感佩服。这么长时间以来，你一直都在耍你的小把戏。但是，我要坦白地说，你的把戏让我觉得恶心。并且，我也讨厌和酒吧服务员勾三搭四做偷偷摸摸的事情。”

“我知道我错了，但是我会尽量弥补的。”

“在所有的蠢货之中，圣人让我远离那些忏悔的蠢货。如果你不能像个绅士那样去犯错，你最好还是做个有德行的人。绅士不会因为自己引诱了一个酒吧服务员就娶她，除非他在精神上就是一个商店售货员。就这样，你还敢来对我厚颜无耻地说教！”

回忆过去，她眼中闪烁着愤怒。她站在巴兹尔边上，就像是个怒不可遏的女神。

“你知道什么是生活么？你知道我的血管里流淌着怎样炽热的激情么？你根本不知道是怎样的魔鬼撕扯着我的胸膛。你有什么资格评价我呢？我在乎这些么？我每一天都过得很快活，并且，我的好日子还没完呢。如果你不是那么自命清高的话，你会发现，我比大部分的女人都要好得多，因为我从来不会抛弃倒霉的朋友，也不会攻击倒下的敌人。”

她气冲冲地说着，异常流利，就像是这番话她也常常对自己说，现在总算找到了个机会把它们说出来。不过,她很快就恢复了往常的样子,尖酸刻薄,语含讽刺,她知道,这才是更加有效的姿态。

“等我老了之后,我就去天主教堂,在圣洁的气味中结束自己的人生。”

“你还有什么想对我说的么?”巴兹尔冷冷地问道。

“没了。”她耸了耸肩,答道,“你这么做真的是太蠢了,你注定是个平庸之辈,因为你无法像个真正的男人一样面对魔鬼。走吧,去娶你的酒吧服务员吧。告诉你,你让我觉得恶心。”

他怒火中烧,握紧拳头,向门口走去。还没等他出门,管家便通报说德卡皮特勋爵来了,紧接着,一个高大英俊的年轻人走了进来。巴兹尔狠狠地看了他一眼,他马上就猜到了他的母亲和这个富有的年轻人之间的关系。德卡皮特勋爵充满惊讶地看着他离开。

“刚才那个和蔼可亲的人是谁?”

韦扎德夫人有些恼怒地笑了笑。

“这是一个傻瓜。我对他一点兴趣都没有。”

“他是你的某一位前任么?”

“不,当然不是。”韦扎德夫人乐了,“来给我一个吻吧,孩子。”

巴兹尔沮丧万分地回到坦普尔,走到门口时,珍妮给他开了门。他记起来,之前说好了,她今天下午过来听他讲婚礼的最终安排。他们将在一个登记处举办婚礼。

“我在路上遇见了我的哥哥吉米,巴兹尔。”她说,“我把他也带来了,让他见见你。”

他走进门，看到一个弱不禁风的年轻人坐在桌前，两腿悬在空中。他的头发是沙黄色的，脸尖尖的，打理得很干净，眼睛颜色非常淡。他比他的妹妹普通多了，说话带着伦敦土腔，笑起来时会露出小小的变色的牙齿，表情有些奸诈油滑，让人不是很喜欢。他穿得很时尚——对城市冒险家来说。他头上歪歪斜斜地戴着礼帽，穿着一身格纹套装和鲜艳的紫色衬衣；他还不时挥舞着一根细细的竹手杖。

"你好。"他向巴兹尔点头致意，"很高兴认识你。"

"抱歉让你久等了。"

"不必抱歉。"他愉快地答道，"我是个生意人，不能在这里待太久，但是我觉得还是有必要过来看一看，向我未来的妹夫问个好。我是个热情友好的人。"

"你人真好。"巴兹尔客气地说道。

"你知道么，当我跟他说我要嫁给你时，他非常吃惊。"珍妮高兴地叫道。

"请别介意。"詹姆斯说，"我就是随口一说，老妹。"

"吉米，没关系的，你太谨慎了。"

"我看你有些难为情了。好了，我也该走了。"

"你不喝杯茶再走么？"巴兹尔问。

"谢谢。我不想打扰你们这对金丝雀了。并且，我也不是爱喝茶的那种人。我觉得那是女人们才爱做的事情。我更喜欢来点猛的。"

"吉米就是这样。"他的妹妹高兴地说。

“我这里有些威士忌,布什先生。”巴兹尔扬起了眉毛,说道。

“啊,可千万别这么叫我。就叫我吉米就行了。我可受不了那些繁文缛节。我们两个都是绅士。听着,我并不喜欢自夸,但是我敢这么说,我是个绅士。这不是自卖自夸,对吧?”

“亲爱的,当然不是。这就是事实。”

“这是个无法回避的事实,所以,有什么好值得骄傲的呢。要是我在俱乐部里认识了一个人,他想请我喝杯酒,我才不会问他是不是个贵族呢。”

“只管喝酒就是了。”

“你自己也会这么做,对吧?”

“我想是的。我现在可以请你喝点威士忌么?”

“既然你如此坚持,那我就恭敬不如从命了。我的座右铭是:从来都不要拒绝一杯酒。他们说含着酒水对牙有好处。”

巴兹尔给他倒上酒。

“手紧点,兄弟。”詹姆斯叫道,“不用加太多苏打水。啊,我的运气真不错。”

他一饮而尽,咂了咂嘴。

“这可真不错。现在,我真的得走了。”

巴兹尔这次没有劝他留下,为了让他尽快离开,还送给他一支雪茄。詹姆斯接过雪茄,仔细研究了一番。

“*Villar y Villar*,名牌啊!”他叫道,“这可真是太好了。这是花多少钱买的啊?”

“我不知道它们的价格。这是别人送我的。”巴兹尔点燃一根火柴,“要不要把标签拿掉?”

“我现在知道了它的牌子,就更不会拿掉标签了。”詹姆斯下定了决心,“我可不是每天都能抽得到这种好烟。我抽它的时候要留着标签,好了,我走了。回头见,兄弟。”

他离开后,珍妮转向了她的爱人。

“吻我吧……这里!现在总算能好好坐下来,安静地说说话了。你觉得我哥哥怎么样?”

“我还不怎么认识他呢。”巴兹尔谨慎地回答道。

“他不是什么坏人,并且他还挺会逗乐。他就和我的母亲一样。”

“是么?”巴兹尔问道,他又有了点活力,“你的父亲也是这样的人么?”

“你知道的,我爸爸受到的教育不如吉米。吉米在马尔盖特上的寄宿学校。你也上的寄宿学校,对吗?”

“是的,我在哈罗。”

“哈罗的空气不如马尔盖特好吧?”

“确实。”巴兹尔说。

“亲爱的,快坐到我身边来。真高兴,我们又可以单独在一起了。我这辈子都愿意和你单独待在一起。你爱我,对吗?”

“是的。”

“很爱很爱吗?”

“是的。”他笑着重复道。

她盯着他看了很久,仿佛想要从他的脸上看出什么蛛丝马迹。

她的眼睛暗淡下来，看向别处：

“巴兹尔，我想和你说点事，这特别特别难。”

“怎么了，亲爱的？”

他用手臂揽着她的腰，把她抱到自己身边。

“别，别这样。”她起身走远，“你就待在那里别动。看着你的话，我就说不出口了。”

他停了下来，不知道她在想什么。她断断续续地说着，仿佛说这些话用尽了她所有的力气。

“你确定你爱我么，巴兹尔？”

“我很确定。”他回答道，努力挤出一个微笑。

“我不希望你是因为可怜我而和我结婚。如果你只是出于义务和我结婚的话，那还是算了吧。”

“珍妮，你怎么会突然说起这个呢？”

“其实我已经考虑很久了。那天你提出要和我结婚时，我太高兴了，因此并没有仔细考虑。但是，我太爱你了，我可以看出来，打那之后，事情就变得不一样了。我不想伤害你。我知道我不是你应该娶的那种女人，我无法帮你出人头地。”

她的声音颤抖着，但是她还是强迫自己继续说下去。巴兹尔一动不动，安静严肃地听她说着。他看不见她的脸。

“我想知道你是不是真的在乎我，巴兹尔。如果你不是真的爱我，你就直说吧，然后我们就分手。毕竟，我也不是第一个摊上这种麻烦事儿的女人，我可以轻松地解决这个问题，你知道的。”

一时之间，他犹豫了，他的心充满痛苦地怦怦直跳。他想到了莱伊小姐冷冰冰的建议和他母亲无情的嘲讽。现在，她自己主动提出给他一个机会，是不是最好还是抓住这个机会呢？

自由就在他的面前，为此，他感到欢欣鼓舞。只消轻轻说几句话，这场可怕的噩梦就结束了，他就可以重获新生，过上一种更明智、更美好的人生。但是，珍妮此时转过身来，她那美丽而忧伤的眼中满是焦虑不安，她痛苦地等待着他的回应，几乎不能呼吸。最终，他没有勇气把心里的话说出口。

"珍妮，别折磨自己了。"他断断续续地说，"你这也是在折磨我。你知道的，我爱你，我想娶你。"

"真的么？"

"是的。"

她深深吸一口气，两行热泪滑过她的脸颊。她沉默了一会儿。

"你救了我的命，巴兹尔。"最后，她终于开口了，"我打定主意，要是你不娶我的话，我就结束自己的生命。"

"你在胡说些什么呢！"

"我真的是这么想的。我无法面对那样的局面。我已经想好了——我会等到天黑，然后走到桥上去。"

"我会尽自己最大的努力做一个好丈夫，珍妮。"他说。

但是，珍妮离开后，巴兹尔却彻底崩溃了，陷入了无法抑制的绝望情绪。他想到，莱伊小姐曾经把人生比作一盘棋，而自己的每一步都走错了：一次又一次，选择的天平摆在他的面前，如果他做出不同的选择，一切就能重新走上正轨；每一个选择都看上去没什么大不了，直到最后，他才看到这一个个错误选择导致的宿命后果。每一步都是无法挽回的，但是，在当初需要做出选择的时候，它们看上去都是那么的无关紧要。人生这盘棋并不是场公平的游戏，因为最关键性的问题总是藏在看上去那么微不足道的面具背后。现在，在他看来，自己已经无路可走了。他感到自己被一股巨大的力量控制着，完全无计可施，也无力挣脱。这一次，他惊恐地看到了自己的命运，命运已经为他安排好了这一切，他不过是命运手中的提线木偶。如今，黯淡无光的未来生活就摆在他的面前，即使是他的孩子——曾经是他最大的精神支柱的孩子，也无法给予他丝毫安慰。

“啊，我该如何是好？”他呻吟悲叹，“我该如何是好啊？”他突然想到珍妮的自杀威胁，不禁浑身颤抖。他知道，她是能做得出来的，她不会有一丝一毫的犹豫。突然，他感受到了一股冲动的力量，一扫所有的犹疑和苦闷。然后，他咬紧牙关，站了起来。

“我不会懦弱退缩。”他恶狠狠地叫道，“我自己造的孽，就让我自己偿还吧。”

九

几天后,巴兹尔结婚了。弗兰克在登记处忙前忙后协助他完成了这一套手续,然后回到自己的家中,看到雷吉·巴塞特正舒舒服服地瘫在他的扶手椅里,一双长腿还搭在另一把椅子上。在他旁边还摆着弗兰克的香烟和威士忌兑苏打。

"朋友,看来你在这里很舒服自在啊。"

"我路过这里,也没什么特别的事情,于是就进来瞧瞧。我母亲认为我应该多和你交往,这对我有好处。婚礼结束了吗?"

"对于这件事,你都知道些什么?"弗兰克警觉地问道。

"我知道的可比你想象的要多,我的朋友。"雷吉咧着嘴回答道,"我母亲告诉了我这件事,她把这当作一个严肃的警告。她说肯特要娶一个酒吧女服务员,这是因为肯特交了坏朋友,去了不该去的地方。他为什么会娶她呢?"

"如果我是你的话,我会先管好自己的事情,雷吉。"

"要是她怀上了的话,那他可真的是太蠢了。要是我摊上了这样的麻烦事儿,我宁愿看着这个姑娘去死,反正我是肯定不会娶她的。"

"朋友,我还有工作要做。"弗兰克什么都没多说,"你请自便吧。"

“好吧！我要再来上一杯。”他一边给自己倒了杯威士忌，一边说，“我要去和卡斯蒂利恩太太喝茶。”

弗兰克竖起了耳朵，但是也没多说什么。雷吉看着他，得意洋洋地笑着，还冲他眨了眨眼睛。

“厉害吧？我才认识她两个星期。但是这才是和女人交往的正确方法——趁热打铁。我发现第一次见面时她就迷上了我，于是我就对她发起了猛烈的攻势。我知道，她并不介意，所以我就直接告诉她我想要的是什么。我的天啊，她真的是太妙了！弗兰克，我已经总结出了规律，我喜欢这些夫人们。在她们面前，你完全不需要拐弯抹角，也不用绕圈子。你可以有话直说，一招制胜，还不用担心什么该死的道德问题。”

“你可真是个哲学家，雷吉。”

“你可能认为我这个人很糟糕，但事实并不是这样的。我可以给你读一封她给我写的信。对了，我会把你的地址告诉她，让她把信寄到这里来，以防我的母亲拦截下我们之间的通信。”

“朋友，如果你的信寄到我这里来的话，我就立马把它们给退回去。”

“你可别这么耍无赖。这又不会伤害到你。”雷吉气冲冲地说，“如果你以为这样就能阻止她给我写信的话，那你可想错了。我还可以让她把信寄到我的补习老师那里去。我说，我一定要给你读读这个，实在是太有意思了。”

雷吉从口袋里掏出一封信，弗兰克认出了信上卡斯蒂利恩太太写的大大的字。

“你不觉得向别人展示一位女士写给你的私人信件有点不合适么？”

“迂腐！”雷吉大笑着叫道，“要是她不想让别人看到的话，那她就不该写下这封信。”

他洋洋得意地朗读了信上的部分内容，若是离婚法庭上的法官听了这段话，他肯定不会对这对爱侣之间的感情产生任何怀疑。这个可怜女人的满腔爱意撩拨着雷吉的虚荣心，对他来说，最大的快乐就是向别人炫耀自己获得的这份深情：读到其中某些亲昵爱慕的表达时，他还特意加强了语调。

“‘我属于你，至死方休。’”他结束了自己的朗读，“天啊，女人们写的信里充满了这种蠢话！并且，最可笑的是，她们说的话还都是一样的。怎么样，这封信里写得很清楚吧？她已经把话说得不能再明白了。”

“可亲的年轻人！”弗兰克说，“你母亲知道你和卡斯蒂利恩太太之间的来往么？”

“知道一点吧！一开始她觉得她很庸俗，但是发现她家世显赫，祖父是位勋爵后，她就不再讨厌她了。我母亲有点势利眼，你知道的……她还在想，卡斯蒂利恩夫妇会不会邀请我们去多塞特郡度假。果真如此的话，我一定会让事情变得非常热闹。”

雷吉看了看表。

“我得赶紧走了，我喝茶就要迟到了。”

“你不打算工作么？”

“我准备工作，但是不着急。你看，我不准备参加下一次的考试了。母亲给了我考试的费用,但是那笔钱我都已经花光了。所以,我就打算告诉她我通过了考试。船到桥头自然直,到时候总归有办法的。”

“你这不是太不诚实了么?”

“那又如何?”雷吉吃惊地问道,“她管我管得太紧了,并且,无论如何,我总会有钱的。等她去世后,钱总归都是我的,所以不打紧。”

“周六和你一起吃饭的那个女人怎么样了?”

“哦,我把她甩掉了。我觉得还是跟卡斯蒂利恩太太在一起更划算。她有些家底。我实在是搞不懂,为什么男人就得为女人买单。”

“我的孩子,你这可是在试图调和两个完全对立的东西——爱情与经济。”

雷吉离开弗兰克家,来到了邦德街。到了那里后,他发现卡斯蒂利恩太太还没到,于是就在附近来回走着,等了半个多小时。他有些生气了,终于见到了这位姗姗来迟的娇小女士后,他脸上一丝笑容都没有。

“让你久等了吧?”她的语气中透着一股漫不经心。

“是的,我等了你很久。”他回答说。

“这对你有好处。”

她走进店里,他们叫了茶点。

“我可不能吃这种糕点,”她说,“让他们再送点别的过来。”

第二份茶点也不合她的口味,于是她又叫了第三份。

“我想我还是最喜欢第一份。”所有茶点都品尝过后，她说。

“你一开始就应该直接吃掉第一份，而不是在这里胡搅蛮缠。”雷吉大声说道。他自己很容易生气，并且，对别人的类似缺点他总是表现得尤为不耐烦。

“那个女人也没什么别的事可做，我为什么就不能打搅她？并且，她很傲慢无礼，我还想去投诉她呢！”

“你要是真的这么做的话，我也会跟你一起过去，告诉对方事实并不是你说的那样。”

“这个地方真是差劲，我不知道你为什么要推荐我们来这里。算了，我还是可以再要点甜点作为补偿。”

她环视四周，看到了一盒包装精美的巧克力，盒子上装饰着缎带和紫罗兰假花。

“你可以给我买这个。我喜欢甜的东西——你呢？”

“我也喜欢，只要有人愿意为此买单。”

她将头往后仰着，大声浪笑起来。店里的人纷纷侧目。雷吉有些恼怒。

“你别这么大声，其他人都在看着你呢。”

“好啊，就让他们看啊！给我点根烟。”

“你不能在这里抽烟。”

“为什么不可以？那边就有个女人在抽烟。”

“是的，但是她也不应该在这里抽烟。”

“胡说八道！那是韦扎德夫人。只有你那些皮卡迪利的朋友们才会整天想着举止是否得体。他们整天担心自己会不会表现得不够绅士不够淑女。你一眼就能认出他们,因为他们总是那么一板一眼。”

卡斯蒂利恩太太涂着粉,喷了香水,衣着相当大胆,论时尚度,无人能出其右。但是,她说过,单单凭着招摇过市的姿态就可以轻松把自己和其他水性杨花的女人区别开来,此言不虚,极有智慧。她远远看着韦扎德夫人,她穿得也相当明艳华丽,处处显出自己的个性。她正和德卡皮特勋爵坐在一起。卡斯蒂利恩太太跟雷吉讲了关于这一对儿的最新流言。

“你知道么,她是肯特先生的母亲。对了,他真的是娶了个大街上的女人么?”

“是的,”雷吉说,“真是蠢透了。”

他活灵活现地讲述了自己知道的一切。不知为何,虽然知晓内情的弗兰克和莱伊小姐都对此事讳莫如深,但是巴兹尔的事情很快还是传遍了整个社交圈,所有人都能绘声绘色地讲上一番。

“我说,雷吉,你明天去看戏么?佩伯雷夫人有个《彼得堡美人》的包厢,她叫我带上我的男人一起去。”

“我是你的男人么?”雷吉问。

“难道不是么?”

“这听起来有点粗俗。感觉就像是要你带上你的男仆一样。”

听到这里,卡斯蒂利恩太太爆发出了一阵大笑,人们又一次纷纷侧目。雷吉很是不知所措。

“你怎么这么呆板!是你母亲这么教育你的么,雷吉?她可真是太守旧了。”

“谢谢!”

“不过,我打算邀请她去杰斯顿过圣诞节,我们准备举办一个家庭聚会。到时候我还会叫上莱伊小姐和赫雷尔医生。我不怎么喜欢他,但是他不来的话,莱伊小姐也不会过来。可惜了,她已经上了年纪了,对吧? 不然的话,他们就可以带着更多的目的讨论哲学了。大家都说,她喜欢年轻的男人,真不知道她会跟他们做些什么。你觉不觉得,她年轻时一定过得非常快活。”

“我知道,她可是个‘杀手’级人物。”雷吉回答道。他想起来,读书的时候,这位慷慨大方的女士经常给他塞零花钱。

“我就知道,这其中肯定有些什么东西。”卡斯蒂利恩太太争论说,“不然的话,她不可能在意大利住那么长时间。”

“我母亲认为,莱伊小姐是她认识的最正直的女人。”

“雷吉,我希望你不要一直在我面前把你的母亲挂在嘴边。光是保罗的母亲就已经够我受了。估计我还得邀请那个老女人一起过圣诞:她很讨厌,但是也很有钱,她和你母亲肯定合拍。我们走吧,我受不了这个破地方了。”

雷吉要来账单,发现那盒巧克力就要十五先令。他更愿意把钱花在自己身上,因此有些闷闷不乐。卡斯蒂利恩太太一直让马车等在外面,她提出可以把自己的这位护花使者送到格罗夫纳花园,她要在那里喝第二顿下午茶。

“我今天玩得很开心,”到达后,她说,“你最好给这个马夫五先令。再会,雷吉。明天别迟到。我们明天去哪里吃饭呢?”

“我都无所谓,只要便宜点就好。”他一边阴着脸给马夫钱,一边说。

“明天我请你吃晚饭。”卡斯蒂利恩太太说。

“那好吧。”他的脸庞明亮了起来，他说，“那我们就去卡尔顿吧。”

卡斯蒂利恩太太钻进了房子，雷吉虽然讨厌走路，但是为了省钱，他还是拖着沉重的步子往斯隆花园走去：弗兰克曾经断言，爱情和经济无法兼得，这话真是说得极有智慧。

“今天花了我将近一镑。”他喃喃自语道，“有这些钱，我可以和玛琪一起吃三次饭了。不知道她会不会和那些小丫头一样粗俗。”

第二天，他们在卡尔顿会面，然后吃饭。服务员给他拿来酒水单。

“你想喝点什么？”他问。

“来点有气泡的吧。”

这完全和雷吉想的不谋而合。因为不用自己付钱，他点了自己最喜欢的价格不菲的香槟。他对于自己对酒的品味颇感自豪，而且，因为这酒价格极高，所以他喝的时候格外心满意足。卡斯蒂利恩太太脸上涂着厚厚的粉，就像是商店橱窗里的玫瑰，虽然有些枯萎了，但是在精心布置的灯光的映衬下，仍显得颇为鲜嫩，具有迷惑人的魅力。今天，她兴致颇高。她喜欢今天自己的样子，也喜欢面前这个英俊的年轻人，他身上有股懒洋洋的劲，很是性感，就像是米开朗琪罗笔下刚刚睡醒的亚当。她用很大的声音飞快地说着各种各样的事情。喝下美酒后，雷吉的兴致也来了，他之前还曾犹疑过，不知道与有地位的女人发生风流韵事是否值得，不过，现在他的这份疑虑已经烟消云散：看着她身上华美昂贵的长袍，他激动不已，双眼一直充满赞赏地盯着她脖子和黄发间的钻石。与一个衣着华贵的富有女人在人头攒动的饭店吃饭对于他来说是一种新鲜的体验，他颇为自豪，自己是个快乐的登徒子。

递东西给她时，他趁机碰了碰她的指尖。

"别这样。"她说，"你这样会让我浑身颤抖。"他对她施展的魔力奏效了，卡斯蒂利恩太太越发卖弄起风情。

"别去剧院了吧！我真希望我们可以不用过去。"

"但是我们必须得去。佩伯雷大人会和她的男人一起去，我们得去陪陪她。"

雷吉很高兴自己能和有头有脸的人坐在同一个包厢里，他知道，他的母亲也会对此非常满意。

"他们为什么不让你的丈夫成为一个准男爵？"他直言不讳地问。

"我的婆婆并不想为此破费。你知道的，保罗不是那种天才——他自己倒是愿意试一试，但近来要成为准男爵的价格可是提高了不少，并且，还得付现钱。"

雷吉的胃口很大，这顿晚餐他吃得非常满足。甜点上来时，他点起一根烟，心满意足地叹了一口气：

"人们竟然说，才智带来的快乐胜过食物。"

他凝视着卡斯蒂利恩太太，就像大多数男人一样，口腹之欲满足之后，爱意也在心中升起。他冲她尤其魅惑地一笑。

"我说，格蕾丝，你有没有哪个周末走得开，我们去其他地方玩一玩?”

“啊,我可不能冒险。这实在是太危险了。”

“我们可以去个安静的地方。想想就很妙!”

她心跳加速,雷吉漂亮的眼睛懒懒地看着她,令她产生了一种奇妙的眩晕感。他的手放在桌子上,大大的,柔软光滑,只是看着他的手就让她激动莫名。

“下个月保罗会到北边去演讲。”她说,“这也许是我们的机会,是吧?”

这个冒险令她兴奋,对于雷吉,她本只是一时冲动,此时却突然升温成了热烈的激情,她愿意为此承受一切的风险。

“听着,我有个主意。”她扑闪着眼睛,轻声说,“我们去罗切斯特吧。你还记得吧,巴兹尔有一次提起过?我就说我要去观光什么的。我想那里一定很无聊,除了美国人,没有人会去那里。”

“好啊,”他说,“就这么说定了。”

“现在我们得出发了。结账吧。”

卡斯蒂利恩太太开始找钱包。然后,她突然头往后一仰,尖声笑起来。

“怎么了?”

“我忘带钱包了。那么,就只能你来买单了。你介意么?”

“还好我的母亲今天早上给了我五英镑。”他并不热情地回答。然后,他一边拿出钱,一边喃喃自语:“上帝啊,我日后一定要为此而惩罚她。”

到了剧院后,他们发现佩伯雷夫人还没到,而他们又不知道包厢号，因此只能在门口等着。他们差不多等了半个小时，在这个过程中，卡斯蒂利恩太太越来越不耐烦。

"她真的是太讨厌太无礼了！"她第十次这么叫道，"真希望我没有到这里来，真希望你不要就这么无聊地站在那里。你就不能说点什么让我开心点么？"

"我觉得你可以耐心点，就等那么几分钟不至于发这么大的火吧。"

"她现在怎么对我，以后我就怎么对她。我猜她肯定和她可怜的男伴在哪里吃饭呢。为什么你就不能包下一个包厢，这样我们就可以进去了。"

"我为什么要这么做呢？他们邀请了我们，所以我们就得在这里等着，直到他们出现。"

"要是你真的有那么点在乎我，你就不会拒绝我的要求。"

"要是你提出的要求合理，我会照做的。"

雷吉也有点小脾气，在他的成长过程中，他那充满爱的母亲从来都没教过他克制自己的脾气。但是，现在，看着卡斯蒂利恩太太因为等得不耐烦而怒气冲冲，他却表现出了异乎寻常的平静。相比于焦躁和发怒，他此刻的平静反而愈发惹恼了她。她对他恶语相向，想要打破他的平静，撕破他的冷漠。但是他却丝毫不为所动，过了一会儿，他说：

"要是你对我不满的话，我就走人。你以为你是世界上唯一的女人么？我快受不了你的坏脾气了。天啊，要是已婚男人都要承受这些的话，那我还是永远都不要结婚了！"

说完后,他们相对无言地坐着,透过脸上厚厚的粉可以看出来,卡斯蒂利恩太太的脸颊因生气而涨红。当佩伯雷夫人终于在一个高大魁伟、军人模样的年轻人的陪同下出现时,卡斯蒂利恩太太却微笑着和她打了招呼,和风细雨地说,自己也才刚到。雷吉并不习惯这种礼貌的社交方式,因此难掩自己的坏情绪,只是闷闷不乐地和他们握了握手。

演出结束后,雷吉和卡斯蒂利恩太太一同上了马车,但是道别时他们并没有握手,他英俊的脸上带着恶毒的怒容,让她感到不安。出乎她的意料,一开始的心血来潮渐渐演变成了一种令人绝望的激情。她生性风流,这些年来和不止一个男人眉来眼去过,但是她追求的从来都只是他们的崇拜,她喜欢有人陪着她并且为她小小的奢侈买单。尽管他们中也有人对她动过真情,但是她一直都保持头脑清醒,在他们开始变成麻烦时就甩掉了他们。但是,现在,在独自回家的路上,她的心中充满了空虚与渴望。那双漂亮的眼睛中流露出的愤怒折磨着她,她充满哀伤地想到前一天在车前那个匆匆的吻。

“要是他不回来找我的话,我该怎么办啊。”她呜咽着,痛苦地低语道。

她还有些害怕。她知道,这个风流、自私的男孩一点都不在乎她,而她却沦陷了。对他来说,每个女人都没什么两样,她很痛苦同时也很清醒地意识到,他只是被自己的财富和钻石迷住了而已:他喜欢在她家里吃饭,拥抱一个衣着华贵的女人满足了他的虚荣心。但是,她无意为自由而战,她就这么软弱地向这份爱屈服了,不管这会给自己带来多少耻辱和苦难。回到房间后,她可怜巴巴地给雷吉写了一封信。那些过去被她玩弄于股掌中的男人要是看了她在这封信中的卑微，肯定会觉得自己大仇得报。

亲爱的，别生我的气，我无法承受你对我生气。我全身心地爱着你。我今晚表现很糟糕，我很抱歉，我实在是无法控制自己，以后我会努力控制自己的脾气。给我写信吧，告诉我你已经原谅了我，一想到你我的心就痛。

我爱你，我爱你，我爱你。

格蕾丝

她折起这封信，准备放入信封。这时，一个念头一闪而过。虽然言行轻浮，但是她的观察力很敏锐，她注意到雷吉并不怎么愿意掏钱。她从抽屉里拿出一张十英镑的纸币，又在信上加了一句，然后把信装入了信封。

很抱歉今天晚上我忘记带钱包了，我现在只有这一张纸币。除了我应该给你的那一部分，剩下的钱你拿去给自己买一个领带夹吧。我想送给你个小礼物，但是我怕自己买的不合你意。请告诉我，你不会因为我没有亲自去为你挑选礼物而生气。

年轻人冷漠地读完了信，看到最后一行时，他的脸红了。他的母亲曾经也向他灌输过一些荣誉准则，虽然很不情愿，他还是摆脱不了不该接受女人的钱这个观点。有那么一瞬间,他感到羞耻,但是那张纸币那么干净挺括,充满了诱惑力。他的手指有些发痒。

他的第一反应是把钱退回去,于是,他在写字台前坐了下来。但是,把钱装进信封时,他犹豫了,他看着那张钞票:

"毕竟她还是欠了我不少的,今天的晚饭和昨天的茶点都花了不少钱。现在我收下这钱,以后把它用在她身上。她那么有钱,这点钱对她来说不算什么。"

然后,他有了灵感:

"我要用她多给我的钱去赌马,要是我赢了的话,就把这十英镑还给她;要是我输了的话——那也不是我的错。"

他把钱装进了口袋。

十

肯特夫妇在卡碧斯的渔人小屋里度了蜜月。这个地方的名字读起来又浪漫又有韵律感,巴兹尔很是喜欢。向窗外望去,开满金雀花的峭壁沿着海岸线懒洋洋地延伸开去。把这个屋子租给他们的老人朴实和蔼,巴兹尔喜欢听他讲如何捕捉沙丁鱼,暴风雨如何将沙滩上的一切摧毁,以及圣艾夫斯的渔民如何与来自罗斯托弗的外地人激战。他还讲了乡间宗教活动的复苏,讲了他们如何号召有罪之人悔过,而他自己又是如何在一个难以忘怀的情形下获得了救赎。如今,他以狂热的激情向这对年轻的眷侣讲述着自己最近才找到的信仰,与此同时热情地招待了他们。这个年迈的渔夫个子很高,瘦削憔悴,脸上皱纹密布,双眼因为长时间注视海面而浑浊。从他的身上仿佛能看到这片乡土最真实的样子——废弃的矿井透出荒凉,却也不失温柔;土地荒芜,但也点缀着只有彩色粉笔才能画出的斑斓色彩。上个月经历的感情冲突令巴兹尔疲惫不堪,因此,对他来说,这片南部土地上的波澜壮阔有着无与伦比的闲适魅力。

一天下午,他们爬山去看一处当地景观,一个矗立在山顶上的墓碑。珍妮对此并不感兴趣,她很累,于是坐下休息了,巴兹尔则继续在山间闲逛。他在花丛中游荡,花朵橘黄,叶片碧绿;帚石楠生得温柔典雅,像一串串紫水晶。有些孩子采了一束花后又把它扔到了一边，于是，花束就那么在草地上慢慢枯萎，紫色渐渐退去，简直就像是在象征着皇权的日渐衰微。不知怎的，此情此景让巴兹尔突然想起了最有诗意的散文作家杰里米·泰勒，想起了他对词汇运用的出神入化，他默诵起《圣洁的死亡》中哀伤但又充满激情的片段："打破病床，喝完酒，戴上玫瑰做的皇冠，用甘松香弄脏曲锁；因为上帝吩咐你，要记得死亡。"

站在峭壁的边缘，他俯瞰海边绵延的山谷——远远看去，一切都蔚为壮观，平静的河流在其间静静流淌，就像是昏暗的天国之下某个古老的意大利小镇依然色彩斑斓、充满欢笑。天色灰暗，阴沉沉的，云层中积蓄着雨水，笼罩在山顶上，就像是将死的异教徒的魂灵孤零零地游荡在奇形怪状的基督教传说中。山顶上有一排枯树。巴兹尔今年早些时候曾经来过这里，当时觉得它们和夏天的风光很不协调，俨然是康沃尔郡明媚六月里的一片丑陋骇人的黑暗。但是现在，它们跟自然中的一切都非常和谐。它们盘根错节，枝叶全无，就那么静静地立在那里，似乎因为感受到了万事万物中蕴藏的永恒而心满意足。绿叶和花朵都只是虚无，像蝴蝶和四月的和风般转瞬即逝，但是同时，它们又是永恒不变的。死掉的蕨类植物到处都是，和土地一样是棕黄色的，它们是最早衰败的夏日植物，九月的风一起它们就冻死了。四周一片寂静，巴兹尔仿佛能听到头顶的鸟儿在振翅飞翔，它们在田野上空飞来飞去。并且，奇怪的是，在他的脑海中，他竟然还听到了伦敦的召唤。巴兹尔特别享受孤独，他习惯了一个人的生活，婚后，自己的身边总是有人，这一点让他很是烦闷。他开始为将来做打算。珍妮没有理由不向往更广阔的一片天地，她并不笨,只要他有耐心,渐渐地,她也许会对那些他感兴趣的东西也产生兴趣。向一个灵魂揭示其自身之美,这是件很棒的事情。但是,他的这份热情并没有维持很长时间,下山后,他发现珍妮睡着了,她仰着头,帽子遮住了一只眼睛,嘴大张着。他的心沉了下去,因为此时的她是他之前从未见过的样子:在这片柔软优雅的美景中,她的衣着看上去艳俗粗鄙,并且,他敏锐地发现,在她美丽的外表下,藏着和她那讨人厌的哥哥一样的平庸本性。

因为担心可能会下雨,他把她叫了起来,提议赶快动身回家。她深情地冲他一笑。

"你刚才看见我睡觉的样子了么?我是不是张着嘴呢?"

"是的。"

"我肯定是出丑了。"

"你在哪里买的帽子?"他问。

"我自己做的,你不喜欢么?"

"我觉得帽子的颜色有点太鲜艳了。"

"鲜艳的颜色适合我。"她回答说,"向来如此。"

康沃尔郡的细雨洒在大地上,就像是人的悲伤穿透皮肤深入心底。终于,这一天快结束时,雨下得大了起来。在雨雾中,在夜晚里,乡野沉入一片黑暗。但是,此时巴兹尔的内心却远比窗外的景象更阴沉灰暗。才过了不到一个星期,他就开始害怕,害怕自己其实根本没有足够的能力去完成之前自信揽下的艰巨任务。

回伦敦后,巴兹尔把他之前的家具搬到了在巴恩斯新购置的小屋里。他喜欢这里颇具古韵的商业街,因为它们还保持了某种乡村独有的质朴感。他的房子就在一长排平淡沉闷的房子之中。建筑师非常在乎自己的设计，于是在马路的每一边都设计了五十间长得一模一样的小屋子，只有通过门牌号码和气窗上贴的名字才能辨识这究竟是谁的房子。这对夫妻花了两三周的时间把物品归位，然后，巴兹尔就回到了单调乏味的生活中。他喜欢这样的生活，因为这样一来，他就可以有更多的时间投入工作。他每天很早就去办公室，在“御用律师”的办公室里为他帮忙，等着从来不曾到来的属于自己的委托案。差不多五点的时候，他乘火车返回巴恩斯。回家后，他会和珍妮沿着曳船道散步，晚饭后写作一会儿，然后上床睡觉。在婚姻中，巴兹尔感受到了宁静和满足，现在，他的风流韵事已经彻底解决了，他可以全心投入到写作的事业中去。很显然，婚姻的纽带有着某种神奇的魔力，他渐渐对珍妮生出了一种更为冷静却也更为深刻的爱意。她的崇拜令他感到高兴，她言语间的顺从令他深受触动。他全身心地期待着孩子的到来。他们都相信这会是个男孩，不知疲倦地谈论着关于“他”的一切，他会留什么发型，什么时候该换上长裤，该去哪里上学。巴兹尔想象着这个美丽的女人哺育着他们的孩子——她比之前任何时候都要更美，心中充满感恩与骄傲。他责怪自己，竟然曾犹豫过是否要娶她，并且在蜜月期间还曾经后悔过自己的鲁莽冲动。

珍妮感到无比幸福。她本就生性懒惰，总算摆脱了金皇冠的工作后，她每天从早到晚都不用再做任何事情，因此很是高兴。她现在有张口闭口叫她“夫人”的仆人随时待命，感觉很有趣。并且，懒懒地坐着，看仆人忙前忙后，也让她相当心满意足。对于这个小房子和里边的家具，她也很是自豪。她洋洋自得地擦拭着家里的绘画作品，虽然她觉得它们很丑，但是巴兹尔说它们美，而且她知道它们很值钱。带着同样的心情，珍妮也越来越崇拜自己的丈夫，虽然她既搞不懂他的想法，也不理解他的雄心壮志。她只是一味地崇拜他，就像是狗崇拜自己的主人。对她来说，每天必经的痛苦就是送他进城，她会一路陪他走到门口，在那里看他最后一眼。他快回来时，她就屏息静气，仔细聆听着门口的脚步声。有时候，她还会迫不及待地出门去迎接他。

巴兹尔在待人接物方面没什么天赋，对人也从来没有过多的要求，但是，对于跟自己有接触的人，他却总想要按照自己的意思塑造对方。珍妮的品味很糟糕，作为一个漂亮的酒吧服务员，她的无知还说得过去，但是作为一名妻子，她的无知就颇为令人苦恼了。巴兹尔想要对珍妮进行润物细无声的教育，就像是把药剂混在果酱里一样，让珍妮在不知不觉中获得知识。于是他给了她很多书。尽管珍妮顺从地接过了那些书，但是，也许是因为巴兹尔的选择并不尽如人意吧，才刚苦读了不到一刻钟，珍妮便扔下书卷，跑去和女佣闲话家常。若是渴望文学的给养，她更愿意到车站的书报摊上买一本小说，不过，在巴兹尔回家时，她会好好把这些小说藏起来。一次，巴兹尔在家中偶然发现了一本名为《罗莎蒙德的复仇》的小书，她解释说这书是女仆的。只需要花一便士，肯特夫人就能读到一本长长的令人血脉偾张的浪漫故事，书里英俊高贵的英雄总是和巴兹尔很像，让无畏的英雄做出种种英勇事迹的绝世佳人无疑就是她自己了。客房的床垫下藏着她最爱的故事，在书中，高贵的女仆牺牲了自己，令她心潮澎湃，因为珍妮想到，如果处在类似的情境中，自己肯定也会为了巴兹尔献出生命。巴兹尔不知道这一切，经常谈起自己给她的书，但是，他总是充满热情地自顾自说着，忘记了自己一开始的目的，也没有注意到她并没有从书中学到任何东西。

“巴兹尔，我希望你能给我读读你自己写的书。”一天晚上，她说，“你从来没告诉过我你在写些什么。”

“亲爱的，那只会让你感到厌倦。”

“你是觉得我不够聪明，无法理解它，是吗?”

“当然不是！如果你希望我这么做，我当然很愿意为你读其中的一部分。”

“我很高兴你是个小说家。这太不同寻常了，是吗？看到你的名字印在书的封皮上，我会感到非常的骄傲。现在给我读一点吧，好吗?”

没有一个作家会真的不喜欢朗读自己尚未公开发表的作品，不论他言语中对此有多少反对意见。在他心里，没发表的作品就是他的孩子，一旦被冷冰冰地印制出来，封上书衣，它就彻底被毁了。巴兹尔也特别需要别人的认同，因为他并不相信自己，如果能有人赞赏他的作品，他会写得更好。他迫切地希望珍妮能够对自己写的东西感兴趣，虽然之前他一直都没怎么和她提起过。

他的小说发生在十六世纪早期的意大利，灵感来源于刚从南非回来时他去逛国家美术馆的经历。当时，他已经有很长时间没有欣赏过艺术作品了，因此对艺术品传达出来的美格外敏感。他在优美的画作间来回走着，欣赏着那些自己之前最爱的作品，整个空间里的肃静之气令他心潮澎湃，这份兴奋与激动是爱与酒精无法带给他的。后来，他常常回忆起那时的情形，当时他体验到的那种幸福完全是精神性的、冷静的，同时也是丰硕迷人的。最后，他走到了莫雷托①创作的一幅意大利贵族肖像前，对于一个想象力丰富的人来说，这幅画简直表现出了文艺复兴后期人们的全部精神世界。不可思议的是，这幅画特别符合他当时的心境。他认为，画出优美的图案便是画艺的终极目的，并且很敏锐地注意到画作中阴影的修饰效果。画中高高瘦瘦的男子忧郁慵懒，斜靠在大理石斜面窗洞前。因为年代久远，人们无从得知这个男子的姓名，他就只是这么站在那里，有些疲惫，又有些装腔作势。画作的背景是黄褐色的，空空如也，一片荒凉，就像是人的精神生活，也映衬出他压抑着的内心中的绝望；绿松石色的天空看上去又冷又悲凉。画作创作的年份是知道的，1526 年，画中人穿着那个年代特有的开缝袖上衣和紧身裤（文艺复兴早期的激情业已散去，米开朗琪罗已逝，恺撒·博尔吉亚②也在遥远的纳瓦拉堕落了）。他身着杂色外套，上面的深樱桃红色看着却并没有比黑色少一分哀伤，外套里面是细麻布衬衫和褶边。他有一只手没有戴手套，懒懒地握着长剑顶端的圆球，他的手修长精致，又白又软，像是绅士或者是学生的手。他头上戴着一顶奇形怪状的帽子，半是米色，半是猩红色，帽上还有一个画着圣乔治和龙

① Moretto da Brescia（1498—1554），意大利文艺复兴画家，师从提香，作品多为大型宗教主题绘画，已知最早的全身像创作者。

② Caesar Borgia（1475—1507），教皇亚历山大六世（罗德里格·博尔吉亚）的私生子，瓦伦蒂诺公爵，罗马尼阿的主人，伊莫拉、弗利、佩鲁贾、比萨、锡耶纳等无数属地的征服者。曾经担任过瓦伦西亚大主教和枢机主教。

的徽章。

这张脸在黑胡子的映衬下显得格外苍白，让巴兹尔久久难以忘怀。那双眼睛中满是哀伤，仿佛所见之处皆是虚妄，世间万物不过只是过眼云烟。很快，巴兹尔就琢磨着这幅画，构思出了一个故事。他花了几个月的时间构思出这个故事。他让自己沉浸在那个时代的诗歌和历史中，花了大量的时间待在大英博物馆里。最后，他终于开始动笔了。巴兹尔想要用文字描绘那个时代的意大利社会：君士坦丁堡陷落之后，人类智识迎来了新的曙光，意大利社会曾欢欣鼓舞地歌颂自由的意志，但到了最后却终究幻灭了。他创作了一个人物，他的人生就像是一场激烈的战斗，他想要享受生命的每一个时刻，但最终却发现一切不过都是一场空，他只能黯然回首往事，因为这个世界已经不能带给他任何新的东西了。他进过王公贵族的宫殿，也待过雇佣军的帐篷，体验过各种各样的情感，浴血奋战过，经历过爱与阴谋，会写诗，也能谈论柏拉图的哲学。主人公事业生涯中充满了种种激动人心的事件，但是巴兹尔只在需要表达某种特定心境时才会提起它们，他想表达的是对庸常事物以及陈词滥调的批判，于是刻意回避耸人听闻的事件描写，只是给出对人的精神状态的细致分析。

巴兹尔写作风格细腻精巧，这样的主题给了他很大的发挥空间。他开始朗读，在诵读过程中特别强调句子的韵律，行文间的音韵之美让他感到心旷神怡。他选用的词汇主要来自伊丽莎白时期，丰富而雄浑，单是某些词汇本身之美就已使他深深沉醉。最后，他突然停了下来。

十

“珍妮?”他叫道。

无人应答,他发现,她已经睡熟了。为了不打扰她的睡眠,他轻轻把书放下,小心翼翼地从椅子上起身。要是她都无法保持清醒的话,那也就没必要为她朗读了。他颇为郁闷地走到自己的书桌前。这时候,他的幽默发挥了作用:

“我真是傻啊!”他笑着说,“我怎么会以为她会对这个感兴趣呢?”

但是,穆瑞太太就曾经兴致勃勃地听他朗诵过同样的篇章,并且给予了高度的评价。巴兹尔想起来,莫里哀曾经给自己的厨师读喜剧,如果厨师不笑的话,他就重写。如若按照这样的标准,巴兹尔早就该把自己的小说毁掉了。但是,他急忙告诉自己,他不是为了普罗大众而写作,他只写给少数人看。

珍妮感觉到他已经不在身边,于是很快也醒了过来。

“天啊,不会吧! 我刚才没有睡着,对吗?”

“你睡得都打鼾了呢!”

“对不起。我打扰到你了么?”

“一点也没有。”

“我实在是忍不住。你读的时候,我感觉特别困。但是,我真的很喜欢它,巴兹尔。”

“能写出一本有助眠效果的书也很不错。”他答道,脸上挂着冷冷的笑。

“再给我读一点吧。我现在特别特别清醒了。你写得真是太美了。”

“如果你不介意的话,我想我还是再继续写一会儿吧。”

几天后,珍妮的母亲来了,她还从来没见到过巴兹尔,也没来过他们的房子。她是个行动果决的壮实女人,穿着黑色缎子裙——人们很难相信那就是她最好的安息日服装。穿着这身衣服让人有种奇怪的感觉,就好像是日子混乱了一样,在周中的时间里突然安插了一个安息日。跟巴兹尔不同的是,珍妮坚持要把最好的东西留到特殊的场合使用,因此,他们平常自己在家时就用普通的陶壶沏茶。

“妈妈,你不会介意我不拿出来银质茶壶吧?”坐下来后,她问道,“我们平常也不是每天都用银茶壶。”

“亲爱的,我也不会每天都来看你啊。”布什太太脸色阴沉地抚着自己的黑裙,“不过,你现在结婚了,我对你而言就不算什么了。你不坐下来喝茶么?”

“巴兹尔喜欢在客厅里喝茶。”珍妮一边往茶杯里倒牛奶,一边回答。

“好吧,我觉得这样很糟糕。我的茶就是我最好的一餐,你知道的,珍妮。”

“是的,妈妈。”

“我总是说,如果一个盘子里只有几片黄油面包,而且面包上的黄油少得让人看不见的话,那会显得很吝啬。”

“巴兹尔喜欢这样。”

“在自己的家里,要有自己的处事办法。在家里,不要一味地向你的丈夫让步,亲爱的,他会得寸进尺的。”

这时候，巴兹尔走了进来，珍妮将其介绍给自己的母亲，然后紧张兮兮地看着她，希望她能表现得得体些。巴兹尔的矜持有礼让布什太太有些敬畏，她刻意表现得像个完美的淑女，端起茶杯时，她的小指都以最优雅迷人的姿态蜷曲着。彬彬有礼地说了些客套话后，巴兹尔陷入了沉默，接下来的五分钟里，两个女人异常艰难地谈论着各种琐事。然后，一驾马车在门口停了下来，不一会儿仆人就来通报说，穆瑞太太来了。

"我想你会允许我来拜访你的。"她一边说着，一边将手伸向珍妮，"我是你丈夫的一个老朋友。"

珍妮有些吃惊，脸红了起来，巴兹尔却很高兴见到她，热情地同她握了握手。

"你能来真的是太好了。你正好赶上了我们的用茶时间。"

"我很乐意来一点茶。"

她坐下来，看上去静美沉着，布什太太上上下下打量着她的长袍。这时，珍妮突然想起来，他们只摆出了普通的茶具。

"我去重新弄些茶来。"她说。

"让范妮去做就可以了，珍妮。"

"那可不行，还是我自己去吧，我把茶叶锁起来了，你知道的，我得这么做。"她向穆瑞太太补充说道，"这些女孩手脚都很不干净。"

她急匆匆地出去了。她离开后，巴兹尔急切地问穆瑞太太是怎么找到他们的。

"你不给我写信，也不告诉我你住在哪里，这真的是太坏了。是莱伊小姐给了我你们的地址。"

“你觉不觉得这个地方很有意思？你一定得去一下这里的商业街，那儿的东西有些稀奇古怪，但很古色古香。”

他们愉快地交谈着，几乎忘记了布什太太的存在。而她则阴沉着脸看着他们。不过，她常说，自己可不是什么善茬。

“今天天气真不错，是吧？”她充满攻击性地打断了他们的谈话。

“今天天气太美好了！”穆瑞太太微笑着回答。

还没等布什太太发表进一步评论，巴兹尔就迫不及待地问穆瑞太太何时动身去意大利。幸运的是，这时珍妮走了进来，但是她的母亲愤怒地发现，这一次，她拿出来了银茶壶。她就那么直挺挺地坐着，一言不发，生着闷气，既恼怒又受伤。她注意到，巴兹尔在穆瑞太太来之前几乎没说什么话，现在却喋喋不休，说个不停。他幽默地讲述了他们搬进来的过程中遇到的各种问题，尽管穆瑞太太觉得这一切都很有趣，但是布什太太却瞧不出任何有意思的地方。

最后，这位客人起身告辞。

“我真的必须离开了。再见，肯特太太，你一定要让你的丈夫带着你一起来我家做客。”

她离开了，身上的丝绸衣服发出一阵飒响。巴兹尔陪她到了楼下。

“她是坐马车来的，妈妈。”珍妮从窗户往下看。

“我自己也长了眼睛，能看到。”布什太太说。

“他是不是很有贵族气派？”深深崇拜着丈夫的珍妮问道。

“贵族才会有贵族气派。”母亲厉声说道。

她们就这么看着巴兹尔在门口和穆瑞太太聊天。然后,她给了马车夫一个指令,他们慢慢地沿街走去,马车则一路跟在他们的后面。

“珍妮!”布什夫人叫道,语气中充满惊讶、恐惧与愤怒。

“不知道他们要去哪里。”珍妮把目光移开,说道。

“你听我一句劝,亲爱的,你要看好自己的老公。如果我是你的话,我可不会太信任他。你告诉他,你的妈妈和别人不一样,可以透过砖墙把一个人看穿……他之前跟你提到过这个女性朋友么?”

“是的,妈妈,他常提起她。”珍妮语含不安,因为,事实上,今天之前她从来没有听说过穆瑞太太的名字。

“那么,你就告诉他,你不想再听到任何关于她的事情了。你一定要当心点,我的女儿。我和你爸刚结婚的时候,也遇到过不少问题。不过,我的立场一直很坚定,我让他明白,我才不会忍受他的胡闹。”

“不知道巴兹尔为什么还没回来。”

“还有,不知你是否注意到,他从来没有向他的这个女性朋友介绍我,我想可能是因为我不够好吧。”

“妈妈!”

“哦,亲爱的,别跟我说话。我觉得你对我太差劲了,你们两个人都是一样。我离开自己舒服的家来到这里,踏入你们家门后,我就感觉度日如年。”

这时候,巴兹尔回来了,一眼就看出来布什太太不是很高兴。

“哈哈,这是怎么了?”他笑着问道。

“这可不是什么可以一笑而过的事情，肯特先生。”这位恼怒的主妇端着架子说道，“我很不高兴，我不想否认这一点。我希望你们像对待一位女士一样对待我，我觉得珍妮不应该用只值六个半便士的破茶壶招待我喝茶——亲爱的，你用不着否认，这些茶具就值那么点钱，我和你都很清楚。”

“下次我们会注意的。”巴兹尔和气地说。

“你那位女性朋友来之后没多久，珍妮就拿出了银茶壶。我想，是我不值得你们大费周章招待。”

“我一直觉得陶质茶具煮出来的茶更好喝。”巴兹尔柔声说道。

“哦，是的，我也这么觉得。”布什太太语含讥讽，“我总会逮到你的。再会。”

“妈妈，你不会是这就要走了吧？”

“我知道自己并不受欢迎，你们就不必送我出门了，我知道该怎么走出去，而且我也不会把伞偷走的。”

巴兹尔兴致高昂，布什太太闹脾气这件事让他觉得很是有趣。

“你刚才去哪里了，巴兹尔？”等母亲挑衅般趾高气扬地走出去后，珍妮问。

“我只是带穆瑞太太去商业街走了走。我想她会喜欢那里。”

珍妮没有答话。巴兹尔和这位不期而至的客人谈论了自己的写作进度，现在仍回想着她刚才跟自己说过的趣事，因此并没有注意到妻子此时的沉默。整个晚上，她都没怎么说话，但是，让她震惊的是,巴兹尔表现出前所未有的开心。晚餐时,他一直在笑,说着各种笑话,根本就没有注意到她并没有做出什么回应。吃完饭后,他就去写东西了。灵感奔涌而至,他奋笔疾书,写得轻松畅快。珍妮假装在读书,但是却一直在偷偷观察着他。

十一

巴兹尔结婚一周后，莱伊小姐在早餐桌上发现了一封来自贝拉的信：

我最亲爱的玛丽：

最近我很担心我的朋友赫伯特·菲尔德，所以我想请你帮我一个忙。你知道，他的身体并不强壮，前一阵子他得了重感冒，怎么也好不了。他并没有好好地照顾自己，看上去病恹恹的，非常瘦弱。我们的医生一直在给他治疗，但是却没有任何好转，我感到很害怕。我真的不知道，如果他有个三长两短的话，我该怎么办才好。我好说歹说才说服他来伦敦找个专家看看。如果我下周六带着菲尔德先生找赫雷尔医生，你觉得他会帮他检查一下么？当然，我会支付医疗费，但是我不希望赫伯特知道这一点。我们可以周六一早出发，如果你能够帮我们预约好的话，我们就直接去赫雷尔医生那里。之后我们可以过来和你共进午餐么？

爱你的

贝拉·兰顿

弗兰克来喝茶时——他一有空就来喝茶，这是他的习惯——莱伊小姐给他看了这封信。然后，她回信说，赫雷尔医生很乐意在周六中午十二点的时候接待这位病人。

“我觉得他应该没什么问题，”弗兰克说，“不过我可以给他看看。还有，告诉她不用考虑看诊费用的问题。”

“你可别傻了，弗兰克。”莱伊小姐回复。

到了约定的时候，贝拉和赫伯特来到了赫雷尔的诊疗室。这个年轻人很害羞，还有些不安。

“你能否去等候室休息片刻，兰顿小姐？”弗兰克说，“我一会儿再派人来叫你。”

他表现出来的职业操守令贝拉颇受触动。她离开了诊疗室，弗兰克慢慢地检查了病人的面部，仿佛是想要透过他的脸看出什么隐藏的迹象。赫伯特有些害怕地看着眼前这个严肃的男人。

“我并不觉得自己有什么大问题，只是兰顿小姐有些紧张而已。”

“如果只靠那些真正的病人的话，医生们可是会饿肚子的。”弗兰克答道，“你最好脱掉衣服。”

在陌生人面前脱衣服让赫伯特羞红了脸。弗兰克注意到，他的皮肤是乳白色的，身体消瘦，几乎能看到他的整个骨架。他拿起男孩的手，看着他长长的手指，手上的指甲略有弯曲。

“你曾经咯过血么？”

“没有。”

“你夜里盗汗么？”

“之前没有，不过上周开始有一点。”

“我猜你大部分的亲人都已经去世了，对吗？”

“我所有的亲人都没了。”

“他们都是因为什么而去世的？”

“我的父亲死于肺痨，我的姐姐也是。”

弗兰克没有说什么，只不过，听到这个不幸的故事后，他的脸色更为凝重了。他开始对男孩子的胸腔进行叩诊。

“我没发现什么异常。”他说。

然后，他拿出听诊器进行检查。

“说‘九十九’。现在咳嗽一下，深呼吸。”

他一点点仔细地进行检查，除了可能引发症状的支气管炎外，并没发现什么问题。但是，在放下听诊器之前，他又一次将其放到了他肺部的顶端，就在锁骨上面一点点的地方。

“深呼吸。”

然后，他清楚地听见了一个声音，赫伯特脸上的潮红，他的症状和他的遗传病史都让他不禁朝着那个方向想去。他又一次进行了叩诊，更加小心翼翼。几乎可以确诊了。

“你可以穿上衣服了。”他坐回到桌边，开始写病历。

赫伯特穿上衣服，什么也没说。他一直等到医生写完。

“我有什么问题么？”他问。

“没什么严重的。你去把兰顿小姐叫来吧，我跟她说。”

“如果你不介意，我还是想自己先知道。”赫伯特说道，他的脸又红了，“不论你告诉我什么，我都不会害怕的。”

“听着，你不用太紧张。”过了一会儿，弗兰克回答道，但是，他眼中一闪而过的迟疑并没有逃过赫伯特的眼睛，“你的右肺顶部有点杂音。一开始我都没注意到。”

“这意味着什么呢？”他打了个寒颤，手脚冰凉；问下一个问题时，他的声音里有一丝恐惧，“是和我父亲、姐姐一样的毛病么？”

“恐怕是的。”弗兰克说。

突然间，死亡的阴影笼罩了整个房间。他们两个都明白，从此之后，这阴影将一直伴随在这个年轻人的左右：白天坐在他旁边，晚上躺在他身边。他读书时，死神那长长的手指会在每个单词下面划线，时刻提醒他：他是死神的囚徒。当风从乡野间吹来，呼啸着，就像是身强力壮的牧童在他耳边歌唱，死神也会在他耳边低吟，轻轻地嘲笑着那曲调。当他看到太阳冉冉升起，将薄雾染成玉髓般的颜色，紫色、玫红色、绿色，斑斓生辉，当他为这世界之大美感到欢欣雀跃时，死神也会在一旁偷笑。一只冰凉的手握住了他的心脏，他感到既恐惧，又痛苦；他悲痛万分，再也抑制不住自己的呜咽。弗兰克不敢看他孩子气的面庞，那张脸是那么的坦荡、俊美，此时却被恐惧搅得心神错乱。于是，弗兰克低下了头。为了掩饰自己的哭泣，赫伯特走向窗边，向窗外望去。对面的房子灰压压的一片，丑陋单调，天色阴沉，天空仿佛要压下来撕碎这片土地。但是，他看到的，是生命在他眼前缤纷上演，天空蔚蓝，颜色比古老的法国珠宝上的珐琅更深沉，犁过的土地在阳光下闪着玉石一样绚烂的色泽，橡树枝繁叶茂，比碧玉更馥郁。他就像是一个坠入深渊的人，在正午时分看到了其他人在白天看不见的星辰万丈。

然后,他听到弗兰克在说话,那声音就像是从另外一个世界传来的一样。

“如果我是你的话,我不会太把它放在心上。如果得到悉心照料,你很快就能恢复。再说,还有很多得了结核病的人活到了很大的年纪。”

“我姐姐生病后只活了四个月,我父亲生病后不到一年也去世了。”

他脸色苍白,没什么表情,弗兰克只能推测,恐惧已经让他心灰意冷。他曾经见过很多被死神判了刑的人,他知道,相对而言,临终的痛苦其实算不了什么。这才是生命中最可怕的时刻。上帝一定很残忍,并不满足于用瞬间的绝望和痛苦惩罚人类的罪恶与愚蠢。与此时相比,孩子早逝、朋友忘恩、荣誉被毁、钱财散尽,这一切都算不了什么。知道自己将死,这是每个人都必须喝下的苦酒,毕竟,人与兽不同。

弗兰克按响了铃。

“请兰顿小姐来一下。”他对应答的仆人说。

她紧张地看看弗兰克,又看看站在窗边的赫伯特——此刻他还背对着她。这两个人都不说话,医生面色严峻,欲言又止,让她有了一种不祥的预感。

“赫伯特,怎么了?”她叫道,“医生跟你说了什么?”

他转过身来。

“只不过是,在这世上,我现在什么都做不了了。我会像一只狗一样死去,身后只留下阳光、蓝天和绿树。”

贝拉哭了出来，她的眼中充满绝望，泪水顺着她的脸颊缓缓流下。

“你怎么可以如此残忍？”她对弗兰克说，“赫伯特，也许这不是真的……我们该怎么办，赫雷尔医生？你现在能救救他么？”

她瘫坐在椅子上，不停地抽泣。男孩轻轻地把手放在她的肩膀上。

“亲爱的，别哭了。其实，我心底里早就知道了，我只是一直不愿相信。而且，哭也无济于事啊。我只需要像其他所有人一样，走完这一段路。”

“这真的太难了，而且毫无意义。”她痛苦地呻吟着，“这不可能是真的。”

赫伯特看着她，没有说话，似乎她的痛苦来得很古怪，并未激起他任何的情绪。过了一会儿，贝拉叹了口气，站起来，擦干泪水。

“我们走吧，赫伯特。”她说，“我们回玛丽那里去。”

“你介意我自己单独过去么？我现在不想和任何人说话。我想一个人待一会儿，好好想一想。”

“当然可以，赫伯特，就按你想的来吧。”

“再见，赫雷尔医生，谢谢。”

贝拉看着他缓缓离开，满眼都是热切与痛苦。她也感觉到他有些不对劲，所以不想违背他的意愿。他说话时，声音里有种她从来没听到过的东西。很快，她收拾好心情，转向弗兰克：

“现在，你能确切地告诉我，我该做些什么吗？”她努力表现出果决的姿态，就像是在特坎伯里从事慈善事业时一样。

“首先,你要认识到,现在没必要立刻变得如此紧张。他确实是得了结核病,但是现在看来并没有什么大碍。他需要得到照料和妥善的治疗……他的收入全部来自现在的工作么?”

“恐怕是的。”

“他有可能离开吗? 他应该去别的国家过冬,不仅仅是因为气候,去别的地方走走也可以分散他的注意力。”

“我很愿意为他支付这笔费用,不过他从来都不会接受我的钱。这是他活下去的唯一办法了么?”

“也不能这么说。人体就像是一台机器,运转起来往往事与愿违。而且,有些时候,一个人体内的所有器官可能都出了问题,但是却仍旧能颤颤巍巍地继续活下去。”

贝拉没仔细听,因为,突然间,她有了一个主意。她的脸变得通红,同时也变得很漂亮。她的心脏狂跳不止,一股狂喜涌上心头。她从椅子上站起来。

“我想我知道该怎么做了。我必须要走了,我要去和莱伊小姐谈谈。再见。”

她跟他握了握手,然后离开了。他不禁思忖,是什么让她突然之间产生那么大的变化。她脸上的绝望完全消失了,步伐也变得轻盈矫捷。

“弗兰克都跟你说了些什么?”莱伊小姐吻过贝拉后问道。

“他说赫伯特得了结核病,得去国外过冬。”

“真的太遗憾了。这有可能实现么?”

“除非我带他出国。”

“亲爱的，你怎么可以？”莱伊小姐吃惊地叫了出来。

贝拉犹豫了一下，脸也变得通红。

“我打算让他娶我。现在已经顾不上什么清规戒律、道德礼教了。只有这样做才能救得了他，而且，我爱他胜过这世界上的任何一个人。一个月前，当我告诉你我根本不可能喜欢一个年龄足以做我儿子的年轻人时，我说谎了。我一直都在进行激烈的思想斗争，因为我觉得这很丢人，也很可笑。但是，从我见他第一面起，我就爱上他了。”

贝拉的严肃让莱伊小姐也没了往日的冷嘲热讽，她小心抑制着就要爬上嘴角的笑容。

“你的父亲是不会同意的，亲爱的。”她严肃地说。

“我希望他在听完我的解释后能同意。我想他可能会感到很困扰，但是，如果他拒绝的话，我会告诉自己，我是个成年女性了，我可以自己做出判断。”

“我不知道他会对你做些什么。他把所有的快乐和安慰都寄托在你的身上。”

“我已经服侍他四十年了，我把整个青春都献给了他，并不因为这是我的责任，而是因为我爱他。现在，有人比他更需要我，我的父亲很富裕，他有个舒适的家庭，有书，有朋友，并且很健康。赫伯特除了我之外一无所有。如果我照顾他的话，他也许可以多活几年；即使他死了，我也能让他在最后的日子里得到些安慰。”

兰顿小姐语速飞快，态度非常坚决，莱伊小姐觉得也没必要再劝她了。她已经打定了主意，朋友的劝说、父亲的恳求都无法阻止她。

“那赫伯特对此会怎么说呢?”莱伊小姐问。

“他还没朝这个方向想过呢。在他眼中,我就是个认为爱情很荒谬的中年妇女。有时,他会因为我过于讲求实际而嘲笑我。”

“他现在在哪里?”

还没等贝拉回答,门铃就响了起来,他们听到赫伯特问管家,兰顿小姐是否已经来了。

“他来了。”贝拉叫道,“我现在就去找他,玛丽。他往客厅去了。啊,我感到非常紧张。”

“别搞笑了,贝拉,”莱伊小姐笑着答道,“我从来没有看到过哪个准备向心爱之人求婚的女士像你一样镇定。”

走到门口时,兰顿小姐停了下来,可怜巴巴地望着她的朋友。

“我真希望我没有那么老,玛丽。请你诚实地告诉我,我是不是太普通了?”

“对于那个呆呆傻傻的年轻人来说,你已经是足够好了,亲爱的。”莱伊小姐说,她努力抑制住自己的呜咽,“如果他稍微有点脑子的话,三个月前他就已经向你求婚了。”

贝拉关上门后,莱伊小姐看到了屋子里的纳喀索斯铜像。这位神话中的美男子正以永远俊美做作的姿态立在基座上,一根长长的手指向外伸着,头向一边微微侧着,仿佛正在聆听着什么。她有些暴躁地对他说:

“我真希望你不要看上去这么震惊、困惑,也不要总是对自己的美貌那么在意。你应该知道,当爱和自我牺牲的精神在一个中年女子的心中扎根，这世界上没有任何一种东西能够阻止她做出种种疯狂的行为。在你的时代里可能没听说过老处女，你也无法理解她们的情感。虽然可能看起来有些奇怪，但她们也是人。如果你因为这种看上去和年龄不相称的行为而震惊，那你就是个既不懂心理学也不懂生理学的白痴。我自己就一直很喜欢年轻的男人，虽然我跟他们总是严格地保持着柏拉图式的关系。”

纳喀索斯专心地聆听着仙女厄科①垂死的呼喊，对莱伊小姐的长篇大论不置可否。于是，她不耐烦地转身而去。

来到客厅后，贝拉看到赫伯特正站在窗边，见她进来后，他微笑着向她走来。她看得出来，他已经冷静了下来，尽管脸色仍旧苍白凝重，但是已经不再因恐惧而脸部变形。

“你不会怪我把你丢下，让你一个人回家吧？”他柔声问道，“我那个时候有些苦恼，我觉得，如果不独处一下的话，我一定会大出洋相。”

她握住他的手。

“你知道的，不论你做什么事，我都不会怪你的。现在，如果你做了什么决定，请告诉我吧。”她犹豫了一下，但是此时再表达遗憾之情已经没有任何意义了。现在，这些话怎么能安慰他呢？“我希望你知道，你可以依赖我，不论什么时候。”

① 厄科(Echo)本来也是一个美丽的山中仙女，但纳喀索斯仍然像拒绝其他人一样拒绝了她。厄科十分伤心，整日在幽静的山林中流泪徘徊，不吃不喝，很快地消瘦下去。最后，她的身体终于完全消失，只剩下忧郁而轻柔的声音在山谷中回荡。无论是何人对她呼喊，她都只重复对方的话语，从不作自己的回答。此后，希腊人便用厄科的名字(Echo)来表示“回声”。

"你真好。我不知道有什么可做决定的。我恐怕很快就会习惯了,不再去考虑将来。一开始这可能有些困难,因为在沉闷的银行工作里,我唯一能做的就是畅想未来。我会尽可能地坚持在银行工作,等到病得很厉害时,我就去医院。我想在主任牧师的帮助下,医院会接收我的。"

"别这么说。这太可怕了。"贝拉的声音听上去楚楚可怜,"有什么我能做的么?我感觉非常无助。"

他看了她一会儿。

"是的,确实有你能够做的。"过了一会儿,他说,"有一件事我想问你,贝拉。对我来说你是个特别好的朋友,现在,我比之前更需要你。"

"我愿意为你做任何事。"她说,心脏怦怦直跳。

"这可能很自私。但是,我不希望你这个冬天到别的地方去,以防发生任何事情。你知道的,我的姐姐在发现症状后不到三个月就去世了。"

"我还愿意为你做更多的事情。"

她把手放在他的肩上,盯着他湛蓝的、忧郁的双眼。她细细地看着他的脸,仿佛想要从中找到什么东西:他的脸比平日更苍白,皮肤比往常更为晶莹剔透,柔软的双唇因为对死亡的恐惧而微微颤抖。他高兴时会像个孩子似的大笑,她还记得他那个时候的嘴和眼,记得他因为自己说的话而兴奋得脸颊通红。然后,她低下了头。

"不知道你能不能和我结婚?"

尽管她把眼睛移开了,但是她知道,此时他满脸羞红。她羞愧

万分，感到非常无助，把手从他的肩上拿开。仿佛过了很久，久到令人难以忍受，他做出了回答，

“我还没有自私到这种程度。”他低语道，声音在颤抖。

“是的，我也怕这个想法会令你感到厌恶。”她抽泣着说道。

“贝拉，你怎么能这么说呢！你不知道么，我感到非常自豪？你不知道么，你是我唯一喜欢的女人？但是，我不能让你为我做出这么大的牺牲，我看到过死于结核病的人，我知道一切会变得多么糟糕。你觉得我会让你照顾我，去做那些讨厌的事情么？而且，你也可能被传染的。不，贝拉，不要认为我忘恩负义，但是我不能娶你。”

“你认为这对我来说仅仅是牺牲么?”她以一种悲壮的语调说道，“我可怜的孩子，你不知道，我全身心地爱着你。你那么开心，那么无忧无虑的时候，我却常常感到心痛，因为我又老又平庸。你可能已经忘记了，有一天，你吻了我的手，对你来说那可能只是个玩笑，但是你走后我却难过地哭了：若不是因为我已经四十岁了，你不会吻我的手的。有时，你挽着我的手臂，我的心也因为充满爱意而疼痛。现在，我想，你肯定很鄙视我。”

她崩溃了，抽泣起来。但是，过了一会儿，她急忙擦干泪水，带着绝望的骄傲看着他。

“算了，我不就是个中年女人么？我从来都不漂亮，我的思想还很狭隘，因为我这一辈子都在跟各种琐碎的事情打交道。我很笨，也很无聊。我怎么会以为，因为我像个傻瓜一样爱着你，你就会娶我呢?”

“哦，贝拉，贝拉，你不要这么说。我的心都要碎了。”

“你觉得这是我的自我牺牲！但是，我之所以想让你娶我，是因为我想时时刻刻和你在一起——如果你生病了，我无法忍受除了我之外的其他人碰你。我一直都很孤独，特别地孤独，我只是想为了自己的幸福下最后一个赌注。”

她瘫坐在一把椅子上，遮住自己的脸，赫伯特在她身边跪下，握住了她的手：

“看着我，贝拉……我以为你之所以会提出结婚，是因为你知道我必须要离开银行，需要有个人照顾我。我从来都知道，你很关心我。我之前真是瞎了眼，我为此感到羞愧。但是，你不知道么，我最喜欢的就是和你在一起。在你身边，我会忘记自己的疾病，因为你带给了我我之前从来都不敢奢望的幸福。贝拉，如果你不介意我的穷，不介意我的病，不介意我根本配不上你，那么，请你嫁给我吧！”

突然之间，她停止了哭泣，明媚的笑容驱走了脸上的阴霾。她起先还有些疑惑，不过，很快她就反应过来他说的话意味着什么，她俯下身，吻了他的手。

“啊，我最亲爱的赫伯特，我真的是太高兴了。”

当他们最后终于去见莱伊小姐时，贝拉饱含泪水的双眼中洋溢着难以言说的幸福。莱伊小姐看着赫伯特，也终于明白了为什么自己的朋友会对他如此痴迷。因为，他的脸，那么坦诚，那么甜美，就像是古老画卷中年轻漂亮的圣徒。

十二

从医院下班后去莱伊小姐家喝杯茶一直是弗兰克的习惯,但是,那个下午,他到老皇后街后,可真是让她吓了一跳:只见他脸色苍白,黑色的眼睛里闪着不自然的光,看上去比往常更大。他满脸疲惫,看起来很痛苦,方方的下巴表现得很是坚毅,仿佛在努力控制自己的情绪。

“你今天来得太晚了,”她说,“我还以为你不来了呢。”

“我很累。”他回答道,声音里有些紧张。

她给他倒了一杯茶,想让他先喝喝茶吃吃点心,缓过神来。她没多说话,只是在一旁看着晚报。她洞察力敏锐,深知弗兰克的性格特点。虽然从未挑明,但她知道,弗兰克会因为无法控制自己的情绪而感到羞愧,因此,此时她很是小心。他们在书房里坐着,弗兰克拿起他的烟,点燃烟斗,吐出一个个大大的烟圈。

“抽烟是不是有抚慰人心的作用?”莱伊小姐笑着问道。

“是的,效果很好!”

等到他终于愿意开口说话时,她又把注意力转回到自己的报纸。她能感觉到,他正若有所思地看着自己,但是并未对此太过在意。

“我真希望你能把报纸放下来。”最后,他不耐烦地喊道。

她浅浅一笑，照他说的放下了报纸。

"弗兰克，你今天是不是过得很糟糕？"

"哦，是的！太糟了。"他回答，"不知道为什么，但是我从来没有像今天这样这么在乎一个病人。我无法忘记，当我告诉那个可怜的男孩子他的病情时，他那极度痛苦的样子。"

"真希望事情不是现在这个样子的。"莱伊小姐喃喃说道，"患肺痨的诗人和全心奉献的老女人！普天之下，没什么新鲜事儿，真的教人害怕。但是，天神们也太没有创意了，他们总是把悲剧性的事物和寻常事物混在一起，以此达到自己想要的美学效果……我想，你应该很确定他得了结核病？"

"我在他的痰液里发现了芽孢杆菌。他们俩现在在哪里呀？"

"贝拉带他回特坎伯里了，我周一也会去。她要嫁给那个男孩子！"

"什么！"弗兰克叫道。

"她想带他出国去。你不觉得去南方过冬会对他有点好处么？"

"大自然十有八九不会想要治愈一个人。她这是要把他送进棺材里去。"

弗兰克站起身来，在屋子里来回走着。突然，他在莱伊小姐面前停下脚步。

"你还记得么，你的朋友法雷先生前几天告诉我们，痛苦使人高贵。我真想让他到医院里好好看看，什么是真正的痛苦。"

"我很确定，法雷先生即使只是拔了一颗牙，也会特别注意自己吸进去的每一口空气。”

“我想，神职人员们能为痛苦找的唯一合理解释就是，它能提升一个人的品格。”弗兰克狠狠地说，“要是他们不是那么无知的话，他们就会知道，痛苦根本无需辩护。你大可以说，一次危险信号也能让火车提升一个层次。毕竟，痛只不过是神经对于机体受损时的一种反应。”

“不要对我说教，亲爱的弗兰克。”莱伊小姐柔声说道。

“但是，如果那个人和我一样见识过那么多的痛苦，他就会明白，痛苦并不能提升人的灵魂，它只会让人变得残忍。它会让人只顾自己，让人变得自私——你可能都没法想象，肉体的痛苦让人变得特别自我，简直可怕——他们变得牢骚满腹，没有耐心，不可理喻，贪得无厌……我可以说出一堆痛苦招致的恶习，但是却说不出哪怕一项人因为痛苦而生出的美德。哦，莱伊小姐，我看着这世上的所有苦难，非常确幸我自己并不相信上帝。”

就像是一头困兽想要挣脱束缚肉体的铁索，弗兰克在屋子里躁动不安地来回走着。

“这么多年来，我日夜苦思，想要从虚妄中辨明真相，我希望自己行动明晰，步履坚定，但是却发现自己陷入了流沙筑就的迷宫。在这个世界上，我看不到任何的意义，有时候我非常的绝望，这一切就像是一个疯子的梦一样，毫无章法，无法理喻。到头来，所有的努力和挣扎，所有的希望、爱、成功、失败、出生、死亡指向的究竟是什么呢？人类之所以脱离原始状态，只不过是因为我们比老虎更凶猛，比猩猩更狡猾。在我看来，人性几乎没什么可能向着理想的状态进步。我们相信进步，但是，进步其实也只不过是改变而已。”

“我承认，”莱伊小姐打断了他的话，“有时候我会问自己，日本人向西方文化学习，学会了戴高帽，穿裤子，这有什么好处。我不知道丛林中的马来人或者生活在小岛上的卡内加人会不会羡慕住在伦敦贫民窟里的人。”

“这所有的一切最终都指向哪里？”弗兰克继续追问，他沉浸在自己的思绪中，没怎么听莱伊小姐说了什么，“这一切又都有些什么用？我还是不知道什么是善，什么是恶，什么是高，什么是低——我甚至都不知道这些词究竟是什么意思。有时候，我觉得人类就像是试图遮掩自身残疾的瘸子，挤在一个闷不透风的屋子里，只靠一根烟雾呛人的细长蜡烛获得光明。他们凑在一起取暖，每听到一个意外的声响就瑟瑟发抖。你以为在进化的过程中是那些最优秀、最高贵的人存活下来，繁衍后代么？大错特错。留下的只不过是狡猾、强硬、强壮的人而已。”

“亲爱的弗兰克，思考这么费力的事情令我觉得很无聊。”莱伊小姐轻轻耸耸肩，说道，“一个有智慧的人说过，关于宇宙的事情，我们可以问的很少，而且我们的问题也得不到任何的解答。最终，我们都会屈从于这个现实，并且，我们吃饭时获得的满足感丝毫不会减少，因为其实我们每个人的头脑里都始终有一个问号。在我看来，要说人类的存在有一个终极的意义，这是没什么道理的，就像是中世纪的人认为(如果我看起来在卖弄学问，请原谅我)，天堂里的人以画圈的形式移动，因为圆形才是最完美的形状。但是，我可以告诉你，我在夜晚的睡眠并未因此受损。我也曾经在年轻时经历过疾风骤雨的阶段，如果你不觉得乏味，我可以讲给你听听。”

“请讲。”弗兰克说。

他坐了下来，用犀利的目光注视着她。莱伊小姐仿佛经常考虑这些问题，说得很流利，思路清晰，词语恰切。

“你知道的，我是在最严格的基督教福音派律条的教育下长大的，他们相信关于痛苦的教条，相信永恒的诅咒。但是，在我二十岁的时候，我也不知道究竟是怎么回事儿，所有之前学过的东西都离我而去。可能信仰关乎一个人的性情；善意和它一点关系都没有。回顾自己当时的年少无知，我感到非常震惊，一些欠考虑的原因就足够瓦解那么多年的偏见。那个时候，我很确定，这世界上没有上帝；但是，现在，我对什么都不再确定了，这可省去了很多麻烦。每当你打定了一个主意，你其实就是剥夺了自己一个思考认知的主题。不过，从理论上来说，我还是忍不住会想，为了更加理性地看待生命，我们有必要相信这世界上并没有什么永恒不朽的灵魂。”

“如果一个人想着还有下辈子，他怎么能够始终如一地活在这世界上？”弗兰克急切地插话道，“上帝就是那股把一个人的重心抛出他体外的力量。”

“在这一点上我们意见一致，弗兰克，我正打算阐发我的观点呢。”莱伊小姐语气有些严厉，因为她一向不喜欢被人打断。

“请原谅我。”弗兰克笑着说。

“不过，我同意你的观点，虽然你说的时机不对，但是观点却并非毫无道理。”她不紧不慢地继续说，“当一个人确定他生活的这个星球没什么大不了的，那么时间就是他个人最关切的东西了，他会根据周围的情况来看待、调整自己。他就像是个棋手，有一定数量的棋子，能走出一定的步子。没有人会问为什么棋子一定要那么走。这些事情都只能接受。有了这些规矩，智者不会去在意游戏结束时的结果，他意不在赢，因为不可能赢，他只想好好玩一把。并且，如果他确实有智慧，他绝对不会忘记，这其实只是一场游戏，因此不能太当真。”

莱伊小姐停了下来，觉得这是一个弗兰克发表评论的好机会。不过，他依旧保持沉默，于是她继续慢慢说了下去。

“我觉得，我这辈子学到的最有价值的东西就是，每一个问题都有两面性，每一面都有很多可说的，没什么可从中进行选择的。这让我变得包容，因此，我可以同样兴致勃勃地听你说话，也听我的表亲阿尔杰农说话。毕竟，我怎么能分辨得出，真理是不是只有一种形状，还是有很多形状呢？她曾经浅笑盈盈地在多少错误中徘徊，在多少矛盾、不可调和的地方驻足，比四月的风更捉摸不定，比镜花水月更难以捉摸！我的生活的艺术，我相信的科学，就是好好地活着。软弱的人会说，一切皆空，因为他们带来的快乐都是转瞬即逝的：乞丐看着皇帝的陵墓，可能会觉得很是宽慰，但是如果这样的话，乞丐本人也是个傻瓜。生之快乐就在于错觉幻象。悲观主义者抱怨说，人类的快乐微不足道，因为那不是真的。这种说法很荒谬。因为，没有人知道什么是真实的，也很少有人真的关心什么是真实的：我们唯一感兴趣的也只是幻象。因为沙漠中的海市蜃楼只是一种大气反应，因此就说它不美，这真的是太蠢了！”

“那么,人生是不是就像是一个人在海上航行,不知去向哪里,只是在波浪诡谲的海面上一直颠簸飘摇着?”

“不尽然。海上也并不是一直都狂风暴雨,风也并不总是那么猛烈:风有时吹得很和煦,吹着船快乐地向前进,水手也会为自己的技艺欢欣,为眼前无边无际的天际线而雀跃。有时候,海面平静,就像是一个睡熟了的年轻人,空气里飘着香气,温暖清新,让人感觉暖暖的、懒懒的。大海自有其无尽的奥秘,有自己的想法和各种的情绪。为什么不把人生看作一场快乐之旅呢?再糟糕的天气也总会过去,风平浪静的日子总会来到。无怨无悔地向终点望去吧,即使在飓风中也保持快乐,不忘之前的轻松愉快。为什么要抛弃生活呢?这么说吧:我有过坏运气,也有过好运气,快乐抚平了我的伤痛;旅途中确实有各种艰难险阻,并且也并没有把我带到哪里去。尽管垂垂老矣时,我一身疲惫,又回到了那个起点,那个我曾经满怀希望踏上航程的起点,我仍为我活过的这一生而心满意足。”

“那么,也就是说,以你所有的经历、学识、思想,你发现意义根本就是不存在的。”弗兰克叫道,一副深深受挫的样子。

“我自己创造了一个意义。就像是评论家在解释一幅画的象征意义,或者是一个学生在写一篇他自己也没搞明白的文章,我至少让这些词语合情合理地组合在了一起。我的目标是幸福,并且,我觉得,从总体上来看,我获得了幸福。我按照自己的本性生活,体会自己拥有的每一种情绪;我着意避开所有丑陋、乏味的东西,全身心地欣赏着美——我已经以一种审慎的态度见识过了荒谬,我是这么希望的。我从来不纠结于当下人的善恶观念，因为我知道，一切都是相对的。我一直都在努力地过好自己的生活，这样的话，至少我的双眼可以在这黑暗无边的空虚中看到这世界上最优美的图案。"

莱伊小姐停了下来，脸上掠过一抹奇怪的笑。

"但是，我告诉你，就像是那位项狄先生一样，花了太长时间思考教育方案，结果，等自己总算想好后，儿子特里斯舛已经长大了。[①] 我的这套哲学体系形成时已经太晚了，很多东西都已经没办法实施了。"

"晚餐已经备好了，夫人。"管家进屋通报。

"天啊！"弗兰克从椅子上跳起来，叫道："我不知道现在已经这么晚了。"

"你留下来吃饭吧？我想他们肯定已经准备好了你的那一份。"

"我已经让家里准备好了晚饭。"

"我敢说你家里的饭肯定没我这里的好。"

"我可从来没见过其他任何一个人像你一样，对自己的厨师这么自负，莱伊小姐。"

"亲爱的，对一个人来说，成为哲学家比成为绅士更容易，同样，培养一个基督徒比培养一个好厨子容易多了。"

他们一起走下楼去，莱伊小姐叫人开了一瓶朵瑞斯小姐的香

① 见劳伦斯·斯特恩《项狄传》(*Tristram Shandy*)。

槟。她一直都相信，美味是有魔力的，她相信美食能够减轻精神上的折磨；并且，尽管她生性懒散，但是当晚她还是刻意取悦了自己的客人一番。晚饭过后，弗兰克抽了不少烟，而她则在一边滔滔不绝地讲了很多各种各样的事情，又快活又温柔。最后，午夜的钟声响起，弗兰克也终于重新快乐了起来，不再执着于那些哲学层面的难题。他站起身来，握着莱伊小姐的双手。

"你真是个珠宝般可贵的女人。我进门时整个人都很崩溃，但是现在，你已经让我重获新生。"

"这可不是因为我！"她大声说，"是巧克力舒芙蕾和香槟的作用。我早就发现，人的灵魂特别容易受到美食的影响。就我个人而言，稍微吃多了点时，我的精神会格外好。我希望你不要把我的手捏碎了。"

"在我认识的所有女人中，你是唯一一个说话像男人一样有趣的女人。"

"天啊，我猜，如果此时我再年轻二十岁，你就要向我求婚了。"

"只要你一句话，我马上带你走向那个圣坛。"

"我可真是骄傲啊，都五十七岁了还能被求婚。但是，亲爱的，如果我嫁给了你，以后你下午要去哪里喝茶呀？"

弗兰克笑了起来，但是，等他再次说话时，他的声音里好像有点哭腔。

"你真是个可爱、善良的人。我很确定，我再也不会遇到一个女人，能让我产生对你一半的爱慕。"

这种情绪一定很有感染力,因为此时莱伊小姐的语气中也没有了往日的冷酷淡定。

“亲爱的,别说傻话了!”她答道。弗兰克离开后,她略带些恼怒地对自己说:“保佑这个孩子吧!我真希望我是他的母亲。”

十三

两天后，莱伊小姐如期来到特坎伯里，贝拉到车站去接她，告诉她，根据他们的安排，她还没宣布自己要结婚的事情。她只是说赫伯特·菲尔德那天要来喝茶，她希望把他介绍给父亲认识。主任牧师高兴地接待了莱伊小姐。

“你的到来令我们这里蓬荜生辉。”他握着她的手说道。

“别碰我的手，阿尔杰农。周六晚上有人向我求婚，我现在还心有余悸呢。”

“啊，玛丽，快跟我们讲讲这一切。”兰顿小姐高兴地叫了起来。

“我才不说呢。我之所以告诉阿尔杰农，是因为我发现，除非一个女人很适合结婚，一般的男人是不会对她上心的。”

“你怎么没把你的朋友赫雷尔带过来？”主任牧师问，“我今天买了一个拉丁语的古玩，上面写的是十七世纪的文字，我想他肯定会感兴趣的。”

“亲爱的阿尔杰农，你说得就好像是他能读懂那些字一样。你每次都能从那些余烬中翻出一块焦炭，这真的是够了。”

“波莉，在最后的审判日中，我可不想站在你的鞋子里。”他答道，眼睛亮闪闪的。

“我相当怀疑你能不能站进来。”莱伊小姐立马回答道，同时把她那只小巧优雅的脚向前一伸。

“这可是骄傲之罪，亲爱的。”主任牧师一边说，一边冲她摇了摇手指，“魔鬼本人也不会对自己卓越的理解力如此满意。”

“我可不在乎，阿尔杰农——你说我什么，我就是什么。”莱伊小姐大笑道，“我知道，我不是个傻瓜，而且，我的手套可是有六个指头的。”

茶点上来了，赫伯特·菲尔德也来了。主任牧师本来就对一切年轻的事物都很着迷，因此热情地同他握了握手。

“我听贝拉提起过你。也不知道是因为什么，她之前都不愿意让我见见你。”

他和这个男孩子讲起了他之前的学校，发现他对特坎伯里的古旧事物很感兴趣，于是表现出了极大的热情。他从书房里拿出来一些自己最近才得到的老教堂的古物，贝拉看着这一老一少，他们一起伏在灯下，年轻人英俊的面容与她父亲的一头银发、慈眉善目交相辉映。看到他们俩之间萌生的友谊，她很高兴，她由衷地希望他们能在未来很多个美好的夜晚里交流对书籍和绘画的看法。而她则会在一旁照料着他们，就像这两个人都是自己的孩子一样。

“现在既然你已经跨出了第一步，那以后你就要常常过来啊。”赫伯特告辞时，主任牧师握着他的手说，“我一定要带你看看我的书房，如果你喜欢旧书的话，我敢说我这里肯定有很多你梦寐以求的藏本。”

“您真是太好了。”赫伯特红着脸答道，主任牧师老派的热情让他有点不知所措。并且，赫伯特想到自己很快就要带走这个老人的女儿，使他陷入巨大的悲伤，因此更是觉得他此时的热情友好让他受之有愧。

赫伯特离开后，主任牧师说他要回到书房去继续写一篇文章，他正在为一本学术杂志写一篇关于后罗马时期演说家的文章。

“你能再多待一会儿么，父亲？”贝拉说，“我有些事情想告诉你。”

“当然了，亲爱的。”他回答道，随即坐了下来。他笑着把头转向莱伊小姐：“从前，贝拉有重要的事情要宣布时，我的心都会一沉，因为我总是以为她要宣布自己的婚讯。但是，现在，我已经很平静了，因为她往往只是哄我让我把一个不怎么会唱歌的孩子安排进唱诗班，或者是为一些需要得到照顾的寡妇提供一处住所。”

“你是不是觉得我已经太老了，不能结婚了？”贝拉笑着问，

“亲爱的，过去二十年来，你拒绝掉了所有雄心勃勃的有为青年。我们要跟波莉讲讲你拒绝掉的最后一个人么？”

“她不肯告诉我们。”

“就在两个月前，我们教堂的咏礼司铎庄严地向贝拉求婚。但是贝拉拒绝了他，因为他和他的结发妻子有七个孩子。”

“此外，他还是个特别特别无趣的男人。”贝拉补充说道。

“胡说八道，亲爱的，他可有《天路历程》的初版啊。”

“您喜欢菲尔德先生么？”贝拉轻声问道。

“非常喜欢。”主任牧师回答，“他看上去是个安静、谦逊的年轻人。”

“这真的是太好了，父亲，因为我和他已经订婚了。”

主任牧师倒抽一口冷气。他大吃一惊,以至于很长时间都说不出话来。然后,他开始颤抖。兰顿小姐焦虑地看着他。

“这不可能,贝拉,”他终于嘀咕出声,“你一定是在开玩笑。”

“为什么这么说?”

“他比你年轻二十岁。”

“是的,没错。如果不是他得了肺痨,我不会想到要嫁给他。我更想做他的护士,而不是妻子。”

“但是,他不是绅士。”主任牧师严肃地看着她说。

“父亲,您怎么能这么说呢!”贝拉涨红了脸,愤慨地说道,“我从来没有遇到过一个像他一样有着绅士心灵的人。他是那么善良、纯洁。”

“女人对这些事向来没什么概念。她们从来都看不出一个男人是否是绅士。他的父亲是做什么的?”

“他的父亲是个商人。但是,仁慈的心肠远远比冠冕更加重要。”

牧师双唇紧闭。现在,他已经从最开始的震惊中平复了过来,他站在贝拉面前,严厉而冷酷。

“我相信他的父亲是个好人。但是有好心肠也不见得是绅士,波莉肯定也会同意我的看法的。”

“威廉·希瑟勋爵可能是我认识的最混蛋的人。”莱伊小姐若有所思,“他是个骗子,还敲诈别人。他犯下了大大小小所有的罪行,但因为奇迹,也因为他的显赫家庭,他一直没有被送进监狱。但是,他是个彻头彻尾的绅士,这一点从来都没有人否认过。我这辈子从来没有见过一个比他还绅士的人。看来,绅士风度与摩西十诫毫无关联。"

"玛丽,你不要也跟着反对我。"贝拉叫道,"我希望得到你的帮助。"她走向自己的父亲,握着他的双手:"亲爱的父亲,这并非我一时冲动的决定。我已经严肃地考虑过了,我可以向你保证,我的动机绝不低贱,也并非毫无价值。为了不让你感到痛苦,我愿意做任何事情。我之所以会这么做,是因为我知道,我在这里的义务已经尽到了。我请求你同意这桩婚事,请求你记得,过去这么多年来,为了你舒适的生活,我奉献了自己全部的时间精力。"

主任牧师把手挣脱出来。

"我之前并不知道,你把照顾我看作一件恼人的差事。"他冷冰冰地说,"而且,你怎么知道这个男人愿意娶你。"他抓住贝拉的胳膊,使出浑身力气把她拖到镜子前面:"看看你自己。哪里会有一个男孩子愿意娶一个老得可以当自己母亲的女人?"他犀利地观察着女儿的脸,以及她嘴角的皱纹:"看看你的手,它们已经是老女人的手了。我错看了你的朋友,他不过是一个不择手段想要通过婚姻获得财富的骗子。"

贝拉呻吟着跑开了。她无法理解自己的父亲,他平日那么温和,但是现在却突然变得如此残酷可怕。

"我知道我已经老了,而且相貌平平。"她叫道,"我也从来没有认为赫伯特爱我。如果不是我先提出来,他也不会想到要和我结婚的。但是,只有带他出国,才能拯救他的生命。"

主任牧师低头沉思了一会儿。

“贝拉,如果他生病了,必须出国,我愿意支付他所需要的一切费用。”

“但是,我爱他,爸爸。”她红着脸答道。

“你是认真的么?”

“是的。”

巨大的泪滴涌出他的眼眶,顺着他的脸颊慢慢流下。此时,他的声音中已经没有了刚才的强硬,他有些哽咽:

“你会离开我么,贝拉?你能等到我死了之后再说么?我活不了多久的。”

“哦,父亲,别这么说。上帝知道,我不想让你痛苦。一想到要离开你,我的心都碎了。让我嫁给他吧,然后我们一起去意大利。我们三个人在一起会很开心的。”

然而这时,主任牧师却抽回了手,他抹干脸上的泪水,又一次露出了严厉的模样。

“不,贝拉,我不会这么做的。我这辈子一直提醒自己,我是个基督教牧师,血脉里流淌着骄傲。我对自己的血统感到自豪,并且我会以自己的方式为其添一份小小的光彩。如果嫁给这个男人,你不仅侮辱了自己,也侮辱了我。你怎么能为了一个小小的可怜的站柜台的人而改掉自己充满荣耀的姓氏!我老了,没用了,一直以来你让我完全地依赖着你,因此,我没有权利阻止你结婚。但是,我有权利让你不要使我们家族的名字蒙羞。”

莱伊小姐从没见到过这位温和的牧师如此严厉。一股不同寻常的怒火让他不复往日的温和迷人,他的脸颊上如今只剩两团怒火在燃烧。他的声音非常严厉，他直挺挺地站着，严肃而冷酷，就像是某个深知自己神圣职责所在的罗马参议员。但是，贝拉却不为所动。

“我很抱歉，父亲，你竟然用如此狭隘的方式来看待这件事情。我从来不认为沿用我爱的男人的姓氏是什么不光彩的事情。即使你不同意，我也将按照自己的意愿继续走下去。”

他深深地看了她一会儿。

“违背你的父亲是非常严肃的事情，贝拉，我想这是你人生中第一次不遵从父亲的意思。”

“我明白。”

“那么，我告诉你，如果你离开这里，嫁给那个可怜的商人之子，以后你们俩都别想跨进这家门一步。”

“如果你觉得这么做合适，那就这样吧。我会一直追随着我的丈夫。”

慢慢地，主任牧师走出了房间。

“他永远也不会改变自己的看法。”贝拉绝望地说，她转向莱伊小姐，“因为博莎·莱伊嫁给了一个农夫，他那之后就再也没见过她。他的言行举止是那么温和，绅士，让人以为他内心也非常谦和，但事实上，他经常说自己的血液里流淌着对自己家族的骄傲，这是大实话。我想现在我知道了，他的这份骄傲有多大。”

“那你现在准备怎么办？”莱伊小姐问。

“我又能做什么呢？我只能在赫伯特和自己的父亲之间二选一，现在，赫伯特更需要我。”

晚餐时，她们才再一次见到主任牧师。他走下楼梯，浑身上下穿戴得一丝不苟：丝质的袜子，带扣的皮鞋……他盛装出席，默默地坐在桌前，几乎没怎么吃东西，也没怎么留意席间贝拉和莱伊小姐之间勉为其难的细碎谈话。时不时地，滚烫的泪滴沿着他的脸颊落下。他一向井井有条，晚上总会在客厅里坐到十点。因此，那个晚上，他也和往常一样坐在那里，拿起一份《卫报》，但是贝拉发现他并没有真的在读报纸，他只是长时间地让眼睛盯在同一个地方，其实什么都没看，并且他还时不时地掏出手帕擦干泪水。十点的钟声终于敲响时，他站起身来，一脸疲惫，面色阴沉，看上去就像是被彻底打垮了一样。

"晚安，波莉。"他说，"希望贝拉会照顾好你，让你在这里拥有你需要的一切。"

他走向门口，这时，兰顿小姐拦下了他。

"父亲，你不会不吻我就走了吧？你知道的，让你这么难过，我的心就像是被刀割了一样。"

"我想我们不需要继续探讨这个问题了，贝拉。"他冷冷地回答，"就像是你提醒了我的那样，你已经到了可以自己做主的年纪了。我没什么好说的了，但是我会坚持我的决定。"

他转身离开，并把门关上。她们听到他锁上了自己的书房门。

"他之前每天睡前都亲吻我一下，"贝拉痛苦地说，"即使他有时候回来得很晚，他也会到我的房间里对我说晚安。啊，可怜的人啊，我给他造成了多么大的痛苦啊！"

她看着莱伊小姐，满眼苦闷。

“玛丽,在人的一生里,真的很难做到对一个人好而不伤害另一个人!责任往往会把我们指向两个截然相反的方向,履行一项职责带来的快乐远远不及忽视另一方面所带来的痛苦。”

“你想让我去劝劝你的父亲么?”

“估计没什么用。你不知道,在他谦恭温和的表面背后藏着怎样坚不可摧的决心。”

主任牧师先是坐在书桌前,用手捂着脸。最后,他终于躺到了床上,却久久不能入眠,一直考虑着自己业已习惯的生活中会出现哪些改变。他不知道自己没了贝拉后该怎么办,也无法让自己接受这个现实:赫伯特·菲尔德的年龄和地位都让他和贝拉的组合看上去那么的惊世骇俗。第二天,他比以往更显憔悴苍白,他弯着腰,看上去疲态尽现,在房子里一刻不停地来回走着,不说话,回避着贝拉关切的目光。他毕竟年纪大了,抑制不住自己不断流下的泪水,也隐藏不住自己的忧伤,惹得他的女儿很是同情怜悯。莱伊小姐试着和他讲讲道理,但是无功而返。他一会儿顽固无比,一会儿又连连哀求。

“她不能就这么丢下我,波莉。”他说,“她难道看不出我已经很老了,很需要她么?让她再等等吧,我不想独自一个人死去,不想死的时候是一个陌生人合上我的眼睛。”

“但是,你还不会死啊,我亲爱的阿尔杰农。我们的家族有两个显著特征:顽固,长寿。你还能再活二十年呢。而且,贝拉已经为你付出了很多了。你难道没有意识到,她也想拥有一点自己的生活么?你可能没有注意到她过去两年的变化,她已经不再是个小女孩了，她现在是个有主见的女人了。当一个未婚女人有了自己的主意时，是会惹出很多麻烦的，亲爱的。我一直觉得，人类有义务不去阻止自己的邻居做他们喜欢做的事情。你为什么就不能改变主意，和他们一起去意大利呢？”

“那我宁可孤老至死。”他的声音中突然充满了愤怒，“我们家族的女人一向都是嫁给绅士。你可能会假装忽略出身，觉得自己因此而思想开明。但是我生来就坚信，我的祖辈交给我一个光荣的姓氏，我宁死也不愿玷污它。我这辈子也遇到过不少诱惑，每当那时我就会想起这一点。如果我对于自己的出身过于骄傲了，那我只能请上帝原谅我了。”

他毫不动摇。莱伊小姐虽然认为他的观点非常可笑，但是也只是转过身去，轻轻一耸肩。接下来的周五，也就是之前定下来的结婚的日子终于到了，贝拉心事重重地穿上了旅行套装。他们将在婚礼后马上乘火车离开，搭下午的船去法国加来，然后从那里直接前往米兰。莱伊小姐把这个安排告诉了主任牧师，但是他对此一句话都没说。动身前往教堂前，贝拉来到父亲的书房和他告别，她想最后尝试一次，希望能软化自己的父亲，求得他的原谅。

她敲了敲门，但是却没有任何应答。她扭了扭门把手，发现门已经锁上了。

“我能进来么，父亲？”她叫道。

“我很忙。”他答道，声音有些颤抖。

“请把门打开吧，我这就要走了。让我跟你告个别。”

时间仿佛停滞了，贝拉心跳加速，等着父亲的回应。

“我说了，我很忙。请不要打扰我。”

她抽泣着，转身离去。

“我想，没有什么比道德更让人硬心肠。”

莱伊小姐在走廊里等她，然后两个人默默地来到贝拉举行婚礼的教堂。赫伯特就站在那里，一看到他热情灿烂的微笑，贝拉就重新鼓起了勇气。她毫不怀疑，自己正在做一件对的事情。莱伊小姐把她交给了赫伯特。这是个非常简朴的仪式，在小礼拜室里，赫伯特温柔地吻了他的新娘。然后，贝拉咽下了泪水，激动地笑了起来。

“谢天谢地，这一切总算结束了！”她说。

他们的行李之前已经送到了火车站，现在他们也庄严地向那里走去。很快，火车来了，这幸福的一对踏上了他们漫长的旅程。主任牧师知道自己的女儿已经永远离开了这个家后，走出了书房。他心痛不已地来到她的房间，只见满屋只剩悲凉；他来到客厅，那里也什么人都没有，空空荡荡的。他坐了下来，因为现在周围没什么人能看见了，他终于彻底地向自己的悲哀投降。他问自己，今后还有什么可指望的，他双手合十，祈祷死神能尽快降临，把自己从这无尽的苦难中解脱出来。过了一会儿，他拿上帽子，穿过回廊，想到自己挚爱的大教堂里思考一会儿，期望能获得内心的片刻宁静。但是，在那十字形教堂的耳廊，他看到，所有前任牧师的名字都被刻在巨大光洁的铜盘上，一开始是一些奇奇怪怪的撒克逊名字，看起来颇为神秘；然后是一些大名鼎鼎的诺曼牧师的名字，这些神圣的名字至今仍被记录在英国教堂的年表中，被传道者、学者、政治家铭记于心；最后，是他自己的名字。他的脸烧了起来，心中充满了怒火——

他想到,自己骄傲尊贵的名字从此以后就被彻底玷污了。

午饭时,他努力想要摆脱垂头丧气的状态,和莱伊小姐说着各种无关痛痒的话题。过了一会儿,她看了看墙上的钟表。

"贝拉现在肯定已经离开多佛了。"

"波莉,我倒宁愿你不要提起她。"他答道,声音有点颤抖,虽然他努力想要控制自己,表现得更加坚定,"我必须要试着忘记我曾经有过一个女儿。"

"我觉得,人类最根深蒂固的爱好就是为了报复别人而跟自己过不去。"她冷冷地说。

那之后,莱伊小姐表示想要去利恩哈姆和莱伊庄园,并邀请主任牧师同行。但是,他拒绝了,于是她自己订了三点出发的马车。自从乔治二世以来,她的祖先就世世代代生活在那里,而她已经很多年没回去过了。在那里,她有些激动地认出了那片熟悉的田野,地上的沼泽,以及波光闪耀的大海。因为带着某种特殊的情感,在她的眼里,这里的风景有种别处找不到的独特魅力。她来到利恩哈姆教堂,拿到钥匙,走了进去,仔仔细细地看着里边那些保存着她祖先记忆的石头和铜像。那里多了一个新的牌匾,记录着爱德华·克莱多克的出生、死亡和生平,牌匾的下方还留着一块空间,以后那里会写上他的遗孀的名字。想到自己和博莎,也就是那位爱德华·克莱多克的遗孀,最终将会出现在这长长的名单的最后,她不禁扼腕叹息:她们死后,莱伊家族的辉煌篇章就将彻底完结,伯克的历史上将不会再有他们更多的故事。

"随便阿尔杰农怎么说,"她喃喃低语道,"但是,他们都是些笨蛋。就像是国家一样，家族只有在日渐衰微之时才会变得真正有趣。”

她继续前行，来到了莱伊庄园，那里一如既往，洁白，方正，就像是一幢矗立在大地上的纸牌屋。在她侄女的丈夫克莱多克去世后，这里就关闭了，看起来荒芜零落。修剪齐整的草坪中混杂着杂草，花床上没什么花，门窗紧闭，透露出一种不祥之兆。莱伊小姐打了个寒颤，转身准备离开。她吩咐车夫返回特坎伯里，然后就陷入了深沉的思考，没怎么注意周围的情况。突然，她听到有人吃惊地唤着她的名字，这才发现有人正盯着她呢，那是利恩哈姆教区牧师的妹妹葛洛夫小姐。她停下了马车，葛洛夫小姐三步并作两步赶了上来。

“莱伊小姐，真没想到会在这里碰到你。就像是往日重现。”

“亲爱的，你先别激动。我最近住在我表亲的家里，于是就想着过来看看莱伊庄园是不是还在。”

“啊，莱伊小姐，你肯定挺不高兴吧。可怜的主任牧师，他们说他现在伤透了心。你知道么，那个叫菲尔德的年轻人的父亲是一个亚麻布商人。”

“看起来我们家有这个传统，结婚时不怎么考虑门当户对①。要是我嫁给我那可敬的男管家，你可千万别吃惊。”

“啊，但是可怜的爱德华是不一样的，他是那么优秀。对了，博莎现在在哪里呀？她从来没给我们写过信。”

---

① 原文为法语。

“我想她是在意大利吧。我想让她嫁给弗兰克·赫雷尔，就是费内的那位老赫雷尔医生的儿子。”

“但是，莱伊小姐，她会这么做么？”

“她还没见过他呢。”莱伊小姐冷笑着答道，“但是我觉得他们会是很棒的一对。”

“看到原来的老房子被荒废了，你肯定很难过吧？”

“亲爱的，我一向小心，不让自己有任何的悔恨情绪。我觉得悔恨和忏悔一样，都是有罪的。”

“我不明白你的意思。”葛洛夫小姐答道，“我不相信你真的会无动于衷，你看看啊，这可是莱伊家的土地啊。”

“你这可就看错我了。故地重游确实令我有种满足感；我很高兴，我现在住在别的地方。但是，不得不说，能够在自己家的土地上出生，感觉真是不错，哪怕你只是个女人。我能感觉到，我的根就在这里。环顾四周，我真的很想把衣服脱掉，去田野里打个滚。”

“希望你别真的这么做，莱伊小姐。”芬妮·葛洛夫小姐有些震惊，“这看起来实在是太奇怪了。”

“别傻了，亲爱的。”莱伊小姐笑了，“你实在是太单纯了，每次见到你，我都觉得很快你的肩膀上就会长出天使翅膀。”

“你还是和从前一模一样。”

“请原谅我这么说，但是我觉得自己越来越年轻了。要我自己说的话，我感觉现在自己还不到十八岁。”

然后，葛洛夫小姐做出了她这辈子最机敏的应答。

“我承认，你看起来就像是二十五岁，莱伊小姐。”她脸上浮起一抹冷笑。

“你这个放肆的小家伙！”莱伊小姐大笑起来，让车夫继续前进，同时向葛洛夫小姐挥手告别，也向自己的青春时光、这片已经融入自己血肉的田野挥手告别。

由于主任牧师拒绝了她再陪他待一阵子的建议，莱伊小姐第二天就启程返回伦敦。她感到一种莫名的不安，开始后悔自己待在英格兰过冬的决定。穆瑞太太已经去了罗马，目送贝拉踏上前往欧洲大陆的旅途，莱伊小姐不禁也萌生了想要外出旅游的想法。她想象着过海关时会遇到的那些小小的麻烦事儿，旅馆里和巴士上微微的霉味，长途火车旅行的甜蜜与乏味，以及可敬又可怕的异国女房东；她感到目眩神迷，仿佛看到了灰蒙蒙的布洛涅，闻到了港口和车站那熟悉的气味。她的神经兴奋了起来，急切地想要抛下自己的房子和仆人，一头扎进那漫无目的的长途旅行之中。这时，她乘坐的火车在罗切斯特停了下来，她无心地向窗外看着，突然看见了一片巴兹尔·肯特曾经极力褒奖过的景象：云层密布，天色阴沉，倒映在梅德韦河平静的河面上；高高的烟囱吐出缕缕烟尘，在灰色的天空中画下了道道蜿蜒曲折的线条，天空下低矮的厂房建筑是白色的，但是染上了尘埃。在一个善于观察的人眼中，这幅画面其实别有一番韵味，线条简洁，着色克制，颇具日本画作的优雅感。

莱伊小姐跳了起来。

“把装着衣服的包给我，”她对大吃一惊的女佣说道，“你继续乘车去伦敦。我就在这里下车了。”

“小姐,就您一个人么?”

“你觉得还有谁会和我一起私奔吗?动作快一点,不然我就下不了车了。”

她拿过包,跳下了车厢,看着火车缓缓驶离站台,她大大地松了一口气。独自一人待在陌生的小镇让她镇静了下来。这里没人认识她,走下火车站的楼梯时,她感到一阵莫名的兴奋。她研究了一下前往旅馆的巴士,挑选了其中最雅致的一辆,乘着它扬长而去。

莱伊小姐生性倔强,旅途中从不选择游人们最热衷的景点或项目。在她看来,艺术作品只能激发自己有限的热情,世界闻名的旅游胜景其实也就不过如此。在欧洲大陆旅游时,每当来到一个陌生的小镇,她往往总是随性走动,观察周围的人们,没有什么比发现一个被人遗忘的花园或一处被人忽视的美丽门道更令她高兴,这些都是那本她故意留在家里的旅行指南里没有介绍过的地方。于是,那天下午,罗切斯特的居民们看到一个身材娇小的老太太在大街上到处闲逛,她衣着朴素,敏锐地观察着周围的一切,她很容易被逗乐,也很包容。很明显,她兴致高昂,相当自得其乐。在这个时候,对她来说,老皇后街的房子就像是个监狱,忠心耿耿的管家就是监狱里的看守长官;房子里已经备好的精致美食,也不比稀薄的麦片粥、硬得咬不动的面包好到哪里去。

不久,她走累了,回到宾馆稍事休息,然后下楼来到了餐厅。侍者把她安排在了一个小小的桌子前,等待上菜时,她心不在焉地摆弄着她那从未离身的来自文艺复兴时期的珠宝。然后,她慢慢地抬起眼来,想要看看周围都坐着些什么样的人,突然发现一双眼睛正满是惊恐地盯着自己——那不就是卡斯蒂利恩太太！她的脸因为焦虑而变得铁青。一开始，莱伊小姐还没搞清楚状况，然后，她看到雷吉·巴塞特也在那里。两位女士并不想就此相认。卡斯蒂利恩太太垂下眼去，嘴唇几乎没怎么动，小声对雷吉说了些什么。他一惊，出于本能想要转身看看，但是他的邻座马上制止了他。尽管他们坐得有点远，但是他们还是急促低语，仿佛生怕别人会听到他们说些什么。莱伊小姐又好奇地看了他们一眼，卡斯蒂利恩太太慌忙低下了头。她的脸色苍白得可怕，莱伊小姐觉得她可能随时都会昏厥过去。雷吉给她倒了一杯香槟，她很快就一饮而尽。

“估计他们这顿饭吃得不会开心。”这位未婚的年长女士强压着微笑，喃喃自语道，“真搞不明白他们为什么会选择罗切斯特。”

然后，她开始在心里责怪弗兰克没告诉她这一切，她很确定，弗兰克一定知情。不过，说实在话，莱伊小姐也很困惑，她之前根本不知道他们两个人的关系竟然已经发展到了现在这个地步，要花一整个周末的时间在乡下幽会。然后，她撇了撇嘴，想起来保罗·卡斯蒂利恩此刻正在英格兰北部的一个政治集会上发言，不禁默默笑了起来。她很想知道自己的这对邻居将如何收场，她最喜欢看人们在意想不到的情况下会做出怎么样的反应。她假装没在看他们，但还是能看到他们时而急促地低语，时而不安地沉默，就这样吃完了这顿饭。不可否认，莱伊小姐这顿饭吃得倒是很平静，同时也多了一分趣味。

“我还不知道英国的宾馆能烹饪出这样的美食。”她自语道。她叫来了侍者：“你能告诉我坐在从这里数第五张桌子上的那位女士是谁么?”

“夫人,那是巴洛太太。他们今天下午才来。”

“她旁边的绅士是她的丈夫还是儿子呢?”

“是她的丈夫,夫人。我是这么认为的。”

“请给我拿一份报纸来吧。”

要想走到门口,卡斯蒂利恩太太和雷吉就必须经过她这一桌,莱伊小姐不怀好意地决定要继续留在这里。她的视力很好,她看到,当侍者端着咖啡并拿着一份《威斯敏斯特报》过来时,那位美丽的女士脸上露出彻底失望的表情。莱伊小姐把报纸摆在眼前,饶有兴味地仔细阅读起报纸的头条新闻来。

实在是没办法了,卡斯蒂利恩太太只能尽自己最大的努力处理好这件事情。雷吉起身离席,眼睛一直盯着地板,英俊的脸上愁云密布,仿佛预示着卡斯蒂利恩太太一定会为这一次的行为付出代价。但是,她可更为大胆。她走在后面,昂首挺胸,像平常一样摇曳生姿。走到莱伊小姐跟前时,她停下脚步,发出了一声听起来颇为自然的尖叫:

“莱伊小姐,怎么是你!能在这里见到你真的是太高兴了!”

她伸出手,看上去非常喜悦。莱伊小姐冷冷一笑。

“很高兴见到你,希望你一切都还好,卡斯蒂利恩太太。”

“你在这里吃的饭吗?太奇怪了,我居然没有看到你!我今天可真是遇到了不少神奇的事情。来到旅馆后,我碰到的第一个人就是巴塞特先生,于是我邀请他共进晚餐。他也就住在这附近。不知道你有没有见到他。”

“我看到了。”

“你怎么不过来和我们说说话？我们可以一起吃饭的啊。”

“亲爱的，你肯定以为我是个大傻瓜吧！”她慢慢地说，又好气又好笑。

这时候，卡斯蒂利恩太太突然脸色一片死灰，眼神中也满是绝望与恐惧。她已经没有力气继续装腔作势，她看出来了，这一切都无济于事。

“你不会说出去吧，莱伊小姐。”她声音很轻，因为充满恐惧，声音也不复往日的清晰。

“毫无疑问，好奇是我的一大罪过，”莱伊小姐答道，“但是，我并不轻率。只有傻瓜才会谈论具体的事情，聪明人更关心那些抽象的东西。”

“你知道么，要是能抓到我和其他男人的事情，保罗的母亲愿意付出自己一半的财产？啊，她该会多么高兴啊，总算有机会扳倒我了！看在上帝的分上，答应我，你绝不会泄露半个字。你不想毁掉我，对吧？”

“我承诺。”

卡斯蒂利恩太太松了一口气，但仍痛苦不堪。此时，餐厅里除了正在打扫的侍者之外已经没有别人了。但是，她还是觉得侍者有些可疑，仿佛一直在观察她们。

“但是现在我也必须听你的话了。”她很是苦恼，“上帝啊，我真希望自己从来没有到过这里。那个男人怎么还不离开？我就要尖叫出来了。”

"如果我是你的话,我不会这么做的。"莱伊小姐静静地答道。

莱伊小姐一向最看重自制这一个人品质,她颇为轻蔑地观察着卡斯蒂利恩太太,因为她正可怜巴巴地展示着自己的羞愧和恐惧,令她感到颇为讨厌。没有什么人比她更不在乎传统规矩,婚姻更是常常令她嗤之以鼻,但是她鄙视那些罔顾社会规则却没有勇气承担自己行为后果的人:他们渴望得到世人的好评,但是背地里却自行其是,行为不端,实在是虚伪可鄙。卡斯蒂利恩太太感受到莱伊小姐在心底里对自己的审视,表现得非常焦躁不安。

"你现在肯定特别鄙视我。"她悲叹道。

"你难道不觉得你最好今晚跟我一起回伦敦么?"莱伊小姐说,与此同时,她用冷冷的、严厉的灰色眼睛盯着眼前这个受惊的女人。

此时,卡斯蒂利恩太太完全不复往日的活泼快乐,她在莱伊小姐身边坐下了,形容枯槁,面色苍白,就像是一个有罪的犯人在法官面前一样,战战兢兢。但是,听到这个建议后,一抹淡淡的红晕浮上她的脸颊,嘴角边流露出一丝惹人同情的苦痛。

"我不能就这么回去。"她轻声说道,"别让我这么做。"

"为什么?"

"我不敢离开他,否则他肯定就去找查塔姆的某个女人了。"

"已经到这个地步了么?"

"啊,莱伊小姐,我受到了可怕的惩罚。我本来根本没想到会发展到这般田地。我就是想找个乐子——我太无聊了。你懂的,保罗是个什么样的人。有时候他实在是太乏味迟钝了,我只能躲在床上放声尖叫。"

“所有的丈夫都会有乏味迟钝的时候。”莱伊小姐若有所思，“就像是所有的妻子都往往脾气暴躁。但是，不论如何，他真的很喜欢你。”

“我想，如果他知道了这些，一定会心碎的。我真的是太差劲了。我控制不住自己，我全身心地爱着雷吉。而他却根本不把我当回事儿！一开始他还挺高兴的，因为我是那种他可以称为贵妇人的女人，但是现在他之所以还黏着我，仅仅是因为我给他钱花。”

“什么！”莱伊小姐惊呼。

“他的母亲没给他充足的零花钱，我便设法帮助他。他用我给他的钞票支付所有的费用，我则假装一切都没有什么变化。啊，我真的是恨他，鄙视他，但是如果他离开我，我一定会死。”

她把脸埋在自己的手里，大哭了起来。莱伊小姐沉思了一会儿。过了一会儿，卡斯蒂利恩太太抬起头来，握紧双拳。

“如果现在我去找他，他会像对待渔妇一样狠狠地羞辱我，因为是我建议来罗切斯特的。他会说，我们之所以来这里都是我的错。啊，我真希望我们从来没有来过这里，我知道这一切真的是太疯狂了。我真希望自己从来都没见过他。”

“但是，你是怎么想到要来罗切斯特的啊？”莱伊小姐问。

“你记不记得，巴兹尔·肯特曾经说起过这里？我想肯定没什么人会来这里，保罗说过，即使是野马也没法把他拖到这个地方来。所以我就想到了这里。”

“巴兹尔真的应该建议一些不那么容易到达的地方。”莱伊小姐喃喃道，“我也是因为这个所以来到了这里。你知道的，我的老家离这里不远,我之前住在特坎伯里,我从那里过来的。"

"我忘记了。"

她们沉默了一会儿。现在,这间旅馆的餐厅里,灯已灭了大半,餐桌也收拾干净了,但是还铺着白色的桌布,看上去阴沉压抑。看到这番场景,卡斯蒂利恩太太痛苦地颤栗了起来。她可以隐隐约约感觉到,自己的这份之前看上去美好无比的激情在莱伊小姐看来无疑是最最污秽、卑贱的情感。

"你能帮帮我么?"她痛苦地叫道。

"你为什么不直接和雷吉彻底分手?"莱伊小姐问,"我很了解他,我并不认为他会给你带来什么幸福。"

"我也希望我有和他分手的勇气。"

莱伊小姐轻轻地把手放在眼前这个痛苦的女人那瘦瘦的、戴满珠宝的手上。

"今晚就让我带你回伦敦吧,亲爱的。"

卡斯蒂利恩太太望着她,眼中满是泪水。

"今晚不行。"她苦苦哀求,"让我在这里待到周一吧,然后我就和他彻底分手。"

"机不可失,时不再来。你难道不觉得现在就是最好的时机么?"

没有人能想到,莱伊小姐冷冰冰的声音也能这么温柔,这么有说服力。

"好吧。"卡斯蒂利恩太太已经彻底筋疲力尽了,"我这就去告诉雷吉。"

“要是他不同意的话，你告诉他，这是我愿意为你们保守秘密而提出的条件。”

“他才不会在乎这些呢！”卡斯蒂利恩太太生气地呜咽道。

她走了，但是很快又回来了。

“他已经走了。”她说。

“走了？”

“他什么话都没说，就这么不辞而别了。他的房间里已经空了。他一直都是个懦夫，现在他竟然就这么跑掉了。”

“然后，他还让你支付旅馆的账单。这妥妥的是雷吉的做派！”

“你说得对，莱伊小姐，这整件事对我来说一点好处都没有。我们彻底结束了，我不会再管他了。带我回伦敦吧，我保证，我再也不见他了。从现在开始，我要试着对保罗尽自己作为妻子应尽的义务。”

她们很快就收拾好行装，搭乘最后一班火车离开了罗切斯特。卡斯蒂利恩太太蜷缩在火车车厢的角落里，在蓝色坐垫的映衬下，她面色愈发显得惨白，愁云密布。她就这么定定地看着窗外的夜景，一句话都不说。她的同伴却陷入了深思。

“我真是不知道这一切有什么体面可言。”她想着，“我费了这么大的劲把这个女人重新带回到枯燥无味的日常生活轨道上。她也很可怜，她不该碰上这样的麻烦。而且，我还没来得及好好看看罗切斯特。我必须要注意了，我正在变成一个道德审查官，很快，我可能就会变成乏味的人了。”

她看着眼前这位漂亮的女士，她现在看上去衰老疲惫，脸上涂的粉只能凸显出她的苍白空洞,她正在默默地流泪。

“不晓得该死的弗兰克是不是从头到尾都知道这整件事情,却一直卑鄙无耻地保守着这个秘密。”

最后,她们总算到了伦敦。卡斯蒂利恩太太站起身来,她转向她的朋友,充满绝望地自嘲了一句。

“你一直喜欢格言警句,莱伊小姐。”她说,“我给自己也找到了一句:愈是曾经深爱过,愈是易生出最深切的鄙夷。”

“弗兰克要说什么随他的便。”莱伊小姐回答说,“但是,没有什么比看着人类痛苦更有趣。”

几天后,热衷于制订计划然后享受打破计划之乐的莱伊小姐动身前往意大利。

第二部

一

二月底，莱伊小姐回到了英国。和大部分同胞不同，她在国外期间并未去拜访那些在国内就时常待在一起的朋友。尽管贝拉和赫伯特·菲尔德就在那不勒斯，穆瑞太太就在罗马，她还是刻意避开了他们。她更愿意在旅途中有些新的邂逅，因为，在她看来，云游海外的英国人脱去了他们以往的特性，往往有种如沐春风、有益身心的直率和坦荡。比方说，在威尼斯或者在风景秀丽的卡普里岛，一切都是那么的浪漫，各种各样稀奇古怪的事情都在肆无忌惮地轮番上演。在这里，你可能会遇到一对中年眷侣，他们的关系不好界定，他们的冒险充满激情，未免令端庄得体的前辈们大跌眼镜。在这里，你会发现，传统才是奇怪的，古怪反倒成了一种日常。莱伊小姐向来有一种从万事万物中获得信心和乐趣的能力，她一如既往地沉着冷静，同时也在异国他乡好好地享受了一番。她聆听着那些为了自己的灵魂而抛弃了全世界的男人们的忏悔，他们语含讥讽地讲述着自己逝去的狂热，她聆听着那些为了爱情而背弃了上帝的女人们的忏悔，回忆起早已逝去的激情，她们往往不过是耸一耸肩。

“来，你有什么新鲜事要告诉我么?”在维多利亚见到了莱伊小姐后，弗兰克问道。他当时正准备坐下来吃饭。

“没什么特别的。不过，我发现，当快乐的事情令人精疲力尽时，人们却往往相信是自己已经享尽了各种乐子。然后，他们会郑重地告诉你，这世上没什么事情能令人心满意足。”

不过，弗兰克却有个大新闻要讲。珍妮一周前生下了一个死婴，而且身体非常虚弱，当时大家都觉得她挺不过来了。现在，最糟糕的时刻总算过去了，不出什么意外的话，她会渐渐恢复健康。

“巴兹尔怎么样？”莱伊小姐问。

“他没说什么。近来他都不怎么说话，但是我觉得他恐怕是因此伤透了心。你知道的，他有多盼着这个孩子的到来。”

“你觉得他喜欢他的夫人么？”

“他对她很好。在经历过这种巨大的打击后，没人能比他更温和了。我觉得他们两个人中受打击更大的应该是珍妮。你知道，她认为孩子才是他们结婚的原因——巴兹尔竭尽所能地安慰她。”

“我一定得去看看他们。不过，先跟我说说卡斯蒂利恩太太的事情吧。”

“我已经很长时间没有见到过她了。”

莱伊小姐仔细观察着弗兰克。她不知道弗兰克是否知道雷吉·巴塞特的绯闻。尽管她很想就此讨论一番，但却并不想冒暴露秘密的风险。事实上，他其实对这一切都了如指掌，但是却故意装作不知情，想看看莱伊小姐会把谈话引到什么地方去。她谈起了特坎伯里的主任牧师，谈起了贝拉和她的丈夫。然后，仿佛是不经意之间，她谈起了雷吉。但是，弗兰克眼中闪烁着的光让她明白，他正在嘲笑自己的策略。

“你这个讨厌的家伙！”她叫道，“为什么你不告诉我这一切？

我还是自己不经意之间发现的。”

“我的性别提醒我，要有点基本的荣誉观念，莱伊小姐。”

“你已经有很多讨人厌的地方了，不要再假正经了。你怎么知道他们这些事的？”

“那个友好的年轻人自己告诉我的。没什么男人能忍住不炫耀他们征服的女人，雷吉当然也是。”

“你不认识休·克隆吧？他的风流韵事遍布整个欧洲，其中最臭名昭著的就是与一个我们不该知道名字的公主的风流事。我想，如果她没有给他那方绣着皇冠和名字首字母的手帕，他肯定会因为无物可炫耀而无聊至死。”

接着，莱伊小姐讲述了自己在罗切斯特碰到他们的经历，当然，在她的讲述中，故事简直妙趣横生。

“那你可曾认为他们会就此结束？”弗兰克充满嘲讽地问道。

“不要因为我抱有最美好的期待就对我如此恶毒。”

“亲爱的莱伊小姐，男人越坏，女人越爱。当男人本身就是体面人，尊重女性，他的日子反而会不好过。”

“弗兰克，你对这类事情真的一窍不通。”莱伊小姐反唇相讥，“请告诉我事实如何，我可以自己得出充满哲思的结论。”

“好吧。雷吉在这一方面还是很有天分的。我其实早就听说了你在罗切斯特的见闻，我跟他说你肯定不会告诉他的母亲。他知道自己没有表现出应有的英雄气概，于是摆出了一副义愤填膺的高姿态，整整一个月没理会卡斯蒂利恩太太。然后，她开始低三下四地给他写信，求他原谅自己；我猜他就这么优雅地接受了道歉。他过来找我，把信扔到桌上说：‘看啊，朋友，如果有人问起来，就告诉他们，我懂得关于女人的一切。’两天后，他就多了一个黄金质地的香烟盒。”

“你是怎么跟他说的呢？”

“‘总有一天你会遭到报应的。’”

“相当明智，抓住了重点。我真心希望他会遭到应有的报应。”

“我不认为事情会进展顺利。”弗兰克继续说道，“雷吉告诉我，卡斯蒂利恩太太也把他的生活搞得一团糟，他已经有些不耐烦了。被一个女人疯狂地爱着可不是件开玩笑的事情。之前他可从来没和地位这么高的人打过交道，他很震惊，她竟然能够如此粗鄙。她的行为常常超出了他对端庄得体的界定。”

“这不就是典型的英国人那一套吗！即使在做着不道德勾当，却还要标榜自己的行为规矩。”

之后，莱伊小姐询问了弗兰克的近况，但是，他们一直都在通信，因此他也没什么可讲的。他在圣路克医院的工作还是那么的单调乏味——每周给学生上三次课，每周三和周六给病人看诊。渐渐有人来到他位于哈利街的诊疗室看诊。展望未来，他觉得自己可能会成为一位受人欢迎的医生，虽然他对此其实也并不抱有很大的热情。

“你有没有爱上什么人？”

“你知道的，只要你还单身，我就不会允许自己爱上其他什么人。”他大笑着说。

“注意了，我可不会相信你的话，拽着你的头发把你拖进圣坛的。难道我就没有什么竞争者么?”

“好吧,既然你这么坚持,我就坦白吧。”

“可恶的家伙,她叫什么名字?”

“碧尔哈兹雅·荷玛陀比①。”

“天啊!”

“我最近正在研究这种寄生虫,我觉得现在专家们对它的认识是错误的。他们没有搞清楚它的生命历程,而且他们根本没搞明白如何捕捉到它。”

“这在我听来真的是一点都不激动人心。我觉得你肯定是用这个来掩盖自己和某个芭蕾舞女演员的秘密恋情。”

莱伊小姐去巴恩斯看望了珍妮和巴兹尔,但是这两人看上去都很疲倦、难过,对于她的到来并没有特别热情。巴兹尔只有在把自己的夫人介绍给莱伊小姐时才勉强挤出一抹笑意。珍妮还躺在病床上,非常虚弱,但是,莱伊小姐此前从来都没见到过她,因此依旧为她的惊人美貌而震惊:她的脸比枕头还白,看上去那么楚楚可人,更不消说那已经消逝不见的如玫瑰般的纯真甜美。敏于观察的她还注意到,珍妮不时痛苦、焦虑地看着自己的丈夫,眼神中充满了疑问,仿佛正在可怜巴巴地等待着某种自己不应该受到的责备。

“希望你喜欢我的夫人。”送莱伊小姐下楼时,巴兹尔说。

“可怜的孩子!在我看来,她就像只被悲惨命运囚禁的小鸟,拘

① Bilharzia hoematobi,即埃及裂体血吸虫。

囿于现实生活的四面楚歌中。她本应该在广阔的天地中自由歌唱才是。我恐怕未来你会对她有些无情。”

“为什么这么说?”他愤慨地问道。

“亲爱的,你会让她适应你的生活做派。但是,只有不坚持自己的原则,这个世界才会更快乐。”

珍妮病危时,布什太太赶了过来,但是,在悲伤和刺激的作用下,她开始从巴兹尔的威士忌酒瓶中寻求慰藉,并且渐渐发展到了巴兹尔不得不恳求她回自己家的地步。那个场面并不怎么好看。在她到来后两三天,肯特就注意到了她的酗酒倾向,把餐边柜锁了起来,并拿走了钥匙。过了没多久,用人就来找他了。

“先生,布什太太说,如果可以的话,她想来一点威士忌。她感觉很不舒服。”

“我自己去跟她说。”

布什太太此时正交叠着双手,坐在餐厅里,脸上竭力表现出作为一个母亲的焦虑,那种身体的微恙和尊严受损后的失落。看到来的人不是用人,而是自己的女婿,她显然有点失望。

“啊,是你,巴兹尔。”她说,“我找不到餐边柜的钥匙了,我现在心烦意乱,我需要来点什么喝的。”

“如果我是你的话,我不会这么做的,布什太太。不喝酒反倒会更好一些。”

“哦,是的!”她生气起来,“也许你比我更了解自己的内心感受。我只是让你给我钥匙,年轻人,动作快点。我可不是那种任人敷衍的女人,我告诉你。”

“很抱歉，我想你已经喝得够多了。珍妮可能需要你，你还是保持清醒比较好。”

“你是在含沙射影地说我已经喝多了么？”

“我可没这么说。”他笑着答道。

“用不着你管！”布什太太愤愤地叫道，“你不嘲笑我的话我就很感激了。看着自己的女儿卧病在床，我非常难受。并且，我觉得你并没有像对待一个女士一样尊重我。你从来都很看不起我，肯特先生，从我第一次来时就是。我可还没忘记，你别以为我会忘了。你们用一个不值钱的破茶壶招待我，但是等你的女性朋友到来后，却拿出了银质茶具，告诉你，我可不相信那是真的银。那就这样吧，肯特先生，我只是想让你对我放尊重点。你是个和善的年轻人，看在我女儿卧病在床的分上，就让我喝点酒吧。要不是为了她，我绝不会在这里多待一分钟。”

“我本来也想建议你回到蹲尾区，回到你的家里去。”等到这位女士终于一股脑把话说完了，巴兹尔答道。

“你竟然这么说！好吧，就让我们看看珍妮对此会说些什么。我想我的女儿才是自己家里的女主人。”

布什太太站起身来，向门口走去，但是，巴兹尔却挡住了她。

“我不能让你现在去找她。我觉得你现在的状态不适合同她讲话。”

“你以为你能拦得住我么？闪开，年轻人。”

此刻，巴兹尔看着眼前这位愤怒的夫人，与其说是愤怒，不如说是憎恶。他用冰冷彻骨的语气说道：

“很抱歉伤害了你的感情，布什太太，但是我觉得你最好还是马上离开这个房子吧。范妮会把你的东西收拾好。我回到珍妮的房间里去，并且，我不允许你进去。希望你能在半个小时之内离开。”

他转身离开，只剩下布什太太在那里生闷气，嘟嘟囔囔地威胁着他。她早已习惯了不顾别人的反对，按照自己的方式做事情，但是巴兹尔也不是那种能接受别人反对的人。她下定决心要闯进珍妮的房间，好好发一通牢骚，不论结果如何。但是，她还没想好要说什么呢，仆人就走了进来，她已经根据主人的指示打包好了布什太太的东西。珍妮的母亲怒火中烧，但是为了保住面子，她尽力不在女佣面前表现出来。

“很好，范妮。这里可不是什么女士应该待的地方。你真可怜，亲爱的，有一个像我女婿那样的主人。你告诉他，我觉得他一点都不绅士。”

珍妮本来在睡觉，被摔门而出的声音吵醒了。

“这是怎么了?”她问。

“你的母亲离开了，亲爱的。你介意么?”

她赶紧看了他一眼，过往围观父母吵架的经历告诉她，巴兹尔一定是和她的母亲吵架了，她想看看他是否因此而恼怒。她把手伸给他。

“不，我很高兴。我想和你单独待在一起。我不希望我们之间有其他任何人。”

他弯下身来吻她，她用胳膊环住他的脖子。

“你不会因为孩子没保住而生我的气吧。”

“亲爱的,我怎么可能因此而生你的气呢?”

“告诉我,你没有后悔娶我。”

珍妮现在意识到巴兹尔之所以娶她完全是因为那个孩子,因此现在心中充满了恐惧。他们兴趣迥异(她现在终于渐渐意识到他们之间的距离有多大),只有那个孩子才能帮她维持住巴兹尔的爱。他爱的是作为母亲的自己,现在他肯定特别后悔这么着急娶了她,因为看上去她是通过虚假的伪装逼他娶了自己。把他们捆绑在一起的纽带已经断裂了,尽管珍妮一直都温顺地接受着巴兹尔出于好意给予的关心,但是她其实一直在心痛地问自己,等她病愈了之后会发生什么。

时光如水流逝。尽管珍妮还是面色苍白,没什么精神,但是她渐渐有力气离开自己的房间了。有人建议她过一阵子和妹妹去布莱顿住上一个月。巴兹尔有工作,无法长时间离开伦敦,但是他答应会在周末的时间去看望她。有天下午,他兴冲冲地回到家,因为他刚刚收到出版商的来信,说他们看中了他的书,预计来年春天可以出版。他总算踏出了通往成功的第一步。但是,一回到家,他就发现他的内兄詹姆斯·布什正和珍妮坐在一起。他正在兴头上,所以异常热情地和他打了招呼。但是詹姆斯却一改往常的油嘴滑舌,有些垂头丧气,这要是在平时,一定会引起巴兹尔的关注。他很快就离开了,这时巴兹尔才看出来珍妮有些心烦意乱。尽管他不确定具体发生了什么,但是他知道,一定是布什家在经济上遇到了什么麻烦,他才会来找珍妮。从一开始他就知道,这是不可避免的,因此也都竭力满足他们的诉求。但是,他更希望不去管珍妮对其家人的帮助,当珍妮问他多要点钱时,他也总是二话不说就把钱给她。

“吉米怎么会这个时候来找你?”他不经意地问道,以为他不外乎就是为了这些小事来的,“我以为他六点才下班。”

“哦,巴兹尔,出大事儿了。我不知该怎么告诉你。他被开除了。”

“我希望他不是要我们收留他。”巴兹尔冷冷地说,“今年我手头很紧,我希望把自己所有的钱都用在你的身上。”

珍妮总算鼓足了勇气。她把头扭向一边,声音有些颤抖:

“我也不知道该怎么办。他遇上了麻烦。如果他不能在一周之内筹到一百五十英镑,他的公司就会起诉他。”

“珍妮,这到底是什么意思?”

“哦,巴兹尔,你别生气。我真的是不好意思跟你说。我已经瞒着你一个月了,但是现在我实在瞒不住了。他的账目出了点问题。”

“你的意思是,他一直在偷钱么?”巴兹尔严厉地问道。他感到了一股油然而生的恐惧与厌恶。

“看在上帝的分上,不要这样看着我。”她叫道。此刻巴兹尔的眼睛以及紧闭的双唇让她感觉自己才是罪犯,正在招供自己犯下的可鄙罪行。“他并不是故意这样的。我其实也不是很明白究竟发生了什么。但是,他可以自己告诉你这一切。巴兹尔,你不会就这么看着他被送进监狱吧。你能把钱给他么?”

巴兹尔在桌前坐下,仔细考虑这整件事情,他用手托着脸,想要避开珍妮的凝视。他不想让珍妮看见自己因为她的话而感到惊慌和耻辱。但是,她还是看到了。

“你在想些什么，巴兹尔？”

“没什么特别的。我在想怎么才能筹到这笔钱。”

“你不会以为，因为他是我的哥哥，所以我也和他一个德行吧。”

他没有回答，只是看着她。确实很不幸，他的妻子的母亲是个酒鬼，而她的哥哥则指望着通过最原始的方式获得财产。

“这不是我的错。”她痛苦地喊道，打破了他的沉默，“你不要把我想得太坏。”

“不，这不是你的错。”他回答说，但是语气里还是不由得透着冷冰冰，“不论如何，你还是应该去布莱顿，但是我想这个夏天我没办法休假了。”

他写了一张支票，接着又给银行写了一封信，请求提前预支一笔一百英镑的未到期债券。

“他来了。”珍妮听到门铃后说，“我让他半个小时之后过来。”

巴兹尔站起身来。

“你最好马上把这张支票给你哥哥，告诉他，我不想见他。”

“他以后还能来这里么，巴兹尔？”

“这个就要看你了，珍妮。如果你希望的话，我们就假装他只是运气不好，而不是不诚实。但是我更希望他不要再提起这件事儿了。我不需要他感谢我，也不想听他的借口。”

珍妮默默接过了支票。她本来想充满感激地用双臂搂住巴兹尔的脖子，祈求他的原谅，但是他浑身上下透着一股凝重，吓到了她。整个晚上，他只是闷闷不乐地坐在那里，珍妮也不敢开口。道晚安时,他吻了她,但是他的吻却是前所未有的冷淡。她无法入睡,一直在痛苦地哭泣。她无法理解巴兹尔为什么对这件事表现得如此深恶痛绝。在她看来,这不过是吉米犯下的一个小小的错误,并且,她也同意哥哥的看法,觉得他只是运气不够好而已。她有些怨恨,因为巴兹尔不愿听任何解释,并且一直以最坏的想法评价吉米。

几天后,肯特回到家中,意外地发现珍妮正在和她的哥哥热切地交谈着,他明显已经恢复了往日神气活现的腔调,一点都没有因为巴兹尔知道了自己的胡作非为而感到羞愧。

"见到你真高兴,兄弟!"他一边说着一边伸出了自己的手,"我刚刚过来,就想碰碰运气看能不能见到你。我要感谢你借给我这笔钱。"

"我倒是宁愿你不要再提起这件事。"

"为什么?这又不是什么可耻的事情。我只是运气不好,仅此而已。你不用担心。"

他滔滔不绝地讲了起来,试图证明不幸也会降临到好人头上,最清白无辜的行为有时也会看起来像是犯罪。巴兹尔一点都不喜欢他的信口雌黄、厚颜无耻,因此只是冷冷地听着,一言不发。

"你不必为自己找借口。"最后,他终于开了口,"我之所以帮你,纯粹是出于我个人自私的考虑。要不是为了珍妮,你被关进监狱与否同我一点关系都没有。"

"哦,这都是玩笑话,他们不会起诉我的。我难道没告诉过你么,根本就没有什么所谓的案件。你是相信我的,对吧?"

"不,我不相信。"

"你这话是什么意思?"詹姆斯生起气来。

"我们不要再讨论这个话题了。"

对方并没有给出回应,而是恶狠狠地瞪了巴兹尔一眼。

"年轻人,我告诉你,你的钱可是打水漂了。"他低声说道,"我不会还给你钱的。"

其实,他本来也没想偿还这笔数目不小的借款,现在更是将还钱的念头抛在了脑后。珍妮结婚后的这六个月里,他一直都不适应巴兹尔那冷冰冰的礼貌。他讨厌巴兹尔的骄傲自大,但是又实在是需要他的帮助,因此一直尽量试图保持热络,虽然他有时候在巴兹尔面前简直控制不住自己的脾气。他知道,他的这位内弟一定会找机会不让他来自己的家里,但是,特别是现在,他没有工作,因此他下定决心要尽量避开他。他极力克制,不想公然冒犯他,同时也不断安慰自己,相信自己迟早有一天会报复回来。

"那么,再见了,"他叫道,听起来依旧从容平静,"我这就走了。"

珍妮看到这一幕,有些惊慌,更有些生气。因为她觉得巴兹尔对她哥哥的冷漠轻蔑其实也反映了巴兹尔对自己的态度。

"至少你可以对他礼貌一点吧。"吉米走后,珍妮说道。

"恐怕我的礼貌已经用光了。"

"再怎么说,他也是我的兄弟啊。"

"对于这一点,我深感悲痛。"他如是回答。

"即使现在他不如意,你也不用对他这么恶劣吧。毕竟,他并不比其他许多人差劲。"

巴兹尔扭头看着珍妮,眼中燃烧着怒火。

“天啊,你还没意识到么,那个人是个贼！他如此不诚实,这难道对你来说完全不算什么吗？你难道看不出来这个男人有多糟糕吗?”

他一脸嫌恶地停了下来。这是他们两个人之间的第一次争吵,珍妮的脸上露出了泼妇一样的神色,本来苍白的脸庞也怒火中烧。但是,很快,巴兹尔就恢复了平静。想到妻子的身体状况,想到她因为刚刚失去孩子而痛苦不堪,他对自己刚才的爆发深深悔恨。

“请你原谅我,珍妮。我并不是故意要这么说的。我应该记得的,你很喜欢他。”

但是,她并未对此作出回答,只是怒气冲冲地看向了别处。于是,他在她的椅子扶手上坐下,抚弄着她的一头秀发。

“别生气了,亲爱的。我们不会再争吵了,对吧?”

珍妮根本无法抗拒他的温柔,于是哭了起来,充满激情地亲吻着他温柔的双手。

“不,不会。”她哭喊道,“我太爱你了。不要再那么凶地对我说话了,这样实在是太伤人了。”

就这样,笼罩着他们的乌云褪去了,他们开始讨论起去布莱顿的旅程。珍妮会去那里寄宿,她让巴兹尔保证,每周六都会去那里看她。弗兰克提供给他哈利街上的一间屋子,她不在时,巴兹尔打算去和弗兰克住在一起。

“你不会忘记我吧,巴兹尔?”

“当然不会了！但是,你必须快快好起来,尽快回到我的身边。”

她走了之后，巴兹尔来到了弗兰克家，成为了弗兰克的客人，不禁暗暗地松了一口气。能再次过上单身汉的生活，感觉可真不错。他喜欢房间里香烟的味道、到处散乱摆放着的书籍，以及不用为别人负责的轻松自在。在这里，他不用做任何自己不喜欢做的事情，婚后首次，他感到了一种彻底的放松。回想起那个在坦普尔的小屋子，回想起那里弥漫着的符合自己心性的旧世界味道，他不禁想起了过去那些日子里和朋友进行的漫长的对话，那可以肆意做白日梦的时光，以及可以不受任何打扰的阅读体验。然后，他又想到了自己现在的家，那个窄小的郊区独栋建筑，那种对家事的忧心以及对个人空间的渴望，不禁一阵战栗。他本以为自己的生活会充满了美好，但事实上，他的生活中只剩下肮脏与丑恶。

巴兹尔早餐后点燃一根烟，把脚搁在壁炉架上，满足地叹了口气。看到这一幕，弗兰克笑着说："单身生活也自有其乐趣啊。"

但是，看到巴兹尔对此若有所思，他马上就后悔自己说了这句话。他马上意识到，这对年轻的夫妇相处得不是很顺利。

"顺便提一句，"弗兰克马上说道，"你今晚想参加个聚会么？爱德华·斯金格夫人主持了一个活动，在那里你能碰到很多认识的人。"

"自从结婚后，我就哪儿都没去过了。"他有些犹豫。

"我今天要去看看那些老朋友。我去问问是否可以邀请你同去。"

"你可真是太好了。天啊，我肯定会玩得很开心的。"他笑了起来，"我已经有好几个月没穿过晚礼服了。"

二

爱德华·斯金格夫人表示很高兴当晚能够见到巴兹尔。弗兰克很快就梳洗准备好了,颇为轻蔑但是同时又颇有兴致地看着巴兹尔梳洗换装。终于,巴兹尔看了镜子最后一眼,然后转过身来。

“你看起来非常棒。”医生打趣道。

“闭嘴!”巴兹尔羞红了脸。但是,很明显可以看出来,他对自己的外表也颇为满意。

他们在弗兰克的俱乐部里吃了饭,周围都是些从事科学研究的男人,看上去就像是一群中年男学生。十点过后,他们驱车来到肯辛顿。结婚之后,巴兹尔不得不厉行节约,对此他很是不满。因此,爱德华夫人富丽堂皇的寓所在他看来颇具魅力。一个化过妆的仆人接过了他的帽子,另一个仆人则接过了他的外套。他在自己拥挤狭窄的小屋子里总是感觉束手束脚,因此特别享受此刻走在这个高大宽敞的房间里的感觉,虽然这里装饰得可以说是体现出了最差劲的维多利亚时期品位。爱德华夫人今天的假发戴得特别歪,穿得既破破烂烂又蔚为壮观,满是褶皱的脖子上戴着绚丽的钻石项链,像个时髦的女主人一样,满不在乎地欢迎了他们的到来,然后就转身迎接下一位客人。他们朝屋内走去,这时候,巴兹尔碰到了穆瑞太太。

“啊，很高兴见到你！”他惊喜地叫道，声音中充满热情，“我不知道你已经回来了。来，我们去那里坐坐，告诉我你在意大利的所见所闻。”

“没什么特别的。我没什么可讲的。倒是你，快和我讲讲这里最近发生的一切。我看到你的书已经快要出版了。”

巴兹尔此刻才惊奇地发现，她竟然如此俊美。最近他经常想到她，虽然他并不想这么做，但是在他的脑海中闪现过的画面却并没有这么光芒万丈、活力四射。在他的想象中，他并没有把她夸张成桑德罗·波提切利画笔下的圣母，他只是怀念她充满悲伤情感的嘴角和她慵懒苍白的鹅蛋脸。但是，今夜，她充满活力，魅力四射，灰色的眼睛中充盈着笑意，脸颊也焕发出红润的快乐色泽。他看着她优美的双手，认出了她手上的戒指，以及她那精致优美的披肩。她身上散发着阵阵幽香，让他回忆起之前他们的种种接触，他还想起了她那栋位于查尔斯街的房子——之前他们经常坐在那里，谈论着各种迷人的话题。他的心痛了起来，因为他知道，他其实一直都是爱着她的，并不仅仅是在他结婚前的那个夜晚，当他终于确定她也喜欢自己时才爱上了她。

“我觉得你根本就没在听我讲话。”她叫道。

“不，我在听的。”他回答说，“但是你的声音令我迷醉，你说的话就像意大利的音乐一般美妙。我很久没有听到这样动人的旋律了。”

“我上一次见你是什么时候？”她问道。其实，她记得很清楚，但是她还是想听听巴兹尔的回答。

"那是一个周日的下午,你乘车来到威斯敏斯特大桥附近。但是我上一次和你说话是在那之前的周四。我还记得你当时穿的外套。你还留着它么?"

"你的记性真好!"

她不管不顾地笑了起来,眼中闪烁着胜利的光芒。因为,巴兹尔好像已经完全忘记了她曾经到自己家里拜访过,只记得他们彼此中意的时光。

"我经常想起我们之前长长的对话。"他说,"要不是因为你,我绝对不会写这本书的。"

"啊,那是在你结婚之前,是吧?"

她看似无心地笑着说道,但是,其实,她也想戳一下他的心。巴兹尔立马脸色煞白,一种无法言说的痛苦蒙上了他的双眼,他的嘴唇也颤抖起来。穆瑞太太有些残酷地仔细观察着他的变化。有时候,她也会怒火中烧,希望能找个机会报复他,为了自己承受的一切煎熬。而这才只是个开始。她现在很恨他,她告诉自己——她对他简直是恨之入骨。这时,她看到了法雷先生,那位打扮时髦的牧师,冲他一笑。正如她料想的一样,他走了过来。

"你收到我的信了么?"她伸出自己的手,问道。

"非常感谢。我已经回信表示接受了。"

她之所以问这个问题,其实是带着些怨气。她想让巴兹尔明白,她向法雷先生发出了某种邀请。巴兹尔不情不愿地从她身边站了起来,牧师先生坐了过去。巴兹尔离开后,穆瑞太太虽然有些心酸,但还是一反常态,格外热情地向这位新加入者问了好。

“天啊,这不是贞洁的卢克丽霞①嘛!你怎么会出现在这里?”

听到母亲的嘲讽,巴兹尔惊呆了,脸瞬间变得冰冷僵硬。

“赫雷尔医生带我来的。”他回答说。

“他确实很是谨慎,把你带到了这伦敦城里最无聊但同时也是最体面的地方。坎伯威尔那里怎么样啊?你们在那里会喝下午茶么?”

“我的太太现在正在布莱顿。”巴兹尔回答,韦扎德夫人的打趣令他颇为尴尬,一如既往。

“我倒是没指望在这里见到她。你长得真的是很好看,但竟然这么蠢,真是可惜了!”

她冲自己的儿子点了点头,然后离开了。很快,她就碰到了莱伊小姐,她正一个人饶有兴致地观察着周围的各色人等。

“你好。”韦扎德夫人向她问好。

“我不知道你竟然还能记得我。”莱伊小姐回答道。

“我在报纸上看到,你继承了那位讨人厌的朵瑞斯小姐的财产。你难道没发现,打那之后大家就都记得你了么?”没等对方回答,她就继续说道,“你是我那个儿子的朋友吧?我刚刚看到了他,真不知道他为什么那么讨厌我。也许是他觉得我很邪恶吧,但我其实不是那样的。我从来不觉得自己在这辈子里犯下过任何的罪行。我确实做过一些蠢事,做过一些让自己后悔的事情,但是仅此而已。”

“你自己良心过得去就好。”莱伊小姐低声咕哝道。

① 卢克丽霞(Lucretia)是罗马传说中的贞妇。

这时候，德卡皮特勋爵走了过来，莱伊小姐也趁机向巴洛-巴塞特太太走去。她此时正在和卡斯蒂利恩夫妇交谈，看上去一如既往的庄重典雅。

“听到你们说他是个好孩子，我真的感到莫大的欣慰。”莱伊小姐听见她说，“他在我面前从来都没有任何秘密，我敢和你保证，他没有任何需要向别人隐瞒的秘密想法。”

“你们在说的是哪位值得尊敬的人啊？”莱伊小姐问道。

“我正在向卡斯蒂利恩太太表示感谢，她对雷吉实在是太好了。在他这个年纪，能有一个女人——一个好的女人——在他身边教育引导，这实在是太重要了。”

“雷金纳德集所有美德于一身。”莱伊小姐轻声说，“卡斯蒂利恩太太则是博爱的典范。”

“你这么抬举我，我实在是很不好意思。”这位个头娇小的女士浅笑着回应，脸上厚厚的粉遮住了脸颊的羞红。

不一会儿，她瞅准了机会单独找到了莱伊小姐，她们坐了下来。卡斯蒂利恩太太举手投足间显得很是漫不经心，没人能看出来她此时正在解决一个大问题。

“你肯定特别鄙视我，莱伊小姐。”她说。

“何出此言？”

“我本来向你承诺，以后再也不见雷吉了。但是，刚才听到巴塞特太太的话，你肯定已经知道我食言了。”

“至少这样可以免去你在我面前撒谎的麻烦。”

“我是不会对你撒谎的。我必须找个人开诚布公地谈一谈。

哦,我实在是太不快乐了!"

说这些话的时候,她的脸上依旧没什么表情,那些听不到她们具体在讲什么的旁观者肯定会以为她此时不过是在说着一些最最鸡毛蒜皮的小事。

"我尽力了。"她继续说了下去,"我忍了一个月。然后,我就再也忍不住了,我不能没有他。我感觉自己就像是那些故事里的姑娘,中了爱情的毒,身不由己。我想你肯定会说我就是个傻瓜,我觉得伊索尔德①和费德尔②一定也有着同样的感受。我没有意志,也没有勇气,并且更糟糕的是,这整件事情都是那么的不体面。你没有任何的理由不鄙视我,说实在的,我都鄙视我自己。天知道这一切何时才是尽头,我能够感觉到,可怕的事情即将发生。总有一天,保罗会发现这一切的,那可就全毁了,我会因为那个可怜的、卑劣的混蛋失去所有的一切。"

"你不要说得这么大声。"听到她稍稍提高了音量,莱伊小姐说,"你认为他会娶你么?"

"不会,他跟我说过,他不会娶我。并且,我现在也不想嫁给他。我实在是太了解他了。啊,我真的希望从来都没有见过他。他一点都不在乎我。他知道,我什么都听他的,因此他对我很是随意。我已经被狠狠地惩罚了。"

她扫视一圈,看到雷吉正在和穆瑞太太说话。

"看看他吧。"她对莱伊小姐说,"即使是现在,我也愿意把灵魂

---

① 源自古凯尔特传说的爱情悲剧《崔斯坦与伊索尔德》中的女主人公。
② 拉辛创作的悲剧《费德尔》中的女主人公。

献给他，让他将我揽入怀抱，让他吻我。我不在意这会有多么危险，我也不在意这是多么耻辱的事情。只要他爱我，我什么都愿意。”

雷吉今天衣冠楚楚，看上去沉着帅气，像个四十岁左右的成熟男人一样轻松地和别人聊着天。他乌黑的眼睛闪着迷人的光彩，定定地看着穆瑞太太，嘴角带笑，显然是已经被她的美牢牢吸引住了。卡斯蒂利恩太太看着他们，又嫉妒又恼怒，悲伤无比。

“她的机会来了。”她喃喃说道，“她是个寡妇，有很多钱，并且比我年轻。但是，我并不希望我的这个情敌也悲惨地爱上这个男人。”

“天啊！你为什么不振作起来？难道你已经完全放弃了同他分手的念头了么？”

“是的。”她绝望地回答，“我不想再挣扎了。就这样吧。我已经没办法了，就看命运如何安排吧。我是不会主动离开他的，除非他像丢掉玩腻了的玩具一样把我抛弃。”

“那你的丈夫呢？”

“你是说保罗？保罗可比他强十倍。要不是现在我这么的不快乐，我还不会发现保罗的好。”

“您这么对待他，难道就不感到愧疚么？”

“每当想到这个，我在夜里就难以入眠。他送给我的每一件礼物都像是利剑，刺入我的胸膛；他对我的好，也让我倍感苦涩与煎熬。但是，我就是控制不了我自己。”

莱伊小姐沉思了一会儿。

“我刚才还和韦扎德夫人聊了一会儿。”她说，“我想，在伦敦城里，没什么人比她更容易屈服于永远灼灼燃烧的激情之火，但是，她觉得自己其实是个很好的女人。同时，我也很确定，我们共同的朋友雷吉也不会觉得自己的行为有什么不妥。这让我意识到，在这世上，邪恶之人都是那些还有良知的人。"

"你觉得我还有良知么？"卡斯蒂利恩太太悲切地问道。

"当然。我在罗切斯特遇到你们之前可是一点痕迹都没有看出来。但是我想那时还只是初始阶段，事情总是慢慢浮出水面的。小心一点吧，不要陷得更深了。我可以看得出来，你的面前危险重重。"

"这话是什么意思？"

尽管抹了胭脂，但是卡斯蒂利恩太太的脸庞此时依旧苍白憔悴。莱伊小姐狠狠地盯着她，仿佛看穿了一切。

"你难道就没有想过向你的丈夫坦白这一切？"

"啊，莱伊小姐，莱伊小姐，你怎么能这么想？"

她激动了起来，仿佛不受控制，也忘记了要尽力去克制。她的两只手痛苦地攥在一起。

"小心。记住，现在所有人都能看到你。"

"我失态了。"她努力恢复到了以往的平静状态，"我日日夜夜都在想这个问题，有时候，当保罗对我好的时候，我实在是克制不了将一切对他和盘托出的冲动。一股可怕的力量把我牢牢攥在手心里，我知道，总有一天我会管不住自己的嘴巴，我会把一切都告诉他的。"

过去的这六个月里，卡斯蒂利恩太太老了许多，她自己也痛苦地意识到了自己美貌的流逝，于是越发求助于化妆术：她头发的颜色越来越不自然，画了眉毛，脸上也涂了厚厚的粉。并且，她的行为举止也越发焦躁不安，跟她在一起成为了一件令人痛苦的事情。她的话越来越多，声音也越来越大，笑声越来越尖锐，并且越来越频繁。但是，如果说她之前的高昂兴致源自其整体上对世界的漠不关心，那么她现在就只是在竭力隐藏自己的可悲与可怜——如果有可能的话，她甚至想对自己隐藏。之前，一切都是那么顺风顺水。她拥有财富，可以满足每一个一时兴起的愿望；她拥有别人的崇拜，感觉自己时时刻刻充满力量；她拥有地位，是个举足轻重的人物。她从来没有像现在这样如此渴望得到一样东西，失去了它，其它所有的一切都会黯然失色。现在，没有任何类似经验可以为她指引方向，可谓四面楚歌。狂烈的激情冲昏了她的头脑，觉醒是痛苦的，她知道，现在轮到她遭受惩罚了。对于雷吉，她不抱任何幻想。他极度自私，对于她的痛苦也无动于衷。她早就发现了，痛哭流泪也无法换得他的丝毫同情。他只想自行其是，如若她要反抗，他便会以残忍的方式让她认清现实。

"如果你不喜欢我，你可以滚蛋。你又不是这世界上唯一的女人。"

但是，整体而言，他性情还是挺好的——这是他的最大优点。他热衷享乐，在这一方面，她对他还是有十足把握的。只要带他去剧院，他就不会乱发脾气；他还很喜欢进入上层社交圈，一个来自某个名门望族的聚会邀请就能让他整整一周都温情脉脉。但是，他决不允许她发号施令，如果偶尔表现出一丝嫉妒，他会对此无情嘲笑，让她分神。并且，她还很害怕他，因为她知道，为了自保，他分分钟都会出卖自己。但是，即使是这样，她还是狂热地爱着他，甚至连性格都发生了变化。卡斯蒂利恩太太向来不是那种懂得自我克制的人，现在却处处小心，生怕惹这个浪荡子不高兴。她让自己表现得温和谦恭，以此避免他再次提起自己的年老色衰；在这巨大的苦痛中，她渐渐学会了之前从来不懂的温柔和克制。在日常的生活中，她也表现出了一种自己从来没有过的慈爱包容，特别是在她的丈夫面前，她不再像从前那样时不时地闹别扭。他对她的爱无疑是个巨大的宽慰，她知道，在他的眼里，一切只如初见。

三

莱伊小姐想方设法得到了贝拉在米兰的旅店信息。等这对新婚燕尔的夫妇到达那里,准备开始蜜月时,他们发现来自这位朋友的信件已经等在那里了。信中是莱伊小姐一贯的工整字迹,语气也是一如既往,在学术气中透着些许反讽。并且,她还随信附上了一张五百英镑的支票作为他们的结婚礼物。有了这笔钱,他们的蜜月可以不用过得那么紧紧巴巴,可以在那不勒斯度过冬天最冷的那段时间,可以随心所欲地在各个迷人的小镇间游荡,完全不用担心花费的问题。赫伯特热情高涨,有一阵子,他看上去已经完全恢复了健康。他忘记了那个正在悄无声息地吞噬着自己体内健康组织的疾病,对未来又产生了过多的渴望。他精力格外充沛,贝拉都无法抑制住他满怀的激情,他迫切想要亲自去看一眼这么多年来令自己魂牵梦萦的景象。他热爱阳光、蓝天、鲜花,看到这一切,贝拉很高兴,但是同时也常常感到心痛,她不得不费很大的力气控制自己的面部表情,让自己表现出轻松愉快的样子。因为,在她看来,这种鲜活蓬勃的生命力维持不了多久。他其实是在将别人绵延散布于一生之中的狂热激情全部倾注到了当下。

他们一路同行,在这个过程中,他的性格也充分显露出来,贝拉渐渐认识到,他的性情是那么迷人,甜蜜又无私。贝拉对他的爱慕与日俱增，她喜欢他充满阳刚之气的小小优越感——他不愿贝拉把他当作病人看待，并且特别不喜欢她母亲般无微不至的照料。相反，他一直都很照顾贝拉，希望让她能轻松舒适一些。他自己做好一切必需的安排，敲定各种细节，尽管贝拉非常愿意分担这些工作。他对丈夫的权威颇有一番见解，对此，贝拉虽然常被逗乐，但也欣然接受。她知道，自己不仅在身体上更加健康，在心理上也更加成熟，但是她还是很愿意配合赫伯特的想法，做出略弱一分的样子。当她担心赫伯特在旅途中会太累时，她就假装自己很疲惫，然后他就会担忧并自责——这一切都是那么感人，他从来都没有忘记过贝拉对自己的恩情，有时候，他的感恩让她感动流泪，于是她努力劝说他，没有任何事是理所当然的。他不怎么了解这个世界，他的言行举止都是书籍塑造的，因此，他对自己的妻子温存又礼貌，经常给她写十四行诗。这些事在她看来充满了婚姻的神圣光芒。在赫伯特的浪漫与爱中，早些年间的乏味单调早已消失无踪，她感到自己越来越年轻、漂亮、快乐。如今，她的沉静中又多了一分并不令人生厌的轻松率性，她经常打趣赫伯特那不知疲倦的激情。阳光似乎唤醒了赫伯特的青春，驱散了他源自北国的忧郁阴沉，有时候就像是个十六岁的孩子，他们就这样对彼此说着毫无意义的傻话，为每一个小小的玩笑话又笑又叫。人们常说，世界就像是一面镜子，你冲它笑，就会看到镜中映出的笑脸。此时此刻，在他们看来，全世界都见证并赞许着他们的快乐。花儿朵朵盛放，因为他们心中的花儿也在绽放。大自然何其美妙，正好是他们美满生活的最佳背景。

“你知道么，我们这场谈话是两个月前开始的，”有一次，他说，

“而聊到现在还没结束。随着时光流逝，我愈发觉得你是个有趣的妙人。”

“我是个很好的聆听者，我知道。”她笑着回答，“只有能说会道才能让一个人更有名望。”

“你带着这样的表情说这些居心不良的话可不是什么好事。”他叫道。因为，此时她正用充满无限柔情蜜意的眼睛看着他。

“我觉得你越来越自负了。”

“娶了你这么好的老婆，我怎能不骄傲？你实在是太美了！”

“什么！”她大声喊了出来，“如果你再对我说这种没营养的话，我就要让你吃双份的鱼肝油了。”

“但是，我说的都是真的。”他热切地说道。因此，尽管贝拉知道，自己的美貌仅仅存在于他的想象中，却仍然心生欢喜，面若绯霞。“我爱你迷人的双眸，每当我看着你的眼睛，我就没有了自己的主意。前几天，在佛罗伦萨，你让我看一个好看的女人，但是，她根本就没法和你相提并论。”

“上帝啊，我相信你说的是真的了！”她哭了起来，眼中盈满泪水，声音有些呜咽。

“你怎么了？”他被吓到了，赶忙问道。

“被爱真的是太好了。”她回答道，“之前从来没有人对我说过这样的话，我实在是太幸福了。”

可能是就连众神也嫉妒他们这份简单的快乐吧，抵达罗马之后，赫伯特因为舟车劳顿而病倒了。天气阴冷，经常下雨，很是凄凉。每天起床后，赫伯特都急切地打开百叶窗，看看外面的天空，但是天空中却总是阴云密布，于是他只能绝望地叹口气，转身对着墙壁发呆。贝拉也满心盼望着阳光的到来，觉得阳光至少可以帮助他恢复点活力，此时，她已经完全不指望他能彻底康复了。医生向他们说明了赫伯特肺部的情况。在弗兰克为他检查时，他的左肺还是完好的，但是现在，左肺也感染了，他的病情看上去正在以惊人的速度恶化。

不过，不论如何，天气有所好转，二月的暖风徐徐吹来，轻轻拂过罗马的那些古老的石头。天又变蓝了，羊毛般柔软的朵朵白云在天穹下优雅飘荡，随风漫舞，在它们的映衬下，此时的天空显得格外的淇蓝。从赫伯特的窗口望下去就是鲜花盛放的西班牙广场，模特们身着坎帕尼亚服装，迈着贝尼尼式的步子在广场上悠闲散步。意大利的春日气息飘进了这位病人的房间。

他的病情很快就有所好转，近些日子颇为沮丧的情绪也陡然振奋了起来。他讨厌罗马，觉得自己之所以病情恶化，就是因为来到了这里。他相信，只要换个地方他就能完全康复。因此，他强烈要求贝拉带他离开这里，去那不勒斯。医生也表示，到南方去可能对他的身体有好处。等到他能走动时，他们便立即动身，向南方进发。

到达那不勒斯时，他们已经不再是那对无忧无虑的新人，而是一个焦虑不安的中年妇女和一个病入膏肓的年轻人。赫伯特状况不大好，早已失去了往日的活力，看到新鲜的景物之后也没有产生任何新的激情。那不勒斯的教堂白色、金色相间，像是十八世纪的舞厅，特别适合那些在信仰方面轻率迷信的青年一代前来朝拜，但是却令赫伯特心灰意冷。博物馆里的雕塑也只是些没有生命力的石头;那里的风光久负盛名,但是赫伯特对此也无动于衷。他之前一直兴趣盎然,但是现在只感到深深的厌倦,对所见的一切都提不起兴趣,只看到了那不勒斯的脏乱与凶残。但是,另一方面,一种不安的情绪萦绕着他,不论在哪里,他都无法保持心灵的安宁,迫切地向往着更遥远的地方。他想去那个凌驾于一切之上——甚至凌驾于意大利之上——的国度,希腊。他的想象之火已经点燃,他希望能在死前去一次希腊。贝拉怕他太累,力劝他放弃这个念头,但是这一次,他格外的坚定。

"你倒是没什么。"他叫道,"你未来还有很长的时间。但是,我只有现在了。让我到雅典去吧,到了那里,我就不会再有遗憾,因为我已见过世间的全部美好。"

"但是,想想我们到那里去的风险。"

"就让我们享受当下吧。即使我死在那里,那又如何。死在希腊,或者死在其他地方,又有什么区别呢?让我去雅典看看吧,贝拉。你不知道这对我来说意味着什么。你还记得我在特坎伯里的家中挂着的那幅雅典卫城的画么?每天早上醒来后,我第一眼看到的是它;每晚睡前吹灭蜡烛前,我最后一眼看到的还是它。我已经认识那里的每一块石头了。我想要过去呼吸一下希腊先人们呼吸过的空气,我想去看看萨拉米斯和马拉松。有些时候,对这些地方的渴望甚至让我产生了生理上的疼痛。去过那里之后,你说什么我都听你的。"

他的声音里充满了渴望和绝望,因此,尽管贝拉很担心,却无法拒绝他的要求。那不勒斯的医生警告过她,悲剧随时有可能发生,她再也无法欺骗自己了,她再也无法回避这场疾病的暴虐。赫伯特的状况时好时坏,有时候他特别沮丧,天气好或者休息得好时,他又会相信,自己很快就能彻底康复。他觉得,只要摆脱一直折磨自己的咳嗽,他就会渐渐好起来。听着他自信满满地计划着将来,贝拉的心在滴血。他希望在绿树成荫的瓦隆布罗萨过夏天,还买了一本西班牙旅行指南,计划着来年冬天的旅行。对此,贝拉只能强颜欢笑,尽量轻松幽默地跟他讨论这些出行计划,尽管她深知,死神会毁掉这一切。

"在南部待上两年肯定能让我彻底好起来。"有一次,他说,"然后我们就去肯特找一个小房子安顿下来,在那里,我们可以看到青青的草地和金黄的玉米地,我们会一起去做各种各样有趣的事情。我要写点真正意义上的好诗,但不再是为了我自己,而是为了你。我不想让你觉得你为了我而放弃了自己。要是我能出名的话该有多好啊!啊,贝拉,我希望有朝一日你会为我感到自豪和骄傲。"

"那我可要把你盯紧,"她笑着回答,但是那笑声在她听来却像是痛苦的呜咽,"诗人总是那么风流,你以后肯定会和漂亮的挤奶女工眉来眼去。"

"贝拉,贝拉,"他突然冲动了起来,"我希望我能配得上你。在你身边,我觉得自己是那么微不足道。"

"确实。"她反讽道,"但是这也无法阻止你在比萨为一个农妇的脚踝写了首十四行诗啊!"

他笑起来,脸也红了。

“你不是真的介意,对吧?再说了,是你让我注意到了那个女人走路时的样子。要是你不喜欢这首诗,我可以销毁它。”

他像个小男孩一样,把贝拉的玩笑当真了。而且,他也确实有点害怕自己真的因此惹贝拉生气了。贝拉笑了起来,这一次是真的笑了起来,不过笑声中似乎仍然带着泪水。

“我的宝贝,”她叫道,“你什么时候才能长大啊!”

“等我病好了,到时候你就不会这么说了。”

第二天早上,赫伯特的状态依旧很好,他提议立刻启程去布林迪西,在那里待一天,然后乘船直接去希腊。贝拉其实一直在一拖再拖,希望把这件事彻底拖延过去,因此非常惊慌。但是,赫伯特并没有给她阻止的机会,他已经自己看好了火车班次,结了旅馆的账单,告诉店家他们要离开了。这之后,他才跟贝拉说的。启程后,他异常兴奋,对此贝拉看在眼里,痛在心上:他湛蓝的眼睛闪烁着快乐的光芒,脸颊通红,浑身上下仿佛充满了能量;并且,他不仅是看上去状态好多了,自我感觉也相当不错。

“我跟你说,只要踏上希腊的土地,我的病就会好起来。”他大声说道,“那里的不死之神会带来新的机会,我也会为了他们建造一座神殿。”

他激动地看着火车窗外的景色。现在已经是春天了,空气清新,阳光明媚,目之所及一片绿意盎然,牛儿成群结队地吃草,它们长着细长蓬松的毛,看起来很是羞怯。时不时地还能看到几个牧人,身上斜挎着来复枪,狂野、英俊又洒脱。最后,他们终于看到了碧波荡漾的大海。

“终于到了!”男孩喊道,“终于!”

第二天早上,他发起烧来,病情反复;第三天,贝拉不顾他的请求,坚决地拒绝继续前进。他闷闷不乐地看着贝拉,很是失望。

“好吧。”最后,他说,“不过下次你一定要答应我,不论如何都要继续前进,即使我快要不行了:就算是抬你也要把我抬到驶向希腊的船上去。”

“我承诺。”贝拉说。

强大的意志赋予他难以想象的力量,没过几天,他就又能下床了。但是,他却不复此前两周的兴奋。他变得很安静,贝拉以为他是在埋怨自己之前的一再拖延。他们在枯燥乏味、脏乱不堪、人口众多的布林迪西待了一个星期,一起沿着那里蜿蜒狭窄的街道散步。赫伯特很喜欢去港口,他喜欢看船只挤在港口,上客下客、上货下货,梦想着有一天他们也能登上船去,在海上驰骋。他喜欢看码头上懒洋洋的水手,系着红腰带、皮肤黝黑的搬运工人,以及欢乐嬉戏的孩童。但是,他们身上磅礴的生命力也让赫伯特陷入了愤怒与绝望:他们似乎拥有了享受生命万物的无限权利,他甚至满心嫉妒着那些最贫穷的烧炉工人,因为他们的肌肉健硕得像铁块一样,并且可以自由自在地呼吸。一个星期过去了,就在他们的船出发前的那个下午,赫伯特独自一人出门了。贝拉熟知他的习惯,于是很快就找到了他:他坐在一个长满橄榄树的小山坡上,看着大海。他没有注意到贝拉的靠近,因为他正专注地、定定地看着眼前的爱琴海,仿佛已经看到了自己梦寐以求的希腊海岸。他苍白瘦削的脸庞上有一种无法用语言描述的悲伤。

“我很高兴你来了,贝拉。我正在想着你。”

她在他身旁坐下,握住她的手,赫伯特又看向了远方。一个张着奇形怪状的白帆的渔船像一只漂亮的海鸟一般在闪闪发光的海面上掠过。天空碧蓝如洗,闪烁着宝石一般的色泽,一朵云都没有。

“贝拉,”终于,他开口说道,“我不想去希腊了。我失去了勇气。”

“你这话是什么意思?”她非常惊讶,问道。一直以来,他心心念念要去希腊,如今,希腊近在咫尺,他却打起了退堂鼓。这实在像是个不祥的征兆。

“你以为我之所以生气,是因为我们没有在上周就启程。我确实也试着这么去想,但是在我的心里,我却为这延误而感到高兴。我害怕了。我试着鼓起勇气,但是却做不到。”

他没有看她,还是定定地看着眼前的大海。

“我不敢去冒这个险,贝拉。我不敢让自己的幻想接受现实的考验。我还是想继续保有这份美好的想象。意大利之行告诉我,没有什么比头脑中的景象更美更迷人。每当旅程中有什么地方并不尽如人意时,我就告诉自己,希腊能够弥补这一切。但是,现在,我知道了,希腊也只是会带给我相同的失望,我承受不了这份失望。就让我带着对自己深爱的国度的幻想死去吧。如若牧神不再在田野中蹦蹦跳跳,溪流中也不再有仙女,这样的希腊对我来说又有什么意义呢?我要去看的不是希腊这个国家,而是我理想中的那方净土。”

“但是，亲爱的，我们并不一定要去那里。你知道的，我更希望不去。”贝拉叫道。

他总算转过脸来看着她，他盯着她看了很久，很久。他仿佛想要说些什么，但是不知为何，却欲言又止。最后，他下定了决心。

“我想回家去，贝拉。”他轻声说，“我觉得我在这里简直无法呼吸。我受不了这里的蓝天了，我想念英格兰的阴云。离开了之后，我才发现我是那么爱自己的国家……你说，我是不是太自命不凡了？”

“不，你不是，亲爱的。”她哽咽着答道。

“南欧的喧闹我实在是再也受不了了，并且，这里的各种色彩实在是太过明亮，空气太稀薄太清澈，并且，阳光刺得我眼睛都要瞎了。啊，让我回到自己的祖国吧。我不能在这里死去。贝拉，我之前没有跟你说过，最近我常常在夜里失眠，想念肯特郡的土地。我想要用手捧起那凉凉的、松软的土壤，感受它们的清凉与重量。每当我抬头仰望天空，我都会想念肯特那美丽的天空，那么阴沉、柔软，一点都不高高在上。并且，我渴望见到故乡那些积蓄着雨水的团团云朵。”

想到这些，他兴奋得难以自持，并且用手遮住自己的双眼，这样一来，就没有任何东西能干扰他的想象了。

“我现在口干舌燥，渴望着春雨的到来。你知道吗，我们已经一个月没见到雨天了。现在，利恩哈姆和费内的榆树、橡树叶子肯定全都长出来了，我喜欢它们的新绿。这里没有什么能比得上肯特乡间的绿色。啊，我能感觉到，风从北海吹来，咸咸的，拂过我的脸颊。

我能闻到英国春天的气息。我一定要再看一眼灌木篱墙,再听一听那里鸟儿们的歌唱。我想要回到那用古老的灰色石头建成的大教堂,以及绿树成荫的特坎伯里。我想再次回到国人中间,听他们说英语;我想看到英国人的脸庞。贝拉,贝拉,看在上帝的分上,带我回家吧,不然我会死的!"

他充满激情的请求中充溢着巨大的痛苦,贝拉感觉到前所未有的担心。她觉得,他可能是对自己的未来有了某种预感,她费了好大的劲才说出一些安慰他的话来。他们决定立刻启程。赫伯特焦急万分,想直接从意大利回伦敦,但是,为了避免可能产生的危险,他的妻子坚持选择一条更为稳妥的路线。过去的这个冬天里,她一直都在给父亲写信,告诉他他们在旅途中做了些什么,下一步有什么打算,但是却从来都没有收到过回信。为了得到关于他的消息,贝拉只能从特坎伯里的朋友那里打听。但是,现在,她还是立马给他写了一封信:

我最亲爱的父亲:

我的丈夫快要不行了,按照他的意愿,我这就带他回家。我不知道他还能活多久,但是恐怕最多也就剩几个月的时间了。我恳求您,抛开您的愤怒,让我们回来吧。我不知道该带赫伯特到哪里去,我也实在是不能让他在陌生的地方死去。求求您,给我往巴黎回一封信吧。

爱你的女儿

贝拉

对于她寄来的前两封信，主任牧师还有足够的定力，坚决不看它们。但是，他终归还是败给了寂寞，越发想念起女儿的悉心照料。她不在了之后，房子都空了，有时候，清早起床，他会一时忘记之前发生的事情，满心期待着下楼吃早饭时能一如既往地看到自己的女儿，衣着整洁，聪明机敏，就坐在桌子的那一头。到第三封信寄来时，他实在是忍不住了，虽然出于骄傲他一直拒绝回信，但是却盼望起女儿每周一次的来信。有一次，不知道出于什么原因，信晚到了两天，他很是焦虑，于是去朋友家打听贝拉的消息——他知道，那个朋友的夫人也和贝拉有联系。

打开最后一封信时，他吃惊地发现这封信竟然这么短。此前，贝拉为了安慰他，让他高兴，总是会详细记录过去一周的点点滴滴。这封信，他来回读了两三遍。首先，他意识到，贝拉已经在回来的路上了，如果他愿意，她会再一次坐在那张餐桌前，像从前一样在屋子里轻轻走动，并且在晚上为他演奏他最喜爱的乐曲。接下来，他渐渐读出了贝拉匆忙写下这几句话时难掩的绝望和悲伤，并且从字里行间读出了贝拉对那个可怜的男孩非比寻常的爱。从女儿的来信中，主任牧师对赫伯特也增添了不少了解，因为贝拉会不时地在信中提到他，讲一些他身上的能打动她父亲的特质；并且，过去一段时间以来，他也一直因为自己的做法而深感不安。他开始懊悔。他的书房里一直挂着亡妻的画像，她已经离开三十五年了。在那幅画上，她还是他们结婚第一年时的样子，傻傻地笑着，一头褐色的小卷，典型的维多利亚中期青年女子的样子。虽然这幅画画得相当一般，但是对于这位悲伤的丈夫来说，它无异于一幅真正的杰作。他经常从画中人褐色的眼睛中寻求安慰与建议。如今,他满怀骄傲与爱,诚挚地看着这幅画:她脸上的表情中仿佛有一丝责备,出于内疚,主任牧师默默地低下了头。忍饥挨饿的人向他求助,他却没有施以援手;他赶走了陌生人,并将病人拒之门外。

“我有罪,我愧对于你,”他痛苦地低语,“我不配做上帝的儿子。”

这时,他看到一张贝拉的照片。他曾经将这幅照片拿出这个房间,但是现在,他又把它放回来了。他伸出手,就像是要把她搂在胸前。他开心地笑了,因为,此时他已下定了决心。不论他曾经在愤怒中说过些什么,现在,他要去巴黎接自己的女儿和时日不多的女婿回家。如果,在这孩子生命最后的几个月里,他可以弥补自己之前的粗暴无理,这或许也可以算作对自己之前骄傲言行做出的赎罪。

他没有把自己的计划透露给任何人,便立即出发了。他也没和贝拉联系,不过,他知道她将要入住哪个旅馆,决定直接到那里等她。他预估了贝拉抵达的时间,到时间后,他就到旅馆大厅里来回踱步,等着她。接连两天,他失望而归。第三天,他也等了很久很久,渐渐地觉得越来越不安,越来越难以忍受。就在这时,驶来了一辆马车,贝拉从车上走了下来——看到这一幕,他激动地颤抖了起来。他不想让女儿马上看到自己,因此躲到了边上一个不起眼的地方。他看到她小心翼翼地搀扶着赫伯特下车,她挽着他的胳膊,扶着他慢慢下车。很显然,他的身体已经非常虚弱了,天气很暖和,但是他还是从头到脚包得严严实实。贝拉去前台开房时,他筋疲力尽，找地方坐了下来。

看到他的变化，主任牧师后悔万分。上次见面时，赫伯特·菲尔德还是个精力充沛的快乐男孩；并且，这几个月的焦虑忧愁也在贝拉的身上留下了不可磨灭的痕迹，她的头发已经开始变白了，脸色苍白，一脸疲惫。他们上楼后，他询问前台，得知了他们的房间号。为了给他们点时间整理行装，他逼着自己在楼下等了半个小时。然后，他上楼，来到了他们的门前。他敲了敲门。贝拉以为来者是旅馆的工作人员，于是用法语做出了应答。

"贝拉。"他低声叫道。他想起来，之前贝拉是如何在她的书房外苦苦哀求，想要见见他，但是他却拒绝了。

她大叫一声，飞奔过来开门，相见后，他们立刻紧紧拥抱在了一起：他把女儿紧紧地抱在怀里。不过，因为太激动，他竟一句话都说不出来。她急忙把他领进房间。

"赫伯特，我的父亲来了。"

赫伯特在另一个房间躺着。贝拉把父亲带到那里。此刻，赫伯特已经无力起身了。

"我来接你们两个回家。"老父亲哭着说道，笑中带泪。

"啊，父亲，我真的是太高兴了，你终于不再生我的气了。你能原谅我，我实在是太开心了。"

"不，贝拉，需要原谅的不是你，是我。我希望你的丈夫能原谅我的不友善。我之前太苛刻、骄傲、残忍了。"

"亲爱的孩子，你能原谅我么？你愿意让我做你和贝拉的父亲么？"

“非常乐意，谢谢您。”

“你愿意跟我回特坎伯里么？我想告诉你，我的家就是你们的家。我会努力让你们忘记，我曾经……”

“我知道，您是个好人。”赫伯特笑道，“你看，我也把贝拉带回来了。”

主任牧师有些羞怯地犹豫了一下，然后弯下身来，温柔地亲吻了眼前这个面色苍白、一身病痛的少年。

四

参加完爱德华·斯金格夫人的聚会几天后，巴兹尔去了布莱顿。珍妮和她的妹妹到车站接他。把行李交给搬运工后，他们慢慢往租住的寓所走去。很快，一个机灵的小伙子——希金斯先生就加入了他们的行列，并与安妮·布什走到了一起。等他们走到前面去后，巴兹尔问珍妮，这个男子是谁。

"他是安妮现在的男朋友。"珍妮笑着答道。

"你们认识他很久了么？"

"我们是在来到这里的第二天遇到他的。当时，我注意到他在盯着我们看，于是对安妮说：'亲爱的，有人在看你呢。等巴兹尔来的时候，你也有伴了；我可受不了三个人走在一起。'"

"是谁把他介绍给你们的呢？"

"你这么问可真是太傻了。"珍妮笑了，"他就这么走过来，向我们问好，安妮也向他问好，然后他们就聊了起来。他看上去很有钱。昨晚，他还带我们去听了音乐会，并且坐的是最好的位置。他很好，对吧？"

"但是，亲爱的，你们不应该和不认识的人一起出去啊。"

"你就让安妮放松一下吧，而且，他也是个体面人，难道不是么？安妮住在家里，没办法像我一样有机会认识男人。再说了，他很绅士。”

“是么？在我看来他倒是相当讨厌和鲁莽。”

“你这就实在是太挑剔了。”珍妮说，“我看不出他哪里有什么不好。”

到达住处后，安妮和这位新认识的朋友聊得正起劲，等他们也跟上来后才停了下来。安妮长得和珍妮挺像的，但是却没有珍妮身上那种可以被称之为美貌的特质。她体态也很优雅，但是她的头发造型有些浮夸，并且没什么光泽，皮肤也不如姐姐粉嫩白皙。

“珍妮，”她喊道，“他不肯进来喝茶，因为他觉得你想和你的丈夫单独待在一起。告诉他，没关系。”

“当然没关系。”珍妮说，“你进来跟我们一起喝茶吧，然后我们可以再一起出去走走。”

很显然，他是个爱说笑的人，巴兹尔洗个脸的工夫，就听到他在隔壁房间逗得两位女士开怀大笑。不久，珍妮说茶点准备好了，虽然有些不情愿，但他还是进了屋。珍妮的健康状况已经好了不少，正在大声地说着笑着，兴高采烈。很显然，他们三个人过去两周里玩得很开心，他们互相之间说着很多只有他们自己明白的笑话。巴兹尔不喜欢陌生人的加入，不愿意参与他们的谈话，只是在一旁静静地坐着，过了一会儿，他拿起了一张报纸。安妮不悦地看了他一眼，希金斯先生也朝他那边看了一两眼，不过很快就继续语速飞快地讲起各种奇闻异事。也许，他也有气恼的理由吧，因为对于他讲的最精彩的故事，巴兹尔的脸上却只有一副无聊至极的表情。

“刚刚是谁说要出去走走呀？”最后，他问。

“来吧,珍妮,”安妮·布什转头看着巴兹尔,“你来么?”

他很是冷漠地从报纸中抬起头来。

“不了。我还有几封信要写。”

珍妮也更想和自己的丈夫待在一起。只剩下他们两个人时,他们谈了一会儿家里的事情。但是,他们之间好像总有些不自在,于是,很快,巴兹尔又继续读起报纸看。安妮离开了一会儿,回来后,她充满敌意地看了巴兹尔一眼。

“你好点了么?”她问。

“什么?”

“我觉得刚才喝茶时你好像很不舒服。”

“谢谢关心,我很好。”

“那你就应该表现得更热情友好一点,而不是在有绅士来做客时像参加葬礼一样呆坐在那里。”

“很抱歉,我的行为无法令你满意。”他静静地说。

“希金斯先生说,在你丈夫离开之前,他不会再来了。他说他知道自己在哪里不受欢迎。我也不怪他。”

“啊,安妮,你在胡说些什么。”肯特夫人叫道,“巴兹尔只不过是累了。”

“对,是的,来布莱顿的旅程令人疲惫,对吧?我就直说吧,巴兹尔,我希望我的朋友能获得应有的尊重。”

“安妮,你是个很友善的人。”他耸了耸肩,答道。

晚饭后,安妮一直在不耐烦地等待着,后来,仆人进来通报说希金斯先生在门口等她。她匆忙戴上帽子,准备出去。巴兹尔犹豫了一会儿,因为他不想引起不愉快,不过,最后,他还是决定给安妮一些必要的提醒。

"我说,安妮,你不觉得大晚上的跟一个在码头上随便认识的男人一起出去不大合适么?"

"我做什么完全不干你的事儿。"她生气地说,"如果我想听你的意见,我会问你的。"

"安妮,我和你一起去吧?"她的姐姐说。

"现在,你也别干涉我。我可以照顾好自己,你懂的。"

出于报复,她离开时狠狠地把门摔了一下。巴兹尔一句话都没说,只是皱着眉头回到了书桌旁。过了一会儿,他听到珍妮在低声哭泣。

"珍妮,珍妮,你怎么了?"他叫道。

"没什么。"她擦干眼泪,挤出一个笑,"我在这里度过了一段非常快乐的时光,我希望你的到来能让这一切变得更加完美。我一直期待着你的到来,但是,你现在却把一切都搞砸了。"

"非常抱歉。"他叹了口气,一副沮丧至极的表情。

他不知道该说什么,也不知道该如何安慰她,因为,他也认识到自己的到来搅扰了她的快乐。虽然心怀好意,但是他的出现却只是给她带来了不悦。在希金斯这样的人跟前,她才是真正的自己。她最喜欢的就是在马路上闲逛,观察街上的行人,或者聆听黑人吟游歌手演唱的伤感小调。她喜欢那种快活、吵闹,以及俗艳的色彩。与此相对的是,对于那些深深触动他的东西,她却完全无动于衷。并且,他特别反感这间邋遢、粗俗的寓所,但是她却对此非常满意。

他仿佛身处迷宫,无论如何也走出这种话不投机半句多的尴尬。

第二天早上又发生了一件小事,让巴兹尔明白了妻子是怎么看待自己的。安妮准备去教堂,她穿戴好衣物走下楼,身上的衣服简直让人无法忍受,令人不禁怀疑究竟是怎样恶俗的品味才能让她把这些颜色混合在了一起。并且,她佩戴的饰物也非常廉价。

"亲爱的,你可不能就这样出门!"看到珍妮的穿着和昨天没什么不同后,她叫出声来,"你难道不戴上你的新帽子么?"其实,在巴兹尔的所有喜好中,珍妮最最不能理解的就是他对礼拜日礼服的反感。

肯特夫人有些不安地看着自己的丈夫。

"巴兹尔,前几天我在商店里看到了一顶非常好看的帽子,安妮劝我一定要买下它。我跟你说,这顶帽子特别便宜——只花了六英镑七便士。"

"很显然,现在就是戴这顶帽子的最佳时机。"他笑着说。

几分钟后,她戴着帽子回来了,满面红光,很是兴奋。但是,巴兹尔无论如何都不觉得这顶帽子值这个价格。

"你还喜欢么?"她不安地问。

"非常喜欢。"他想要让她高兴。

"看吧,珍妮,我就知道他不会介意的。巴兹尔,你可不知道,当时她可是好一番纠结,说你一定会生气的,你不会喜欢它的。我就知道,事实并不是这样!"

"巴兹尔说,我穿黑色最好看。"珍妮为自己辩护称。

"男人根本就不知道穿什么好看,亲爱的。"安妮答道,"如果你按照巴兹尔说的去做,你会越来越邋遢的。”

发现妻子害怕自己,巴兹尔很是苦恼。很显然,在她眼中,他是个恐怖的人物,总有着各种异想天开的想法,必须要时时迁就取悦。他苦涩地想道,之前自己还满心希望他们能互相信任,成为能够分享彼此思想和情绪的共同体。他早就知道,他对她的爱已然远逝,因此一直企图让自己相信,她对他的爱也渐渐褪去了。这个周末,他非常无聊,周一早上珍妮送他去车站时,他不禁感到如释重负。

“我最近特别忙,不知道下个星期六能不能过来。”他试探性地说。

但是,珍妮的眼中立马噙满了泪水。

“啊,巴兹尔,巴兹尔,我离不开你!我宁愿回到城里去和你在一起。要是你不喜欢安妮的话,我可以让她离开。答应我,你一定要来。我整个一周都在盼着你的到来。”

“我不在的话,你会很开心的。我的到来只会给你徒增不快。”

“不,不会的。我需要你,真的。即使是和你在一起时不那么快乐,也好过没有你而快乐的日子。答应我,你周末会来。”

“好吧,我会来的。”

捆缚在他身上的爱的枷锁依旧还是那么的紧。火车奔向伦敦,他的心也越跳越快,因为,他离希尔达·穆瑞越来越近了。现在,他终于搞清楚,自己深深爱着她,比以往任何时候都更爱她。同时,他也万分沮丧恼怒地想到,他已经失去了她。她的声音、她摇曳的裙摆,她眼中的温情都令他深深沉醉,他清晰地记得那天她在爱德华夫人家中说过的每一句话。周三晚上,巴兹尔会去和莱伊小姐共进晚餐,想到可能会在那里见到希尔达,他就抑制不住地激动紧张。那天下午,他下班后经过查尔斯街时,就像个只有十八岁的陷入爱情的少年一样,他向着她的窗口深情张望。客厅里亮着灯,他知道她就在家里,但是却不敢贸然拜访。穆瑞太太并未邀请他,他不知道她会不会不愿意见到自己,抑或是,她会不会认为自己前来拜访是个相当自然的事情,无需特地发出邀请。她的窗户仿佛在召唤,她的门也仿佛在发出无声的邀请。但是,就在他犹豫踟蹰之际,一个人从她的家里走了出来——法雷先生。巴兹尔有些生气,为什么他竟然能够经常出入穆瑞太太家。之后,他沮丧地离开了。

周三晚上,巴兹尔兴奋地来到莱伊小姐家,尽量轻松快活地问起今晚还有谁会来共进晚餐。莱伊小姐没有提到穆瑞太太,他的心都凉了。他不知道该如何度过这个凄惨的夜晚——过去几天他一直盼望着这个傍晚的到来。那日在爱德华夫人家相见后,他本已休眠的爱火又重新燃烧起来了,让他难以自持。这周他一定要见到希尔达,不然他就活不下去了。他无法思考,想到周末要再去布莱顿,只感到深深的恐惧。他这是疯了,他自己也知道,即使再见穆瑞太太一面也无济于事——倘若他们当初未曾相遇过才好。他反复劝诫自己,但是一切听上去都是那么的愚蠢。想见到她的心情战胜了所有的深思熟虑。他想,再见她一次、跟她说说话,这并没有什么不好。只有这一次,之后他会彻底忘掉他,他暗暗发誓。

第二天,他又走到了查尔斯街,又看到了她窗口透出来的光。他犹豫了一会,在周围来回走着。他不知道她是否愿意见到自己,很怕在她的脸上看到被打扰的表情。最后,带着一丝对自己的怒气，他决定冒险一试。见到她后，他对她的爱也不会再多添一分了。并且，看到她后，也许会有奇迹发生，让他得到抚慰，帮助他继续忍受婚姻的囚禁。他按响了门铃。

“穆瑞太太在家么?”

“在的，先生。”

他进屋时，她正在读书。在他的想象中，她的眼中有一丝不快，因此很是沮丧不安，一时也不知道该说些什么。然后，他想到，自己的行为一定令她感到有些吃惊，他问自己，她会不会知道自己闪婚的原因。他听她非常礼貌地讲着各种琐碎的事情，并努力做出得体的回应，但是，他的声音听起来很不自然，连他自己都觉得有些陌生。不过，渐渐地，他们两人开始没心没肺地说笑起来，他们谈论着莱伊小姐、弗兰克和伦敦即将上演的新戏，他们一个接一个地谈论着各种各样的话题，一直到巴兹尔不得不离开。

“我进门时怕到发抖，”他高兴地说，“因为你从来没有邀请过我。”

“我认为那没有什么必要。”她笑着回答，但是，在她直视着他的眼睛中却又有一分挑衅。

巴兹尔脸红了，飞快地看了她一眼，因为她的话显然另有深意，他不知道究竟该如何理解。他一时间忘记了一切繁文缛节。

“我实在是太想来见你了。”他低声说道，尽量让自己保持镇定，“我还可以再来么?”

“当然了!”她回答道，语气中却有种冷冷的惊讶，仿佛在思考他的问题，并有些不悦。

突然，她发现巴兹尔紧紧盯着她，表情极度痛苦，让她也感到有些难受。他脸色苍白，嘴唇抽搐着，像是在极力控制着自己。整个晚上，希尔达都想着他痛苦的眼神，那双痛苦的眼睛一直从黑暗中看着她，她明白，自己想要的报复，命运已经给他了。但是，她却并未因此感到高兴。她上百次地问自己，他明明爱着自己，为什么却那么突然就结婚了；但是她却无法理清自己的感觉。她紧闭双唇。

知道他可能会再来，穆瑞太太的第一直觉是告诉管家，以后不让他进门了。但是，一些莫可名状的东西却阻止了她。她想再观察一次他脸上可怜巴巴的表情，她想要确认，残忍地背叛了自己后，他过得一点都不好。下一周的某个下午，她外出归来后看到了巴兹尔留下的一张卡片。她拿起来，把卡片翻过来。

“我该邀请他来吃午饭吗?”她皱了皱眉头，把卡片放下，“算了，如果他想见我，他会再来的。”

那天，当仆人告诉他穆瑞太太没在家时，巴兹尔失望万分，决定给她写一个字条。他一直等着她的回音，却什么都没有等到。他等了一个星期，焦躁不安，心事重重，其他什么都做不了，只能想着她。他良心不安地去了布莱顿，在那里尽量避免和珍妮单独相处。他带她去看戏、听音乐会，并一定要让仍然忠诚的希金斯先生一直跟他们待在一起。但是，这一切都只是让他感到恶心，并且，他觉得非常羞愧。

接下来，每晚回弗兰克家时他都要经过查尔斯街，那扇窗户仍旧像是在邀请着他。回望时，这整条街仿佛都在召唤他，他终于忍不住了。他知道，穆瑞太太就在家里。如果管家把他打发走的话，那么事实就很明显了：希尔达吩咐管家不让他进门。

这一次，他的运气很好。终于见到她时，千言万语涌到嘴边，却说不出口，只能和她闲话家常。穆瑞太太看着他因痛苦而黯淡无光的脸庞，也有些难过，因此，他们之间的对话进行得非常困难。巴兹尔不敢久留，但是所有那些压在心里的话却无论如何都说不出口。谈话渐止，不久后，他们便陷入了沉默。

"你的书什么时候出版？"不知为何，她有些压抑。

"就这几周了。我要感谢你对我的帮助。"

"我？"她吃惊地喊道，"我没做什么啊？"

"你对我的帮助非常大，你可能都不知道。有些时候，我觉得我是在为你一个人写作。我评价所有东西时，都是想着你会对它们有什么意见。"

穆瑞太太听到这话感到有些尴尬，因此并没有回应。他把脸转向一旁，似乎想要强迫自己说些什么，然而，他非常紧张。

"你知道么，在我看来，每个人都被一个看不见的指环包围着，将他和世界割裂开来。我们每个人都是孑然一身，每走一步都只能自己做出判断，并且，没人能够帮助我们。"

"你是这么想的么？"她问，"如果其他人知道了的话，一定会竭尽全力帮忙的。"

"也许吧。但是，其他人不会知道的。能够拿出来向别人寻求建议的事情其实都是微不足道的小事。那些真正事关生死的事情，我们却根本问不出口。如果能说得出口的话，或许一切就能改变了。"他转过脸来，严肃地看着她，"一个人可能会以某种方式给自己珍视的人造成巨大的伤害，但是，如果对方能知道全部事实的话，或许还可以原谅他。”

穆瑞太太心跳加速，说话的声音也有些颤抖。

“这很重要吗？最后，所有人都只会变得逆来顺受。若有旁观者能读懂人心，他一定会惊愕地发现，每一个笑容背后都隐藏着那么多的痛苦。觉察到我们的同类都有多么不快乐之后，我们都应该更加善待彼此。”

他们再一次陷入了沉默，但奇怪的是，他们之间的隔阂消失了，现在，虽然没有讲话，他们却没有丝毫不舒服的感觉。巴兹尔站起身来：

“再见，穆瑞太太。很高兴你今天让我进门。”

“何出此言？”

“我本来以为你的仆人会说你不在家。”

他看着她，眼神坚定，仿佛想要说的还有很多很多。

“我永远都欢迎你来。”她低声回答。

“谢谢你。”

深深的感恩之情舒缓了他脸上的痛苦。

就在这时，巴洛-巴塞特太太来了。她冷冷地和巴兹尔握了握手，因为在她看来，一个娶了酒吧女服务员的人可不适合跟她的宝贝儿子待在一起。她也没打算和他叙旧。他走出门去。

“你知道肯特先生跟谁结婚了么？他为什么结婚？”穆瑞太太问。

她早就想问这个问题，但是之前，骄傲制止了她，让她一直都没弄明白这个困扰自己许久的问题。

“我亲爱的希尔达,你还不知道吗?这可是个骇人听闻的故事。不得不说,看到他在这里我可是非常吃惊。怪不得呢!原来你一直都不知道啊。他和一个下等人搞到一起去了。”

“他的妻子非常美,我见过她。”

“是么?”巴塞特太太惊叫道,“好像是那个女人怀上了他的孩子,他们不得不奉子成婚。”

穆瑞太太的脸红到了耳根,那一刻,她感到非常愤怒,心如刀绞。她再一次告诉自己,她恨他,讨厌他。但是,转念想到他眼中的痛苦,她意识到,自己刚才的感觉不是真的。

“你难道不觉得他很不快乐吗?”

“那是肯定的。男人娶了地位比自己低的女人,就肯定不会快乐。我想说,他罪有应得。我把整件事情告诉了我的儿子,希望他以此为诫。这件事情充分说明了不遵守社会准则可能会导致的后果。”

穆瑞太太心不在焉地看着正在说话的巴塞特太太,好像在想着其他什么事情。

“可怜的家伙!恐怕你是对的。他真的非常不快乐。”

五

巴兹尔非常痛苦，无法想象回到巴恩斯后该如何继续婚姻生活——那种世俗的平庸日子对人的精神毫无助益。因此，他以珍妮身体状况不佳为借口，又让她在布莱顿多待了好长一段时间。不过，到了后来，她的身体已经有了明显的好转，不论巴兹尔如何劝说，她都不愿继续待在布莱顿了。于是，他们回到了位于河滨公园附近的小房子里。表面上看来，一切都和过去没什么两样。但是，很多事情都变得不一样了。短暂的分离之后，他们两个人之间生分了不少，时不时地就会冒出一点突发事件挑战他们之间的关系。巴兹尔如今抱着更为挑剔的态度观察审视自己的妻子，在珍妮身上发现了一些之前他根本就没注意到的粗俗表现，感到如鲠在喉。他觉得，和妹妹安妮在一起生活了两个月后，珍妮受到了不好的影响。她的语言表达令他反感不已，并且餐桌礼仪也完全达不到他的高要求。并且，他特别讨厌她料理家事时的马虎态度，以及她在着装上的随意任性。虽然她一直以来都很喜欢买一些堪称惊世骇俗的服装，但是在家里时，她的穿着甚至称不上干净：一天的大部分时间里，她都穿着一件脏兮兮的便袍，头发也乱糟糟的。巴兹尔很难改变她的这些习惯，于是索性眼不见心不烦，只管过好自己的生活，也让珍妮按照她自己的意愿过她想要的生活。渐渐地，珍妮若是做了什么让巴兹尔看不惯的事情，他也只是耸耸肩，撇撇嘴，不置一词。他越来越沉默寡言，不再试图和她探讨那些她肯定不会感兴趣的话题。

但是，他没有想到的是，珍妮对他的爱依旧浓烈炽热，一如新婚之时。珍妮发现了他的变化，却无论如何都无法理解，因此深感受挫。有时候，她会绝望无助地哭泣，不知道自己究竟做了什么才会失去巴兹尔的爱；有时候，感觉到他的不公正对待，她又会突然爆发，说一些伤人至深的话。对于他的有所保留，她深恶痛绝：曾经他会兴致勃勃地跟自己谈论各种话题，但是现在，他只是沉默。她思来想去，得出一个结论：一定是有了另外一个女人，他才会产生这么大的变化。并且，她突然想起了母亲之前告诫自己要盯紧他的忠告。一天早上，巴兹尔告诉珍妮，他晚上要到外面和朋友吃饭。在知道珍妮将要回来前，他就接受了这个邀请。

“你和谁一起吃饭？”珍妮立马起了疑心，问道。

“穆瑞太太。”

“就是那个去年来看望过你的女性朋友么？”

“她是来看你的。”巴兹尔笑着回答。

“好的，我知道了。不过，我不觉得一个已婚男人应该独自去伦敦西区吃饭。”

“抱歉，我已经接受了邀请，我必须得去。”

珍妮没再说什么，但是，巴兹尔下午回家后，她一直留心观察着他。她看得出来，他很兴奋。他的眼中闪烁着激动的光芒，不停地看手表，期待着更衣时间的到来。他离开家后，为了搞清楚巴兹尔和穆瑞太太之间到底是怎么回事,她丝毫没有犹豫,起身去摸巴兹尔刚换下来的衣服的口袋——但是,他的随身笔记本却不在那里。她有点吃惊,因为他一贯对这种事情很是粗枝大叶。然后,她又想到,也许他的桌子里会有她的来信,于是,她惶惶不安地朝他的书桌走去。但是,他书桌上的抽屉上锁了,这一反常的举动更是加重了她的怀疑。她知道家里还有一把备用钥匙,就把钥匙找了出来,打开了抽屉。拉开抽屉后,第一眼看到的就是一张落款为希尔达·穆瑞的便条,以"亲爱的肯特"开头,以"你诚挚的希尔达·穆瑞"结尾,不过是一张再普通不过的邀请信。珍妮又翻了翻其他的信件,但那些也都只是商业往来而已。最后,她把信按照原来的顺序整理好,又锁上了抽屉。做完这些后,她为自己刚才的行为感到羞愧万分。

"啊,要是他知道了的话,该多么鄙视我啊!"她叫道。

因为担心留下痕迹,她又一次打开了他的抽屉,又把所有的东西整理了一遍。巴兹尔走之前让她别等他,但是,她哪里有心思睡觉啊。她一直看着表,感到时间过得非常非常慢。她恼羞成怒,告诉自己,此刻巴兹尔一定正在尽情享乐,完全没有想到自己。他终于回到家时,满面红光,兴致高昂,但是,珍妮觉得,当他看到她还坐在椅子上时,脸上明显掠过一丝不快。

"你困了吧?"他问。

"是的。"

"你怎么不去睡觉呢?我要抽根烟再睡。"

"我等你一起去睡。"

她看着他在屋里走来走去,若有所思,一脸兴奋,却什么话都不和她说。他好像已经忘记了她的存在。愤怒和嫉妒战胜了其它所有情感。

“好吧,我的年轻人,”她轻声自语,“我一定会找出其中的猫腻。”

她已经认识了穆瑞太太的字迹,此后,她仔细检查巴兹尔收到的每一封信,比对信封上的字迹,看是不是她写来的。巴兹尔之前总是随随便便地把信丢在那里,但是现在却会小心翼翼地把所有的信件锁在抽屉里,这越发让珍妮坚信,他有所隐藏。虽然嘴角挂着的笑容中总有那么一丝苦涩,但她却颇为得意,觉得自己很聪明,以为巴兹尔从未发现她在他上班后会仔细搜查他的抽屉。她什么都没发现,但始终相信自己的嫉妒并非空穴来风。一天早上,她注意到巴兹尔穿了一件新衣服,于是马上猜到:他下午要去见穆瑞太太。在她看来,若是那个下午巴兹尔真的去了,就可以证实自己的恐惧;若巴兹尔没去,她就可以就此抛掉所有这一切令人深受折磨的猜疑。珍妮知道他什么时候下班,于是戴上面纱,穿了一身不会引人注目的低调服装,在巴兹尔工作的地方附近找了个好位置等他。很快,他就出来了,她悄悄跟上了他。她跟着他慢悠悠地走过斯特兰德大街,走到了皮卡迪利广场,因为担心在拥挤的人流中跟丢他,她不得不走得离他近了一点。突然,他转过头,快步向她走来。她吃惊地叫出声来,而他则气得脸色发白。她感到羞愧万分。

“珍妮,你为什么跟踪我?”

“我并不是在跟踪你。我根本就没看到你。”

他叫了一辆马车，让她上车，自己也跳了上去，然后吩咐车夫去滑铁卢。他们到达时刚好赶上了一列开往巴恩斯的火车。他没跟她讲话，她也只是默不作声地看着他，心中充满恐惧。回家的路上，他一句话都没说。进入客厅后，他小心翼翼地关上门。

“现在，你能不能告诉我你到底是什么意思？”他总算开了口。

她没有回答，只是气鼓鼓地垂下了眼睛。

“说话呀？”

“你可吓不着我。”她说。

“看着我，珍妮，我们最好开诚布公地谈一谈。你为什么要翻我的抽屉，读我的信件？”

“你没有权利这么指责我。这是不实的指责。”

“你动过我的抽屉后，一切都会被搞乱。”

“好吧，我有权利知道这一切。你今天原本打算去哪里？”

“这完全不关你的事。我真为你做出这么恐怖的事情而感到羞耻。你难道不知道吗，在大街上跟踪别人是最最可耻的事情？我倒宁愿你偷看别人的私人信件。”

“我可不会眼睁睁地看着你去追求别的女人，这点你可要放明白些。”

他笑了一声，半是轻蔑，半是厌恶。

“别傻了。我们已经结婚了，我们必须得好好地维护我们的婚姻生活。你放心吧，我可不会做出任何能够让你指责的言行举动。”

“你总是跟那些优秀的朋友在一起，我完全比不上他们。”

“天啊！”他痛苦地叫道，“你总不能因为我偶尔放松一下就埋怨我吧。我偶尔去和结婚前认识的朋友见见面怎么了？这总不至于伤害到你吧?”

珍妮没有回答,她假装在侍弄花瓶中的鲜花。然后,她整理了一下沙发上的靠垫,并扶正了墙上挂着的一幅画。

“要是你已经教训够了的话,我想去把帽子摘下来。”最后,她有些恶毒地说。

“随你便吧。”他冷冷地回答。

不久之后,巴兹尔的小说出版了。虽然明知道珍妮对此并不感兴趣,也不会有什么共鸣,但他还是有些害羞地送给了她一本。不过,巴兹尔没告诉她的是,在给穆瑞太太的信中,他写道,这本书问世后,他最高兴的一点就是可以给她寄送一本。他焦躁不安地等待着她的感谢信,以及她的评论。她回了两封信,第一封信说书已收到,并且已经读了第一个章节;读完整本书之后,她又寄了第二封信,信中满是热情洋溢的赞誉。珍妮勉强读完最后一页后,他便一直等着她的评论,但是,她却什么都没说。最后,巴兹尔不得不问她读后有什么感想。

“我很喜欢。”她回答说。

但是,她语调中流露出的漠不关心却激怒了他。虽然明知珍妮之所以态度如此,跟自己的书一点关系都没有,但他还是深受其辱。不过,更令他失望的是,他陆续收到了一些读者的评论。大部分的书评都很短,并且大多趾高气扬、语含讥讽,很显然,这本他原本指望着能让自己在文学界扬名立万的书其实不过是一本并不成熟的见习之作,虽然显示出了一定的潜力,但本身资质平平。说实话,这本书有不少闪光点,但都不具备能够令读者立马心悦诚服的能力。这本书的构架本身就有问题,并且在很多章节里,大段大段的环境描写读起来简直就像是学术论文。因此,虽然体现出了不少可圈可点的优秀品质,但这本书实在是太不伦不类了,既不能算是一本好的浪漫小说,也不能算是一本好的历史著作。幸好最后有两篇长长的文学论文为他挽回了尊严,对他的书给出了正面的评价,肯定了他对美的激情,他精雕细琢的文风和他描写人物时的干净利落。其中,第一篇论文还是穆瑞太太寄过来的,她还随信附上了一张表示祝贺的便条,读得巴兹尔心跳加速,激动不已。他又一次信心满满,决定未来一定要写出更好的作品。不过,尽管他小心翼翼地把那些负面书评都给珍妮看了,但是,出于一种难以解释的骄傲,他忍住没把这两篇论文给她看——虽然,从文学角度看来,这两篇论文比其他所有评价加起来的总和都更有价值。

这样做的结果是,珍妮错误地认为这本书就是个彻头彻尾的失败,并且由此想到,其实巴兹尔也并不如她心目中想象的那样完美。她努力不去分析自己的感觉,但是一旦认真分析起来,她发现自己对巴兹尔的感觉其实有些复杂。一方面,她狂热地崇拜着巴兹尔,为他吃醋,但与此同时,她又有那么一点埋怨他,因此看到别人撰文嘲讽巴兹尔,她竟有些高兴:他们仿佛把他拖下了神坛,把他拖到了她的身边——如果他并不像他们刚认识时她以为的那样聪明,那么他们之间的距离其实也并没有那么远。但是,他们之间的鸿沟却日益加深,争吵也日渐频繁。巴兹尔痛恨自己在巴恩斯的生活,因此把自己紧紧地包裹在自己的天地里，在周围形成了一股密不透风的屏障。他越来越沉默，有条不紊地处理着自己的工作，尽可能避免和珍妮进行任何激烈的争论。他希望通过无休止的工作冲淡生活中的不快，对于妻子的坏脾气，他处乱不惊，冷漠以待。不论珍妮如何奚落嘲讽，他都很少回应，这让珍妮更为光火，于是对他更是冷言相向。有些时候，她也会感到后悔，她会哭着去找巴兹尔，请求他的原谅，并再次表达对他的爱。这之后，他们能消停几天。

不过，一天早上，他们之间爆发了一场激烈的争吵，因为巴兹尔发现没再找到新工作的詹姆斯·布什一直在问珍妮借钱。他这段时间自己也手头很紧，曾经恳求过她，不要再借钱给詹姆斯了。但是，发现她并不愿意就此作出承诺后，他决定，不再借钱给贪婪的布什家族中的人，不容商量。他们两个人都很生气，最后，巴兹尔一怒之下离开了家，不久后，惹出这场麻烦的詹姆斯就来了。

“你们家的那位老爷今天下午去哪里了啊？”他一边自顾自地抽起了巴兹尔的烟，一边问道。

“他出去散步了。”

“这只是他告诉你的鬼话，亲爱的。”他不怀好意地笑了。

“你在哪里见到他了么？”珍妮立马警觉地问道。

“没有，我没碰到过他。要是我见到了他，我就没法夸海口了。”

“你这话是什么意思？”珍妮追问道。

“这么说吧，不论何时，只要我来，他都在外面散步。”

他看了珍妮一眼，没再多说什么，只是提出要问她借几英镑。

想到早上的事情，珍妮很后悔自己引起了这场争吵，因此坚决地拒绝了詹姆斯。他还是不肯善罢甘休，一直在指责她小气，于是珍妮不得不跟他解释最近家里花费有多大。医生刚刚送来了五十英镑的账单，去布莱顿也花了不少钱，他们自己的日子都有些捉襟见肘。

“你嫁给他这件事做得真是漂亮，珍妮。你还以为自己也能就此飞上枝头变凤凰。”

“不许你说他坏话。”她立刻说道。

“好吧，别生气了。我知道，你是在努力维护他。但是，他根本就不在乎你。”

她倒吸了一口气，抬头看着他。

“你怎么知道的？”

“你以为我看不出来么？”他为自己的敏锐而沾沾自喜，“我看你今天一定是哭过吧？”

“今早我们闹了点别扭。”她答道，“别说他不在乎我。我会难过死的。”

“随你吧。”他笑了起来，“巴兹尔·肯特又不是天底下唯一的男人。”

珍妮走到窗前，向外望去。她看见自己的丈夫正在路上慢慢地走着，他低着头，一脸沮丧。想到他们之间的裂痕，她的眼泪不禁又涌了上来。一切都是那么的不顺，虽然深深爱着他，但是却总有一种奇怪的力量让她忍不住要去惹他生气。她彻底绝望了，转头看着自己的哥哥，对他说出了一番一直深藏在心底的话，这话她从来没对任何人说起过。

"噢,吉米,吉米,我有时候真的不知道该怎么办才好,我太难过了。要是那孩子还活着就好了,我就能留住我的丈夫——我就能让他继续爱我。"

她瘫坐到椅子上,用手捂住了脸。过了一会儿,她听到关门的声音,抬起头来。

"他刚刚进屋了,吉米。你千万别说什么让他不高兴的话。"

"我正好想要跟他好好谈谈呢。"

"噢,吉米,别这么做。今早我们之所以争吵,都是我的错。我想让他生气,所以我故意唠叨他。"她知道怎么做才能说服自己的哥哥,"你千万别让他知道我跟你说了些什么,明天我会想办法给你寄点钱的。"

"好吧。不过,他最好不要来惹我,我可不会忍受他的。我是个绅士,即使不比他好,但无论如何也一点都不比他差。"这时候,巴兹尔进来了,看到了詹姆斯在这里,但是并没有说什么。

"下午好,巴兹尔。"

"你又来了?"他冷漠地问。

"是啊,我不就在你眼前么?"

"恐怕确实是这样的。"

"我想,我还是有权利过来看看我的妹妹的。"

"这是难以避免的。不过,如果你能趁我不在家时再来,那我实在是感激不尽;反之亦然。"

"你这么说,是想赶我走么?"

"亲爱的詹姆斯,今天你的领悟力相当好。"巴兹尔冷笑着说。

“听着，巴兹尔，我给你点建议。你不要太过分，不然你只会伤害到你自己。”

“看来你还没有掌握如何在不粗鲁的前提下无礼。”

詹姆斯最难以忍受的就是巴兹尔话语间的嘲讽和挖苦。如今，他恼羞成怒，把其他所有一切都抛诸脑后，跳了起来。

“听着，我实在是受够了，我不会再继续忍受你在我到这里来时的冷嘲热讽了。你以为我什么都不是。我倒是想知道，你为什么那么看不起我。”

“因为这是我的选择。”巴兹尔轻蔑、冷漠地上下打量着他，回答道。

珍妮心脏怦怦直跳，因为她预感到，一场激烈的争吵即将爆发。于是，她赶忙低声请求詹姆斯不要再继续说下去了。但是，他并没有因此而有所收敛。

“你放清楚点，我来这里可不是为了见你。”

“我也早就发现了，对于你来说，我的钱包无疑更有吸引力，远远胜过我的言语。我不知道你凭什么认为，就因为我娶了你的妹妹，我就要资助你们这一大家子人一辈子？请你行行好，告诉你的家人们，我受够了，不会再给你们钱了！”

“我想，你该不会阻止我们在你不在家的时候过来吧？”詹姆斯愤怒地叫嚷着。

对此，巴兹尔耸了耸肩。

“你们可以在我不在家的时候过来——如果你们好好表现的话。”

“我想,你是觉得我根本配不上和你往来,对吧?”

“是的,你不配。”巴兹尔很是沉着。

“我敢说,你之所以这么做,只是不想让我管你们之间的事情。但是,我一定会盯着你的。”

“你这话是什么意思?”巴兹尔问得很尖刻。詹姆斯知道,他戳到了巴兹尔的痛处。

他趁势步步紧逼。

“你以为我不知道你是什么货色么?我一眼就能看出你们俩之间发生了什么。珍妮一直都在忍受着你。”

巴兹尔很快就恢复了镇定,他转身看着珍妮,笑中带刺,令珍妮深受伤害——她觉得自己受了委屈。

“她已经告诉过你了吧,我那数不清的过错?你们肯定谈了不少,亲爱的。”他看得出,她想对此表示抗议,于是又笑了,“噢,亲爱的,如果你觉得这很有趣的话,你应该跟你所有的家人都谈论一下我才是。要是我没有什么过错的话,那你该多无聊啊。”

“吉米,你告诉他,我并没有说过他的坏话。”她喊道。

“没必要再多说什么了,我不想再听下去了。”

这一切越来越令他感到无聊,他也觉得没必要对此加以掩藏。于是,他坐到了书桌前,拿起一张信纸开始写信。吉米充满敌意地看着他,因为刚才他说过的那些话而耿耿于怀,正在心里盘算着下一步该采取怎样的行动。巴兹尔冷冷地看了他一眼。

“我已经很累了,詹姆斯兄弟。要是我是你的话,我现在就会知趣地离开。”

“走不走是我自己的事情。”布什先生挑衅地答道。

巴兹尔笑着抬起头来。

“当然，亲爱的詹姆斯，我们都是基督徒，如今，很多人对这世界充满了不满。但是，最后的箴言一定出自强者之口。”

“你这话是什么意思？”

“我只是想说，谨慎即是大勇。人们常说，格言警句是国家的文化宝藏。”

“只有你这种人才会做这样的事说这样的话。”

“我可没出口伤人。”巴兹尔苦涩一笑，“我真应该直接把你扔到楼下去。”

“我倒想看看你敢不敢这么做！”詹姆斯一边向门口挪动，一边大喊大叫。

“别傻了，詹姆斯。你知道，你不想这么做的。”

“我可不怕你。”

“那是当然。不过，你的肌肉也不是很发达，不是么？”

詹姆斯怒火中烧，完全丧失了理智，直接一拳打到了巴兹尔的脸上。

“哼，那我可要让你瞧瞧我的厉害，我要让你瞧瞧我的厉害。”

“詹姆斯，我限你五分钟之内离开我的房子。”巴兹尔下了最后的逐客令，语气果决，不容任何分辩。

吉米看了他一会儿，怒气冲冲，却也无可奈何。然后，他一句话都没说，转身走出了房间，狠狠地关上了门。巴兹尔耸了耸肩，安静地笑了。他讨厌詹姆斯，也讨厌自己。但是，他转念一想，如果这种事情经历多了,可能也会慢慢麻木吧。在无法摆脱的自我鄙视中,他告诉自己,毫无疑问,这一次,他非常聪明机敏地对付了詹姆斯,从这一点上来看,他算是取得了胜利,应该为此感到自豪。他看了一眼珍妮,她正坐在那边,手里拿着针线活,却一动不动,只是定定地看着窗外。

“詹姆斯兄弟的唯一贡献,就是他为我们提供了一些消遣。”

“我不知道他究竟做错了什么。”她答道,“为什么你对待他就像对待一只狗一样。”

“亲爱的,我可没有那么做。我还是非常喜欢狗的。”

“他难道不是和我一样的么?你觉得娶了我是屈尊了吗?”

“我并不觉得因为我娶了你,我就必须接受你可爱的一家人。”

“为什么你就不能喜欢他们呢?他们都是诚实可敬的人。”

巴兹尔疲惫地叹了口气。过去这个月里,他们经常探讨这个问题,虽然他一直努力管住自己的嘴巴,但他的耐心实在是消耗殆尽了。

“亲爱的珍妮,”他说,“我们选择朋友,并不是因为他们诚实可敬,也并不是因为他们每天都换不同的衣服。我承认,他们也都不缺少善意和美德,但是他们让我感到厌烦。”

“要是他们身份显赫的话,你就不会厌烦他们了。”

他好奇地看着她,不知道她为什么会这么想他。他反思到,如果他妻子的家人只不过是普普通通的乡下人的话,他可能也还是会和他们成为好朋友。但是,布什家的人却又粗俗又装腔作势,即使用最好听的说法,他们一家也可以说是非常古怪。珍妮想了想,沉默了几分钟，然后爆发了出来：

“我们还不至于这么差吧？我母亲的父亲可是个绅士。”

“我希望你母亲的儿子是个绅士。”巴兹尔眼都没抬起来，回应说。

“你知道吉米是怎么评价你的吗？”

“我一点都不在乎，如果说出来你会更高兴的话，你就说吧。”

她生气地看了他一眼，但是没有说话。然后，巴兹尔起身走向她，把双手放在她的肩膀上。他柔声解释说，他不喜欢她的家人，并不真的是他的错。她难道就不能接受这个现实，好好地过好自己的日子么？这总比把他们自己的生活搞得痛苦不堪好多了。但是珍妮却拒绝了他的和解请求，她转过身去。

“他们地位不高，所以你觉得他们不配和你交往。”

“我完全不介意他们是卖杂货的或卖衣服的，”他脸上已经有了一丝愠色，“不过我更希望他们能以合理的价格把东西卖给我们。”

“吉米才不是卖衣服的呢。他在一家拍卖行工作。”

“我诚恳地向你道歉。我以为他是卖东西的，因为上次他到家里来时还问我们买一磅茶叶要花多少钱，并提出要以同样的价格把茶叶卖给我们。然后，他还提出要给我们的房子做防火，还要卖给我一个澳大利亚的金矿呢。”

“好吧，他是努力多做了一点事情，这也总比你整天闲着无所事事好得多。”

“说真的，即使是为了让你高兴，我也不可能在口袋里装着茶叶的样品到处走，碰到朋友后就卖给他们一两磅茶叶。并且，我也不觉得他们会买我的茶。”

“哦，不。”珍妮讥讽说，“你是个绅士，是律师、作家，你多清高啊，你可不会做这种玷污自己双手的事情。真不知道其他人都是怎么接到案子的。”

“我想，最简单的办法就是娶一个狡猾律师的女儿。”

“而不是娶一个酒吧服务员？”

“我可没这么说，珍妮。”他正色答道。

“是，你确实没这么说，但是你就是这么暗示的。你什么都不说，但是你会暗示，会含沙射影，这简直要让我发疯。”

他伸出手来。

“很抱歉，我伤害了你的感受。我保证，我不是故意这么做的。我一直都想要好好对你。”

他看着她，满眼忧郁，希望她能说些表示悔恨或充满感情的话。但是，她却闷闷不乐地紧闭双唇，垂下眼睛，继续干起手上的针线活。

巴兹尔也只好继续写起信来，之后的一个小时，他们都没有再说话。但是，珍妮再也无法忍受这种安静和沉默，特别是他们现在坐得这么近，但是彼此间却充满敌意，感觉离得是那么的远。于是，她起身回了自己的房间。她的怒火已经消退了，她开始害怕自己。她想要把这一切都理清楚，但是却想不出自己可以找谁寻求建议，内心非常绝望。她自己的家人是没办法明白这些问题的，他们帮不上任何忙，只会冷言嘲笑、恶语相向。然后，她想到可以去找弗兰克帮忙,这是巴兹尔的朋友中她唯一感到亲近的人:他常常来巴恩斯,总是那么友善、温和,让人觉得可以信赖。但是,他会在乎她的痛苦么,他又能给她怎样的帮助呢?她完全能想象出他可能会做出的无能为力、感同身受的表情。她在这个世界上是如此孤立无援,弱小无力,缺乏勇气,远离了之前相伴左右的家人,也没有走进婚姻带给她的新的社会阶层。此刻,她思绪万千,像个痛苦地绕着原地打转的木偶,看不清究竟该如何才能走出这个怪圈。不过,这些混乱、恐惧与不安倒是逼她做出了一些绝望的尝试,她开始追忆往事,回想过去的种种美好,想要从中获得力量。她回想去年的事情,清楚地记得每一个快乐的场景,也渐渐回忆起了他们如何从最初的美好一步步走到现在这个境地。她告诉自己,趁现在一切都还不会太晚,一定要做出一番努力了。她在渐渐失去丈夫的爱,她痛苦自责,把一切都揽到了自己的身上。现在,唯一能做的就是彻底改变自己了。她必须努力尝试,不要再那么挑剔,也不要再那么嫉妒。她一定要努力做他的贤内助。在悔恨与苦痛中,她审视了自己所有的问题。然后,她眼里闪着泪光,满脸通红地来到巴兹尔跟前,将手放在他的肩上。

"巴兹尔,我来请求你的原谅,为我刚才所说的一切。我失去了理智,忘乎所以了。"

她的声音中,有他几乎已经忘却的某种温柔。他站起来,握住她的手,开心地笑了。

"亲爱的,这有什么关系?我已经完全忘记了。"

"我一直在想,我们最近相处得不是很好,这都是我的问题。我做了很多令自己感到后悔的事情。我一直在偷看你的信，”她羞红了脸，“但是，我发誓，我以后不会这么做了。我会努力做一个好妻子。我知道，我配不上你，但是，我会努力赶上你的。你一定要对我有点耐心——你一定要记得，我还有很多东西要学。”

“啊，珍妮，不要这么说。你让我觉得自己很卑鄙。”

她破涕为笑。他语气中的急切也是之前令她深深迷恋的。不过，她又露出了一丝愁容。

“你还是有点爱我的，对吧，巴兹尔？”

“亲爱的，你知道的啊，我肯定爱你的。”

他把她揽入怀中，吻了她。她的眼泪又涌出了眼眶，不过这一次，她流出的是喜悦的泪水。她觉得，他们之间的问题就此解决了。未来一定会一片光明，和之前大为不同。

六

作为助理医师，弗兰克有一个职责，就是对死在医院的病人进行尸检。复活节后的一天，他在验尸时不慎被病菌感染，喉咙开始发炎。他一直拖着不去诊治，直到实在是熬不住，发起了高烧，精神都有些错乱了，才来到圣路克医院治疗。那之后的一个多星期里，他一直处于重症状态。差不多有两个星期，他浑身乏力，虽然他也很讨厌自己的虚弱状态，但是却不得不卧床疗养。最后，他终于渐渐康复了，打算回到特坎伯里附近的费内——他的父亲在那里行医多年。然后，他准备去多塞特郡的杰斯顿待一阵子，卡斯蒂利恩夫妇会在那里举办一个小型的圣灵节家庭聚会。他整个八月和九月都待在病房里，最热的月份里都没出过城，因此需要来个小小的假期。

离开前的晚上，弗兰克和莱伊小姐两人共进晚餐。他们边吃饭边和往常一样讨论着天气和收成情况。他们都说得很起劲，连仆人上菜对他们来说都是种打扰。于是，他们商定把所有需要自由讨论的话题都留到饭后再说。等仆人把咖啡送到书房后，莱伊小姐在沙发上舒舒服服地躺了下来，弗兰克也把腿搭在扶手椅上，点起了香烟。他们四目相对，长舒了一口气，心满意足地笑了。

“你也要去杰斯顿，对吧？”他问道。

“我不觉得我能面对它。随着那个日子的临近,我感到越来越难受,我想,在那天到来之前,我肯定会因为担心忧虑而生一场大病。我不明白为什么到了这个年纪,我还要去参加这种沉闷无聊的聚会。保罗·卡斯蒂利恩表达热情好客的方式非常老派,在他的家里,每天早餐后他都会问你这一天打算做什么(就好像理智的女人能预知自己在当天下午想要做些什么一样!)。但是,这其实只是个形式,他早已在心中为你规划好了一天的安排,他会把你的每一分钟都安排得满满当当。还有,我还要对那些我根本瞧不起的人表达友好,礼貌相待,这真的是太没意思了!在那里过上个两天后,我肯定会变得像菜市场上的渔妇一样骂骂咧咧,以此打破装腔作势的得体言行带来的单调乏味。”

弗兰克笑了起来,他喝了一口酒,换了个更舒服的姿势坐在椅子上。

“说到举止得体,我有没有跟你说过,在生病之前我去参加了三场舞会?”

“我还以为你不喜欢参加舞会呢。”

“我确实不喜欢,不过我另有目的。在那里,最令我吃惊的是人们竟然那么的没有教养。晚餐要到午夜时分才开始,十一点半时就渐渐开始有人守候在餐厅紧闭的大门前了。十二点时,门前挤满了人,就像是剧院入口处一样。门一开,所有人就像野兽般争着抢着冲了进去。我想,即使是坐在剧院后排的观众也不会那么的粗鲁无礼,他们就像是饿狼一般猛扑到餐桌前。我之前真的是没想到,人只有在摆脱了对饥饿的焦虑后才能真正的有礼貌。天啊!他们简直比动物园里的动物还吵闹。”

“亲爱的弗兰克，你真的是太中产阶级了。”莱伊小姐笑了，“若不是为了一顿好饭，人们为什么要去舞会啊？不过，你去那里肯定不是为了他们。”

“的确。我之所以去那里，是因为我打定了主意，我要结婚。”

“天啊！”

“从理论上进行深入分析后，我得出了一个结论：婚姻是值得向往的。于是，我决定去参加三场舞会，看看有没有可能遇见一个合适的人，一个不那么讨厌的人，能和我一起共度余生。我和七十五个人跳过舞、聊过天，她们的年龄在十七岁到四十二岁之间，莱伊小姐，我可以诚实地说，我这辈子从来都没有那么无聊过。这一点都不好，我这辈子注定要单身了。我不觉得我会深深爱上什么人，但是在那七十五位可爱女子中，有一位却令我的心微微悸动：除了她之外，没有任何一个人曾经撩动过我的心弦。并且，她们看上去不是患有痨病就是贫血、发育不良，我就没看到一个看上去有可能孕育出健康小孩的女人。”

他们都沉默了一会儿。莱伊小姐饶有兴致地思考着弗兰克的寻妻计划。

“那你接下来准备怎么办？”她问。

“我该怎么跟你说呢？”之前，为了掩饰话语中的沉重和严肃，他一直故作轻松。但此刻，他抛开了轻松的姿态，身体前倾，用手托着自己方正坚毅的下巴，用坚定的眼神看着莱伊小姐：“我想我会放弃这一切。”

“你这话是什么意思?”

“我已经前前后后考虑了几个月了,在过去两周卧床休养的日子里,我终于想明白了。我之所以要回家,部分原因是我要回去试探一下我家人的反应。你知道的,我的父亲常年辛苦奔波,省下每一分钱供我接受最好的医学教育,让我能够一毕业就找到一份好工作,从来都不用担心生计问题。他明白,做这一行的人,要工作很久之后才能开始真正赚钱,但是他下定决心要给我一个机会。在费内,行医不是什么好工作,他整整三十多年没有休过假。我想回去看看,如果我告诉他们我要放弃现在的职业,他们是否能够承受这个打击。”

“但是,亲爱的孩子,难道你没有意识到自己正在放弃一个非常美好的前程么?”莱伊小姐有些惊愕地叫道。

“我已经仔细考虑过了。我想大概没有什么同龄人拥有我这样的好运气。我一直以来都很幸运。在圣路克医院里,前任医生去世了,我就正好接替了他的岗位,并且早早地就取得了助理医师的资格。我在社交圈里有朋友,有关系,我应该很快就能飞黄腾达。我敢说,只要这么按部就班地走下去,很快我就能一年赚上个十万或十五万英镑,我会成为御用医师,并最终获封男爵。然后,我会死去,会被埋葬,身后留下一大笔财产。这就是我未来的事业发展路线,我可以预见到,未来的我会渐渐发福、头发掉光,戴着大大的怀表,穿着剪裁得体的礼服,像个受欢迎的专业医生一样,圆滑练达,志得意满。我会为我的马而骄傲,并热衷于讨论皇室成员暴饮暴食的奇闻异事。”

他停了下来，定定地看着前方，仿佛已经在自己的想象中看到了上了年纪的弗朗西斯·赫雷尔爵士，富有，成功，备受赞誉，圆润油滑，招摇过市。莱伊小姐对人性中的各种因素都格外感兴趣，此时也敏锐地观察着他流露出的轻蔑表情。

“但是，到了最后，俯首回眸之际，我可能会对自己的成功感到深深的厌倦，我可能会告诉那时候的自己，我从来没有真正地为自己活过一天。我已经三十岁了，青春已经开始渐渐离我远去——那些不谙世事的大一学生都觉得我已经是个中年人了。但是，我还没有真正地活过。我一直都在工作，天啊！当我的同学们在晚上没心没肺地到处寻欢作乐、大吵大闹，喝得酩酊大醉时，当他们与漂亮风流的女人寻欢作乐时，当他们通宵打牌时，我都在工作，工作，工作！现在，他们大部分人都成为了冷静乏味的全科医生，成为了这个社会上备受尊敬的成年人，拥有了令人羡慕的婚姻。只有傻瓜才会觉得我得到了应有的回报，获得了一定的成就，而他们因为之前的荒诞肆意而只能一辈子碌碌无为。但是，当他们回首往事时，想到此前的勇敢和自由，一定会为此感到激动和骄傲。但是，我没什么可回忆的，我只有不断增长的知识。啊，当初我要是和他们一起去吃喝玩乐的话，那该有多好啊！但是，我却一直都那么的一本正经，自命清高。我一直都在工作，太循规蹈矩了。但是，现在，我的青春已经渐渐远去了，却从来没有做过年轻人该做的那些荒唐事。我的热血在沸腾。我的从医生涯并没有之前想的那么波澜壮阔、包罗万象，而是蜿蜒曲折，道阻且长。我们只能看到事物的一个方面，看待人类，我们一直都只是从疾病的角度出发。但是，真正有智慧的人看待人生时看到的是生而不是死,看到的是健康而不是疾病。疾病只是一场意外事故,如果我们一直都在和这些意外打交道,又怎么能自然地过好自己的一生?我觉得,我再也不想见到病人了,我受不了了,他们让我感到恐惧和恶心。我觉得我该从事科学研究,但是对于我来说,科学也意味着死亡和厌倦,像我这样的人根本不适合从事科学事业。有很多人根本不在乎这个世界,也不在乎这世间的荣耀——但我不同,我有激情,灼灼燃烧着的激情,我的感官敏锐地接收着世界上的一切信息,我想要真正地活着。我希望生活是多汁的水果,我可以把它拿在手里,掰开,一点一点慢慢吃掉。我的热血在奔涌,我的肌肉在渴望着纯粹的体力劳动,你怎么能指望着我就那么日复一日地坐在显微镜前,从事科学研究呢!"

说话间,他兴奋地站了起来,在屋子里走来走去,使劲地吐出一个个大大的烟圈。莱伊小姐突然想到了那个关于蚂蚁和蚱蜢的寓言故事,她想,秋天将至时,她也许会支持蚂蚁辛苦收集粮食;但是同时,她也很羡慕那些在好日子里庸庸无为、只知唱歌的蚱蜢。在内心中,她还是更倾向于那些没心没肺的歌者,即使他们谷仓空空而凛冬将至。

"你觉得等你到乡下住上两个礼拜、身体完全康复后,你还会这样想么?"莱伊小姐想了一会儿,问。

弗兰克对这个问题的反应完全出乎她的意料:他气冲冲地转过身来,看着她——她之前还从来没见过他这个样子。

"莱伊小姐,你觉得我是个大傻瓜吗?"他喊道,"你觉得这只是我闲着没事儿干时的无病呻吟么?我已经考虑了好几个月了。疾病让我的头脑比以往任何时候都更为清醒。我们所有人都在命运之轮的裹挟下匆匆前进，当有人想要摆脱这束缚时，其他所有人都会挖苦嘲笑他，想要把他拉回来。”

“我并不想要伤害你的感情，我的孩子。”莱伊小姐宽厚一笑，“你知道，我还是很喜欢你的。”

“请原谅，我也不想这么冲动。”他立马后悔了，“我只是觉得，命运的锁链已经深入我们的血肉。我也想要获得自由。”

“我本来不那么觉得，但是，伦敦真的为我们提供了丰富多彩的生活。”

“伦敦为我们带来的从来都不是生活，而是文化。啊，我见到的那些人，他们每个人都谈论着同样的事情，为自己狭隘的见解而沾沾自喜，这真的让我觉得无聊透顶。想想看，文化是什么？文化意味着，去剧院看首演的戏剧，去学院参加私密的研讨；为埃莉诺拉·杜丝[1]痴狂，看《星期六评论》周刊；费力地阅读巴黎最流行的小说，发表你的高见；讨论最新出版的书籍，偶尔还会和写这些书的人一起喝个茶。你会去意大利和法国旅行，你看不起库克写的旅行指南，但自己也不过是个糟糕的游客；你喜欢显摆自己糟糕的法语，还稍微懂一点点意大利语。时不时地，为了给粗俗的人们留下深刻的印象，你会承认自己在交响音乐会上无聊死了，你也会去听最最流行的瓦格纳歌剧，收藏扣带，还会读《晨报》。”

“快饶了我吧。”莱伊小姐举起双手，作出投降状，“你说的简直

① Eleonora Duse（1858—1924），意大利女演员，因扮演易卜生戏剧中的女主人公而著名。

就是我本人。"

弗兰克沉浸在热烈的思绪中,没有理会她的话。

"还有,那些迟钝愚蠢的人简直让我窒息,因此我特别向往新鲜的空气。我想乘船远航,与暴风雨搏击。我想远离那些在做着什么事情的人——我想去新的国家,去加拿大或澳大利亚,去那些人们赤手空拳与原始自然搏击的国度。我渴望去鱼龙混杂的大城市,去没有讨厌的警察来监管你的品行的地方。我全身心地渴望着东方,我想去埃及、印度、日本。我想看看马来人如何腐败、激情地生活着,想看看南海岛屿上的人如何出生入死。即使到了这样的世界里,我可能也解不开生活的谜团,但是在那里,我肯定离答案更近了一些。我想去亲眼看看生和死,看看激情、德行和罪恶,面对面地,没有任何遮掩。我想留下点年老后可以回忆的东西。"

"你的想法很好,也很浪漫。"莱伊小姐答道,"但是,你从哪里获得这么多钱呢?"

"我不想要钱,我总归能养活自己的。我会先乘船去美洲,在那里做苦力赚钱,然后我边做杂活边流浪。走遍美洲后,我就踏上开往东方的大船。我已经厌倦了上层社会的日子,我想和底层那些真正懂得生活是什么的人一起工作,一起忍饥挨饿、辛苦工作,体验最原始质朴的爱和恨。"

"这简直是一派胡言,亲爱的。贫穷可比这世上所有的繁文缛节加起来都更恐怖。我敢说,坐船旅行一次应该会很有意思,并且还能让你学会知足,让你懂得富足生活的好,以及种种无用的奢侈之物带来的舒适。你要记得,任何一件事情,只要它变成了例行公事，就不再是真实的了。”

“这听上去像是个警句。”弗兰克打断了她，“但你想表达的究竟是什么呢？”

莱伊小姐也并不确定自己刚才想表达的究竟是什么，但是，她很快就继续说了下去。

“我向你保证，没有钱，任何人都不会是自由的。就拿我来说，听到哲人们赞扬身无长物之人一身轻松自在，我就觉得很可笑；天生无法欣赏音乐之美的人，即使在歌剧院没有前排位置时也很愿意去听歌剧，但是，感官上的愚钝并不能成为他智慧的证明。如果每年收入少于五百英镑，没有人能获得真正的自由，没有人能充分地享受生命的价值。”

弗兰克直直地望着眼前，没有说话。他还在为想象中的一切而激动不已。莱伊小姐于是继续说话。

“不过，从另一个角度来说，那些腰缠万贯的人全身心地投入到一个赚钱的行当中去，这也让我感觉很是无趣。并且，对于那些虽然有钱但是出于个人习惯或由于精神贫乏而做着单调无聊的工作的人，我也没耐心和他们打交道。我认识一个百万富翁，他让自己的儿子每天在银行里工作十个小时，他觉得这是在对儿子进行有效的训练！现在，我倒更宁愿那些有钱的人把赚钱的机会留给那些需要养家糊口的人，他们自己集中精力好好花钱就行。我希望能有一个又有钱又有闲的阶层，把时间都花在艺术和高雅的事物上，这样也能培养出文雅、智慧和举手投足间的恰到好处。我想对生活做一个有趣的实验，就像路易十五世时那样，提供一种与为了维持这世界运转而必需的黑暗、辛劳截然相反的，轻佻、友善的对比。说起工作的尊严，你刚才说的很多东西都是胡说八道，我想只有传道士之类的人才会冒冒失失地告诉工厂里的工人，他们的辛苦劳动中蕴含着多么崇高的价值。我觉得，我们之所以赞扬劳动，往往是因为劳动可以让人不用思考他们自身的问题，并且，愚蠢的人一旦无事可做就会觉得非常无聊。和其他许许多多人一起工作可以帮助人们摆脱倦怠，相比起来，懒散怠惰反倒可能更为神圣，因为，那反而需要更多的天赋、更好的教养、不凡的精神和精密的构造。”

“现在，说说你这番高论的现实意义吧。”弗兰克笑着说。

“我想说的是，人生苦短，我们不应该忍受无聊。我对各种工作都没有赋予任何特别的价值，如果你放弃了目前的工作，我也不会因此而责怪你。对我个人来说，金钱和荣誉无法引诱我，习俗、惯例也不能逼迫我去做那些自己不喜欢的工作。如果医生这个工作让你觉得很是苦恼，那你也没有任何理由继续做下去。但是，看在上帝的分上，不要因此就鄙夷物质生活带来的充盈享受。我有个提议：你知道的，我的收入比我自己生活所需的要多得多，如果你愿意接受的话，我非常乐意每年给你五百英镑——也就是我经常告诉你的，享受生活所需的最基本的一笔小钱。”

他笑着摇摇头。

“你真是太好了，但是我不能接受。要是我能说服我的父亲，我就会先到利物浦，作为一名普通的海员从那里出发。我不想要任何人的钱。”

莱伊小姐叹了一口气。

“男人总是浪漫得无可救药。”

弗兰克告辞了，第二天便去了费内。莱伊小姐一直想着他之前说过的话，第二天早上，她去兰卡斯特门拜访了她的律师，一个面色红润、留着络腮胡子的老绅士。

“我要立遗嘱。”她说，“但是我真的不知道该怎么处理我的这些财产。没人想要我的财产，我的兄弟也去世了，没有人会因为得不到我的遗产而不高兴。此外，我想问一下，我活着的时候可以把一部分年金转给一个并不想要这笔钱的人么？”

“恐怕您不能逼迫别人接受您的钱。”律师咯咯笑着说。

“这法律真的是太烦人了！”

“我倒是觉得这些法律规定非常实用，因为一个拒绝钱财的人只适合在精神病院里待着。”

除了老皇后街的房产，莱伊小姐每年还有差不多四千英镑的年金，如何合理安排这笔钱近来成了她的心头病。

“我想，”思考了一会儿后，她说，“我想把我的财产分成三份——一份给我的侄女博莎·克莱多克，她从来都不知道该怎么花钱；一份给我的外甥杰拉尔德·沃德雷，他是个流氓，肯定会用这笔钱到处吃喝玩乐；还有一份给我的朋友，弗朗西斯·赫雷尔。”

“好的，我会把它拟好，然后寄给你。”

“胡扯！你现在就拿出纸来。等你写好了之后我再走。”

律师叹了一口气，虽然一向拖拖拉拉，但是他也知道这个客户向来都是说一不二，于是只好照她说的去做了。他叫来书记员，一起见证了莱伊小姐签名的过程。离开时,她感到特别的心满意足。无论未来发生了什么,弗兰克都不会陷入经济困境。她离世后,等弗兰克发现了这一切后,一定会惊讶万分。想到这一切,她狡黠地笑了起来。

七

在家的这两周里，弗兰克仔细地观察了自己父母的生活，第一次意识到他们一直以来为了自己做出了多么大的牺牲。每一天，不论天气如何，老赫雷尔医生总会驾车去各处看望自己的病人，下午的时候，他会出去散步。傍晚五点到七点，他会在门诊室里接待病人，并且，他常常半夜被叫到五英里外的农户去看病。他经验非常丰富，虽然在医疗知识方面未免差强人意，但是在实践中却也完全够用了。他用的药方都已经很古老了，治疗手段也非常粗野，但是对那些乡下人和农民来说，这可比任何新式的治疗方法都受欢迎。此外，他还会给各色人等提供自己的建议，当他们做了他认为不该做的事情时，他会表明自己的看法。因此，他当之无愧地成为了方圆二十英里之内最受喜爱和信赖的医生。但是，这样的生活也是非常无趣的，终年奔波，全年无休，并且收入微薄——如果他还能获得收入的话。过去的三十多年来，这位可敬的男人同自己的妻子一起，将自己赚来的每一分钱都为自己的独生儿子积攒起来。不论是弗兰克在牛津上学时，还是毕业后他开始在伦敦工作后，他们从来都没有要求他节约过，他们只是不停地给他钱。他当上医生后，他们非常地骄傲，虽然他们知道这意味着他还要依赖他们很长一段时间。他们坚持让他在哈利街上租一间最好的房子。常年的劳苦带给他们的是纯粹的幸福，因为，他们心爱的儿子展现出了非凡的才干，为此，他们感谢上帝的恩赐。

“您会时而对这个职业感到厌倦吗，父亲？”弗兰克问道。

“我已经习惯了，而且，我就适合干这个——在乡下当医生。并且，我得到了应有的回报，有朝一日，你一定会成为这个行业的领军人物。然后，等人们为你著书立传时，会在一个章节提到你在费内的老父亲，那个让你最初爱上医学的人。”

“但是，我们也不会继续工作太久了。”赫雷尔夫人说，“很快，我们就攒够了退休的钱，可以住得离你更近一些了。弗兰克，有些时候，我们真的希望能经常看到你。每次都要和你分开那么长时间，这真的是太煎熬了。”

母亲坚强平静的声音中有一丝颤抖，让弗兰克感到非常无力。他怎么忍心为了一个他们永远都无法理解的原因就毁掉他们艰辛奋斗了那么多年才培育起的希望之树呢？他永远都不能让他们承受这样巨大的痛苦。只要他们还活着，他就会背负起这爱的枷锁，继续在伦敦过着安稳体面、日复一日的日子。

“你们对我实在是太好了。”他说，“我会继续努力，向你们证明，我对你们的付出充满了感恩。我会更加积极进取，不让你们觉得自己在我身上浪费了时间。”

到杰斯顿——卡斯蒂利恩在多塞特郡的住所之后，弗兰克又恢复了自己以往的讽刺腔调。莱伊小姐由于身体原因，最后并未参加这次聚会。不过，巴洛-巴塞特太太和雷吉倒是和他搭乘同一班火车来了。保罗的母亲以及其他几位共同组织这次聚会的人几个小时后也来了。

卡斯蒂利恩老太太头发花白,形容枯槁,戴着一顶奇形怪状的帽子,喋喋不休地说着一些无关紧要的事情。她说的主要是她那位于萨默赛特郡的班布里奇家族,如今,她是这个家族唯一还活着的代表。她为自己的血统感到无比的自豪,也从不掩饰对那些出身不如自己的人的蔑视。她无知、狭隘,也很没有教养,在人生的苦海中,她始终坚定地相信着那由出身赋予的无与伦比的优越感。不论是她丈夫还在世时,还是如今保罗已经当家做主了之后,她一直紧紧握着钱袋子,在杰斯顿以及周围的村庄颐指气使,为所欲为。她很早就意识到自己是一个古老家族的继承人,因此从来不控制自己讨人厌的坏脾气。她常常冲她的女伴,一位四十多岁的娴静端庄的女士发脾气,对此,对方只是默默忍受,甘之如饴。对于自己的儿媳,她更是不满意,总是提醒她,她挥霍的可都是她的钱财。只有保罗一个人能够说得动她。因为,卡斯蒂利恩老太太相信,就像鸭子天生就会游泳一样,保罗是他们光荣家族的继承人,因此也就是上帝在这尘世间的代表,他生而拥有超凡的才能,他说的话就是法律,他发出的指令就必须遵守。弗兰克知道,卡斯蒂利恩先生在伦敦时名声并不好,因此,他很吃惊地发现,到了这里,他竟然成为了所有问题的最后仲裁人。不论是见仁见智的观点评论,还是板上钉钉的事实,他的判断是不容置疑的:他对科学和艺术的见解,就是最后的结论;他的政治观点,就是聪明的老实人应该持有的唯一观点。只要他一开口,一切就无须更多讨论了,要想反驳他简直比登天还难。但是,即使是保罗也会在他的母亲离开后长舒一口气,因为她的对答总是那么的机智、独特、有力,让一切对话都变得非常的困难。

"谢天谢地,我可不姓卡斯蒂利恩。"她常常把这话挂在嘴边,"我可是班布里奇家的人,在英格兰的这一带,你很难找到一个更高贵的家族了。在我嫁过来之前,你们卡斯蒂利恩家可是穷得一个子儿都没有。"

弗兰克刚到的那天,晚餐时,他还试图加入他们的对话。但是,他很快就发现,他们对他说的话一点都不感兴趣。此前,他一直天真地认为,讨论一个人的祖先是非常没有教养的事情,但是,现在他却发现,在某些家庭里,出身竟然是最重要的话题:卡斯蒂利恩老太太、卡斯蒂利恩先生和他的表兄班布里奇就总是把这些挂在嘴边。班布里奇是个房产代理人,身材肥胖,胡子蓬乱,衣衫不整,总是穿着一身破破烂烂的衣服,语速很慢,多塞特口音很重,在弗兰克看来,他一点也不比那些他整天打交道的农民好。此外,他们还讨论了各种本地的轶事,隔壁县郡的名流贵族,以及教区里的各种俗事儿。之后,格蕾丝·卡斯蒂利恩走向了弗兰克。

"他们很恐怖吧?"她问,"我就是这样不得不日复一日地忍受这一切。保罗的母亲总是用钱财和家族来压我;班布里奇是个粗人,他更应该去和管家、仆人一起吃饭,讨论天气和庄稼;而保罗则扮演着万能的上帝。"

然而,巴洛-巴塞特太太却被眼前的这一派华丽浮夸迷住了双眼,早早地抓住机会,仔细阅读贵族谱系录,想看看那上面是如何记录和讲述这个她正在做客的家族的故事。她发现,那一页已经被翻得很旧了,并且被人用蓝色的彩笔重重地画了好多道子。房间里的每一件物品都有年头了,卡斯蒂利恩老太太兴致勃勃地向大家介绍了它们的历史。虽然出身高贵的她打心眼里看不上自己嫁入的这个家族,但是毫无疑问,他们比其他的家族还是好不少的。这是约翰·卡斯蒂利恩先生的藏书——他是保罗的祖父;这件来自东方的珍宝是保罗的伯祖父,一位海军元帅的藏品;墙上还挂着一排画,上面有查理二世时期的羸弱女士,有乔治王统治时期的红脸捕猎绅士……看着这一切,巴塞特太太感到了一种前所未有的卑微。

两天后,弗兰克躲到了自己的房间里,愤懑不已地给莱伊小姐写了一封信。

啊,明智的女人!

我现在可算明白了,为什么你一想到要到杰斯顿来就那么绝望。我实在是太无聊了,我简直要疯了。要不是不想把自己搞得太可笑,我简直想要在自己的卧室里满地打滚,不停嚎叫。你应该更仁慈些,提前提醒一下我,不过,恐怕你可能是暗地里想要我过来体味一下卡斯蒂利恩一家的热情好客,回去后好让我把在这里听到的所有秘密都告诉你:为了达到这个目的,你昧着良心,闭上了嘴,不提醒我注意;也捂住了耳朵,不让别人的话影响你的好心情。我本应该给你写一封六页纸的信,大体地说一下这里发生的一切;但是我现在实在是太愤怒了,因此,虽然说主人的坏话不大好,我还是要发泄几句。想象一下,一栋乔治亚风格的宅子，空间开阔，结构合理，高贵典雅，堆满了奇彭代尔和谢拉顿式的精致家具，墙上挂满了彼得·莱利①和罗姆尼②画的肖像画，还有精美绝伦的挂毯。房子边上就是一个美丽的公园，草坪开阔，树木繁茂，教人忍不住想要跪下来膜拜。周边的村庄波澜起伏，风光宜人，土地肥沃，它属于那些没有任何崇高理念的人，他们言语间没有任何思想，脑子里尽是些琐碎肮脏的情感。我知道，他们打心眼里看不起我，因为我就是他们所说的物质享乐主义者。一想到这片土地的主人是一个浮夸自大的蠢货、一个愚不可及的老妇、一个性子暴烈的泼妇、一个品性粗野的蛮人，我就气得牙根痒痒：他们就应该住在杂货店的后屋才对。若卡斯蒂利恩太太不冒着破坏自己身材的风险生下一个继承人，班布里奇就会继承这一切，那该多有趣：他上过伊顿公学，还在牛津待过一年，但是，他通不过任何一门课的考试，言谈举止和一周赚十三先令的工人也没什么不同，所以被开除了。除此之外，他这辈子就一直待在这里，每两年去伦敦参加一次农业展。不过，我们就不要再说他了。每一天，巴洛-巴塞特太太都饶有兴致地听着卡斯蒂利恩老太太讲自己家族的故事，雷吉都跟着卡斯蒂利恩先生吃吃喝喝，而我则满心绝望与痛苦。我指望着能和老太太的女伴——约翰斯顿小姐说话取乐，因此特意表现得非常和蔼可亲，但是她却也是个溜须拍马的人。当我问她有没有感到无聊时，她总是

① Sir Peter Lely(1618—1680)，荷兰肖像画家。
② George Romney(1734—1802)，英国肖像画家。

一脸严肃地看着我说："哦，不，赫雷尔医生，上等人的谈话从来都不会让我感到无聊。"每当谈话戛然而止，或者是卡斯蒂利恩太太情绪失控时，她总会指着一幅画或一个装饰摆件，询问这些东西的来历，虽然她其实已经听过一千多遍了。"你居然还不知道这个。"这时候，老妇人便开始喋喋不休地讲述起家族先人的故事——他们最后都寿终正寝，幸福圆满地离开了人世；以及那些皮笑肉不笑的女士——从她们的肖像画中可以看出来，束身衣把她们的肝脏都挤变形了。为了每年三十英镑的收入和食宿，一个单身女人竟然要做这些事情！要是我的话，我宁愿去当一个厨子。我真的太想念那个老皇后街上的吸烟室，想念和你之间的谈话了！我现在得出了一个结论：我只喜欢和两种人打交道：一种是你这样的人，另一种是三流的演员。在那群人中，所有的男人都是无赖，所有的女人都毫不掩饰自己的放荡，即使你说错了话拼错了单词，他们也完全都不会在乎，因此我感觉和他们在一起非常舒服。我并不是很想在说话时省掉送气音，但是，如果周围的人在我那么做时不会大惊小怪，那也会是种巨大的解脱。

你永远的

弗兰克·赫雷尔

倘若换作莱伊小姐，凭她犀利的双眼，她在杰斯顿肯定能观察到更多有意思的事情，并且在这悲剧中捕捉到喜剧的色彩。格蕾丝·卡斯蒂利恩又累又不高兴，满心把雷吉的到访当作是从焦虑生活中的短暂逃离：近来，她愈发感受到良心的折磨，只有当情人真的来到身边时，她才能忘记自己对待保罗的恶劣态度。她渐渐认识到，保罗的狂妄自大背后是满满的柔情，他满满的爱意更是衬得她行为卑劣——在他面前，她感到自己是个特别糟糕的人，因此愧疚万分。不过，雷吉在身边时，她就能忘记这一切，除了自己永不满足的激情。她下定决心，只看他身上好的一面，忘掉他曾经多么卑鄙地利用过自己。她只能牢牢地抓住雷吉的爱，仿佛只有这样才能保持住自己那点可怜的自尊；如果失去了他的爱，她的世界里就只剩下满是绝望和耻辱的漫漫黑夜了。在杰斯顿，她心里很高兴，因为，这里没有任何力量可以把雷吉抢走。她以为，他们可以一起轻松漫步，在宁静的乡村里重温他们友谊初生时的温情时光。

但是，令卡斯蒂利恩太太万分沮丧的是，雷吉似乎总是刻意避免和她单独待在一起。他到了之后的第二天早上，她邀请他一起到公园散步，他欣然应允；但是，等她上楼戴好帽子下来后，发现保罗和巴塞特太太也在门厅等着自己。

“雷吉说你想带我们去看看公园的景色。”巴塞特太太说，“我们大家一起出去走走，这可真是太好了。”

“那是！”卡斯蒂利恩太太说。

她气恼地看了雷吉一眼，对此，他很是冷静，完全没有任何躲闪的意思，嘴角上还挂着一丝若有若无的微笑。出门之后，他也一直留心和其他人的距离，始终走在别人听力可及的范围之内。午饭后，他一直和弗兰克待在一起。一直等到那天傍晚，卡斯蒂利恩太太才瞅准机会和他说上了话。

“今天早上你为什么要叫上你的母亲和我们一起出去散步?”她压低声音,语速很快,“你知道的,我是想和你单独说说话。”

“亲爱的,我们必须得小心。你的婆婆一直紧紧盯住我们不放,她肯定是有所怀疑了。我可不想给你惹麻烦。”

“我必须要单独见见你,我必须要和你谈一谈。”卡斯蒂利恩太太绝望地叫道。

“你可别傻了。”

“其他人都睡着以后,我会在这里等你。”

“那你就慢慢等吧! 我可不想冒这种风险。”

她恨恨地看了他一眼,还没来得及说话,约翰斯顿小姐就过来了,雷吉此刻显露出了难得一见的机敏,把她也拉进了谈话中来。此时,格蕾丝满是不快,已经完全不在乎自己是否表现出了悲伤的样子,只是定定地看着雷吉,不知道他的脑袋瓜子里到底在打些什么主意。她深深地感觉到,自己已经被他牢牢地控制在了掌心里,完全没有任何招架之力。虽然很不情愿,但是,她自己知道,他会像逗弄一只小猫一样残忍地玩弄自己,等到他心满意足了,就会给她来上致命一击。此后的两天里,他也一直在耍着同样的把戏,并且,他愈发小心谨慎起来,绝对不会在没有其他人在场的情况下和卡斯蒂利恩太太见面: 他简直是以伤害她为乐。他对保罗好一番恭维,让保罗很是受用;对她,他则利用了他们之间的亲密关系,用只有他们两人知道的秘语狠狠地嘲笑、讽刺、戏弄了她一顿。卡斯蒂利恩老太太喜欢逗笑取乐,因此很喜欢他,发现这些无伤大雅的玩笑话让自己的儿媳妇局促不安、痛苦不堪后,她对雷吉的喜爱也没有一丝一毫的减少。格蕾丝微笑着忍受着一切,时不时地咯咯一笑,但显然,她的心在滴血。对此,心狠手辣的雷吉只是感到一阵快意,因为用烧得通红的刀子在她的心上捅了一刀的,正是他本人。独自一个人待着的时候,她不再需要掩饰自己的伤痛,总是一边痛哭,一边半是疯狂半是痛苦地琢磨,为什么她的激情与爱恋换来的却是这样的恨意,她实在是想不明白。为了让雷吉爱她,能做的她都已经全做了,她不仅全身心地爱着他,还对他非常非常好。

“他一直都只是把我当作一块垫脚石。”她哭着说,“所有能帮他的我已经都尽力帮忙了。”

最近,她甚至试着对他产生一点好的影响,劝他少喝点酒,别那么大手大脚。她爱他,崇拜他,愿意为他做出任何的牺牲,但是,这一切却只换来了他的怨恨。最后,她实在是再也忍受不了这种折磨了,既然雷吉不愿给她任何机会,她决定不惜一切代价也要自己制造一个见面的机会。但是,那个时候已经是他们在这里的最后一天了,雷吉更是提高了警惕。他预感到格蕾丝会想方设法找机会和他会面,因此整整一天里,他决不允许自己有任何独处的时候。当晚,道过晚安后,他长舒一口气,和其他男士一起来到吸烟室。但是,卡斯蒂利恩太太下定了决心,一定要让他在离开之前把这一切都说个明白。她想到了一个主意,虽然非常冒险,但是满心的绝望与急切让她没有片刻的犹豫。当雷吉回到卧室,因为躲过了她而沾沾自喜时,却发现格蕾丝正在他的房间里坐着等他。

“天啊!你到这里来做什么?”他叫出声来,不复往日的沉着冷静,“弗兰克刚才有可能和我一起进来的。”

她没有回答。只是站起来，看着他。在锦衣华服和璀璨珠宝的耀眼光芒对比下，她看上去尤为苍白憔悴。她努力克制自己，尽量从容地和他说话。

“你为什么一直躲着我?”她问道，“我需要一个解释。你究竟是怎么想的?”

“哦，上帝啊，别再说这个了好吗? 我实在是受够了。你难道觉得我来这里就是为了和你的丈夫待在一起，然后愚弄你吗? 我毕竟还是个绅士啊。”

卡斯蒂利恩太太有些生气，轻轻一笑。

“现在天色已经晚了，别说那些道貌岸然的话了，好么? 你难道编不出什么更好的故事来了么?”

“你把我当成什么样的人了? 为什么你一直都觉得我是在骗你呢?”

“因为，过往的经历告诉我，大部分时候，你确实是在骗我。”

他耸了耸肩，点起一支烟，若有所思地看着格蕾丝，仿佛是在思考接下去该怎么做。

“你难道没有什么话要对我说么?”突然间，她的声音颤抖了起来。

“没有。不过，你该回到你自己的房间了。你来到这里实在是太不安全了。告诉你，我可不想惹上什么麻烦。”

“但这又意味着什么?”她绝望地叫道，“你还喜欢我么?”

“好吧，既然你这么问了，那我就告诉你吧。我觉得是时候给这一切做个了断了。”

“雷吉!”

“我想开始进入下一页了。我要放弃花天酒地的生活,安顿下来。我对这一切都已经厌倦了。”

此时,他没有看她,而是紧张地望向了别处。格蕾丝一时无法呼吸,她最担心的事情终于变成了现实。

“你是不是有了别的女人了?”

“这不关你的事吧。”

“啊,你这个混蛋!我真是蠢,居然会喜欢上你这样的人。”

他冷笑了一下,没有回答。她快步走到他跟前,挽住他的胳膊。

“你在瞒着我什么,雷吉。看在上帝的分上,现在就把一切痛痛快快地都告诉我吧。”

他慢慢地转过头来看着她,她很熟悉这张因气恼而阴沉的脸庞。

“好吧,既然你想知道的话,我就告诉你。我要结婚了。”

“什么?”那一刻,她完全无法相信他所说的话,“你的母亲从来没有提到过这件事。”

他笑了一下。

“你该不会以为我会告诉她吧。”

“那么,我去告诉她,如何?”她低声快语。此刻,她心烦意乱,只是觉得必须阻止这个可怕的事情发生。“你不能结婚。你现在还没有这个权利。这实在是太无耻了。我绝对不会让你结婚的。我会想尽一切办法阻止你。哦,雷吉,雷吉,别离开我!我不能没有你。”

“别傻了！这只不过是早晚的事。我想结婚，安顿下来。”

卡斯蒂利恩太太看着他，绝望、愤怒、仇恨的表情在她的脸上轮番出现。

“我们走着瞧。”她恶狠狠地说。

雷吉走了过来，紧紧地抓住她的肩膀，她疼得快要叫出声来。

“听着，你可别耍什么小把戏！要是被我发现了你的小动作，我就会把你抖搂出来。你最好管住你的嘴，亲爱的。做不到的话，你写给我的每一封信都会被寄到你的婆婆那里去。”

格蕾丝的脸瞬间变得煞白。

“你答应过我，会把那些信烧掉的。”

“也许吧。不过，我要对付的女人可不止你一个。我向来喜欢留上个一两手，因此我想，留着你的信或许日后会派上用场。那些信写得很好，不是吗？”

他的这些话在格蕾丝的身上起了效果，于是，他松开了手。她跌坐到一把椅子里，浑身颤抖。雷吉却没有就此打住的意思，他继续说话。

“我不是什么坏脾气的混蛋，不过，要是有人想要害我的话，我可知道如何有力地回击。”

她呆呆地看着前方。过了好一会儿，她突然眼中闪过一道光，气急败坏地说道。

“我可不觉得你会把这些跟自己有关的丑闻公之于众。”

“你就别替我操心了，亲爱的。”他回答道，“你觉得我会在乎这些么？我的母亲可能会觉得难以接受，但是，对于一个男人来说，这根本算不了什么。”

“但是,这个男人还从不幸落入他掌心的女人手里拿走了一大笔钱。别忘了,我是给了你钱的,我给了你钱,我的朋友,我付了钱。在过去的六个月里,你从我这里拿走了两百多英镑,你觉得别人若是知道了这个,还会继续跟你来往么?”

她看到,他的脸颊瞬间爬上了一抹羞红,于是,她带着胜利的口吻继续说下去。

“我第一次给你钱的时候,并没有想到你会接受那笔钱。但是,你却接受了,我也知道了你是一个多么低级的杂种。我手头也有你问我要钱的信,有你收到钱后写给我的感谢信。我也留着它们呢,不是因为我想用它们来对付你,而是因为我爱你,你触碰过的一切我都视若珍宝。”

她站起身来,冰冷地、轻蔑地说了这番话。她希望这能激怒他,她想伤害他的自尊,让他在自己的面前痛苦打滚。

“我会想尽一切办法把这些丑事抖搂出来,让全世界都知道,你就是个无耻之徒。哈哈,我会看着你被逐出俱乐部,在大街上被人唾弃!你知道吗,法律会把那些以卑鄙无耻的手段获得钱财的人投入监狱,你的行为并不比他们好到哪里去。”

雷吉大步走向她,但是现在她再也不怕他了。她嘲笑他,他则把脸凑近她。

“听着,你给我滚出去,不然的话我这就打得你终生难忘。谢天谢地,我们彻底结束了。出去——出去!”

她一句话都没说,快步离开他,向门口走去。她再也没有什么可担心的了。穿过长长的走廊,她从雷吉的房间向自己的房间走去。她头痛欲裂,就像是魔鬼正在她的脑袋里猛烈捶打。她还没搞清楚究竟发生了什么,只是感觉到世界仿佛已经走到了尽头;她感觉自己的生命结束了,一切都结束了。她苍白的脸上此时仍带着怒气和怨恨。她刚走到门口,保罗也从楼梯走上来了,有一瞬间,她很恐慌。但是,她很快就回过神来。

"格蕾丝,我一直在到处找你。"他说,"你刚才跑到哪里去了?"

"我刚才和巴塞特太太聊天呢。"她马上回答,"你以为我会去哪里。"

"我也不知道。我刚刚去楼下找你来着。"

"我希望你没有监视跟踪我。"她暴躁地喊道。

"对不起,亲爱的,我并不是故意的。"他站在她房间的门口。

"我的天啊,要不然就进来,要不然就出去。"她说,"不要就这样让门大开着。"

"我待两分钟就走。"他柔声说。

"你要干吗?"

她取下身上的珠宝,那项链就像一个火圈,灼烧着她的脖颈。

"我想告诉你点事。最近我们的庄园里出了点事儿,我不知该如何是好。"

"亲爱的保罗,"她不耐烦地说,"看在上帝的分上,今晚就不要烦我了。你知道,我对这些一点兴趣都没有。你为什么不去问一下班布里奇呢?我们是花钱雇他来料理这些事情的啊。"

"亲爱的,我是想听听你的建议。"

“我现在头很痛！我感觉我简直要叫出声来了。”

他向前走了几步，一脸关切。

“我可怜的孩子，你怎么不早点跟我说。太抱歉了，我一直在烦你。你头痛得厉害么？”

她抬头看着他，嘴角抽动了一下。他那么爱她，那么善良，不管她做了什么，他总是会原谅她。

“我真是太坏了！”她叫道，“我对你那么差，你为什么还那么喜欢我。”

“亲爱的，”他笑着说，“我可不会因为你头痛而责怪你的。”

突然一股冲动涌上心头。她伸出胳膊，搂着他的脖子，泪如泉涌。

“啊，保罗，保罗，你对我真的太好了。我希望我是个更好的老婆。我没有尽到做妻子的责任。”

他抱住她，温柔地吻着她满是脂粉、苍白憔悴、皱纹横生的脸。

“亲爱的，你就是我最好的老婆了。”

“保罗，我们为什么不能单独待在一起呢？我们好像总是分开。让我们一起离开这里吧，到一个只有我们两个人的地方去。我们离开英国吧？我已经厌倦了见人，厌倦了社交。”

“你说什么就是什么，亲爱的。”

他的心中洋溢着幸福和快乐，他不知道自己何德何能竟能享受到这一切。他想待在自己的妻子身边，帮她脱下衣服。但是，她却让他离开。

“我可怜的孩子，你看起来太累了。”他轻轻吻了一下她的额头。

“明天就好了，然后，我们就可以开始一段新的生活了。我会努力对你更好——我会努力的，让自己配得上你的爱。”

“晚安，亲爱的。”

他轻轻关上门，把她留在了自己纷繁的思绪之中。

八

卡斯蒂利恩太太一夜无眠，内心很不平静。第二天一早，看看镜中的自己，憔悴的容颜令她震惊。但是，她下定决心，这是她和雷吉的最后一次见面，决不能让他看到自己的悲伤，于是强打起了十二分的精神。她注意到，雷吉有些垂头丧气，一直在躲避她的目光。于是，她愤而决定，用一种常常被其同类误以为是机智的招摇方式吸引他的注意。为了掩盖自己的痛苦，她一直喋喋不休地说着各种无聊事儿，还不时地发出声声尖笑，并配合着种种浮夸的手势。不过，她的强颜欢笑实在是有些夸张了，甚至显得有些歇斯底里，弗兰克把这一切看在眼里，不禁暗自猜想她究竟是怎么了，并且，在他看来，她可能需要来一点镇静剂。早餐结束后，马车来了，巴塞特太太担心误了火车，因此匆匆忙忙地就和大家告了别。卡斯蒂利恩太太大大方方地把手伸向雷吉。

“再见。以后有空时你一定要再来看我们。希望你在这里玩得开心。”

“嗯。”他回答说。

他无法理解她笑容中的冷淡，她的表情中没有责备，也没有愤怒，这让他不禁问自己，格蕾丝究竟心里在盘算些什么。他慢慢地思量着她可能给自己带来的伤害。但是，他们之间的决裂令他感到高兴，他们之间最后的会面也结束了，这也感到让他庆幸不已。他更恨她了，因为她让他无法忘记，自己从她手里拿了一大笔钱。

"她知道的，就凭我那点钱，是无法和她一起到处玩的。她给我的钱我也都花在她身上了。"他喃喃自语，为自己开脱。

上了火车后，他看着自己的母亲——此刻，她正坐在包厢对面的角落里读《晨报》。他不想让她知道这件事情。他又开始为自己辩解。最后，他又开始怨恨起格蕾丝来，因为一开始是她引诱了他。接着，他的思绪又渐渐飘到了别的地方去，他的心脏开始猛烈地跳动起来。

巴塞特母子和弗兰克离开后，卡斯蒂利恩太太心情跌到了谷底。一想到还要在保罗母亲的严厉目光下生活两天，她就忍不住浑身打颤，仿佛阵阵冷风正在向她吹来。她总是带着满腔仇恨紧紧地盯着她，仿佛已经知道了她的秘密，只等一个好时机将那秘密公之于众。格蕾丝站在窗前，望着窗外，树木繁茂，草地无垠，向远方绵延开去。天空是灰色的，阴沉沉地笼罩着大地，像极了她的心情——在早上的强颜欢笑后，她陷入了巨大的悲伤。保罗走到她身后，伸手揽住她的腰。

"亲爱的，你很累吗？"他问。

她摇了摇头，努力挤出一个微笑。她被他声音中的温柔打动了，最近她经常如此。

"我怕你太累了。你可是聚会中的生命和灵魂，没了你的话，我们会无聊死的。"

惯性使然，一句充满嘲讽的揶揄到了她的嘴边，但是，她并没有说出口。她把头靠在他的肩上。

“保罗,我渐渐觉得,我已经很老了。”

“胡说！你还年轻呢。你比从前还漂亮。”

“你真的是这么想的吗？我想这是因为你还喜欢我吧。今天早上,我觉得自己像是有一百零二岁。”

他没有回答,因为他更习惯的是辩论而不是对话。他只是把她抱得更紧了一些。

“你有没有后悔过娶了我,保罗？我知道,我不是你想要的那种妻子,我也没有给你生孩子。”

他深受感动,因为她从来都没有和他这样说过话。他的语气中也没有了以往的骄傲自大,他用颤抖的声音,轻声对她说:

“亲爱的,我每天都感谢上帝,因为他把你赐给了我。我感到自己根本不配拥有这一切,我感谢上帝,非常感谢,因为他让你成为了我的妻子。”

格蕾丝的嘴抽动了一下,紧握双手,防止眼泪夺眶而出。他深情地望着她。

“格蕾丝,我为你下周的生日准备了一份礼物。我现在就送给你好么?”

“当然好啊。”她笑着说,“我就知道你肯定有东西要给我,我已经迫不及待了。”

他欢欢喜喜地离开了,不多久,他气喘吁吁地跑了回来,拿着一个钻石饰品。卡斯蒂利恩太太对珠宝颇有研究,但眼前这个闪耀华丽的珠宝还是让她惊呆了。

“保罗，你真是太好了！”她叫出声来，“这真的是太美了！不过，我并不想要这么贵重的礼物。你已经给了我很多很多了。我只想要一个小小的礼物，能证明你还在乎我就够了。”

他心满意足地笑了起来，开心地搓了搓手。

“没有什么东西能配得上我可爱、忠诚的妻子。”

“保罗，我们可不能让你的母亲看到它，不然她一定会破口大骂的。”格蕾丝狡猾地说道。

他大笑了起来。

“确实，确实，不要让她看到。”

卡斯蒂利恩太太仰起了头，我们这位身形壮硕、自鸣得意的先生也迸发出了少见的激情，热烈地亲吻了她。正在这时，一辆双轮马车停在了门前，保罗很是吃惊，问妻子是不是她叫的车。

“啊，我差点忘记了。”她叫道，“我今天要进城一趟。我该早点告诉你的。莱伊小姐病得不轻，我觉得我应该去看看她，看能不能帮上什么忙。”

昨晚翻来覆去想了一夜之后，她决定听听莱伊小姐的意见。于是，早上女仆进屋拉开窗帘时，她便吩咐女仆订一辆车，等客人走后载她去火车站。她随口编了一个理由，并且拒绝了保罗的忠告——他担心她路上太过奔波劳累，也不许他陪自己一起去。

“我想我不该拦着你做好事。”最后，他终于松了口，“不过，你一定要尽早回来。”

卡斯蒂利恩太太到时，莱伊小姐刚刚吃好午饭。 八

“我以为你还在杰斯顿风流快活呢。”见到她后，莱伊小姐很是吃惊。

“我觉得我必须得来见见你，不然我会疯掉。啊，你为什么不一起过来呢？我实在是太需要你了。”

莱伊小姐一看就身体健康得很，没法再继续编理由说自己身体不适。她没多说什么，只是给客人端来了食物。

“我吃不下。”格蕾丝只感到一阵恶心，“我现在心烦意乱的。”

“看来你是遇到麻烦了。”莱伊小姐喃喃说道，“你今天脸上的粉实在是扑得有点多了。是这么说的，没错吧？”

卡斯蒂利恩太太立刻用双手捂住了脸颊。

“我的脸简直是在燃烧。让我去洗洗脸吧。我今天早上看起来实在是太糟糕了，不得不浓妆艳抹了一番。我可以去洗洗脸吗？我也想冷静一下。”

“当然。”莱伊小姐笑着回答。等到她离开后，她开始默默猜想，卡斯蒂利恩太太为何突然到访。

格蕾丝很快就回来了，她看着镜子中的自己，如今，洗去了脸上的胭脂水粉，她皮肤蜡黄，皱纹横生。她眉毛上和睫毛上的妆容没有洗去，反而更衬得她脸色苍白得吓人。出于本能，她从口袋里掏出粉扑，快速地往脸上抹起粉来。然后，她转身看着莱伊小姐。

“你从来都没有化过妆么？”

“没有。我一直都很怕把自己搞得稀奇古怪的。”

“慢慢就好了——不过，我也知道这有点傻。我打算放弃了。”

“你说得这么惨，就好像是你要进修道院了一样。”

卡斯蒂利恩太太狐疑地往门口看了一眼。

"不会有人进来吧?"她问。

"不会有人的。但是,无论如何,我劝你还是冷静一点。"她回答道。她觉得格蕾丝恐怕要大闹一番,对此心中暗暗有些不满。

"我和雷吉已经彻底结束了。他抛弃了我,就像是抛弃掉了一件破旧的衣服。他已经有其他的女人了。"

"你可算是终于摆脱他了,亲爱的。"

莱伊小姐犀利地盯着卡斯蒂利恩太太的脸,仿佛想要从中读出她心里埋藏最深的秘密。

"你已经不在乎他了,对吧?"

"不了,谢天谢地,我已经不在乎他了。莱伊小姐,我知道你不会相信我,但是我真的想翻开人生的崭新一页。最近几个月,我对保罗有了一些全新的认识。确实,他很可笑,自大并且无趣——在这些方面,我比其他任何人都更了解他。但是,他那么善良,即便到了现在,他依旧全身心地爱着我。并且,他也很诚实。你不知道,与一个打心眼里诚恳正直的人在一起是什么感觉。那真的是种莫大的安慰。"

"亲爱的,发现自己丈夫的优点,这不需要任何的理由。不过,你的心态真是很有趣,很原始,也很独特。"

"这让我觉得很难办。"卡斯蒂利恩太太愁眉不展,很是苦闷,"我真是个彻头彻尾的混蛋。我做了那么多龌龊不堪的事情,但是他却还是那么地信任我,这让我难以承受:我无法承受他的善意。你之前也猜到了,我会受不了良心的折磨,想要对他一吐为快。现在,我再也忍不了了。今天早上,他还是那么温柔,那么甜蜜,我就差点没忍住。我不能再继续这么走下去了,我必须告诉他,把这一切都做个了结。我宁愿离婚,也不想继续对他有所隐瞒。”

莱伊小姐平静地观察了她一会儿。

“你真是太自私了!”最后,她平静地、冷冷地说,“我觉得,你开始慢慢关心你的丈夫了。”

“我一直都很在乎他啊。”卡斯蒂利恩太太有些吃惊。

“之前当然不是啦。不然的话你可不会想要给他带来这么大的不幸。你清楚得很,他对你那简直是溺爱,你是他生命中唯一的光亮。如果无法信任你的话,他就失去了一切。”

“但是,承认自己的罪过难道不是诚实的表现么?”

“你记不记得这句话:坦然承认错误有益灵魂?这句话说得非常有道理:对于那些忏悔者来说,承认错误确实有益于他们自己的灵魂;但是,对于那些聆听的人来说呢?你想告诉保罗你所做的一切,那是图自己的心安,完全没有考虑到你丈夫的感受。你是个美丽忠贞的妻子,这可能只是他的一个幻觉,但是,所有的一切难道不都是幻觉么,你究竟为什么一定要毁掉保罗最最宝贝的幻觉呢?你给他带来的伤害难道还不够大么?当我看到一个疯子头上戴着纸做的皇冠并把它当作金冠时,我都不忍心拆穿他。我们不应该让任何人动摇我们幻想出来的信念,那是我们赖以生存的基础啊。有三句话说得好,可以指导我们的生活:不要犯下罪过;如果犯下了罪过,不要后悔;退一万步说,即使后悔了,也绝对不要承认错误。为了那个你已经辜负了的男人,你就不能做出一点点牺牲吗?”

“但是,我不明白。”格蕾丝叫道,“保持沉默对我来说并不是一种自我牺牲——那只是懦弱的表现。我希望接受惩罚;我希望一切重新开始,这样我才能好好地面对保罗。”

“亲爱的,你真的是大言不惭,已经到了无可救药的地步。你根本就没考虑过保罗,你就是想生出点事情来,你就是想做一个殉道的人,自取其辱。说白了,你是想摆脱良心上的不安和罪恶感,你这么做完全没有考虑过别人的感受。我的建议是,如果你真心实意地为过去自己所做的一切感到后悔,最好的办法是以后好好表现。如果你就是想接受惩罚,那就谨言慎行,千万不要让你的丈夫知道你做的这些令人作呕的勾当,这就是对你最好的惩罚。”

卡斯蒂利恩太太低下了头,看着脚下地毯上的图案。她细细思考了莱伊小姐说的话。

“我来找你,是为了得到你的建议。”她无助地呻吟着,“但是你却让我更加迷茫。我现在更不知道该怎么办了。”

“抱歉了,”莱伊小姐声音中透着严厉,“你来找我的时候,其实已经有了自己的主意,只是想让我对你表示赞同。但是,我觉得你的想法非常愚蠢并且自私,我可不会为你加油打气的。”

这番对话之后,卡斯蒂利恩太太承诺,她会管住自己的嘴巴。但是,在离开老皇后街,乘火车返回杰斯顿的路上,她心中满是困惑,不知道自己究竟是感到了解脱,还是感到了失望。

回到杰斯顿后,卡斯蒂利恩太太匆忙更衣打扮一番就去用餐了。路途奔波,她有点累,因此并未注意到席间的严肃气氛。他们一贯乏味无趣,她早就习惯了,因此只是默默地吃着饭,希望能赶紧吃完走人。饭后,保罗和班布里奇来到了客厅,她使出浑身力气向自己的丈夫挤出了一个微笑,并在自己坐的沙发上给他留出了位置。

“跟我说说吧,你昨晚想跟我说的是什么。”她说,“你要问我的意见,但是我当时状态很不好,也没有帮上忙。”

他笑了笑,但很快就恢复了往日的严肃表情。

“现在已经太晚了;我当时就必须马上做出决定。不过我还是跟你说说吧。”

“拿上我的外套,我们去露台上走走,边走边说吧。室内的灯光让我眼睛很酸,而且,我不喜欢跟你说话时总有别人在场。”

保罗高高兴兴地按照她说的去做了,他发现,在星空下漫步是件相当怡人的事情。随着夕阳西沉,白天里笼罩着天空的云层也散开了,空气中尽是温柔甜美。格蕾丝挽着他的胳膊,她对自己的需要让保罗感觉非常强大、阳刚。

“发生了件可怕的事情。”他说,“对此,我感到很烦恼。你还记得范妮·布瑞吉尔吗?她去年到伦敦做工了。她现在回来了,并且好像惹上了一点麻烦……”他有点犹豫,不怎么想告诉妻子这个残酷的事实。“那个男人抛弃了她,她带着一个孩子回来了。”

他感觉得到,她浑身颤抖了一下。他真希望自己没跟她说过这些。

“我知道你不喜欢谈论这种事情,但是,我必须得做点什么。她不能继续待在这里了。范妮·布瑞吉尔的父亲在我们这儿看守猎场，他的两个儿子也为我们干活，我今天去见了布瑞吉尔，告诉他，他的女儿必须离开这里；以我的身份，我不允许在自己的地盘里发生这种不道德的事情。”

“但是，她能到哪里去呢？”卡斯蒂利恩太太声音很低，几乎是在耳语。

“这可不关我的事。布瑞吉尔一家过去多年来一直安分守己，我也不想为难他们。我告诉老布瑞吉尔，我给他一个星期的时间，让他给自己的女儿找好去处。”

“要是他找不到呢？”

“那样的话，只能说明他是个又蠢又倔的傻瓜。今天下午，他开始找各种借口，说了一堆话，说什么自己想要照顾女儿，如果把她送走，他的心会碎掉，还说他没钱给她找去处。我觉得这可不是什么可以优柔寡断的事情，于是告诉他，如果下周二前范妮还没走，那么我就会解雇他和他的两个儿子。”

卡斯蒂利恩太太猛地把手从他的臂弯里抽出来，她感觉浑身发冷，又愤怒又恐惧。

“我们还是去找你母亲吧，保罗。”她知道是谁在幕后指使保罗做出这样的决定，“我们必须马上好好谈谈。”

对于她语气的变化，他很是吃惊，于是只能跟着她快步走回客厅。她把外套随便往边上一扔，径直走向卡斯蒂利恩老太太。

“是你建议保罗把范妮·布瑞吉尔赶走么？”她问道，眼中闪着怒火。

“当然是我。她不能继续待在这里。我很高兴保罗做出了这样的决定。像我们这样有地位的人必须要格外小心，决不能允许这样不道德的事情发生在我们的教区。”

保罗的母亲一向没什么耐心，她讨厌格蕾丝脸上的愤怒和轻视，于是站起身来，尖酸刻薄地说了起来：

“亲爱的，可能你对这样的事情没法做出理性的判断。你可能是在伦敦待得实在太久了，我敢说你的是非观都不是很清晰了。但是，你看，虽然我只是个土包子，但我很高兴，我和你想得不一样。我一直觉得，我们应该讲道德，在我看来，保罗还给了他们一个星期的时间，这已经很宽宏大量了。要是换作我父亲的话，一定在二十四小时之内就把他们赶出去了。”

看着她一脸偏执、自以为是的冷酷样子，格蕾丝不禁打了个冷战，转而看着保罗。他正在看着她，因为她生气了而感到痛苦，但是却一点都不觉得自己在哪里做错了什么。她撇了撇嘴，没再多说什么，默默回到了自己的房间。她感觉无能为力，但是下定决心第二天要亲自去看看那个可怜的姑娘。保罗因为她不理他而深受困扰，想要跟着她走，再劝劝她。但是，他的母亲使劲用手拍了下桌子，阻止了他。

“保罗，不准跟她走。”她的语气不容任何商量，“你就像个十足的傻瓜一样，她能轻而易举地把你耍得团团转。就算你的妻子没有道德观念，别人还是有的，你必须履行自己的职责，不论格蕾丝对此持有怎样的态度。”

“我想我们还是可以给范妮·布瑞吉尔找个地方。”

“你还是不要去管这种事情为妙。”她答道，“这个姑娘可一直是个小狐狸精。她还很小的时候我就认识她了,她一直都这样。真不知道,她怎么还好意思回到这里!你是个体面人,还是不要帮她为好。如果我们纵容姑息了堕落的人,那我们又怎么能让其他人遵守道德呢?记住,对于你,我还是有要求、有期待的,保罗,我可不希望自己的期待落空。”

她环顾四周,盛气凌人——从她窄窄的嘴唇、薄薄的鼻翼、尖锐的眼神中就能看出她的不悦。她完完全全地掌控着这个家的财务大权,诚然,保罗是这个家的一家之主,但是,钱却在她手里。她大可以把所有的钱都留给班布里奇。第二天中午,她兴冲冲地坐到桌前。

“保罗,我想你应该知道,格蕾丝早上去了布瑞吉尔的小屋。你的妻子如此公然地表示对堕落无耻之人的支持,这该让其他佃农怎么想?”

格蕾丝转过脸来,看着自己的婆婆,眼睛中闪着光。

“对于那个姑娘的遭遇,我感到非常遗憾,所以我去看了看她。她实在是太可怜了,正处在巨大的痛苦之中。”

此刻,她仿佛又看到了庄园门口的那个小屋子,屋子周围长满了常春藤,小小的花园里也开满了美丽的花朵,一看就是一直有人精心照料着它们。布瑞吉尔正在工作,他是个中年男子,面容坚毅,一脸愁容,皮肤晒得黝黑。看到她走来,他背过身去,她跟他打招呼时,他不情不愿地回了一句。

“我是来这里看范妮的。”卡斯蒂利恩太太说,“我可以进屋么?”

他面色阴沉,好一阵子没说话。

“你就不能让我的女儿安静一会儿么?”最后,他哑着嗓子嘟哝说。

卡斯蒂利恩太太有些疑惑,但是很快就明白了。她没再多说什么话,只是快步走进屋子。范妮正在桌边做着缝纫活,身边放着一个摇篮。看到格蕾丝,她紧张地站了起来,苍白的脸颊上浮起一抹痛苦的羞红。她曾经是个明艳美丽的姑娘,充满活力,总是快快乐乐的,但是现在,她的眼中满是疲惫与憔悴。她的脸颊深深地陷了下去,之前总是梳得整整齐齐的头发如今也只是随手拢了一下。她站在格蕾丝面前,像个罪犯一样,备受良心的谴责。有那么一瞬间,我们这位来访者反倒感到有些羞愧,不知道该说什么才好。她看了一眼摇篮中的孩子。范妮看到后,焦虑地走到摇篮前,把她和孩子隔了开来。

“你是过来找我的父亲的么,夫人?”她问,

“不,我是来看看你的。我想我也许可以帮上点忙。如果你不介意的话,我希望能够帮助你。”

女孩倔强地看着地面,双唇又变得惨白。

“不必了,夫人,我什么都不需要。”

看着眼前的这个女孩,格蕾丝知道,她们两人有一个共同点:她们都是全身心地爱上了一个人,并因此收获了不幸。她特别同情这个可怜的姑娘,但是却无法打破她们之间冷冰冰的隔阂,因此有些受伤。她不知道该怎么做才能让她知道,她来这里,并不是要以胜利者的姿态来审视她的不幸。她想告诉她,她自己也是个可怜

人，她们同病相怜。她想告诉她，在自己面前，她完全不必感到羞愧、害怕，因为她自己的行为有过之而无不及。但是，范妮只是一动不动地站在那里，希望她能离开，卡斯蒂利恩太太的双唇因为同情和无助而抽动了一下。

“我能看看你的孩子么？”她问。

范妮不声不响地往旁边让了让，卡斯蒂利恩太太来到了摇篮前。那个孩子睁着两只蓝蓝的眼睛，懒洋洋地打了个哈欠。

“让我抱一下他好么？”她问。

范妮的脸上恢复了一点血色，眼神也变得温柔了一些，把孩子抱起来交给了她。格蕾丝心头突然涌上一股母性的冲动，慢慢摇着臂弯里的孩子，轻轻地哼唱起来，并吻了他一下。不知怎么的，她哭了起来。

“啊，我多么希望这是我的孩子。”

她满眼含泪，充满怜悯和渴望地看着范妮；她自己的情绪也终于融化了女孩心中的坚冰，她也双手捂脸，放声大哭起来。格蕾丝把孩子放回到摇篮里，温柔地靠近范妮。

“别哭。我想我们一定可以做些什么的。跟我说说吧，让我看看我能不能做些什么。”

“没人能帮我们。”她哭着说，“我们必须要在一周之内离开，卡斯蒂利恩先生是这么说的。”

“我会试着让他改变主意。如果不行的话，我会给你和孩子找个好去处。”

范妮绝望地摇了摇头。

“父亲说，如果我离开的话，他也会离开。啊，不能就这样把我们赶走啊！我们以后能做什么呢？我们会挨饿的，我们所有人。爸爸已经不再年轻了，没那么容易找到一份新的工作，而且，吉姆和哈利也必须得走。”

“你不相信我吗？我会竭尽全力帮助你的。我确定，他肯定会让你们留下的。”

“卡斯蒂利恩先生是个顽固的人，”范妮嘀咕说，“一旦他打定了主意，他一定会做到底。”

现在，在午餐餐桌前，她看着保罗和他的母亲，以及班布里奇和约翰斯顿小姐，想到他们的残酷和狭隘，一股敌意涌上了心头。他们一脸心满意足的样子，哪里知道真实生活的艰难。

“范妮·布瑞吉尔并不是那么坏，她只是非常的不幸。我很高兴我去看了她，我还向她承诺要尽可能地帮助她。”

“那我会和你断绝关系。”卡斯蒂利恩老太太生气地叫起来，“不过，我可以告诉你，看到你竟然连基本的道德观都没有，我感到非常的震惊和愤慨。你应该为你丈夫的名声考虑一下，不要为了纵容一个不道德的女人而自降身价。”

“我也觉得你不该去布瑞吉尔的小屋。”保罗柔声说道。

“你们的心肠实在是太硬了，你们难道就没有同情和怜悯之心么？难道你们这一辈子都没做过让自己后悔的事情么？”

卡斯蒂利恩老太太严厉地转身看着格蕾丝。

“请不要忘了，约翰斯顿小姐还未婚嫁，不应该听到我们讨论这种事情。保罗已经很仁慈了，如果他再心软一点，别人就会觉得他是在默许这种不道德的行为。对于我们这种身份地位的人来说，我们应当遵从天意，照看好我们领地中的人。恩威并施，惩恶扬善，这是我们的责任。如果保罗还有一点责任感，他就应该干脆利落地把布瑞吉尔一家全都赶走。”

“如果他这么做的话，”格蕾丝喊道，“我也会离开这里。”

“格蕾丝！”卡斯蒂利恩先生喊道，“你这话是什么意思？”

她看着他，泪光闪闪，但是没有回答。他们都在反对她，她知道，多说无益，还是等保罗的母亲明天离开后再说会比较好。但是，她却很难管住自己的嘴巴，她真的很想当着所有人的面说出自己做的那些丑事儿。

“噢，这些讲道德的人啊！”她喃喃自语着，“如果不能亲眼看到我们在地狱里受苦，他们是不会善罢甘休的！罪恶本身就会带来苦涩万分的惩罚，哪里还再需要地狱呢？他们从来都不会为有罪之人着想。他们可不知道，在真正的堕落之前，我们已经拒绝掉了多少诱惑。”

九

但是，格蕾丝发现，这一次，她的丈夫比以往更加固执己见。她用尽各种可以想到的办法……爱抚、劝导、嘲讽、挖苦、生气……他却始终无动于衷。看到他一副岿然不动的样子，她心中更是火冒三丈。他为自己所做的所有决定深感自豪，因此，一旦做出决定，那么布瑞吉尔一家就必须在一周的时间内离开，任何人的劝说都无法在理智上或情感上改变他的决定。尽管他违背了妻子的意愿，心中很是痛苦，并且也感受到了她的冷酷对抗，但是，肩上的责任却让他不得不那么做。而且，别人的反对只是让他更为坚定了自己的主意。保罗·卡斯蒂利恩非常在乎佃户们对自己的看法，也很在乎自己对他们的应尽职责；他从来就没想到过，农户们的个人生活和自己毫无关联，与此相反，他相信，仁慈的上帝信任他，他也完全准备好了对自己管辖范围内的人负责。他尽心尽职，即使是在伦敦城里时，他也对自己领地上的每一桩小事儿都了如指掌。对这些人来说，他算是个公正、大方的主人，为他们的每一项需求慷慨解囊，切身同情他们的每一点疾苦，但是，与之相对应的是，他也想要擅自插手他们的个人生活。在这件事情上，他更是道德感爆棚：范妮·布瑞吉尔的存在玷污了他的领地。他向来谈性色变，一想到她的事情，他就感到恶心。格蕾丝不仅为她辩护，还去她家拜访了她，这令他感到恐惧;在他看来,一位纯洁的女士应该鄙视这种堕落的女人才是。

一个星期过去了,格蕾丝什么都没有改变。她很是失望,生丈夫的气,也生自己的气,于是,她下定决心不让范妮再在金钱上犯难:如果她必须离开的话,至少应该在其他方面给她补偿一下。但是,老布瑞吉尔却执意不愿与自己的女儿分开,他脑子转得不快,一心只是担心女儿不得不离开,还从来没有想到过,即使离开了这里,她未来也没有什么可担心的。并且,他对卡斯蒂利恩先生满心怨恨,而且他自己也是固执得不得了,一步也不愿意退让。他一遍又一遍地说:如果女儿必须走,那么他和儿子们也会一起离开。

在范妮不得不离开从小成长的村子的前一天,卡斯蒂利恩太太正闷闷不乐地坐在客厅里,心不在焉地翻着手中的杂志,保罗则在一边心神不宁地读着一本新近出版的官方报告,还时不时焦虑不安地看她一眼。突然,仆人进来通报,布瑞吉尔想要来跟卡斯蒂利恩先生谈谈。保罗起身要出去见他,卡斯蒂利恩太太却恳求说让布瑞吉尔进来说话。

"让他进来吧。"卡斯蒂利恩先生说。

布瑞吉尔怯生生地走了进来,手里握着帽子,站在房间门口:外面下着雨,他湿乎乎的衣服散发出一种难闻的味道。他看上去冷酷粗野,就仿佛因为他一生都在林子中和野兽打交道,因此整个人也沾染上了充满泥土味的野性。

"布瑞吉尔,你想怎样?"

"求你了,卡斯蒂利恩先生,我来是想问一问,我们是不是明天必须要离开这里?"

“你觉得我会食言么？我告诉过你，如果你不能在一周之内弄走你的女儿，那么我就不得不开除你和你的儿子。”

猎场看守人低下了头，反复想着这番话，即使到了现在，他还是不肯相信，他们是在进行一场严肃认真的对话。他一直都以为，只要卡斯蒂利恩先生能明白，他把这些话问出口有多么不容易，他就会饶过他们。

“范妮没地方可去。要是把她送走，她就全完了。”

“你应该也已经知道了，卡斯蒂利恩太太已经承诺要帮助她了。我相信，她可以投奔那些收容失足女人的地方，他们会帮助她的。”

“保罗，”格蕾丝愤恨说道，“你怎么可以这么说！”

布瑞吉尔向前一步，看着卡斯蒂利恩先生，双眼喷火。

“这么多年来，我一直忠心耿耿地为你服务，从小时候到现在，四十多年了，我就出生在我现在住的这个小屋。我告诉你，我的女儿不能走，她是个好姑娘，只是遭遇了命运的不公。如果你非要赶我们走，我们又能去哪里呢？我已经上了年纪了，找工作没那么容易。”

他无法清楚地表达自己的意思，无法用语言说出他对这件不公正的事情的看法：他只是觉得，自己过去这么多年来都忠心耿耿地为这家人服务，但是最后却只是落得一场空，等待自己的未来只能是寒冷、饥饿与羞耻。保罗在一旁冷冷地看着他，神情严峻。

“我很抱歉，”他说，“我没有什么能为你做的了。我给了你机会，你却拒不接受。”

“我明天一定要离开么？”

“是的。”

他紧张地转了转自己手中的帽子，脸上痛苦异常。他张开了口，想说说话，但是却什么都没有说出口，只是发出了一声含糊不清的咕哝。他转身走了出去。格蕾丝绝望地走到保罗跟前。

“保罗，你不能这么做。”她叫道，“你会伤透他的心。你难道就没有一点怜悯之心么？你难道就不知道什么是宽恕么？”

“不，格蕾丝。很抱歉，我不能满足你的愿望。我必须要履行自己的职责。如果我就这么放任他们不管的话，这对其他人来说也不公平。”

“你怎么能如此铁石心肠！”

他没看到，他也看不到，把布瑞吉尔逐出这片自己深爱的土地是多么残忍。就在这一刻，她终于认识到了，这里的小屋、树木、丛林、草地对他来说究竟有着怎样的意义。他的整个人生都与这些东西紧密地联系在了一起，他扎根的这片土地，见证了他的出生和成长，见证了他结婚、生儿育女。她挽起丈夫的手，看着他的脸。

“保罗，你知不知道自己究竟在做什么？最近，我们两个人越来越亲近了。我感到，我的心中又生起了一股对你的崭新的爱意，而你正在亲手扼杀这份爱。你不让我爱你。你能不能忘记那些无谓的东西，只是单纯地记得，你是个人，和其他人一样脆弱？你自己也希望得到宽恕，但是，与此同时，你却是那么绝情。”

“亲爱的，我也是为了你，所以才必须严厉地惩罚这个人。你是那么的美好、单纯，我可不能对他们太心慈手软了。”

“你这是什么意思？”

她挣脱开他的手臂，往后退了几步。她的脸上未施粉黛，只剩一片苍白，眼中也尽是惊恐。

“我不能容忍那些人和你生活在同一片土地上。你是一个贞洁善良的好女人，我有义务保护你远离这些邪恶。一想到你可能会在散步时遇见她——遇见她和她的孩子，我就感到恐惧。”

卡斯蒂利恩太太的脸红了，她喉咙发痒，用手按住了自己的喉咙。

“但是，保罗，我跟你说，那个女人比我清白多了。”

“亲爱的，你在瞎说什么呢！”他笑了起来。

“保罗，我不是你想象中的那个样子。那个女人之所以会犯下这种错误，是因为她无知并且不幸。但是，我知道自己在做什么。我拥有了自己想要的一切，并且，我有你的爱。我没有任何的借口。我就是一个荡妇。”

“别闹了，格蕾丝！你怎么能说这些无聊的东西？”

“保罗，我现在非常的严肃。我不是一个好妻子。我很抱歉。不过，我想你还是知道真相比较好。”

他一脸疑惑地盯着她。

“你疯了么，格蕾丝？你在说些什么？”

“我做过对你——不忠的事情。”

他什么也没说，一动不动地站在那里，四肢却不由自主地颤抖起来，脸也变得煞白。他还是无法相信自己听到的一切。她的嗓子一阵发干，吞吞吐吐地说：

“我配不上你给我的爱和信任。我无耻地背叛了你。我犯了——通奸之罪。”

这番话狠狠地击中了他，他怒吼着冲向畏缩着的格蕾丝，抓住了她的双肩。他用大大的手紧紧地抓着她，她咬紧了牙关，不让自己因为疼痛而哭喊。

“你这话是什么意思？你爱上别人了么？告诉我那个人是谁。”

她没有回答，只是怯生生地望着他，他生气地抓着她的双肩使劲摇晃。他现在已经被愤怒冲昏了头，她之前从来没有见过他这个样子。

“那个人是谁？”他又问了一遍，“你最好还是老老实实地告诉我。”

她挣脱了开来，但是他马上又用无情的双手抓住了她，并且，这次，他更用力了。她痛苦地叫了出来。

“雷吉·巴塞特。”最后，她说出了这个名字。

他猛地松开了手，她跌倒到桌边。

“你们这两个肮脏的畜生！”他叫道。

卡斯蒂利恩太太呼吸急促，感觉自己马上就要昏过去了。于是，她靠在桌子上，因为受了点苦头，她止不住地浑身颤抖，肩膀也被他抓得很痛。他看着她，仿佛仍然没搞清楚她刚才说的话究竟是什么意思。他感到很疲惫，有气无力地在自己脸前摆了摆手。

“然而，我还是那么全心全意地爱着你，竭尽所能想要让你幸福。”突然，他记起了什么，“那天晚上，你吻了我，对我说我们必须要更亲密一点。那是什么意思？”

“那个时候,我刚和雷吉彻底分手。”她痛苦地说。

他狂笑起来。

“他把你甩掉之后,你才回到我的身边。”

她向前走了几步,但是他却伸出手来止住了她。

“看在上帝的分上,不要靠近我,不然我会打你的。”

她呆立在那里,有那么几分钟,他们就这样看着彼此,仿佛对方是个陌生人。然后,他又摆了摆手,似乎想要忘却眼前发生的一切。

“哦,上帝啊,上帝啊!我该怎么办才好?”他哀叹道。

他飞快地背过身去,跌坐在一把椅子里,用手捂着脸哭了起来。他止不住地抽泣着,心中因为羞耻而充满了痛苦与绝望。

“保罗,保罗,看在上帝的分上,别哭了。我实在是看不下去。”她向他走去,想要把他的手拿开,“现在不要再想这件事儿了,以后你怎么惩罚我都行。想想那些可怜的人吧。你不能就这么把他们赶走。”

他推开了她的手,这一次动作比较轻柔,然后站起身来。

“是的,我现在不能赶他们走了,我必须告诉布瑞吉尔,他和他的女儿可以留下来。”

“赶快去找他们吧。”她哀求说,“布瑞吉尔的心都碎了,只有你能带给他幸福。不要让他们再等下去了。”

“是的,我这就去找他。”

此刻,保罗·卡斯蒂利恩仿佛失去了自己的意志,他的心里有一种此前没有过的冲动。他走向门口,脚步沉重,仿佛瞬间老了好几岁。格蕾丝看着他走入雨中,消失在了傍晚的暮色中。她站在窗前，想着保罗会怎么处理这件事，想到最后可能他们会走上离婚的道路，搞得很不光彩，她不禁打了个寒颤。她看着窗外参天的大树，努力想象自己未来的生活。雷吉不可能娶她，即使是他愿意娶她，她自己也不会接受的，因为现在她的激情已经褪去，心中只剩下对他的厌恶。她不会为自己辩护，只能希望没什么人关注自己的离婚案，也希望之后自己还能有足够的钱，能够舒舒服服地在欧洲大陆找个地方度过余生。最后，她总归会获得平静，安安静静地过完剩下的日子。她很庆幸，自己没有孩子，不用经历那难以忍受的骨肉分离。想着想着，她疲倦地闭上了眼。

"我真的是太傻了！"她叫道。

一瞬之间，过去生活的种种涌上她的心头，回忆过去，想到之前那个轻率、自大、差劲的自己，她又羞愧又恐惧。

"我真希望一切都是另一个样子。"

时间过得很慢，感觉度日如年，保罗还没回来，她有些吃惊。她看了一眼时间，发现他已经离开半个小时了。布瑞吉尔的小屋离这里至多五分钟的路程，她也搞不明白为什么保罗到现在还没回来。她有点害怕，总觉得会发生什么不好的事情。她有个疯狂的想法，觉得布瑞吉尔可能还没等到保罗说话，就出于愤怒与悲伤做出了什么恐怖的事情。她刚想要派个仆人去看看究竟发生了什么，就见他一路小跑着回来了。天已经黑了，她也看不大清楚，一开始，她还以为自己看错了，然而，那确实是保罗。他一路跑得跌跌撞撞，一看就不常跑步。他的帽子不见了，雨点打在他的身上。他快步打开房间连着花园的那扇门，跑了进来。

"保罗,出什么事了?"她叫道。

他伸出手来,用手扶住一把椅子。他浑身都湿透了,沾满了泥,看上去衣冠不整;他脸色苍白,透出深深的恐惧,眼睛只是呆呆地望着前面的地方。有好一会儿,他把手放在胸口上,什么都说不出口。

"已经太晚了。"他大口喘着气,声音沙哑、奇怪。眼前这一幕着实令人害怕:这个言辞浮夸的男人之前总是一副胸有成竹的样子,此刻却完全乱了阵脚,看起来已经完全被恐惧打垮了。"看在上帝的分上,给我拿点白兰地过来。"

格蕾丝快步走到餐厅,拿来了酒杯和酒。照往日的习惯,他一般只会喝一点掺水的干红葡萄酒,但是现在,他却用颤抖的手给自己倒了大半杯酒,什么都没加,一饮而尽。然后,他拿出一块手帕,擦了擦脸上的雨水和汗水,重重地跌坐在旁边的椅子里。他还是用充满恐惧的双眼紧紧地盯着她,想要说点什么,但却什么都说不出来。他就像个疯子一样,张牙舞爪地胡乱比划了一番;然后,他口齿不清地咕哝了起来。

"看在上帝的分上,告诉我,到底发生了什么!"她叫道。

"已经太晚了!她跳到伦敦特快的铁轨里自杀了。"

她不由自主地往前走了几步,但是,一股奇怪的力量却又将她拉了回来。她两手一摊,发出了一声恐怖的大叫。

"安静,安静!"他生气地喊了起来。他终于可以说出话来了,于是飞快地讲完了整件事。他滔滔不绝地说着,有些歇斯底里,几乎快要喘不上气来,根本不知道自己刚才说了些什么:"我去了他的小屋,布瑞吉尔不在那里。他去酒馆了,于是我去那里找他。路上,我碰到一个人,他跑过来,说铁路那边出事儿了。这时候,我就明白究竟发生了什么。我和他一起跑到那里,赶到时正好碰上他们把她带走。噢,上帝啊!上帝啊!我看到她了。”

“保罗,别再说了!我实在是听不下去了。”

“我永远也忘不了那一幕。”

“那个孩子呢?”

“孩子没事儿,她没带上孩子。”

“啊,保罗,我们究竟做了些什么——你和我?”

“都是我的错,”他喊道,“是我一个人!”

“你看到布瑞吉尔了么?”

“没有。有人去告诉他了,我实在是受不了了。啊,我真希望能够忘记那一幕。”

他看着自己的手,战栗起来;接着,他站起身来。

“我必须去见见布瑞吉尔。”

“不,你别去。不要在他喝完酒,气到发疯时去找他。等到明天再说吧。”

“格蕾丝,今晚我们该怎么办呢?我觉得自己再也睡不着了。”

第二天,卡斯蒂利恩先生下楼后,她发现他们两个人昨晚都没有睡好。尽管他还是穿着乡村绅士们经常穿的粗花呢外套,但他的脸色却仍是那么苍白憔悴,眼神中也满是沉痛。他像往常一样走上前来,想要吻她,但却突然停了下来,脸色一沉。他退了回去,一言不发,坐下来吃饭。他们都吃不下什么东西,只是相敬如宾地在那里坐了一会儿,不想让仆人觉得发生了什么。过了一会儿,保罗站起身来,整个人都显得很滞重。

"你要去哪里?"她问道,"你最好还是别去布瑞吉尔家。他昨天喝了整整一个晚上,你现在去的话,他肯定会伤害你。你知道的,他是个暴脾气。"

"就算是他杀了我,你觉得我还会在意么?"他声音嘶哑,一脸痛苦。

"保罗,我都做了些什么啊!"她崩溃大哭起来。

"现在别说这个。"

他朝门口走去,她站起身来。

"如果你要去布瑞吉尔家,那我就跟你一起去。我实在是太害怕了。"

"如果我有个三长两短,你会在乎么?"他冷冷地问道。

她看了他一眼,非常痛苦。

"会的,保罗。"

他耸了耸肩,和她一起默默地走了出去。过去三周的那种好天气已经一去不复返,只剩东风不停地吹着,凄冷无比。一阵白雾笼罩在公园上空,树木湿嗒嗒的,一切看起来都很无精打采。布瑞吉尔的小屋里也一点都没有生气,往日里修剪整齐的小花园此刻显得格外破落,就好像是很多人在上面无情地踩踏过一样。保罗敲了敲门,没人应答;他抬起门闩,走了进去,格蕾丝也跟着走了进去。布瑞吉尔坐在桌边,目光呆滞地看着前面,整个人都因为悲痛和醉酒而变得麻木。他茫然地看着这两位入侵者,仿佛并不认识他们。

“布瑞吉尔，我过来是想告诉你，对于昨天发生的那件可怕的事情，我感到非常抱歉。”

这句话唤醒了他，他低声哭了起来，身子也向前倾了一点。

“你还想要怎样？你来这里做什么？你就不能让我一个人待着么？”他盯着保罗，怒气涌上心头，“你还想要让我走吗——我和我的儿子们？给我们点时间，我们会离开的。”

“我希望你们留下来。我会尽自己的全力补偿你们的损失。你不知道，我有多么自责。如果时光可以倒流，我愿意付出一切，不让这件事发生。”

“为了不让我们被赶出去，她自杀了。你是个狠心的主人——你一直都是。”

“我很抱歉。我以后会努力对你们更温和一些。我之前以为，我只是在履行自己的职责。”

卡斯蒂利恩先生一向自视甚高，从来没有向地位不如自己的人道过歉。他一直都在考虑别人的事情，从来没有想到过，自己也有需要向别人道歉的一天。

“说到底，她是个好姑娘。”布瑞吉尔说，“她的内心就和您的妻子一样善良。”

“孩子现在在哪里？”格蕾丝轻声问道。

他凶狠狠地看着他。

“你还想要那个孩子么？你们还不满意吗？只有那个孩子走了，我们才能留下么？”

“不，不！”她急忙说，“你们当然应该留下那个孩子，我们会尽力帮助你们的。”

保罗看着他：

“布瑞吉尔，你能跟我握握手么？我希望你能原谅我。”

布瑞吉尔把手往后缩了缩，摇了摇头。保罗看出来，久留无益，向门口走去。布瑞吉尔双眼追随着他，突然看到了椅子旁的枪，伸手把枪拿了起来。格蕾丝吓了一跳，努力克制自己，没有叫出声来。

“卡斯蒂利恩先生。”他喊道。

“嗯？”

保罗转过身来，看到他正端着枪对着自己。他挺直了身体，镇定地看着他。

“你想要干什么？”

布瑞吉尔向前走了几步，粗暴地把枪放在了他的手上。

“把它拿走，收好它。我发誓，如果是昨天晚上的话，我肯定一枪打爆你的头。我现在不适合再拥有这把枪了。拿着它。不然等我喝了酒之后，我会去把你杀掉。”

保罗的脸上浮现出一抹难以形容的得意，此前的屈辱和羞愧已经完全烟消云散。看着这一幕，格蕾丝心跳得很快，失声痛哭了起来。保罗把枪还给布瑞吉尔。

“你工作时还需要它呢。”他冷冷地说，“我不害怕。我愿意试试运气，看看你会不会来把我杀掉。”

布瑞吉尔一脸吃惊地看着自己的主人，然后猛地把枪扔到了角落里。

“上帝啊!”他说。

保罗又等了一会儿,想知道布瑞吉尔还有没有更多想说的。然后,他肃穆地为妻子打开了门。

他大步往回走去,有生以来第一次,格蕾丝对他充满了崇拜。她发现,他并非全然配不上他所拥有的威信。她伸出手碰碰他的胳膊。

“保罗,你能这么做,我很高兴。我为你感到自豪。”

他把胳膊抽了回来,她只好也把手缩了回去。

“你以为我会害怕为我看守猎场的人吗?”他有些轻蔑地问。

“对于我,你打算怎么办?”她问。

“我还不知道,我必须好好想想。你昨晚告诉我的事情是真的么?”

“都是真的。”

“你为什么要告诉我?”

“这是拯救那些人的唯一方式。要是我有足够的勇气,能早点说出来,那个可怜的姑娘就不会自杀了。”

他没再多说话,他们一起默默地走回了家。

之后的几天里,保罗没有对格蕾丝有任何的表示,只是一直默不作声地处理着各种工作上的事情,杰斯顿的事,议会里的事。出于最近才生出的同情心,格蕾丝察觉到,他其实正在承受着巨大的痛苦。他很注意,在仆人和兄弟面前一直装出没什么事的样子,却一直在回避她,尽量避免和她单独相处。他的脊梁看上去有些弯曲,走起路来也无精打采,一副懒懒散散的样子,仿佛他的双腿突然沉重到让他不得不拖着步子行走。他肉乎乎的脸变得苍白憔悴,因为缺乏睡眠而眼皮浮肿,眼睛暗淡无光。最后,格蕾丝实在是忍受不了这样的折磨,她来到书房,她知道他肯定一个人待在那里,轻轻地推开了门。只见他坐在书桌前,桌上堆满了书籍和文件,为了履行他应尽的职责,完成他非常看重的工作,他必须辛勤努力。但是,他却什么都没有读,只是用手托着脸,直愣愣地看着前方。她进来后,他吓了一大跳,疲惫地看着她。

"保罗,很抱歉我打扰到你了。但是,我们不能再这么继续下去了。我想知道你究竟有什么打算?"

"我不知道。"他说,"我只是想要尽到我的职责。"

"我想,你是要和我离婚吧。"

他叹息了一声,把椅子往后一推,站了起来。

"格蕾丝,格蕾丝,你为什么要那么做?你知道,我有多爱你。为了你的幸福,我可以献出自己的生命。我一直都毫无保留地信任着你。"

"是的,我知道。我也对自己说过上千遍。"

他用充满无助的眼神看着她,她不禁一阵心酸。

"你是希望我离开吗?你的母亲过来很方便,你可以跟她好好谈谈。"

"你知道的,她会建议我怎么做。"他叫道。

"是的。"

"你希望我和你离婚么?"

她痛苦地看着她，努力不让在眼眶里打转的眼泪流下来。最近，她一直在自责，因此不希望用泪水激起他的恻隐之心。他把眼睛转向别处，对于自己提出的下一个问题，他感到有些耻辱。

“你还喜欢那个人——雷吉·巴塞特么？”

“不了！”她急忙说，“我现在讨厌他，憎恶他，鄙视他。我知道，他跟你完全没法比。”

他无助地摊了摊手。

“啊，上帝啊！我真希望我知道该怎么做。一开始，我真的很想杀了你，但是现在，我知道我们不能回到过去了，我应该去做些什么。我实在是无法忘记这件事。我应该恨你，但是我却做不到；尽管发生了这么多事情，但我却依然爱你。如果你离开的话，我想我可能会死。”

她若有所思地看着他，她看得出来，他正受着各种不同情绪的折磨和拉扯。为了自己的荣耀，他应该和不忠的妻子离婚，但是，他却不想这么做；他的心中充满了愤怒和羞耻，但更多的还是悲伤；此外，他也不能忍受丑闻和公开的羞辱。保罗·卡斯蒂利恩是个思想老派的人，在他看来，绅士应该尽量避免让自己的名字见诸报端。他也不喜欢现代的离婚概念：他还清楚地记得，和他同一个俱乐部的朋友离婚之后到处讲述自己的妻子是如何的不忠，以此赢得别人的怜悯。对此，他非常不齿。他为自己的姓氏感到自豪，决不能忍受自己家族的名字因此受到嘲笑。这种想法令他感到羞耻，因此他一直无法面对自己的妻子。

“我完全听凭你的发落。”她说，“你想怎么样，我就怎么做。”

“你能再给我点时间，让我想清楚么？我不想贸然行事。”

“我觉得，我们最好还是马上做决定比较好。这对你来说也是个好事儿，你都快把自己折磨疯了。看到你如此痛苦，我也很难受。”

“你不必考虑我，还是想想你自己吧。你准备怎么办，如果……”他停了下来，无法再继续说下去。

“如果你和我离婚的话？”

“不，我不会这么做。”他马上说，“我承认，我是个对你过分宠爱的傻瓜，我很软弱，你会比从前更加鄙视我的。但是，我不能就这么失去你。格蕾丝，你也不希望我和你离婚吧？”

她摇了摇头。

“如果你不和我离婚的话，那实在是太好了。如果我离开你，到国外去生活，你会满意吗？我向你保证，我不会再做出任何对不起你的事情。我们没有必要告诉别人，他们会认为我们只是友好地分居。”

“我敢说，这是最好的安排了。”他静静地说。

“那么，再见了。”

她向他伸出了手，眼中的泪水模糊了眼前的一切。他默默地握住了她的手。

“我还想再说一次，保罗，对于我给你带来的不幸，我真的很抱歉。我从来都不是一个好妻子，我真的希望，以后你能更幸福更快乐。”

“我怎么能快乐得起来呢，格蕾丝？你就是我全部的幸福。我实在是没办法。这些天来，我一直都在和自己做斗争。我已经尽力了，但是即使是现在——即使我知道你现在一点都不在乎我了——我仍然全心全意地爱着你。”

泪水沿着她苍白消瘦的脸颊流了下来，一时间，她什么都说不出来。她收回手来，低着头，站在他的面前。

“保罗，我不要求你相信我。我欺骗了你，背叛了你，你完全有权利不相信我说的话。但是，在我离开之前，我一定要告诉你，我现在真心地爱着你。在过去几个月的痛苦和不幸中，我明白了，你是多么的善良，你对我的爱深深地感动了我，你让我感到无地自容。我一直都是那么的自私，那么的一无是处，常常因为一点点小事就和你闹别扭，从来没想过要给你带来快乐。如果我不是那么的卑劣，那也是因为你。前几天，当你把枪还给布瑞吉尔时，我深深地为你感到骄傲，在你的面前，我觉得自己是那么的卑微、渺小，我想跪在你的面前，亲吻你的手。”

她拿出手帕，擦干泪水，然后，挤出了一个微笑，那一刻，她看着他，眼中闪着光，就像往常一样。

“不要把我想得太坏，好么?”

“啊，格蕾丝，格蕾丝，”他叫道，“我不能没有你！你别走。我需要你。让我们再试一次吧！”

她的脸上瞬间恢复了往日的光彩，她快步走向他。

“保罗，你觉得你可以原谅我么？我跟你说，我爱你，我比以往任何时候都更爱你。”

“让我们再试试看吧。”

他张开双臂，她高兴地叫着，投入他的怀抱。她仰起头，他吻了她，她往他的怀里钻了钻，让自己离他更近了一点点。

“亲爱的丈夫。”她低声轻唤。

“格蕾丝，让我们感谢上帝吧，感谢祂赐给我们的恩惠。”

十

夏天过去了，莱伊小姐和往常一样，像个女孩子一样充满了活力，四处享受着这个季节带来的各种娱乐。她有种独特的天赋，总是能从别人觉得无聊的事情中发现乐趣，然后，她会带着那么一点恶趣味，活灵活现地把自己的冒险经历讲给忠诚的弗兰克听。

当然，他一直都待在伦敦，每两周去特坎伯里看一看赫伯特·菲尔德。他自己清楚，其实他去那里也并不会起到什么实质性的作用，只不过是给主任牧师一家带去些许安慰；因为他的善良、幽默和他的同情心，他们一家人总是热切地盼望着他的到来。而且，他似乎总是能带给他们信心，贝拉觉得，对于赫伯特来说，弗兰克就是最好的医生。从巴黎回来后，他们很快就安顿了下来，开始了平静的生活。虽然一开始的时候，主任牧师并不习惯家里多了赫伯特，但是，很快，他就对他产生了深厚的感情：对于这个勇敢的年轻人面对死亡时的不屈，面对痛苦时的勇气，他渐渐心生敬仰。天气渐渐转暖后，赫伯特整日躺在花园里，欣赏绿树、春花以及鸟儿的歌唱。现在，他已经放弃了对学术的钻研，主任牧师就陪他坐着，和他一起谈论古代的作家，或是谈论他最喜欢的玫瑰花。他们还总是没完没了地下棋，贝拉喜欢看他们下棋，看阳光透过树叶，温柔地洒在他们身上。她喜欢看父亲迷惑了对手后脸上浮起的那一丝得意的微笑，也喜欢听赫伯特找到解围妙招后发出的孩子气的笑声。他们都像是她的孩子一样,对她来说都是同样宝贵。

但是,可怕的疾病还是在无情地恶化着,最后,赫布特不得不终日卧床静养。一次严重的大出血仿佛耗尽了他的元气,弗兰克再也无法向贝拉隐瞒自己的担忧——最后的日子恐怕就快要到了。

"过去几个月来,他其实都命悬一线。现在,这根线断掉了。恐怕你们要做最坏的打算了。"

"你的意思是,他只能活几个星期了?"她问道,痛苦万分。

他犹豫了一会儿,但还是决定告诉她实情。

"我想可能就是这几天的事情了。"

她直勾勾地看着他。现在,她已经身经百战了,知道该如何保持镇定的样子,不让惊恐痛苦的表情泄露自己的心情。

"不能再做些什么了吗?"她问。

"没什么可做的了。我现在已经无能为力了。不过,如果能让你觉得宽慰一些的话,他下次大出血时你一定要马上通知我。"

"那就是最后一次了么?"

"是的。"

她回到赫伯特身边,只见他笑得是那么的灿烂,仿佛弗兰克的诊断根本不可能是真的。

"弗兰克是怎么说的?"

"他说你保养得非常好。"她笑着回答,"我希望你很快就能下床了。"

他们两人其实都知道,对方隐藏了自己真实的想法,但是,他们都不愿放弃这个不切实际的希望，过去这么长时间以来，他们就是靠着这股希望的力量支撑着自己。不过，对于贝拉来说，压力已经大到无法承受了，于是她恳求莱伊小姐来陪陪他们。她的父亲越来越喜欢赫伯特了，她不敢告诉他真相，因此希望莱伊小姐能够转移一下他的注意力。她无法再继续佯装快乐了，只有另一个人的到来能为这个家带来一丝欢愉。莱伊小姐欣然同意，很快就来到特坎伯里。她意识到，自己的任务是要给一个即将逝去的生命带来欢乐，不禁感到有些毛骨悚然：她其实是受邀参加了一个凄凄惨惨的聚会，来围观一个可怜的孩子的死亡。不过，她还是打起百般精神，努力让主任牧师开心一点，她意识到，自己的谈话对他们来说有非同寻常的意义，因此，她尽力展现出了自己最好的状态。赫伯特很喜欢听她和老牧师谈话，听她轻轻地打趣他，像一只轻盈的蝴蝶一样玩着机敏的文字游戏，以非凡的才智对他提出的危险理论进行辩驳。主任牧师也很喜欢这些论辩，也用尽自己的所学和常识来反驳他。他总是提出一个看似单纯的问题，一步步把莱伊小姐引入自相矛盾的陷阱，不过，这么做的效果并不是很显著，因为她总是能用机敏俏皮的应答脱身：最重要的不就是语言的艺术嘛，对于论题本身她其实倒不是那么关心。为了证明一件寻常至极之事，她会不断抛出一个又一个似是而非的论点——若是要证明一件顶顶荒诞不经之事，她反倒会用起欧几里得的严密逻辑。

“人有四种激情，”她说，“那就是：爱，权力，食物和修辞的艺术；其中，只有修辞之道可以抵御餍足、厌倦和消化不良。”

两周过去了，一天早上，赫伯特正单独和贝拉待在一起，突然，他开始大出血。那一刻，贝拉觉得他就要不行了。他筋疲力尽，不省人事，恐慌中，贝拉急忙找来了当地的医生。很快，他就恢复了知觉。但是，很显然，最后的时刻就要到来了。经历了这最后的一击，他再也无法重新振作起来了。不过，不可能一点办法都没有的，即使到了这最后一刻，也许还是有些治疗方法可以一试。于是，贝拉问莱伊小姐，是否该把弗兰克叫来。

“也许我们不该再麻烦他了。”她说。

“你不了解他，”莱伊小姐答道，“他肯定会马上赶来的。”

贝拉给弗兰克发了电报，不到四个小时，弗兰克就到了。他看了看赫伯特，确定已经没什么希望了。他正在生死之间徘徊，是周围人的爱与呼唤维持着他的生命，但是，除此之外，他们什么也做不了，只能坐在一旁等待。贝拉终于把真相告诉了父亲，此前，她一直都竭力向他隐瞒赫伯特的真实病情。听说赫伯特活不过今晚时，他低下了头，过了一会儿，他问弗兰克。

“我可以为他做一个圣餐仪式么？”

“这是他想要的么？”

“是的。我之前和他谈到过，他告诉我，希望去世前能领受圣餐。”

“那就好。”

贝拉帮赫伯特进行了准备，主任牧师穿上了工作时的袍子。弗兰克也来到卧室，以备不时之需。他站在窗边，与正在举行着神圣仪式的三个人隔了一段距离。他发现，主任牧师此时好像比平日更高大、仁慈、高贵了，作为上帝的使臣，他格外庄严，宣读祷告词时，一缕光线正好射到了他的脸上，他看上去就像是绘画作品中的圣徒。

我实实在在地告诉你们，那听我话，又信差我来者的，就有永生，不至于定罪，是已经出死入生了。

贝拉在床边跪着，床上的赫伯特气若游丝，但是，在那苍白瘦削的脸上，他的眼睛此刻却闪烁着异乎寻常的光芒。他聚精会神地听着牧师的布道。此刻，他的心中没有了恐惧，只是充满了顺服和希望。可以看出来，他全心全意地相信着那关于永生和宽恕过去罪孽的许诺。心中充满怀疑与焦躁的弗兰克不禁有些羡慕他的信念与笃定。

我主基督的躯体，赐给了你，并将保存你的灵与肉，使其得到永生：接受这份圣餐，并且记住，基督为你而死，请在心里感谢他。

垂死的病人接过了面包和酒，那是为了他即将远游天国的灵魂准备的食粮，为他带来了难以言喻的内心平静：饱受病痛摧残的身体此刻得到了巨大的放松，他的精神获得了一种新的安宁。

主任牧师读完了最后几行祷告词，站起身来，亲吻了男孩的额头。赫伯特已经没有力气说话了，不过嘴角还是漾出一个浅浅的微笑。很快，他又昏睡了过去。此刻已是傍晚了，弗兰克提议，想带主任牧师出去呼吸一下新鲜空气。

“他一时半会儿还没有危险,对吗?”老人问。

“应该没有。他也许能活到明天早上。”

他们穿过花园,走进了教区。目之所及,绿草如茵,雷吉斯公学的男孩子们之前就一直在这里打板球,不过,现在他们都放假了,一切都很安静,只有乌鸦不时低声叫着缓缓从榆树上方飞过,打破这份幽静。草地的一边是大教堂,在傍晚玫瑰色的光线下,灰色的教堂显得尤为亲切,教堂中间的塔楼威严高耸,直冲天际,坚毅,完美。教堂四周有几户人家。白天的时候,天气炎热,万里无云,现在倒是起风了,微风轻拂着两位散步者的脸颊。一切都是那么的宁静,祥和,美好,弗兰克做梦都想在这样的地方过简单的生活。时不时地,教堂里钟声响起。他们都没有说话,一直到太阳落山,时间不早了,他们才往回走。回来后,莱伊小姐告诉他们,赫伯特已经醒了,他要见主任牧师。他建议他们先吃点东西,吃完饭后,他们来到赫伯特的房间。他看起来好了一些,因此,莱伊小姐问弗兰克,他是不是还有希望。

“没有了,现在也就剩几个小时了。”

他们来到赫伯特的卧室,赫伯特微笑着对他们表示欢迎。在人生的最后时刻里,他的头脑重又清醒了起来。贝拉转身看着他们,说:

“父亲,赫伯特希望你再给他读点什么。”

“我也是这么想的。”他回答道。

天已经黑了,群星闪耀,透过敞开的窗子,花园中的芬芳味道飘了进来。弗兰克坐在窗边,脸藏在阴影中,没人能看到他的表情。他就这么看着躺在床上奄奄一息的少年,他一动不动,不知情的人可能会以为他已经死去了。贝拉点起了灯,方便主任牧师看清书上的文字。他坐了下来,灯光打在他的脸上,映得他的脸格外白净光滑,宛若透明。

"赫伯特,你想听我读点什么?"

"都可以。"男孩轻声说。

主任牧师翻开手中的《圣经》,若有所思地翻动着书页。突然,他有了一个奇怪的想法,把《圣经》放下了。夜色温柔,树叶和玫瑰的芬芳、露水的清甜,充满了整个房间,仿佛诗人的想象之灵正在房内轻快起舞,氛围相当美妙。出于本能,他感到这个一直对万物之美满怀热爱的男孩此刻更需要的并不是什么古老的希伯来预言。爱与同情让他超越了自己作为主任牧师的职责,上升到了一种更高层面的慈悲:他知道了,此时读什么才能给赫伯特带来最大的安慰。他躬身向前,低声对贝拉说了几句话。贝拉非常吃惊,但还是按照他说的去做了。她带回来一本蓝色布面小书,他慢慢地读了起来。

> 我用歌声向阿玛瑞丽斯求爱,我的母山羊在山上吃草,提提鲁斯看着它们。啊,提提鲁斯,我亲爱的提提鲁斯,好好喂养这些羊吧,把它们带到井的那一边,提提鲁斯……

莱伊小姐吃惊地看着他们,即使在这一刻,她还是忍不住内心的讥笑,她从来都对忒奥克里托斯的牧歌没什么兴趣。主任牧师脑海中一直回想着之前看到过的古典画作,肃穆地朗读着那些优美的诗句,那迷人的对话间,是那个颓废时代特有的简约魅力,讲述着西西里岛上牧羊人的风流韵事。赫伯特静静地听着,很是满足,苍白的唇上挂着淡淡的微笑。随着死亡的临近,他的想象力格外地旺盛,他看到了,西西里岛上,草木葱郁,溪流潺潺;他听到了,满怀爱意的牧羊人吹着笛子,美丽的姑娘羞涩回应,拒绝了他甜蜜的亲吻,最后却还是在他的爱情攻势下彻底缴械投降。即使是经过翻译,诗歌还是保留了原始的单纯气息,毫无任何文明矫饰的诗歌气韵也得以全然保留,诗中的阳光和树影,春天和夏日,花的芳香,令人心旷神怡,心满意足。

读完后,牧师合上了书页,房间里恢复了之前的寂静,所有人都只是默默地坐着。刚才听到的诗句仿佛让所有人都静了下来,所有的压力与情感都消失了。虽然自己深爱的丈夫躺在床上奄奄一息,但是,此刻,贝拉的心里也升起了一种对生命之美的深深感恩。时光流逝,教堂的钟声响起。每过一刻钟,钟声都会提醒他们,最后的时刻就要来临,但是此时,他们的心中不再有任何的恐惧,对他们来说,即将远去的灵魂只是在等着飞向天堂而已。

房间里很静,但是,此刻的安静却比甜美的音乐都更加动听;这种静仿佛自有一种生命力,充盈在这间死亡之室中,为所有人带来了无言的安宁。夜色深重,满月升了起来,星光黯淡了下去,房间里很黑,花园中也是一片黑暗。风停了,树叶不再沙沙作响,窗外的小镇也已沉沉睡去,什么声音都没有,就好像某种精神降临在了这片土地上，让一切都噤了声，只留下这家人还醒着，等待着死亡的降临。突然，一个声音划破了宁静，声音轻轻的，是渐渐响起来的，没人听得出这声音从何而起，仿佛这声音就生发于这一片全然的寂静。银铃般飘渺空灵的声音打破了此时的宁静，像一道光一样划破天际，突然间，所有人一个激灵，这声音也陡然转变成了一支充满激情、活力满满的歌。是夜莺在歌唱。平静的夜里回荡着夜莺的歌声，每一次呼吸也感染上了这颤抖的魔力。鸟儿在窗户下面的山楂树上歌唱，动人心魄的歌声穿越花园，冲进了房间中，也冲进了濒死少年的耳中。赫伯特猛然醒来，仿佛是在死神那边走了一遭后回来了。大家都没有动，依旧沉浸在这奇迹般的歌声中。激情、痛苦与狂喜，在这永恒的和谐中起起落落，有些时候，这种美简直让人难以忍受（似乎已经达到了人类心灵的极限），让人想要失声大叫。夜莺的歌声倾泻而出，歌声中，既有满是痛苦的颤抖和震动，又有充满力量的快乐和胜利；歌声中有犹豫，那是来自明知爱情无望的爱人。这歌声，是将死的孩童在为自己无从体验的生之美好而哀恸悲鸣；是交际花在男人为自己而死之后发出的无情嘲笑。这歌声，是哭泣，是祈祷，在生之喜悦中升华；这歌声，那么甜美，那么温柔，宽恕了过去所有的罪孽，带来了慈悲与平静；这歌声，在世间的甜美芬芳、五彩花朵、轻柔微风、晶莹露珠、白色月光中快乐流转。这声音，是人类无法发出来的，是狂喜的，也是叛逆的，夜莺啭鸣，唱出令所有人沉醉的美。赫伯特此时感观格外灵敏，他用尽所有的力气欣赏着这美妙的乐曲，脑海中浮现出的是他从未亲眼看见过的那片土地：希腊——那个有着橄榄花园和潺潺溪流的希腊，落日的余晖中，灰色的石头都泛出了玫瑰色的光泽，那里有神圣之林、快乐之风和铿锵演讲，那里有吟唱着哀伤的夜莺、幸福快乐的牧羊人、农牧之神和飞来飞去的小仙女。所有他读到过的、梦想过的美好画面都一一出现在他的眼前，在这最后的激情时刻。那一刻，他死也无憾，因为这世界已经给了他太多太多，而且，他也可以免于承受变老的虚无。并且，对他来说，夜莺的歌声里还有些别的东西——那是随着死亡的到来而开启的新生，是一种全新的、值得期许的生活，是世间的种种奇迹和世事永无止境的循环。人来人往，斗转星移；个体的分量近乎于无，种族却一直盲目地行进在通往更大的虚无的旅途中。树叶飘落，鲜花凋零，但是，春天带来了新的蓓蕾；愿望还未实现就破灭了；原以为永远不会破灭的爱情还是消逝在了风中；新的事物层出不穷，世界永远是新鲜的、美好的。他感恩生命。然后，突然之间，就在他竭尽所有气力准备最后高歌一曲时，夜莺停了下来，整个花园都颤抖了一下，仿佛所有的树木、花朵和沉默的鸟儿都因为陡然回归到了寻常的生活中而有些落寞。有那么一瞬，整个夜晚仍在缭绕的天堂之音中继续轻轻震颤着，但很快，世界又安静了下来，甚至比之前还静。赫伯特低声呜咽了一下，贝拉赶忙凑上前去，她弯下身子，想要听清楚他说的话。

“我很高兴。”他轻声说，“我真的很高兴。”

教堂的钟声响了起来，大家在心里默默数着大钟敲响的次数。他们都默默地坐着。不觉间，黑暗慢慢褪去，虽然天还没亮，但是他们都感觉到，黎明就快要到来了。房间里突然吹进一股冷风，临近结束时，夜更凉了，原本有着天鹅绒质地的暗夜此时呈现出了紫水晶般的微妙色彩。床上传来微弱的声响,主任牧师走过去仔细聆听。最后的时刻就要到来了。他弯下腰,轻轻地诵读起临死前的祷告词。

> 噢,万能的主,逃离尘世的牢笼之后,伟大人物的精神只有和你在一起才能变得完美。我们谦卑地将您的这一奴仆的灵魂,将我们亲爱的兄弟交之于您,我们谦卑地恳求您能够给予他一定的重视。我们祈祷,您能够用那纯洁的羔羊之血来冲洗他的罪恶。那些因为肉体的欲望或撒旦的诡计而受到的玷污,已经洗净清除了,它将纯洁无瑕地出现在您的面前。

莱伊小姐站起身来,碰了碰弗兰克的胳膊。

"走吧。"她轻声说,"我们做不了什么了。让他们单独待一会儿吧。"

他默默站起来,跟着她,轻轻地走了出去。

"我想去花园走走。"她的声音有些颤抖。到了室外之后,她之前一直努力紧绷着的神经一下子放松了下来,她突然开始大哭了起来。她瘫坐在一张长椅上,用手掩着脸,哭得无法自已:"这实在是太可怕了。人为什么一定要死呢,这真的是太蠢了。"

弗兰克看着她,一脸严肃,若有所思地装上烟斗。

"我看你实在是有点太难过了,我明天早上给你开点药吧。"

"别胡说了。"她叫道,"我才不需要你那些傻兮兮的镇静药物。"

他没回答，只是不慌不忙地点燃了烟斗。尽管莱伊小姐可能并没有意识到，但他的这番话确实起到了很好的镇定作用。她擦干脸上的泪水，挽起他的胳膊。他们慢慢地在草坪上来来回回地走着，莱伊小姐一向不喜欢表露自己的情感，但此刻却仍然禁不住地颤抖。他能够感受到她的战栗。

“只有在现在这样的时刻，你我才会感觉到这么彻底的无助。当人们因为几句安慰的话而心碎，当人们因为未知的事物而感到恐惧，我们也都只能耸耸肩，告诉他们，我们什么也不知道。只要一想到再也无法见到那些自己深爱着的人，一想到等待我们的只有冰冷的死亡，我们就会感到特别的恐惧。我一直努力不去想死亡的事情——我希望自己永远都可以不去想，但是，真的是太讨厌了，太讨厌了。我一年年地变老，却对生命充满了越发高涨的热情。即使我们的信仰是幼稚的、不真实的，但有信仰总比没信仰好，不是么？迷信确实不大好，在那生命中的最后一刻，当其他所有的一切都变得无足轻重时，它却能带给我们巨大的支持和抚慰。我们怎么能忍心剥夺那些头脑简单的人们获得这最后的安慰的权利？”

“但是，你不觉得我们大多数人都将自己的灵魂交付给了信仰么？我们当然需要信仰，我们有时候是那么需要信仰，甚至会向自己明知并不存在的某个上帝祷告。如果没有希望，独自前行可真的是太难了。”

他们继续走着，鸟儿开始了欢乐的歌唱。大自然也慢吞吞、懒洋洋地从熟睡中清醒了过来。夜已散去，白天还没有到来。树木和花朵在幽暗中默默生长，黎明时分的空气清新宜人；万物都浸润在奇妙的紫色光线中，仿佛有了新的轮廓和色泽。清晨仿佛自有其意识所在，树叶沙沙作响，像是一种活物；天空中灰白乌云间，萦绕着一种淡紫色调。突然，一道金光划破天际，太阳升起来了。

“你知道吗，”弗兰克说，“在我看来，人有生之本能，也有死之本能。有些年纪很大的会寻求死亡的解脱，就像普罗大众渴望着生一样。未来，这种现象可能会变得更为普遍。某些昆虫在完成了生命的职责之后，就会心甘情愿地死去，没有一丝后悔，因为它们已经失去了生的意愿；人也会一样，人也会有类似的感觉。那时候，死亡就不是什么恐怖的事情了，我们会欣然赴死，就像劳累了一整天后我们酣然入睡一样。”

“还有呢？”莱伊小姐问，脸上挂着一抹苦涩的笑容。

“同时，我们还要有勇气。在神志清醒的时候，我们要对自己的人生做一些规划，并且在艰难困苦的时候努力坚持下去。我们要过好自己的人生，只有这样，当我们走到生命的尽头时，我们才不会有任何的遗憾，走向死亡时，我们也不会有任何的恐惧。”

就在这时，耀眼的阳光洒满了整个花园。清晨的世界充满了一种无言之大美，它胜过了所有人类的语言，昭示着生的喜悦和世界的美好。鸟儿仍然在唱着歌——画眉鸟、乌鸦和叽叽喳喳叫个不停的麻雀；花儿们也在肆无忌惮地吐露着芬芳。花园里开满了玫瑰，有的还是花蕾，有的花朵才刚刚绽放，有的已经枯萎了，垂头丧气的，不复昨日的风光；花园里的古树鲜嫩青翠，一点也不像曾经经历了百年的风霜；空气中充满了欢愉，仿佛仅仅是站在那里，还能呼吸，就是最大的乐事。

他们走着走着，突然，莱伊小姐大叫一声，松开弗兰克的胳膊，急忙向前走去：贝拉坐在树下的长椅上，阳光照在她的脸上；她睁大眼睛看着眼前的一切，脸上的忧愁褪去了。她看上去容光焕发，此刻，她异乎寻常的美丽。

"贝拉，这是怎么了？"莱伊小姐叫道，"贝拉！"

她低下头，用手遮住眼睛，闪耀的阳光刺痛了她的眼睛。她的嘴角浮起一抹动人的笑容。

"太阳照进屋里时，他走了。上帝为他架起了一道金色的桥梁，他毫无痛苦地上路了。"

"啊，可怜的孩子。"

贝拉摇了摇头，又笑了起来。

"我一点都不难过。我很高兴，他的苦难终于结束了。他走得非常平静，我一开始都没有察觉到。他看上去就像是睡着了一样。我告诉了父亲。然后，我看到一只蝴蝶——一只我之前从来没有见到过的金色蝴蝶——在房间里慢慢地飞着。我一直盯着它看，它看上去像是知道自己的路一样，飞进了阳光中，沿着光束飞了出去——飞到了蓝天中，之后就再也看不见了。"

一周后，莱伊小姐回到了伦敦，整个八月，她都会待在那里。这一方面是因为决定去哪里度假是件很麻烦的事情，另一方面也是因为巴洛-巴塞特太太要到一家私人诊所做个手术。不过，更重要的是，弗兰克在这里——想要找人说话时，她一定可以找到他。整体来说，这个月，她过得很开心。熟人都去度假了，因此伦敦也有了点异国首都的感觉，她可以随心所欲地做自己喜欢做的事情，不用担心别人会因此说她任性胡闹。她和弗兰克在索霍的破旧小饭馆里吃饭，饭店里的桌布和食客绝非完美无瑕，但是，她却特别喜欢在这里观察远离故土、胡子拉碴的法国人，偷听没什么社会地位的妇人们大声地讲着秘闻隐情。他们还一起去听了在河边举办的音乐会，或者就坐在巴士车的上层，滔滔不绝地聊着天气、永恒、生命的意义、朋友的缺点、莎士比亚和裂体血吸虫。

贝拉和主任牧师还在特坎伯里。失去丈夫后，贝拉也没有丢掉庄严和冷静。她参加丈夫的葬礼时都没哭，只是心不在焉地站在那里，仿佛是在参加一场和自己没什么关系的活动。主任牧师不知道自己的女儿究竟是怎么想的，他很难过，心痛欲裂，反倒是贝拉还要照顾和安慰他。她一直说，赫伯特已经去了天堂，并且，他始终与他们同在：家里的家具、花园里的玫瑰、蔚蓝的天空，从此都有了特别的意义，因为，他就在这万物之中，他就是万物之美的一部分，并且还为这一切增添了一份别样动人的可爱魅力。

不久，莱伊小姐收到了一封贝拉寄来的信，里边还附着赫伯特在去世前几天用铅笔写的一封信。贝拉写道：

很明显，这封信是写给你的，虽然这是他写下的最后一封信。我觉得，还是应该把它寄给你。这封信好像是关于你们之间的一场对话，我很高兴，我发现了它。父亲很好，我也是。有时候，我简直都忘记了，赫伯特其实已经不在了。因为，我始终感到，他离我是那么近。我不能没有他，但是，我也非常心满意足，因为我知道，很快我们就能团聚了，然后，我们就可以永远在一起了。

赫伯特的信是这么写的：

亲爱的莱伊小姐：

前几天，你想问我一个问题，但是又开不了口，害怕会伤害到我。不过，我已经猜到了，你想问我的究竟是什么问题，并且，我很愿意给出自己的回答。你想问的是不是，经历了贫穷、疾病、梦想破灭，如今只剩死路一条的我，是否庆幸自己有过这短短的一生？我的答案是肯定的，尽管经历过这么多不幸，我还是很高兴，曾经在这世上走过了这一遭。即将到来的死亡不会令我感到遗憾——除了不得不离开贝拉之外。因为，我最后终于明白了，我永远都无法成为一位伟大的诗人；而且，不久之后，贝拉就会来与我团聚。我爱这个世界，我为这美好的一切而感谢上帝，为了那特坎伯里周边的宽广草地，那些榆树，以及那片灰色的海。我感谢上帝，为了那冬日午后，雨中的天主教堂是那么可爱，教堂的花窗流光溢彩，透过它们，片片云朵飘过无垠天际。我感谢上帝，为了那飘香的花朵与歌唱的鸟儿，为了阳光与春风，以及那些爱我的人们。啊，是的，我很高兴，我活过这一遍；如果让我再重来一次，再经历一遍这所有的悲伤、失落与病痛，我也甘之如饴。因为，对我来说，生的快乐远远大于痛苦。我已经准备好了，我会满怀感恩之情，念着祈祷的话慨然赴死。

这封信就这么突然地结束了,就仿佛他还有更多想要说的,但是却再也没有等到机会。弗兰克来时,莱伊小姐把信读给他听。

“你有没有注意到,”她问,“他说的每一样东西都令我们感同身受?但是,圣人和哲学家却都觉得,这一切不过都是些低级层面的东西,必须坚决地予以遏制。他们都把智识放在了一个更高的层面上。”

“他们那是在撒谎。他们那么关心自己吃下去的东西,却完全不在意自己头脑里的东西,想想这个,你就会知道,他们其实根本不相信自己所说的这一套。他们花了那么大的力气,确保自己吃下去的食物易于消化、有营养、健康,却愿意把所有的垃圾都往自己的脑袋里塞。想想他们在书店买书时的轻率,再想想他们预订晚餐时的谨慎,你就知道了,不论他们说了些什么,比起头脑,他们其实都更关心自己的胃。”

“我真希望这话是我说的。”莱伊小姐若有所思,喃喃自语。

“你肯定也能说出这样的话。”他回道。

十一

对自己的社会地位没什么信心的女人往往会亦步亦趋地追随时尚的潮流,巴洛-巴塞特太太也不例外。这个夏天,她本打算去霍姆堡度假,却突然生了场病,需要立马动手术。她去了一家私人医院进行治疗,内心中觉得自己再也好不了了。想到这些,她最放心不下的就是雷吉——他还没做好迎接人生苦难的准备,现在正是最需要母爱指引的时候。一想到这些,她就心痛不已。不过,她早已学会了克制自己的柔情,因此,当他跟她说夏天的时候要和自己的老师一起去乡下读书时,她并没有反对。她很可能会死,此时他更应该尽快作为一个专业人士站稳自己的脚跟,因此,她毅然决然地控制住了自己作为母亲的天性,向他隐瞒了自己的病情和焦虑。对于即将到来的挑战,她刻意表现得很是轻描淡写,不想让他从学业中分神。雷吉答应她,每天都会给她写信,并且还一再坚持要留在伦敦,陪她做完手术再走,令她感动不已;他虽然不能来探视她,但至少可以第一时间了解她的手术情况。对此,巴洛-巴塞特太太当然没有答应。她把儿子送到了温波尔街,在那里和他温柔告别。最后,就在他离开的前一刻,她还是没有忍住,伤心地哭了起来。

"雷吉,如果我有个三长两短,如果我没有好起来的话,你一定会好好的,对吧?你会一直做一个诚实、正直、忠诚的人,对吧?"

“你在瞎想些什么呢?”雷吉答道。

她把雷吉搂在怀里,紧紧地搂着他,这一切和她略显隆重的穿着还挺相称的。然后,她擦干泪水,微笑着看着他离开了。其实,巴塞特太太大大高估了病情的严重性,手术进行得很顺利,她也很坚强,术后没几天,她就彻底恢复了。雷吉此时正在家庭教师的陪伴下在布莱顿学习,他时不时地写信过来,向母亲汇报自己的学习情况:他写得非常详细,看上去非常用功,巴塞特太太简直都准备向他的老师提出抗议了——这毕竟还是个假期,让雷吉这么辛苦可不公平。到了月底的时候,她已经完全康复,可以回家了。回去后的第一个早上,天气特别好,她高高兴兴地走下楼,因为重获健康而欢欣鼓舞。她漫不经心地翻开晨间报纸,和往常一样扫了一眼报纸上刊登出生公告、讣告和结婚通知的版面。突然,她看到了自己的名字,读到了这样一段话:

巴洛-巴塞特—希金斯——本月30日,圣乔治,汉诺威广场,已故的弗雷德里克·巴洛-巴塞特先生的独子,与乔纳森·希金斯先生的次女安妮(劳瑞亚·加尔布莱斯)结为夫妻。

一时间,巴塞特太太没有搞清楚状况。她迷惑不解,又仔细读了两遍,才明白过来,这是她自己的儿子在向全世界昭告婚讯。结婚日期就在她手术之后,那天早上雷吉还打来电话,关心她的身体状况。此时,管家还在屋里,巴塞特太太无助地把报纸递给了他。

“你知道这是什么意思么?”她问。

“不知道,夫人。”

她的第一反应是:这一定是个恶作剧。但是,如果这样的话,这段话里的另一个名字劳瑞亚·加尔布莱斯又是怎么回事呢?她命人马上给身在布莱顿的雷吉发电报,让他把这一切解释清楚。早饭后,她又给自己的律师以及雷吉家庭教师的伦敦住址发去了电报。她先收到了老师的答复,说他从七月起就再也没见过雷吉,并且自己整个夏天都待在伦敦。这时候,巴塞特太太终于开始明白,这件事究竟有多么恐怖。她来到雷吉的房间,看到有个抽屉是锁着的,于是找人把抽屉撬了开来。抽屉里有个文具盒,里面乱七八糟地放着一堆账单、当票和书信。她勃然大怒,仔细地翻看了里面的每一样东西:她先是发现,很多她之前给过雷吉钱让他支付的账单,他其实根本就没有付,并且,他这里还有很多在她看来数目惊人的大额账单,这一切,她毫不知情;她还翻看了每一张当票,发现雷吉把父亲留下来的表、他自己的小饰品、她送给他的镜匣都当掉了,还当了很多很多其他的东西。有那么一瞬间,她有些犹豫,不知道应不应该看他的书信。但是,这个念头转瞬即逝,她知道,自己有权了解最坏的情况。渐渐地,她明白了过来,自己其实一直生活在谎言之中。她看到了讨债的信,有些语气客气,有些满是恳求,有些则满篇恐吓;看到了法庭的令状,里面到处都是监狱、惩罚等字眼,让她大跌眼镜;还有不同女人写来的信,大多数拼写都很糟糕,使用的文具也很劣质,让人一看就知道这些女人的地位是多么的低下。她紧紧皱着眉头,读了这些信,感到惊恐万分:有的信中充满了爱意,有的则怒气冲冲,但是,所有的信都指向了同一个问题——雷吉总是脚踏多只船。最后,终于有了一捆一看就很不一样的信,信纸厚厚的,一看就很贵,并且香气扑鼻。虽然她一开始没有反应过来,但是一打开信之后,她就叫了出来:在信纸的左上角是花体的金字"格蕾丝"。虽然没写地址,但是她还是马上意识到,这就是卡斯蒂利恩太太。她读了所有的信,她的失望沮丧也渐渐转变成了羞耻与愤怒。很明显,这个女人给了雷吉支票和现金,其中一封信上还写道:"我希望你能把这张支票兑现";另一封信上写着:"你的母亲实在是太抠门了!她到底把那么多钱花到什么地方去了?"一开始,信中还是柔情满满,但很快,信中就充满了对他的冷酷无情的抱怨,封封都是严厉的谴责。

巴塞特太太拿走了文具盒里的东西,锁到了自己的柜子里,然后急匆匆地去了雷吉的老师家。在那里,她终于发现,自己怀疑的一切都是真的。她回到家里,把仆人叫过来,盘问儿子的日常行径。这对她来说简直是一种奇耻大辱,但是,此刻,她已经完全不在乎了。一开始,仆人们还什么都不说,但是,一番承诺和威吓后,她还是从他们的口中得知了雷吉这两年的所作所为。最后,致命一击来了,她收到了雷吉写来的信。

沃克斯豪尔桥路371号

亲爱的妈妈:

你应该已经在《晨报》上看到了,上个月底,我和希金斯小姐,也就是劳瑞亚·加尔布莱斯结婚了。我们现在住在信上的这个地址。我相信你一定会喜欢劳瑞亚的,她是我在这个世界上认识的最棒的女人，是她把我从堕落边缘拯救了出来。你可能会想，我们什么时候来看你。劳瑞亚也很希望能见到你。我要告诉你，我已经放弃律师这个职业了，准备登上戏剧的舞台。劳瑞亚和我得到了参加《红心骑士》秋季巡演的机会，我们已经到镇子上参加排练了。我相信，你一定会同意我这么做。法律行业实在是腐败透了，干这一行的人也实在是太多了，而在舞台上，就像劳瑞亚说的，只要有才华，总归会有施展的空间。我知道，我应该不断努力，坚持前进，我和劳瑞亚希望过几年后能有我们自己的公司。我现在非常努力，虽然在这部戏里我只是跑跑龙套（要不是劳瑞亚在这部戏里得到了一个不错的角色，我是不会接受跑龙套的角色的。当然，我之前也没有什么舞台经验，所以也不能太挑）。我正在学习《哈姆雷特》。劳瑞亚和我考虑明年春天在镇子上办一个《哈姆雷特》和《罗密欧与朱丽叶》的朗诵会。

爱你的儿子

雷吉

P. S. 你不用担心钱的事情，当演员赚的钱比当律师赚的钱多多了。剧团总监轻轻松松就能赚上几千块。

巴塞特太太失声痛哭了起来，她完全没有想到，雷吉竟然会这么的冷酷无情，这么的愚蠢、轻浮。不过，胸中的怒火很快就取代了其他所有的感情，她气冲冲地回了一封信，告诉雷吉永远不要再出现在她的家里，否则只会被仆人赶到大街上去。并且，她不会给他留一毛钱。但是，转念一想，此时沉默也许才更有力量，于是，她决定，不回复这封粗鲁无礼的信。不过，她还是需要找个人把自己的怒气发泄出来，于是她马上派人给莱伊小姐发了一封急信，请她马上过来。

好心的莱伊小姐循声而来，发现巴塞特太太正在房间里焦躁不安地走来走去，她有些歇斯底里，就像是一个凌乱失措的中年女酒神。

“谢天谢地，你终于来了！”她叫道，“雷吉娶了个女演员，我剥夺了他的继承权。我以后不想再见到他了，但是，尽管如此，我还是担心他会忍饥挨饿。”

莱伊小姐对此一点都不惊讶，只是觉得自己颇有先见之明。她料想到的一切都已经发生了。

“我一直都被他蒙在鼓里。他一门考试都没通过，仆人告诉我，他经常半夜醉醺醺地回家。他一直都在骗我，用尽各种办法撒谎。而我却一直在到处宣扬，觉得他是个诚实善良的好孩子。而事实上，他一直过着混乱放荡的生活！”

她说着说着，突然哭了起来，莱伊小姐在一旁默默地看着她。过了一会儿，她平静了下来。

“我承认，他结婚这件事让我有点吃惊。”莱伊小姐低声说道，“艾米丽，你的儿媳妇一定是个厉害角色，非常有手段。但是，其实其他那些事情，你的朋友们去年就都知道了。”

“你的意思是，你们早就知道他是个不比小偷和骗子强到哪里去的酒鬼？”

“是的。”

“你们为什么不告诉我呢?”

“我以为你很快就会自己发现,并且,说真的,艾米丽,你真的是太傻了,那样的话只会让事情变得更糟糕。”

巴塞特太太精神已经崩溃了,已经没有力气因为这番直白的话而感到生气。

“但是,有些事你可能还不知道。我发现了许多女人写给他的信,是她们让他误入歧途。你知道这其中最坏的是谁么?”

“卡斯蒂利恩太太?”

“这个你也知道?是不是所有人都知道我有多丢人,知道我的儿子是多么差劲,但是却没有任何一个人提醒我?不过,我要让她付出代价。我要把她写给雷吉的每一封信都寄给她的丈夫,让他看看她究竟做了哪些见不得人的事情。”

她把那捆信从抽屉里拿出来,递给了莱伊小姐。

“全都在这里了么?”她问。

“是的。”

莱伊小姐随身带了个黑色缎面小包,里面是她的手帕和钱包。她迅速打开包,把那些信放了进去。

“你在干什么?”

“亲爱的,你别傻了!这些信你不能给任何人看,我回到家后就会把它们全都烧掉。雷吉在遇到格蕾丝·卡斯蒂利恩之前就已经声名狼藉了。毁掉他的女人只有一个,那就是你!之前,我跟你说,一个男人最大的不幸,就是拥有一个太过慈爱的母亲,当时你非常生气。

但是,我告诉你,要不是受到了你的影响,雷吉不会比其他人差。”

巴塞特太太勃然大怒。

“你一定是疯了,玛丽。我付出了一切,以身作则,想要把他培养成一个绅士。为了他的教育,我付出了自己的一生,从他出生那天起,我就为了他牺牲了自己的一切。我很确定,我是个好母亲。”

“对不起。”莱伊小姐冷冷地说,“你是一个差劲的母亲,一个非常自私的母亲,你一直在牺牲自己的儿子,以满足你自己的那些心血来潮的念头和异想天开的想法。”

“你怎么能在我最需要同情和帮助的时候说这样的话呢?难道你对我就没有一丝同情么?”

“没有!所有的这一切都是你自作自受。你逼他告诉你他最隐秘的事情,因此他只能对你撒谎;你要他做到绝对的纯洁无瑕,因此他只能欺骗你;你警告他要抵制诱惑,但这反倒让那些诱惑对他来说有了双倍的吸引力。你不允许他有自己的自由意志或自然天性,坚持让他不论是从举止上还是从思想上都像个缺乏教养的中年女人一样。你反对他所有的想法,把你自己的想法强加到他的身上。天啊!如果你还因此憎恨自己的儿子的话,你简直就是这世上最自私、粗鲁、苛刻的母亲了!”

巴塞特太太看着她,完全失去了方向。

“但是,我只是要求他诚实、说真话啊。我只是不想让他有任何的污点,我对他在道德上的要求也都是宗教和其他东西加在我们身上的啊。”

“你压制了他的天性——对于一个男孩来说,追求快乐和爱情是再自然不过的事情。你是在用一个五十岁女人的标准要求他。一个有智慧的母亲会让儿子走自己的路,对他年轻时犯的错睁一只眼闭一只眼。而你却把每一个小错误都看成致命的罪孽。关于人类的缺点,道德家们总会讲一堆瞎话。但是,若是仔细研究那些恶行,就会发现,它们其实并非绝对的罪恶。一个好男人也有可能熬点夜、多喝点酒、小赌几把、与名声不那么好的女人纠缠不清。这些都是人类的天性,年轻时,血气方刚,有那么点小毛病也是正常的。有些国家比我们更明智一些,对此还有相关的规定。"

"我真希望自己根本就没有这个儿子!"巴塞特太太恨恨地说,"我真是羡慕你啊,你比我幸运多了。"

莱伊小姐站起来,脸上的表情不大一样。

"啊,亲爱的,你可别这么说! 我跟你说,就算是我知道雷吉游手好闲、自私放荡,但是,如果他是我的孩子的话,我还是会把自己的一切都给他。世界那么大,却没有任何一个灵魂真正地关心我——除了弗兰克,因为我能让他开心——我真的是太孤独了。我越来越老了。有的时候,我觉得我已经太老了,不知道自己该如何继续生活下去。我特别渴望能有那么一个人,我健康与否、是死是活对他来说不是一件完全无关的事情。亲爱的,你应该为自己有一个儿子而感谢上帝。"

"我现在做不到,我刚知道了他究竟有多么丑恶、堕落。"

"但是,究竟什么是丑恶? 什么是堕落呢? 你确定我们知道这两个问题的答案吗? 我想,我一直都是个在品德上无可指摘的女人。我没有伤害过任何人;我帮助过许多人;我遵守人们常说的妇道；即使有什么东西是我特别想要的，我也会抵制住诱惑，因为在我心里，一直有个根深蒂固的观念，那就是所有的好东西都是下流的。但是，有时候，我会觉得，我浪费了自己的生命，我敢说，如果我不是一个那么讲道德的人的话，我会成为一个更好的人。回首往事，令我后悔的，并不是我接受了哪些诱惑，让我后悔的，反而是我自己拒绝掉的那些东西。我已经老了，没有体味过爱情，没有孩子，无依无靠。啊，艾米丽，如果能让我重来一遍，我绝对不会那么讲道德。我会享受生命给予的所有美好，不去过多考虑什么传统和规矩，并且，我是真的真的很想要个孩子。”

“玛丽，你这是在说什么呢？”

莱伊小姐耸了耸肩，没再说话。她的声音也有些破碎了，她不能再继续说话了。巴塞特太太又想到了雷吉给自己带来的伤害，把他的信拿出来给莱伊小姐看。

“信里一点都没有后悔的意思。他真的是恬不知耻，没有良心。就在我做手术那天，他结的婚。他这是多么残酷无情啊。”

“你知道如果我是你的话我会怎么做么？”莱伊小姐问，她很高兴能摆脱自己刚才的情绪，“我会去找他，让他原谅我过去这些年对他造成的伤害。”

“我？玛丽，你一定是疯了吧！我有什么需要原谅的。”

“好好想想吧。我知道，现在你肯定不会给这个孩子任何机会，我也不知道你是不是该好好弥补他一下。但是，无论如何，你没法阻止他们的婚姻，而且，很有可能的是，这场婚姻会拯救你的儿子。”

“你该不会是要让我接受一个女演员成为自己的儿媳吧！”

"胡说八道！对于你的儿子来说，她可能是最好的妻子。"

巴洛-巴塞特太太给她看雷吉的信时，莱伊小姐就偷偷记下了上面的地址。第二天下午，她就去拜访了这对新人。他们住在沃克斯豪尔桥路——一条又长又脏的路——上的一间破破烂烂的小房子里。到了之后，莱伊小姐被带到了充当会客室的阁楼上。那里摆着几件俗不可耐的旧家具，为了营造家的感觉，墙上挂满了照片，照片上还歪歪扭扭地签着些舞台剧演员的名字，都是些没什么名气的人。莱伊小姐进屋时，雷吉正穿着一件图案浮夸的外套，戴着一顶斜纹帽子，读着《时代》，他的妻子则坐在镜子前弄头发。时间已经不早了，但她身上还穿着件缀满廉价蕾丝的红色缎面睡衣，很显然，这件睡衣不新了，也并不干净。莱伊小姐的到来让他们一阵慌乱，雷吉有点尴尬地对两位女士做了必要的介绍。

"很抱歉我穿成这样。"雷吉的夫人一边整理发夹一边说，"我正准备换衣服呢。"

她是个个头娇小的女人，看起来比雷吉大几岁，并且也不怎么漂亮，这让莱伊小姐有些惊讶。她的眼睛很美，她也很明白该如何凸显自己的这一优势；她的头发是黑色的，很漂亮。但是，最令人印象深刻的，是她言谈举止中的决绝态度，她的嘴角间有一种精明彪悍的感觉，让人觉得，如果不照她的意思去做的话，就一定会遭殃。她狐疑地看着莱伊小姐，但还是友善地接待了她：如果来客没有敌意的话，她也会表现得很友好。

"我昨天才得知你们结婚了。"莱伊小姐急忙说道，她拿出了自己最和气的态度,“我很想认识认识你的妻子,雷吉。”

“不是我妈让你来的么?”他问。

“不是。”

“她肯定完全懵了吧。”

“雷吉,别这么说,我不喜欢你这么说话。”他的妻子说道。

莱伊小姐耸了耸肩,淡淡一笑。没有人给她递椅子,于是,她看了一圈,找了个最舒服的地方,坐了下来。雷吉夫人看看雷吉,看看莱伊小姐,不知道究竟是怎么回事儿。然后,她的目光落到了自己凌乱的衣服上,犹豫着是该去换衣服让他们俩单独说说话,还是放弃自己的形象,留下来陪客人。

“我现在看上去很邋遢。”她说。

“天啊!看到有人这么晚还没穿戴打扮好,这真的是令人感到格外的轻松。每次脱下睡衣时,我都会感到自己是在履行某种任务。快点坐下来,和我讲讲你们的计划吧。”

莱伊小姐就是有这么一种让人感到轻松自在的本事。新娘子马上就折服了,她看看自己的丈夫。

“雷吉,把帽子摘下来。”她命令道。

“抱歉,我忘记了。”

摘下帽子后,莱伊小姐注意到,他的头发长长了,带着点戏剧性的浮夸。他说话不慌不忙,还带着点演员说话时才会有的慷慨激昂、抑扬顿挫,听得莱伊小姐心里直乐。他的指甲也不怎么干净,靴子也需要擦擦了。

“对于我要去演戏这件事,我妈是怎么想的?”他一边优雅地用手拢拢自己的头发，一边问道，“这是我能干的最好的事情了，是不是，劳瑞亚？我感觉我终于找到了自己的天职。我生来就该当一名演员。这是我唯一适合的工作——投身艺术事业。请你告诉我的母亲，为了艺术，我可以牺牲一切。我希望你能来看我表演。”

“我一定会来的。”

“不是看这出戏。在这部戏里，我只是个跑龙套的。但是，等到了春天的时候，我和劳瑞亚打算举办一系列的诵读会。”

他起身站到壁炉前，颇具戏剧性地伸出手：

> “生存还是毁灭，这是一个值得考虑的问题；
> 默然忍受命运的暴虐的毒箭，
> 或是挺身反抗人世的无涯的苦难，
> 通过斗争把它们扫清。
> 这两种行为，哪一种更高贵？①”

他用自己最大的声音喊出这些句子，每一个音节都带着颇具戏剧感的重音。

“啊！”他说，“多么伟大的篇章啊！现在再也没有人能写出这样的句子了。在现代剧里，台词没有一句能超过两行，演员演那些是没什么前途的。”

莱伊小姐吃惊地看着他，因为她之前从来没有想到过他竟然会

---

① 莎士比亚悲剧《哈姆雷特》选段，朱生豪翻译。

变成这样一个人。然后，她迅速地瞥了一眼劳瑞亚，在她的想象中，劳瑞亚的嘴边也许会挂着一个略带讽刺的微笑。

"我跟你说，"雷吉拍着胸脯说，"我感觉自己会成为一名伟大的演员。只要有机会，我就会开始自己的戏剧创作。劳瑞亚，我一定要去看看巴兹尔·肯特，让他为我们写一部戏剧作品。"

"你们还打算尝试戏剧创作么?"莱伊小姐转身问雷吉夫人。

雷吉夫人再也忍不住了，她大笑起来，笑声发自肺腑，热烈而响亮，莱伊小姐开始有点儿喜欢她了。

"留下来喝口茶吧，莱伊小姐?"

"好的，我正是为此而来。"

"太好了。我马上泡茶，雷吉，拿着罐子，到外面买半品脱牛奶回来。"

"遵命，亲爱的。"他顺从地回答道，戴上了斜纹帽子，从堆满报纸、衣服饰品、家用器具的桌上拿起牛奶罐。

"你口袋里还有多少钱?"

他从口袋里掏出几个铜板和一枚硬币。

"十七个半便士。"

"那你回来时应该还能剩下十六个半便士，你还可以花三个便士买一瓶威士忌。十分钟以内回来。"

"遵命，亲爱的。"

他温顺地走了出去，随手关上了门。雷吉太太走到门前，向外张望了一会儿。

"他的母亲把他给教坏了。"她解释说，"他没准儿会趴在门上偷听我们说话。”

莱伊小姐看着眼前这一切，打从心里乐了起来。劳瑞亚继续一边道歉一边解释。

“你懂的，我必须得紧紧盯着他手里的钱，因为他特别爱喝酒。我已经让他把酒戒掉了，但是我总担心，一不留神他就又会溜到酒馆里去。他的母亲一定是你见过的最傻的人，对吧？”

雷吉夫人看了一眼桌上放着的烟，莱伊小姐注意到，她食指泛黄，由此推测她肯定很爱抽烟。这样的话，要让她觉得舒服自在就很容易了。

“你能给我一根烟么？”

“哦，你也抽烟么？”劳瑞亚大声说，一脸高兴，“我刚才就很想抽烟，但是我不想吓到你。”

她们点上了烟，莱伊小姐又拖过来一把椅子。

“你介意我把腿放上去么？我一直觉得，只有四条腿的动物才会一直让自己的腿脚保持直立状态。”

她淡淡一笑，试着吐出一个烟圈。

“你说得太对了！”劳瑞亚轻轻点头附和，“我很高兴你能过来。我一直都很想找一个认识雷吉母亲的人谈一谈。我知道，她一定气坏了。我想让他把结婚这件事早点告诉她的，可是他不敢。再说了，他从来都不会光明正大地做事，总是拐弯抹角、偷偷摸摸地行动。说到撒谎，他比一般的女人都厉害。你可以告诉他的母亲，我会尽自己全部的时间精力，把她的儿子改造成一个真正的绅士。”

莱伊小姐冷冷一笑。

“我可从来没有见到过任何一个刚结婚的女人，能对自己丈夫品性中的缺点认识得这么清楚。”

“雷吉其实并不坏。”他的妻子耸了耸肩，“不过他需要打磨才能成型。”

“我实在是搞不明白，你为什么会嫁给他呢？”莱伊小姐若有所思，掐灭了自己手中的香烟。

劳瑞亚眼神犀利地看着她，犹豫了片刻，不过最终还是决定对她和盘托出。

“你看上去是个好人，也见过世面。而且，我毕竟已经嫁给他了，你也就只能接受我了。雷吉长得很帅气，对吧？”她眼睛望向壁炉架上的照片，“并且，我喜欢他。你知道么，我已经演了八年戏了，我十六岁时就走上了舞台。那么，我现在有多大了？”

“要我说的话，二十七岁了。”莱伊小姐故意这么说。

劳瑞亚笑了。

“还有人说我二十八了呢。无论如何，我都厌倦了做演员的日子，我想要摆脱这种生活。”

“我还以为你要和雷吉一起演罗密欧与朱丽叶呢。”

“是的，我知道！一方面，我其实也很清楚，雷吉根本不是演戏的料，刚接触这一行时，谁不想演哈姆雷特啊？说真的，即使是在剧组里扯大旗搬运道具的临时工都会觉得，只要自己有机会，就会变成另一个剧作家。这种话我实在是听得太多了！我认识的每个女孩都对我说：‘劳瑞亚，我觉得我有表演的天赋，我只是需要一个好机会。’对于这一切，我实在是厌倦了。我不想再到处奔波，像个黑鬼一样辛苦工作，即使是周末也要到处跑来跑去；我不想再住在昏暗脏乱的小破房子里，过那种苦日子。我现在也只是让雷吉这么说说，让他学习戏剧表演，他就没空学坏了。我想他的母亲需要三个月的时间才能改变想法，接受我们，到那个时候，雷吉也该厌倦了。我喜欢雷吉，只要让他在我手里待上几个月，我保证能把他调教成一个正派的好人。不过，我也不想掩饰，要不是知道他的母亲那么有钱的话，我也不会嫁给他。”

“你是个聪明女人。我都不知道你用了什么手段才能让他娶你。我从来没想到过他会结婚。”

“亲爱的莱伊小姐，我还以为你是个见过世面的女人呢。你难道不知道么？像我这个年纪的女人，只要打定主意要嫁给谁，那个男人一般都难以逃出我们的掌心。”

“不得不承认，对此我也猜到了一二。”莱伊小姐笑着说。

“当然了，你要好好选择自己的男人。我看见了雷吉，就请他跳了一支舞。你知道的，我们这些演戏的人名声不怎么好，但那都是瞎说。我们一点都不比其他人差，只不过我们面对的诱惑更多，并且，如果真的发生了什么的话，报纸总是会大做文章，因为我们是从事这个行当的人。不过，我早就知道该如何照顾好自己，并且，我让雷吉也知道了，我可不会被轻易玩弄的。我吊了他两周，然后告诉他，我再也不想见到他了，而那个时候，他已经迷上了舞台，于是就向我求婚了。”

“这听起来挺简单的。那么，你又是怎么把他驯服了呢？”

“我只是让他明白，如果他想过得体面一点，那就必须对我好一些。很快,他就明白了这一点。你可能想不到,要是我被惹急了,脾气可是相当大的。他什么都听我的,也知道我不会忍受他的任何胡闹。放心吧,六个月之后,他就会像是换了个人一样。”

“你想让我告诉他母亲什么呢?”

“你就告诉她,不要干涉我们。我们现在还不缺钱,等她冷静下来之后,她可以给我们来点补贴。一年六百英镑就够了,我们会在伯恩茅斯买个房子。在对雷吉彻底放心之前,我不想住在伦敦。”

“好的。”莱伊小姐回答,“我会这么说的,并且,我还会告诉她,她应该感谢上帝,让雷吉找了个好老婆。我完全相信,你会把他调教成一个受人尊敬的绅士。”

“牛奶买回来了。”

雷吉走进屋,他们一起泡了茶。莱伊小姐离开时,劳瑞亚让雷吉去楼下送他。

“她挺厉害吧?”他大声说,“我跟你说,莱伊小姐,她真的是个好女人。告诉我妈,她一点都不比我差。”

“比你差?孩子,她可比你好不少啊。我敢说,跟她在一起,你总算能成为一个说得过去的绅士了。”

雷吉看着他,脸上表情有点悲伤。他往后甩了甩头,双手捂住自己健硕的胸膛。

“哦,我是个恶人,也是个无用的蠢材。①”他大声说道。

“看在上帝的分上,快闭上你的嘴吧!”她急忙打断他。

① 《哈姆雷特》台词。下同。

她向他伸出了手，握手的时候，他向前探出身子，自信地说：

“我要先得到证据，
比这更确凿的证据。凭着这一本戏，
我可以发掘过往内心的隐秘。”

十二

与此同时,巴兹尔和珍妮越闹越凶。他们之前的和解并没有维持多长时间,很快,他们就又爆发了激烈的争吵,证明了他们根本就无法在一起和睦生活。巴兹尔努力克制自己的脾气,不论受到何种挑衅,他都尽量不多说话。这非常痛苦,他的胸中渐渐积攒起越来越多对珍妮的恨,这种恨有些盲目,充满了愤怒:是珍妮让他不得不受到这种无法言说的折磨。他们已经完全丧失了对彼此的理解和同情,他已经忘记了,她对他的爱是多么强烈,他不知道,珍妮之所以如此折磨他,是因为她还爱着他。这个夏天就这么过去了,巴兹尔债务缠身,不得不待在法庭上,指望着能碰上什么漏网之鱼,捡到一个别人没空接的小诉状。

深深的忧虑萦绕在他的心头,想到未来,他深感无望。除了这种永无止歇的痛苦,未来还有什么在等着他呢?想到未来的岁月,时间因痛苦而被拉得很长,他完全没办法在这种状态下继续活下去。支撑着他的,只有对希尔达·穆瑞的爱,因为有了这份爱,他才有勇气面对这个世界,他才维持着对这世界的顺从。他已经学会了,不要向上天祈求太多,能够去爱,他就已经很满足了,他不求任何的回报。对于希尔达给他的友谊,他充满感恩,他觉得她能够理解并同情他的痛苦。穆瑞太太在国外过的夏天,她经常给他写信,她的每一封信都能让他高兴上几天。独自散步时,他不停地分析自己的情感,告诉自己,他对她的感情是纯洁的。只要一想到她,他就会变成一个更好、更简单的人。十月,她回来了,两天后,巴兹尔去拜访她,失望地发现,他到达那里时,法雷先生已经在了。巴兹尔打心眼里讨厌这个人,觉得这个竞争对手一点都不比自己差。法雷先生还是那么英俊,举手投足间总有一种重要人物的感觉。他一看就是那种有很多应酬、交际很广的人物,能对每一个餐桌上谈起的话题都说得头头是道。他很幽默,也很平易近人,总是知道该说什么,不该说什么。对于穆瑞太太,他的态度有点微妙,但是很明显他总是在恭维她。巴兹尔最讨厌的是,他和她说话时显得那么熟悉、热络,而自己只能对她客客气气的。他们两个人看起来颇有默契,也让他妒火中烧。希尔达一直在和法雷先生讨论着什么慈善项目,时不时地因为某些相关的事情乐得哈哈大笑。

巴兹尔闷闷不乐地回到家中,整个晚上都在想着希尔达的事情,想着自己竟然把她和法雷先生单独留在了那里。上床睡觉时,他依旧心事重重。他听着钟敲响了一次又一次,翻来覆去,辗转难眠。如今,他的爱已经失控了,痛苦与悲伤已经快要把他逼疯。他尽量不去想希尔达,但是,不论他如何努力去想点别的什么东西,最后出现在他脑海中的却总是希尔达的样子。在无望中,他问自己,究竟该如何忍受现在的生活。他努力劝自己,这么浓烈的激情只不过是暂时的,不消几个月,他就会对现在的自己嗤之以鼻。他试着用文学的方法抚慰自己,将自己的痛苦用词语描述出来,就像是要写一本小说一样。可是,什么都不管用。时钟敲响五下的时候,他感到如释重负，还有三个小时，他就有理由起床了。他想起来读读书，但是却没有任何心思做其他的事情。第二天早上，吃早饭时，珍妮注意到，他的眼睛一看就是没睡好，他的嘴角也耷拉着，面容憔悴。凭着自己的嫉妒和直觉，她立马猜到了原因。她一直想要惹恼他，现在，机会来了。她说了几句恶毒话，但是，他却依旧那么无精打采。他看上去很累，根本没力气还嘴。他们沉默着吃完了早饭，然后他就带着沉重的心情去上班了。

就这样，整个秋天过去了。十一月时，天气冷了起来，阴暗潮湿。每晚下班，一踏上自己家所在的街道，巴兹尔的心就沉了下去。他烦透了这些脏兮兮、长得一模一样的小房子。讽刺的是，莱伊小姐曾经说过，住在郊区一定是诗意美好的。但是，一想到只有牛奶车和手摇风琴才会打破这份幽静，巴兹尔就不禁大笑起来。他讨厌自己的邻居，他知道，珍妮会和邻居们议论自己。一想到他们那狭隘的生活，那把一切美好文雅都排除在外的生活，巴兹尔就不寒而栗。

尽管努力避免发生摩擦，但是，争吵总是不可避免的。最近，他们两人之间的冲突越来越激烈了。有一次，巴兹尔拿起自己的信件，发现其中一封信已经被拆开过了，之后又被笨手笨脚地粘了起来。他看了一眼珍妮，她也在看着他。她迅速地垂下了眼睛。这封信之所以会引起她的注意，是因为信纸是粉色的，并且在地址栏里写着“私人”，信封背面还有烫金的姓名首字母。其实，这封信是一个放贷的人寄来的，表示可以提供五到五千镑的贷款。想到珍妮小心翼翼地用蒸汽把信封打开，却只看到了这样一封粗鲁无礼的信，他忍不住轻蔑一笑。听到他的嗤笑,珍妮气得脸色都变了。她等着他说话,但是,他却什么都没有说,只是奇怪为什么珍妮就没有和自己沟通交流的想法。过了一会儿,他收好自己的信件,拿了一些纸,向门口走去。

“你要去哪里?”她突然发问,“你就不能在这里写信么?”

“当然可以,如果你喜欢这样子的话。不过,我要处理一些很棘手的信件,需要绝对的安静。”

她把手上正在做着的活儿都扔到了一边,气冲冲地看着他,他言语和行为间的冷漠深深刺痛了她。

“如果我想和你说话的话,你应该不会反对吧?你是不是觉得,我就只配给你打扫房子,修补衣服,然后就去厨房和用人待在一起?”

“你觉得你这么闹有意思么?对于这个问题,我们之前已经讨论过很多次了。”

“我要你把话说明白。”

“过去六个月来,我们每周都要吵两次,”他回答道,一副厌烦至极的样子,“但是我们却从来都没有吵出过任何结果。”

“巴兹尔,我还是不是你的妻子?”

“你把结婚证书好好地锁着呢,那不就是最好的证明了么?”他若有所思地看着她,把信放回到桌子上,“人们都说,结婚的第一年是最糟糕的,但是我们的婚姻却一直都很糟糕,说句良心话,你说是不是?”

“你觉得这是我的错吗?”

她语含挑衅，恶狠狠地嘲讽他，但是，对此他早已无动于衷了。如今，他已经能够用一种超然游离的状态看待这一切，仿佛他只是个观众，正坐在剧院里观看演员们的表演。

"不管怎么说，我已经尽自己最大的努力让你开心了。"

"好吧，那么就是你从来都没有成功过。你以为我开心么？你一离开就是一整天，有的时候还去和你的那群好朋友喝酒吃饭，玩到半夜才回来；你的朋友们从来都看不起我。"

他耸了耸肩。

"你很清楚，我已经不怎么去看我的那些老朋友了。"

"除了穆瑞太太，是不是？"她打断了他的话。

"我去年是见过穆瑞太太几次。"

"你不用告诉我这个；我都知道。她是个淑女，是不是？"

巴兹尔冷冷地看着自己的妻子，虽然他感到有些奇怪，为什么她会提到穆瑞太太的名字，但是，他还没有想到，她其实已经觉察到了他对穆瑞太太炽热的爱意。他决定不去理会她的这个指控。

"我的工作决定了，我不能常常陪在你的身边。"他说，"想想看吧，我要是整天都待在家里的话，你该有多烦。"

"你的工作可真的是太厉害了。"她嘲讽道，"你赚的钱都不够我们还债。"

"我们确实有些债务，但是在这个方面，我们和这个王国里半数的上流贵族没什么区别。"

"所有的邻居都知道，我们从商人那里赊账。"

巴兹尔的脸红了，嘴唇紧闭。

“很抱歉，嫁给我并不是一笔好买卖。”他尖刻地说。

“我不知道你能做好什么。你的书很成功，不是么？你还觉得它会引起巨大的轰动，结果却反响平平，平平！”

“我的书没有那么好的运气。”他说道，笑了起来。

“活该。”

“我并不指望你欣赏我的书。遗憾的是，并不是所有人都会写邪恶的伯爵和美丽的公爵夫人的故事。”

“报纸上有人赞美了你的小说么？”

“他们异口同声的指责，是我得到的唯一安慰。我常常想，那些骂我的评论家们是否意识到，他们给我的妻子带来了多少快乐。”

巴兹尔对她的挖苦置之不理，他的无视和嘲讽让珍妮完全失去了控制。她经常把握不住巴兹尔说话的意思，只是隐约觉得巴兹尔在嘲笑她。然后，她就开始疯狂地发怒。

“自从孩子没了之后，我就彻底看清了你。”她紧紧握住双手，“打那之后，你就完全无所顾忌了。我现在知道你是什么人了。我之前太傻了，竟然以为你是个英雄。其实你就是个失败的人。你所做的每一件事，都证明你是个可悲的失败者。”

他静静地看着她，眼中泛起一股彻底的绝望，因为她说出的，正是这些日子来渗入他的灵魂、摧毁他所有力量的可怕想法：他看到了自己的未来，他是一个被判了死刑的人，对他来说，生命之美仅仅是一种苦涩。

“也许你说的很对，珍妮。”他回答道，“我觉得我就是个无可救药的失败者。”

他在房间里走来走去，痛苦地沉思着，他走到窗前，看着窗外那一排排房子，在煤油灯黯淡灯光的映照下，它们现在看起来更加破败丑陋。然后，他转身看着自己的客厅，如此平常，如此乏味，突然间，他在这四堵墙围成的屋子里遭受过的所有痛苦回忆都涌上了心头。珍妮又开始缝缝补补了，她正在给抹布缝边。他在她身边坐了下来。

“看着我，珍妮，我想和你好好谈谈，我希望你能好好听我讲几分钟，我也会收起自己所有的怒气和脾气，这样我们才能理智地谈话。我们看起来是没法好好相处下去了，我也看不到任何能让这一切都好起来的办法和机会。你不幸福，我其实也不幸福。我并不想表现得很自私，但是，如果这种状态继续下去的话，我什么都做不成。并且，我觉得我们的这些争吵非常丢脸。你觉不觉得，分开一下会对我们两个人都有好处？也许过一阵子后我们可以试着再重新开始。”

他说话的时候，珍妮一脸惊恐地看着他，尽管有点警觉，但是一直到最后她才听明白他真正要说的是什么。她吃惊得说不出话来。

“你的意思是要和我分开吗？然后呢？”

“我会出国待一段时间。”

“和穆瑞太太一起么？”她激动地叫出声来，“是这样么？你要和她一起离开。你厌倦我了。你从我这里得到了你想要的一切，现在我可以走了。那位优雅的夫人来了，于是，你就像打发仆人一样把我给打发走了。难道你以为我看不出来，你爱上了她吗？你会毫不犹豫地牺牲掉我，为了不给她带来任何一丝的不快。因为你爱她，所以你恨我。”

“你怎么能这么说呢！你没有权利这么说！”

“我没有权利？难道我就应该闭上眼，什么话都不说么？你爱上她了。你觉得我这几个月没发现么？这才是你要离开我的真正原因。”

“我们不可能生活在一起的。”他绝望地说，“我们永远说不到一起去，我们永远都不会幸福的！看在上帝的分上，我们分开吧，让我们做个了断。”

巴兹尔现在站了起来，珍妮走到他的身边，靠近他，他们面对面站着。

“看着我，巴兹尔，你敢发誓你没有爱上那个女人吗？”

“当然。”他轻蔑地说。

“你说谎……而且，她也深爱着你，就像你爱她一样。”

“你这话是什么意思？”他大声说，血液涌上他的头顶，他的心痛苦地怦怦跳着。他抓着她的手腕：“你这话是什么意思，珍妮？”

“你以为我没长眼睛么？那天她过来的时候，我就看出来了。你以为她是来看我的么？她鄙视我，因为我不是个淑女。她来这里是为了让你高兴，她对我客气是为了让你高兴，她让我去看她也是为了让你高兴。”

“这太荒唐了。她当然会来了。她是我的老朋友。”

“我懂这种朋友。你以为我没看见她是怎样看着你的吗？她的眼睛一直追随着你。她留心听着你的每一句话，你微笑时，她也微笑；你大笑时，她也大笑。我知道，她爱你，我知道什么是爱，我能感受到。她看着我的时候,我知道她恨我,因为我把你从她的手里抢走了。”

“啊,我们过的是什么样的日子啊!”他再也无法控制自己,大声喊了出来,“我们都是这么的不幸,我再也无法继续下去了。我已经竭尽全力控制我自己,但是我还是做不到。再这么下去的话,我迟早会说出让我们两个人都后悔的话来。看在上帝的分上,我们分开吧。”

“不,我不同意。”

“我们不能再这么吵下去了。我们的婚姻就是一个可怕的错误。你一定也看出来了,我们根本就不合适,孩子的死又带走了维系我们婚姻的唯一纽带。”

“你这么说,就好像我们之所以还在一起,仅仅是因为这样比较方便。”

“让我走吧,珍妮,我再也受不了了。”他激动地说,“我感觉自己就快要疯掉了。”他伸出双手,恳求道:“一年前,我尽了自己最大的努力对你好。我把自己所能给的一切都给了你。当然,凭良心说,这还远远不够。现在,我求求你,把我的自由还给我吧。”

她完全没了主意;她从来都没想到过事情竟然会发展到这种地步。

“你只会为你自己考虑!”她喊道,“我该怎么办啊?”

“你会更快乐的,”他急切地答道,觉得她会让步,“不管对你还是对我,这都是最好的办法了。”

“但是,我爱你,巴兹尔。”

“你！”他盯着她，满眼诧异与惊愕，“怎么会呢，过去的六个月里，你一直都在折磨我，让我痛不欲生。你让每一天都成为了我无法承受之重。你把我的生活彻底变成了地狱。”

她望着他，眼中是无尽惊恐，每一个词对她来说都是致命的打击，她大口喘着气，身体忍不住地颤抖。她就像个猎物一样，四处张望，想要找一个逃脱的出口，但是却什么都没找到。然后，她慢慢摸索着，想要找地方躲起来，于是她踉踉跄跄地走到门口。

“给我点时间，让我想一想。”她哑着嗓子说。

第二天早饭的时候，巴兹尔特别客气地谈着各种琐碎的小事，但是珍妮注意到，他的眼神一直在躲闪，就像是对待一个萍水相逢的陌生人。这刺痛了她。即使是一言不发都比现在更令人好受。他站起来，问她是否考虑过他的提议。

“没有。我觉得你不是认真的。”

他耸了耸肩，没有回答。他已经准备好出门了，她看着他，心里忍不住地颤抖，痛苦不已，却仍期盼着他能在离开前对她说一句体贴的话。

“你今天早上走得很早。”她说。

“我十一点要处理一个案子，而且我在上庭前要去见一个人。”

“见谁？”

他脸色一变，扭过头去。

“我的律师。”

这一次，她沉默了。等他走在大街上时，她小心翼翼地从窗口看着他，担心他一抬头会看到自己。但是，他根本就没有回头看她。他走得很慢，弓着身子，看起来非常疲倦。她再也克制不住心中的难过，痛哭起来。她不知道自己该做些什么，她需要听听其他人的建议。突然间，她打定主意，要去见见弗兰克·赫雷尔。在刚刚过去的这个夏天里，他经常来巴恩斯，她也一直对他的友善心存感恩。她至少可以信任他，因为，他不会像其他人那样因为她卑微的出身而嘲笑她。她的难处在于，近来，她渐渐地对自己的亲朋失去了同情之心，她看待事情的角度已经和他们不一样了，因此，她没法向他们寻求怜悯和帮助。现在，在这个世界上，她孤苦伶仃，她再也无法适应自己的那个阶层了，却也没有融入婚姻带给她的新的圈子。她绝望至极，感觉整个世界都在和自己作对。她感觉自己就像是个溺水之人，在汹涌人潮中徒劳地挣扎着。

珍妮赶忙穿好衣服，坐上了去滑铁卢的火车。她不知道弗兰克何时出门，生怕自己错过他。但是，出于习惯，她还是没有叫出租车，而是坐上了一辆公交车。车开得很慢，简直像是在爬行，她在车上度日如年。每次车停下来，她都恼怒不安，根本坐不住。她只能勉强安慰自己，不论车开得多慢，总比她走路快得多。最后，她终于到了，弗兰克还在家，她长舒了一个口气。不过，很显然，弗兰克对她的到来很是吃惊，她一脸尴尬，不知该如何向他解释自己到访的原因。

“我能和你说几句话么？我不会耽误你很长时间的。”

“当然没问题。巴兹尔呢？”

他请她坐了下来，想把她紧紧握在手里的雨伞拿走。不过，她坚决不松手,只是局促不安地坐在椅子边上,像是完全不习惯出现在会客厅里。弗兰克努力想让她舒服放松下来,她现在看上去就像是个前来求职的管家。

“我可以信任你么?”她突然下定决心,开口说道,“我有大麻烦了。你是个好人,你从来都没有因为我是个女服务员而看不起我。请你告诉我,我可以信任你。我找不到别的可以说话的人,我觉得如果不说出来的话,我的脑袋就要爆炸了。”

“天啊!究竟发生了什么?”

“每一件事都糟糕透了。他想和我分开。他今天去找律师了。他会把我扔到大街上去,就像赶走一个仆人一样——要是那样的话,我跟你说,我会自杀的。”她握紧双手,眼泪顺着面颊滚滚落下,“在你面前,我们总是装得若无其事,因为他不想让你看到,他有多么后悔娶了我这个妻子。”

弗兰克其实知道,过去几个月里,这对夫妻相处得不是很好,但是,他也没有想到,事情竟然已经发展到了这样的地步。他不知道该说些什么,也不知道该怎么安慰她。

“别胡说了。这都是争吵时说的气话,很快就会没事了。无论如何,你都要这么想才是。”

“不会的。如果我知道他爱我的话,我就不会这么介意了。但是,他根本不爱我,他说我们的生活过得连狗都不如,他说得对。”她迟疑了一下下,“如果我问你一件事的话,你会告诉我真相吗——以你的名誉担保?”

“当然。”

“巴兹尔和穆瑞太太之间有没有什么事情?”

“没有,当然没有!”他大声说,“你怎么会这么想呢?”

“就算是有,你也不会告诉我的。”她很是心烦意乱,之前那些难以说出口的话,现在一股脑地涌了上来,“你们都在和我作对,就因为我不是一个淑女……哦,我真的太不幸了! 我告诉你吧,他爱穆瑞太太。前几天,他要去她那里吃饭,你真该看看他当时的样子!他心神不宁,坐立难安,不停地看表,眼中闪烁着兴奋的光芒,我简直能听到他心脏跳动的声音。上周,他去了她那里两次,前面那一周也去了两次!”

“你怎么知道的呢?”

“因为我跟踪他了。如果对他来说我不像个淑女的话,那我也就不需要再假扮淑女了。你现在是不是感到很震惊?”

“我不会对你妄作评价。”他平静地回答。

“他从来都没有爱过我。”她焦躁不安,继续说,“他之所以娶我,是因为他觉得那是他的责任。然后,孩子没了,他觉得我欺骗了他。”

“他从来没有这么说过。”

“不。”她歇斯底里地喊道,“他什么都不说,但是,从他的眼睛里,我全都看出来了。”她双手紧握,前后摇摆,“啊,你不知道我们过的究竟是一种怎样的生活。他可以一连好几天都不说话,除非我问他什么问题。这种沉默简直要把我逼疯了。哪怕是他骂我,我都无所谓;就算是他打我,也比我们两个人大眼瞪小眼好得多。我能看出来,他在克制自己,我也知道,现在,这一切就要结束了。”

“对此我感到非常抱歉。”弗兰克爱莫能助。

即使是他自己也能听出来这句话是多么的官方,多么的不真诚,珍妮气恼地大叫了起来。

“不用可怜我,我得到的怜悯已经够多了,我不需要怜悯。巴兹尔就是因为可怜我才娶我为妻的。天啊,我真希望他没有那么做!我再也无法忍受这种不幸了!”

“你知道的,珍妮,他是个正人君子。他不会做任何不光彩的事情。”

“我知道,他是个正人君子。”她苦涩地说,“我倒是希望他不总是那么正儿八经的,在婚姻生活中不需要那么多的正经——那一点用都没有。”她站起身来,捶打着自己的胸膛,“啊,我为什么就不能爱上一个和自己门当户对的人啊?那样的话,我会幸福得多。我曾经是多么自豪啊,他不是城里的什么小职员。他说得对,我们永远不会幸福的。这不是时间的问题。我无法改变自己。他和我结婚的时候就知道了,我不是什么淑女。我的爸爸每周只赚二十便士,就用这点钱养大了我们五个兄弟姐妹。你没办法指望他用那么一点收入把自己的女儿送到布莱顿的寄宿学校,然后在巴黎完成学业……当我说话和做事不像淑女时,他从来都不会说我,只是撇撇嘴,看着我。然后,我就气疯了,我会故意做错事,就为了激怒他。有时候,我会故意表现得很粗俗。在酒吧里,你能学到不少东西,我知道什么能让巴兹尔抓狂。有时候,我想报复他一下下,我知道他的弱点和痛点在哪里。你真该看看,我吃饭不合礼仪或者喊一个男人‘伙计’时,他看我的表情。”

“这可会引发家庭生活中无穷无尽的不幸和痛苦。”弗兰克冷冷地说。

“我知道这对他来说不公平，但是我在那个时候已经失去了理智。我不可能一直都表现得很有教养。有时候，我会忍不住想要大喊大叫，我觉得我必须要发泄一下。”

她的脸变得通红，大口喘着粗气。她从来没有向任何人如此彻底地袒露过自己的心声。弗兰克看着她，眼神尖锐，仍然无法理解这种奇怪的爱恨交织的感情。

“那么，你们为什么不分开呢？”他问。

“因为我爱他。”她之前尖利的嗓音突然变得充满了柔情蜜意，脸上的痛苦也不见了踪影，“你不知道我有多爱他！只要能让他高兴，我愿意付出一切；只要他想要，我的命都可以给他。哦，我不知该怎么表达，但是，只要一想到他，我的心都在燃烧，整个人都无法呼吸。我没法在他面前表现出他就是我的全世界，我努力让他爱我，结果他却更加恨我。我该怎么做才能让他知道我的爱？如果他知道的话，我相信，他就不会后悔娶了我。我感觉——我感觉我的心中充满了音乐，可是却总有什么东西阻碍着我，让我无法把它们尽情歌唱出来。”

有那么一会儿，他们相对无言。

“你希望我做些什么呢？”最后，弗兰克问。

“我想让你告诉他，我爱他。我自己做不到，我总是会把事情搞砸。告诉他，他就是我的全部，我会努力做一个好妻子。让他不要离开我，告诉他未来一切都会好起来的。”她停下来，擦干眼泪，“还有，你能不能去穆瑞太太那里，告诉她一声？让她可怜可怜我。也许她根本不知道自己在做些什么。让她不要把他从我的身边抢走。”

她握着他的手，向他乞求，他根本无力拒绝。

“我会尽我所能的。不要太难过。我相信，一切都会好起来的，你会重新快乐起来的。”

她试图透过泪水挤出一个笑容，向他表示感谢，但是此时她却什么话都说不出来了，只能紧紧握住他的手。在一阵冲动之下，她弯下腰，亲吻了他的手。然后，她迅速起身离开了，只留下他在原地，莫名感动。

十三

珍妮可真的是给弗兰克出了一个难题。她离开之后，弗兰克恶狠狠地诅咒了她全家——她的父亲、母亲、丈夫以及祖宗十八代。他很了解穆瑞太太，他给她看过病，也常常去她查尔斯街上的房子里做客。可是，尽管如此，要在一个这么私人的问题上指责她，着实令人感到难为情，他也知道，这么一来，自己肯定也会受到令人难受的反击。他耸耸肩，打定主意，打算当天下午就去见见她，把该说的话和她说明白。

“她可能会对我不理不睬，气得脸色发青。”他喃喃自语道。

对这些毫不知情的希尔达·穆瑞吃过午饭后来到了客厅。窗外下着雨，天色阴沉，于是，她拉开窗帘，并且把灯也打开了。房间里又暖和又舒适，她非常放松。这间屋子很漂亮，虽然可能缺少了点鲜明的独创性，但却非常有品位。在梅菲尔区有很多类似的公寓，公寓里都是覆着印花棉的宽大椅子、奇彭代尔式的桌子和精工镶嵌的柜子，墙上也都挂着差不多的几幅画，有钱但不招摇，有艺术品味却不标新立异。牧师法雷先生早早地就到了，他一直都觉得，住在这样的房子里的女士都对自己的房产有相当的认识，并且都打心眼里认可伦敦神职人员的重要性。一年前在莱伊小姐家初识后，很快，亲切的法雷先生就和希尔达熟络了起来。新教徒认为，神职人员受到有魅力的女性吸引，这完全是合法的，而法雷先生本人也一直将缔结良缘看作自己教区活动的巅峰。希尔达长得好看，也很富有，出身优越，配得上每次都要在公爵夫人身边连待三天的基督教牧师。并且，在他看来，对于自己的殷勤，希尔达也并非无动于衷。于是，法雷先生决定放弃自己并不完美的单身状态，像个成熟的苹果一样，滚落到这位美丽富贵的女士的石榴裙下。就像求爱时的奥赛罗一样，他给希尔达讲了很多耸人听闻的故事，抢劫与袭击、千钧一发的脱险和险象环生的事业……也说到了教会的慈善事业和售卖工作，与教堂执事的偶遇，以及近来清洁女佣行业的复苏。希尔达对宗教事务很感兴趣，欣然向教堂捐赠了一整套的祈祷跪垫，这样一来，就如牧师所言，信众们祈祷时就没有理由不下跪了；不久之后，她还同意在集市上承包一个摊位，以此来为教堂募集一架新的风琴。打那之后，她就开始了自己的慈善生涯，不遗余力地做着贡献。这些事情将他们两个人紧紧地联系在了一起，让他们有说不完的话题。法雷先生自诩口才一流，如果他们的对话仅限于工作上的交流，那就太违背他的原则了。文化上的交流也没有落下。他借书给希尔达看，和她一起去画廊和展览，有时候他们会一起阅读丁尼生的诗作，有时候他们还会去剧院里看戏，讨论英国戏剧中体现的道德问题。天气晴好的上午，他们还经常一起研究特拉法加广场上意大利大师的作品，或是大英博物馆里的埃尔金大理石雕塑①。法雷先生知识渊博，可以头头是道地说出每件艺术品的历史

① 指一些雅典雕刻及建筑残件，于十九世纪时由英国伯爵 Jhomas Elgin 运至英国。

细节或奇闻轶事,希尔达则一直津津有味地听着,渐渐觉得他确实是个有趣的良师益友。不过,迄今为止,在她那纤尘不染的丝质马甲下,她的心对他还从未产生过任何一丝温热的感情,因此,她不无警觉地发现,他们的对话渐渐被他引入到了他们之前从未涉及过的领域。这一次,法雷先生终于下定了决心。他本来就不是那种对自己的感情遮遮掩掩的人,于是,他直奔主题。

"穆瑞太太,"他说,"我有些重要的事情想要告诉你。"

"又是慈善事务吗,法雷先生?"她叫道,"我会被你搞破产的。"

"你是个不折不扣的慈善天使,在教区有需要的时候,你总是慷慨解囊。不过,现在我想说的是个更私人的话题。"他站起来,向壁炉边走去,他挡在了炉火前,因此炉火的温热再也无法进入到房间中来:"考虑到我目前的地位和处境,我觉得自己有责任提出下面这个问题。我觉得,宁可啰嗦一点,也总比没把话讲清楚要好。"

当然,希尔达不免要揣测他这一番话的用意。最初的惊愕过后,她便产生了一种忍不住想笑的冲动。可能是因为她太爱巴兹尔了,因此从来没有想到过还有别的男人在惦记着自己;从这个方面来讲,她从来都没有考虑过法雷先生。现在,她看着眼前的法雷:衣着得体,一头灰发一看就是精心打理过的,指甲也修剪得很好,从容自信,有一点发福的趋势,看起来是个好笑的家伙。他非常庄严慎重,介绍了自己的优势所在,礼貌得体地向她解释说明,自己并非身无分文,通过婚姻致富并非他的目的。他的提议对他们两个人来说都有好处,还有很多女士巴不得要和他结婚呢。希尔达明白,自己应该阻止他继续说下去,但是又不知道该如何开口。更何况,她也很想听听他在求婚时具体会说些什么。突然,他停了下来,微笑着,向前走了一步。

"穆瑞太太,你愿意嫁给我么?"

如今,她必须做出回应了。她多么希望自己能在他说出这句话之前就阻止他的进一步行动。

"我真的是受宠若惊。"她有些尴尬,"我从来没想到过,你对我有这种意思。"

他不以为然地摆了摆手。

"穆瑞太太,我并不指望你马上给出答案。这是一个需要慎重思考的问题,我们都不是那种会草草步入婚姻的小孩子了。结婚是要承担起一个非常重大的责任。不过,我希望你好好考虑一下成为我的妻子的种种好处。你还记得丁尼生写的那句话么,'手挽着手,我们更上一层楼'?"

就在此时,门开了。法雷先生仅仅是出于礼貌才勉强压制住了自己的火气,不过,希尔达则是长舒了一口气。来者是弗兰克·赫雷尔,她特别热情洋溢地招呼了他。弗兰克在来这里之前去找过巴兹尔,但是没有找到,于是,他来到查尔斯街,决定无论如何都要跟穆瑞太太讲讲珍妮的事情。不过,很显然,他来得很不是时候,已经有人先到了一步,于是他只能坐下来和他们随便聊了起来。不一会儿,巴兹尔也来了,弗兰克看到了穆瑞太太慌乱不安的眼神。只消一眼,她就看出他心烦意乱,脸色惨白,忧虑深重。她大声谈笑着,但是他却没什么笑容,只是一脸痛苦地看着她,让她觉得有点不对劲。看到他这副惨样,她也感到很是痛苦。终于,弗兰克找机会凑到了希尔达身旁，没人能听到他们之间的对话。

“巴兹尔看上去很糟糕，对吧？今天上午，他的妻子过来找我了。你肯定还记得吧，他差不多一年前结婚了。”

穆瑞太太脸色变了，她紧闭双唇，冷漠警惕地看着他，不知道他想说的究竟是什么。

“我去看过他们。”她冷冷地说，“她看起来粗俗又自负，我对她实在是没什么兴趣。”

“她全心全意地爱着巴兹尔，她非常不幸。”他目不转睛地看着穆瑞太太，压低了声音，别人完全看不出来他正在讲话，但是，他说的每一句话，希尔达都听得清清楚楚，那些话像锤子一样，一下下捶打在了她的心上。“她让我给你带个话。她知道巴兹尔爱你，她祈求你可怜可怜她。”

有好一会儿，希尔达不知该如何作答。

“你难道不觉得你对我说这样的话相当无礼么？”她回答道。她一字一顿，仿佛费了很大的力气才把这些词挤了出来。

“确实。”他答道，“我本来也不打算冒这个险，不过，她告诉我，她对巴兹尔的爱就像是心中的音乐，却总是被某种东西阻碍着无法歌唱出来。在我看来，一个那么愚蠢、狭隘、普通的女人竟然产生了这样的想法，她一定是遭受了巨大的折磨。我很抱歉。”

“你觉得我就没有遭受折磨吗？”

希尔达无法继续保持一贯的冷淡端庄。这个问题也一直在她的心头，她再也没有力气压制住自己了。

“你很喜欢他么？”

“不，我不是喜欢他。我崇拜他。”

弗兰克伸出手来与她告别。

“那么，就请你按照自己觉得合适的方式行事吧。你这是在玩世界上最危险的游戏，你这是在玩弄人心……请原谅我说的这些话。”

“我很高兴你告诉了我这些——现在我知道该怎么做了。我会忘记他的妻子。”

弗兰克离开了，不一会儿，法雷先生也起身告辞。和希尔达握手作别时，他问她自己何时可以再来。希尔达还沉浸在和弗兰克谈话带来的震惊中，完全忘记了他此前求婚的事情。不过，现在，她倒是突然有了一种自我牺牲的冲动，此时，他的求婚也不再显得那么荒唐了。事实上，如果接受了他的求婚，很多问题都能迎刃而解。因此，她决定重新好好考虑一下，而不是像最初想的那样直接拒绝掉他。毕竟，她不能贸然行事。

“我明天给你写信。”她庄重地回答。

他笑了起来，充满深情地捏了捏她的手，仿佛她已经接受了他的求婚。屋里只剩下穆瑞太太和巴兹尔了。他翻弄着一本书，漫不经心的动作在此刻心情格外复杂的穆瑞太太看来又无情又冷漠，令她大为光火。那一刻，她想起了他给自己带来的所有痛苦，打心眼里痛恨着他。

“那本书很有意思么？”她冷冷地问。

他不耐烦地把书扔到一旁。

“我还以为那个人永远都不会离开了。一看到他在这里，我就非常生气。你和他经常来往么?”

“你这是什么问题!”她冷冷地回答道,“我想知道你为什么会这么问?”

“因为我爱你。”他脱口而出,“我不想看到你和别人在一起。”

她定定地看着他,眼神格外地平静,内心深处涌起的一股冰冷寒意席卷了她整个身体,因此,她完全无动于衷。

“我想我应该告诉你,法雷先生已经向我求婚了。”

“你准备怎么答复他?”

他的脸色突然变得苍白,声音也嘶哑了起来。

“我还不知道,也许我会答应吧。”

“我以为你是爱我的,希尔达。”

“正因为我爱你,所以我才应该嫁给法雷先生。”

他向前走了几步,抓住她的手。

“不,你不能这么做,希尔达。这实在是太荒谬了。你不知道自己在做的究竟是什么。啊,千万别这么做,看在上帝的分上!你这么做的话,我们两个人都会非常痛苦。希尔达,我爱你,我不能没有你。你不知道,我过去的这一年过得有多糟。最近几个月,我害怕回家,每次走在路上看到我的房子,我就会感到恶心。你不知道,我有多么希望自己干脆在战争中死掉就好了。我不能再继续这么下去了。”

“但是你必须继续下去。”她说,“这是你的责任。”

“我觉得我已经受够了这些所谓的责任与光荣。过去这一年里,我打破了自己所有的原则。我知道,这一切都是我自找的。我很懦弱,也很愚蠢,我必须要承担自己行为酿成的恶果。但是,我没有那么强大的力量,我根本就不爱我的妻子。"

"那么,至少不要让她发现这个事实。对她好一点儿,温柔点儿,宽容点儿。"

"我不可能日复一日、月复一月、年复一年都对她那么好,那么温柔,那么宽容。最恐怖的是,我看不到希望。我真的已经尽力了,努力让一切都好起来,但是却一点用都没有。我们之间差异太大了,没办法继续一起生活下去了。她说的每一句话,都是那么的刺耳,做的每一件事,我都看不惯。男人在娶这样的妻子时,总以为能把她提升到自己所在的高度。太傻了!她只会把男人拉低到自己的高度而已。"

她在房间里来来回回地走着,心神不宁,心中五味杂陈。她知道自己有多么爱他,也知道他的爱也一点都不少;一想到他过得一点都不幸福,她就难受。她停下脚步,看着他,满眼含泪。

"如果不是因为你,我根本就活不下来。"他的话撩拨着她的心弦,"仅仅是因为见到了你,我才有勇气继续生活下去。你每一次来到这里,我对你的爱就会更深一些。"

"那你为什么还要来这里?"她轻声问。

"我控制不了自己。我知道这是一种毒药,但是,我喜欢这种毒药。只要能看上你一眼,我愿意付出自己的灵魂。"

这是他第一次对她说出如此甜蜜的情话;不过,她还是努力让自己强硬起来。

"如果你真的在乎我,那么就像个勇敢的男人一样,做好你自己该做的事情，让我尊重你。你这么做只会断送我们之间的友谊。你难道看不出来吗，你这么做只会让我无法再邀请你到这里来。”

“我控制不了自己。即使我再也无法见到你，我也必须告诉你，我爱你。过去几个月来，这句话一直在我的嘴边，灼烧着我的心，有时候我真的不知道该如何自持。我让你受苦了，我是个瞎子，但是我全心全意地爱着你，希尔达，我不能没有你。”

他向前一步，但是，希尔达却痛苦地大叫了起来，跑开了。

“看在上帝的分上，不要说这样的话！我受不了这样的话。你难道看不出来我有多么脆弱么？可怜可怜我吧。”

“你不爱我。”

“你知道的，我是爱你的。”她非常地生气，大声叫道，“但是，就是因为我对你爱得深沉，我才恳请你履行自己的职责。”

“我的职责就是过得幸福。让我们一起离开这里吧，去一个我们可以坦然相爱的地方，到一个爱情不是罪过也并不丑恶的地方去。”

“巴兹尔，”她哭得更凶了，“巴兹尔，让我们还是行得更端正吧。想想你的妻子吧，她还爱着你，像我一样爱你。对于她来说，你就是她的一切，你不能这么对待她。”

她瘫坐在椅子上，擦干了眼泪。她的痛苦让巴兹尔的热情也冷却了下来，她的泪水让他心如刀割。

“不要哭了，希尔达，我受不了你的眼泪。”

他站在她面前，她轻轻地握着他的手。

“你难道不明白么，如果我们对那个可怜的女人犯下了这么可怕的错误,我们从此以后就再也无法尊重彼此了?她的泪水和她的痛苦将永远横亘在你我之间。我告诉你,我可受不了这个。可怜可怜我吧——如果你真的爱我的话。”

他没有回答,于是她又断断续续地说了下去。

“我知道,我们最好还是承担起自己的责任来。亲爱的,就算是为了我,回到你妻子的身边吧,永远也不要让她知道你爱我。因为我们比她强大,所以我们必须做出牺牲。”

他也陡然失去了勇气,他们都没有说话。最后,他松开了她的手。

“我已经不知道什么是对的,什么是错的了。一切都混在了一起,实在是太难了。”

“巴兹尔,对我来说,这也一样的困难。”

“那么,再见了。”他的心都碎了,“我想你是对的,也许我只会让你变得不快乐。”

“再见了,亲爱的。”

她站起身来,伸出双手,他弯下腰,亲吻了她的手。她难以忍受这份剧烈的痛苦。待到他转身离去、走向门口的时候,她的决心已经消失殆尽了。她不能就这么看着他离开——无论如何,不能这么冷漠地看着他离开。她想,这可能是她最后一次和他见面了,压抑已久的感情爆发了出来,此刻,一切都不再重要了,除了爱。

“不要走,巴兹尔。”她叫道,“别走。”

他转过头来,高兴地叫了起来,把她拥入臂弯。他狠狠地亲吻着她,吻着她的嘴唇,她的眼睛和她的秀发。她哭得梨花带雨。现在，她什么都不管了，一切都不重要了，天塌下来也没关系。一切都不重要了，除了他们之间的爱。

“哦，我受不了了。”她呻吟道，“我不能失去了。巴兹尔，说你爱我。”

“是的，是的！我全身心地爱着你。”

他又一次吻上了她的唇，狂喜之下，她迷醉在了他的柔情蜜意中。她依偎在他强壮的臂弯里，感觉可以就这样幸福地死去。

“巴兹尔，我要你的爱——我非常需要你的爱。”

“现在，再也没有什么能把我们分开了。你永远都是我的。”

他用手轻轻拂过她的脸颊，眼中闪着熊熊的火焰。她沉浸在他狂热的爱情中，为自己能让一个男人如此疯狂而颇感骄傲。

“再说一遍，你爱我。”她喃喃地说。

“希尔达，希尔达，我们终于在一起了！我们要去一个只有爱的地方，在那里，人们只关注爱、青春和美。”

“我们去一个可以永远在一起的地方吧。我们没有那么多时间了，让我们抓住一切能够抓住的幸福吧。”

他又一次吻了她，她喜极而泣。他们疯狂地说着他们之间的爱，他们过去遭受的痛苦，并对未来做着各种大胆的规划。他们忘记了一切，眼中只有爱。此刻，只有当下才是最真实的，他们难以想象过去竟然分开了这么久。当他说没有任何事情能将他们再次分开时，她高兴地握着他的手，因为他们从此就只属于彼此了。是否失去灵魂已经不再那么重要，他们已经拥有了整个世界。不过，突然间，希尔达跳了起来。

“小心！有人来了。”

话还没怎么说出口，管家就走了进来，后面跟着珍妮，巴兹尔吃惊地叫出声来。管家关上了门，一时间，气氛非常尴尬，希尔达不知道该说什么才好。巴兹尔先恢复了平静。

“穆瑞太太，你应该认识我的妻子。”

“是的，我认识她，用不着你介绍了。”珍妮气冲冲地大声说。她快步走向希尔达：“我是来找我的丈夫的。”

“珍妮，你在说什么呢？”巴兹尔预感到情况不妙，大声叫道。他转身面向希尔达：“能让我们两个人单独谈谈吗？”

“不，我想和你谈谈。”珍妮打断了他的话，“我才不想要你那一套虚情假意。我过来就是要把话说清楚的。我总算逮到你了！你就是要把我的丈夫从我身边抢走。”

“安静点，珍妮。你疯了么？看在上帝的分上，穆瑞太太，你先离开一会儿吧。她会冒犯到你的。”

“你只为她着想，却从来都不想想我的感受。你根本就不在乎我承受了怎样的痛苦。”

巴兹尔抓起他的妻子的胳膊，想要把她拉走，但是，她用力挣脱了。希尔达就站在她的面前，面色惨白，良心不安。珍妮的突然闯入让她意识到，她要做的是多么卑鄙丑陋的事情，她被自己的行为吓坏了。她示意巴兹尔，让珍妮把想说的都说出来。

“你这是在偷我的丈夫！”珍妮的喊叫声中充满了威胁，“啊，你……”她一时找不到更有力的词语，浑身上下因为狂怒而颤抖不止：“你这个邪恶的女人！”

希尔达逼着自己开口说话。

“我并不想让你不快乐，肯特夫人。如果你愿意，我可以保证，以后再也不见你的丈夫了。”

“你就这么保证吧，我才不相信你说的话。我知道上流社会的女士们都是怎样的。我们对城里的女士们都了解得透透的。”

巴兹尔向前一步，再次请求希尔达走开一会儿。他打开门，眼神中充满了哀求，她知道自己不能再在这里继续待下去了。但是，尽管她努力回避着他的眼神，她还是能够感觉到，他是在恳求自己，不要因为眼前这充满怨恨的不堪场面而生气。

“她害怕我了，”珍妮粗野地低声说道，“她不敢面对我。”

他关上门，转向他的妻子。他的脸因为愤怒而变得苍白，对此她却完全没有察觉到。

“你来到这里，闹这么一出，究竟是什么意思？”他生气地说，“你根本就没有权利到这里来。你到底想要干什么？”

“我想要找你。你难道以为我猜不到这里会发生的事情么？我在这里已经等了好几个小时了，我看到人们进进出出，最后，我知道，只有你们两个单独在一起了。”

“你是怎么知道的？”

“我给了管家一英镑，他告诉我的。”

因为感到厌恶，巴兹尔打了个冷战，看到他对此鄙夷不屑的样子，她苦涩地笑了起来。这时，她在靠近窗户的桌子上看到了巴兹尔的照片，巴兹尔还没来得及阻止，她就一把抓起照片，扔到了地上，并且用脚恶狠狠地踩了上去。

"她没有权利把你的照片摆在家里。我恨她,我恨她!"

"你简直要把我逼疯了。看在上帝的分上,你走吧。"

"你不走的话,我也不走。"

他看了她一会儿,试着控制住此时心头涌起的强烈恨意。他走到她跟前,抓住她的胳膊。

"听着,我在上帝面前发誓,今天之前,我从来都没有做过任何你不知道的事,说过任何你不知道的话。我努力履行自己的责任,尽全力让你幸福。我已经用尽了自己所有的力气去爱你。但是,现在,我不想再骗你了。你还是了解一下究竟发生了什么比较好。今天下午,我对希尔达说,我爱她……并且,她也爱我。"

珍妮气哭了,一时冲动之下,她挥着手中的雨伞,向他的脸打去。他一把夺过雨伞,在暴怒中用膝盖把伞折断,扔到了一边。

"这都是你自找的。"他说,"你让我过得太苦了。"

他看着她,就像是看着一个初次见面的陌生女人一样。她就站在他的面前,喘着粗气,不知如何是好,努力想要控制自己。

"现在,一切都结束了。"他冷冰冰地说,"我们的日子没有办法再继续过下去了。我已经尽力了。我要走了。我不能也不想继续和你生活在一起了。"

"巴兹尔,你说的不是真的。"她突然意识到他说这番话时特别的认真,喊出声来。在此之前,她一直以为巴兹尔只是说了些狠话而已:"你甩不掉我的,我不会让你走的。"

"你还想要什么呢?"他愤愤不平地问,"你已经彻底毁掉了我的生活,这还不够吗?"

“你不爱我了么?”

“我从来就没爱过你。”

“那么你为什么要娶我呢?”

“是你让我娶你的。”

“你从来都没爱过我?”此时,她已经彻底崩溃了,浑身颤抖,低声重复着,“即使是刚开始的时候,你也没爱过我吗?”

“从来没有。现在才这么说确实是太晚了。我希望告诉你实话,并做个了结。你已经闹了好儿个月了,现在轮到我了。”

“但是,我爱你啊,巴兹尔。”她大哭起来,走到他的面前,伸出手来搂住他的脖子,“我会让你爱上我的。”

但是,巴兹尔甩开了她。

“看在上帝的分上,别碰我!……珍妮,我们就好聚好散吧。我很抱歉。我并不想对你不好,但是,你也看到了,我确实不喜欢你。我们何苦再继续欺骗自己,假装相爱,继续过这种苦不堪言的日子呢?”

她盯着他,一副低声下气的可怜模样,想要憋住泪水,却忍不住哭得浑身打颤。此刻,她的眼睛也比往常大了不少。

“是的,我看到了。”她声嘶力竭地叫着,“但是,我不相信。当我把手放在你的肩上,我看到你情不自禁地发抖;当我吻你的时候,你也没有半点要拒绝的意思。”

他毕竟也不是个硬心肠的人,现在,最初的怒气已经散去了,他又不自觉地被她语气中的悲怆深深打动。

“珍妮,我不爱你,这个我也没办法啊。我爱的是别人,这也不是我能控制得了的事情啊。”

“那你准备怎么办呢?”她怯生生地问道,不知道他会如何回答。

“我要离开。”

“去哪儿?”

“天知道!”

他们静静地站了一会儿,谁都没说话。珍妮打算整理一下自己的思路,她现在心乱如麻,各种各样的想法在她的脑海中翻滚不息。这时,管家轻声走了进来,递给巴兹尔一张便条,说是穆瑞太太让他带来的。管家离开后,巴兹尔才打开便条,读完后,他一言不发,把便条递给了珍妮。

你可以告诉你的妻子,我已经决定嫁给法雷先生了。我再也不会见你了。

——希尔达·穆瑞

“这是什么意思?”珍妮问。

“这还不清楚么?其他人向她求婚,她准备答应了。”

“但是,你说过,她爱的是你啊。”

他耸了耸肩,没有讲话。这是,珍妮的心中又重新燃起了希望,她伸出手,温柔地走向他。

“巴兹尔,如果这是真的,那就再给我一次机会吧。她不会像我一样爱你的。我很自私,喜欢吵架,对你有很高的要求,但是,我一直都爱着你。啊，巴兹尔，不要离开我。让我再试一遍，看看是否能让你重新爱上我。”

“抱歉，”他垂下头，不看她，“现在已经太晚了。”

“啊，天啊，我该如何是好？”她叫道，“即使她已经下定决心要嫁给别人了，在这个世界上，你最爱的还是她吗？”

他点了点头。

“即使她嫁给了别的男人，她也依然爱你。在你和她之间完全没有我的立足之地，我只能像个被开除的下人一样，黯然离去。啊，上帝啊，上帝啊！我究竟做了什么，竟落得如此下场？”

“让你这么痛苦，我很抱歉。”她的痛苦深深打动了他，他低声说道。

“不用你可怜我！你觉得我现在需要你的怜悯吗？”

“你最好还是离开吧，珍妮。”他轻声说。

“是的，你已经说过不再需要我了，往后的路，我要自己走。”

他看着她，踌躇了片刻，然后耸了耸肩。

“那么，再见吧。”

他走了出去，珍妮的目光一直追随着他的背影。一开始，她无法相信他已经走了。她觉得，他一定会转过身来，把她拥入怀中；他一定会走上楼梯来，告诉她他依然爱她。但是，他没有回来。透过窗户，她看到他就这么离开了。

“他就这么地走了。”她低语道。

然后，伤心欲绝的她瘫倒在地上，用手捂着脸，嚎啕大哭起来。

十四

很快,珍妮站起身来,走下楼梯。她默默地走到大街上。虽然整个人已经精疲力竭了,但是,出于节俭的本能,她还是没有叫马车,只是拖着沉重的步子往滑铁卢走去。天色已经晚了,又黑又冷,十一月的细雨打湿了她的衣服,不过,此时她正处在巨大的悲伤之中,完全没留意到这些。她就这么走着,眼睛直勾勾地看着眼前的道路,满脸绝望,眼中既没有路边的房屋,也没有其他的行人。她穿过熙来攘往的皮卡迪利大街,就像是穿过一条空无一人的街道。人们或是撑着伞,急急忙忙赶回自己的家,或是无视糟糕的天气,在街上漫无目的地游荡。时不时地,她会啜泣上几下,然后,突然间,炽热、痛苦的泪珠顺着她的脸颊滚滚落下。前路漫漫无尽头,她的力气很快就用光了;她的四肢像灌了铅一样沉重,而且疼得厉害。但是,即便如此,她还是不想坐车,因为,她知道,坐着不动只会让自己更痛苦。她走过威斯敏斯特大桥,还没意识到时,就已经走到了滑铁卢。她神情恍惚,走得踉踉跄跄的,路旁的搬运工人还以为她喝了酒。她问他们,什么时候有火车,然后就坐下来等。路灯的光芒费力地穿透潮湿的黑夜,在忽明忽暗的光线里,车站显得格外空旷、幽暗。这真是个不可思议的地方,脏乱、恐怖,以古怪的姿态延伸向无尽的远方,人来人往,搬运工人搬着行李匆匆走过,火车来了又去……此情此景在内心备受煎熬的她看来，愈发显得丑陋、阴暗。

最后，珍妮到了巴恩斯，但是却一点都没有感到轻松，相反，回到这里后，她更痛苦了。她回想起，夏日时分，在温柔的蓝天下，她挽着巴兹尔的胳膊，在大街上散步，现在，这里又黑又丑，金雀花早已干枯败落，湿漉漉脏兮兮的，即使在夜色的掩映下，一切也都显得那么的凄清、污浊。她回到了自己的小房子里，走进门，走上楼梯，心中兀自期盼着巴兹尔已经在家了……她不可能再也见不到他了。但是，他却不在。现在，泪水已经无法表达她的痛苦了，她只能在房间里走来走去，疯了似的把屋子里摆乱了的东西放回到原处。在卧室里，她照了照镜子，和穆瑞太太做了个比较。她有些苦涩又有点骄傲地发现，自己秀发飘逸、眼神明亮、皮肤完美无瑕，虽然发生了那么多事情，但是她还是比穆瑞太太美多了。她也更年轻。她还记得，自己当年在金皇冠酒吧里风光无限，备受瞩目，她实在是想不明白，为什么在巴兹尔面前，自己会如此毫无招架之力。有多少男人狂热地爱着她，多少男人任由她随意摆布；有些男人色眯眯的，老是盯着她看，如果她无意间碰到了他们的手，他们整个人都会抖个不停；还有些男人，她只要冲他们轻轻一笑，他们的脸色瞬间就会变得苍白。她还是那么的美，但是巴兹尔却对此无动于衷。她困惑不已，带着英国人骨子里特有的清教徒本能，她苦苦问自己，究竟做了些什么，竟会遭受这样的惩罚。她已经尽力了，她努力做巴兹尔的好妻子，做一个忠诚的妻子，千方百计想要讨他的欢心；但是，他却还是讨厌她。全能的上帝大概是在与她作对吧，在这股强大的报复性力量面前，她毫无招架之力。

她仍然抱有一线希望,默默地在家里等着。她知道每班火车到达的时间,苦苦地算着火车到站后从火车站走回家的时间。夜晚就这么一点点过去了,火车一辆接着一辆到站,但是却始终不见巴兹尔的踪影。末班车也过去了,她绝望了,知道他今晚是不会回来了。她知道,他们之间是真的结束了,她最后的一线希望也没了。她又想起他朝她恶语相向时的满脸嫌恶,压抑已久的情绪爆发了出来,在那一刻通通化为无法控制的愤怒,现在回想起来,她仍不寒而栗。珍妮全身心地希望自己能够忘记他的所作所为,事到如今,即使是他不爱自己,只要他愿意回来,她也会充满感恩。她愿意付出一切,让时间倒流,回到他还没有承认对穆瑞太太的爱的那一刻,怀疑虽然令人倍感煎熬,但总也好过如今这可怕的事实真相。她什么都能忍,只要能不失去他;只要能偶尔看到他,她就心满意足了!她真希望自己能早点死去。

她的心猛地一抽。早点死去……这就能解决所有的问题了。她再也无法活在这种痛苦里,这种感觉实在是太可怕了——死了就好了,就什么感觉都没有了。

“他们没有给我留任何余地。”她反复说着,“我阻碍了他们的路。”

也许只有一死,她才能最后为巴兹尔做点什么,他也才会为她感到难过。他可能会后悔自己说过的话,后悔自己没有对她更好一点、更宽容一点。她知道,活着的时候自己是无法赢回他的爱了,但是,如果她死了,谁知道会有什么奇迹发生呢?这个想法攫住了她,占据、控制住了她的心。这个可怜的女人突然一阵兴奋,用尽自己所有的力气,丝毫都没有犹豫,站了起来,戴上帽子,走出了家门。她快步走在路上,支撑着她的是赴死的决心。她希望通过一死从所有烦恼中解脱出来,从极端的痛苦中挣脱出来,获得平静和安宁——这种心灵上的痛苦是所有身体上的疼痛都无法相比的。她走到河边,在这幽黑寂静的夜里,河面一片漆黑,河水静静流淌着,水流湍急,刺骨冰冷,甚是凶险。但是,这一切丝毫没有令她感到恐惧,如果她的心跳加速了,那也是因为一想到痛苦即将终结,她的心中充满了喜悦。夜色阴沉,她却很高兴,她感谢上帝,因为下雨天里,在河边闲逛的人早就不知去向。她沿着曳船道走到了一个熟悉的地方:这里水深坡陡,一年前,一个女人在这里跳河自杀了。之前,珍妮路过这里时总会不自觉地颤抖,有一次,走过附近时,她还半开玩笑地和身边的人说,她正在走向自己的坟墓。一个男人走了过来,她马上躲到了墙角的阴影中,生怕被别人发现。花园里的树上,水滴不断地往下掉。她来到了自己一直在寻找的地方,四处张望,确定没有人在周围。她摘下帽子,把帽子放到墙角下,尽量不让雨水把它淋湿;然后,她没有丝毫犹豫,径直向河边走去。她一点都不觉得害怕。她看了一会儿缓缓流过的无情河水,然后,纵身跳了进去。

巴兹尔离开了穆瑞太太家,先是去了哈利大街,但是弗兰克不在,于是,他就来到了自己的俱乐部,在那里闷闷不乐地坐了一整个晚上。穆瑞太太要嫁给万灵教堂的牧师法雷了,一想到这个,他就心如刀割。并且,对于自己给妻子造成的痛苦,他也感到追悔莫及。

一开始，他打算在城里过夜，不过，他越想越觉得自己还是应该回到巴恩斯。虽然打定主意要和珍妮分开了，但是想到他们之前一起经历的种种，他不想赌着气结束这一切。但是，他又不想马上就见到她，所以决定尽量晚点回去，最好等到她上床睡觉之后。他肯定是睡不着了，想到一夜无眠，他又很是恐惧，于是决定一路走回去，让自己的身体累一点。他回家时已经凌晨两点了，正准备进门时，巴兹尔吃惊地发现，一个警察正在按自己的门铃。

“有什么事情吗，警察先生？”他问道。

“你是巴兹尔·肯特先生么？你能跟我们回局里一趟么？你的妻子出了意外。”

巴兹尔大叫一声，心里咯噔一下，问警察这话究竟是什么意思。但是，警察只是又重复了一遍，让他马上到警察局去。于是，他们一起急急忙忙地赶到了警察局。一个巡警告诉了他不幸的消息。

“我们找你来是确认你妻子的遗体。一个人看见她在河边走来走去，然后跳进了河里。在我们赶到那里之前，她已经溺亡了。”

巴兹尔一时无法完全理解这番话的意思，目光呆滞，满是恐惧。他张了张嘴，想要说点什么，但是呜咽着什么都说不出。他看看这个人，又看看那个人，所有人都冷漠地看着他。他感觉整个屋子都转了一个方向，然后，他就什么都看不见了。他受了惊，马上就要晕过去了，他感觉简直有人在粗暴地把他的头骨撕扯开。他伸出手，到处乱指一气，巡警会意，把他带到珍妮躺着的地方。一个医生还在那里，但是，已经无力回天了。

“这是她的丈夫。”带巴兹尔进来的人说。

“我们已经无能为力了。”医生喃喃地说，“把她捞上岸时，她就已经不行了。”

巴兹尔看了看她，用手遮住了自己的脸。他觉得自己马上就要尖叫了。太可怕了，这不可能。

“你知道她为什么要自杀吗？”医生问。

巴兹尔没有回答，他心烦意乱，看着她紧紧闭上的双眼和被河水湿透了的乱发。

“啊，上帝！我该怎么做才好？一点办法都没有了么？”

医生看了看他，让人给他倒了一杯白兰地。但是，巴兹尔却反感地把杯子推到了一旁。

“现在我该怎么做才好？”

“你最好回家去。我送你回去。”医生说。

巴兹尔一脸恐惧地看着他，他的眼睛是黑的，在死一般苍白的脸上闪烁着，看起来有些恐怖。

“回家？我能在这里待着么？”

医生抓着他的胳膊，把他带走了。没走多远就到家了，在门口，医生问他自己一个人能不能扛得住。

“可以的，我没事儿。别担心。”

他走进门，走上楼梯，心中升起了阵阵恐惧。黑暗中，他被一把椅子绊倒了，吓得尖叫了起来。他坐下来，想要理理思路，但是，他脑海中思绪翻涌不停，简直就要疯掉了。从此以后，他的脑袋就要遭受身体和精神两种痛苦的同时折磨。他又想起在警察局里看到的场景，此前混乱模糊的场景渐渐变得清晰。此刻，他突然想起了当时的每一个细节(每个人的特点、表情都完全不同),以及,珍妮的遗体!那个场景直击巴兹尔的灵魂深处,他又恐惧又后悔,几乎马上就要昏过去。他痛苦地呻吟着,他从来不知道一个人竟然能经历这么巨大的痛苦。

“啊,如果她能再多等一会儿就好了!要是我早点回来就好了,我本来可以救她的。”

然后,他异常清晰地记起来下午发生的一切,自己当时的残忍令人震惊。他回忆着他说的每一句话,以及珍妮的回复,仿佛还能看到她请求他再给自己一次机会时的可怜表情。她的声音依然在他的脑海中回响,她眼里流露出来的彻骨悲凉令他心碎不已。这都是他的错,全都是他的错!

“是我害死了她,我简直是亲手把她给勒死了。”

他的想象力被彻底地激发了出来,河边的场景浮现在了他的眼前:浊流湍急,彻骨寒冷。他仿佛听到了落水的声音,以及周围人的刺耳呼喊。他看到了她的挣扎——在那落水的一瞬间,求生的欲望超过了其他一切。她被水淹没时的痛苦与恐慌令他头痛欲裂,他仿佛也感觉到被水呛住了,徒劳无功地想要呼吸到一口新鲜空气。他痛哭失声。

然后,他回忆起了珍妮给他的澎湃爱意,以及自己的忘恩负义。他追悔莫及,恨自己之前为什么没有真正地努力一把。遇到了第一个难题后,他就泄气了,也把自己的责任抛在了脑后。她是那么信任他,把自己整个托付给了他,但是,他给她带来的却只是无尽的痛苦,而不是她所应得的幸福,他给她带来的是可怕的死亡,而不是因为有了他而更丰沛的生之渴望。最后，他觉得自己也没有办法继续活下去了，因为，他痛恨自己，鄙视自己。明天以及往后的日子会是什么样，他根本不敢去想。他自己的生命如今也结束了，在这痛苦与绝望中结束了。他该如何继续活下去？其他人看他的眼神必将满是责备，他的灵魂再也无法得到安宁，他再也无法在夜里安然入睡。他很想像珍妮一样结束自己的生命，通过这种方式为她的死亡付出自己的代价，同时换得内心的安宁。在一股可怕的力量的指示下，他像被催眠了一样，走下楼梯，走到街上，走到河边，来到了珍妮纵身一跃的地方。他知道这里。虽然周围一片漆黑，但是，他可以看到这里曾经发生的一切：河岸上的泥土被人们踩来踩去，已经被压实了。但是，看着奔流不息的河水，他又失去了勇气。河水冷得刺骨，他无法忍受溺水时的绝望。然而，她却那么轻而易举地就做到了。她一定是勇敢地纵身一跳，没有片刻迟疑。巴兹尔整个人都吓坏了，同时也深深地嫌恶自己的怯懦，于是快步转身离开了这个可怕的地方。他很快就跑了起来，到家时四肢都在不停地颤抖。原来，无论如何，他都没准备好直面死亡。

但是，他仍然觉得很难继续活下去，于是从写字台的抽屉里拿出了一支左轮手枪，装上了子弹。只需轻轻扣动扳机，这令人无法忍受的耻辱、悔恨以及所有的难题，就都结束了。他盯着自己手中的这个精致小巧的武器，像是中了魔法一样，用手颤颤巍巍地抚摸着它，然后，他突然用力地把它扔到了一旁。他还不能就这样结束自己的生命，因为，无论如何，他还爱着它。他还会感到害怕，一想到这个，他就充满恐惧地颤抖了起来。他知道，受伤带来的痛是微不足道的。他在战场上受过伤，当时，他几乎都没感觉到那颗撕裂他身体的子弹带来的痛苦。钟敲了三下。他不知道该如何忍受这剩下的夜晚。天亮前至少还有五个小时的时间，夜的黑暗令他恐惧。他试着读书，但是，他的思绪太混乱了，什么都读不进去。他在沙发上躺下，闭上眼睛，试着入睡，但是却在眼前清晰地看到了珍妮那张苍白的脸庞，以及她紧握的双手、滴水的头发。房间里实在是安静得恐怖。他看到了珍妮的针线活还放在小桌子上，她出门很匆忙，随手把它们扔到了那里。他仿佛又看到了她，像往常一样坐在那里，绣着不知道什么东西。他再也忍受不了这样的痛苦了，他跳起来，抓起帽子就出了门。他必须找个人说说话，他必须要找到一个人听他诉说自己的无尽痛苦。他忘记了时间，只是快步朝前走着。路上一个人也没有，又黑又冷，天上连个星星也没有，他根本看不清眼前的路。一路上，他没碰到任何一个人，他就像是在沙漠里一样，孤独地走着。终于，他过了桥，看到了一些屋子。她走到人行道上，想到这里的街道上在白天里的人来人往，他没有那么焦虑和害怕了。原本毫无目标的行走如今也有了清晰的方向，他朝着弗兰克家走去。他一定要找个人帮帮自己，告诉他到底要怎样才能继续活下去。他已经累了，脚步越来越慢，而眼前的路却怎么走都看不到尽头。渐渐地，城市也苏醒了过来。时不时地，满载货物的马车匆匆驶向考文特花园，牛奶铺子的灯也亮了起来。他发自内心地羡慕这些在清晨辛勤劳作的人们，看着他们忙这忙那，他感觉自己又重新回到了人间。他在一个卖肉的铺子前站了一会儿，他就这么定定地看着，闪耀的灯光下，肌肉健壮的店员正在劲头十足地擦地。

最后，也许是离开巴恩斯几个小时后，他终于踉踉跄跄地走到了哈利街。他拉响了弗兰克的夜用门铃，然后在门口等着。没人应答。他有些绝望，怕是弗兰克出诊去了。他此时精疲力尽，几欲昏厥，一步都走不动了，真不知道自己还能去哪里。从午夜开始，他已经走了整整十六英里了。他又按了下门铃，这次，他听到了应答。门厅里的灯亮了，门开了。

"弗兰克，弗兰克，看在上帝的分上，快让我进去！我快不行了。"

弗兰克很是吃惊，眼前的巴兹尔头发凌乱，没穿大衣，浑身湿透，并且沾满了泥。他的脸色苍白憔悴，看上去很吓人，眼神也像是疯子那样，随便盯在哪里就死死不放。他没有多问，只是扶着巴兹尔，把他带进了屋。进到屋里后，巴兹尔仅存的一点点力气也用尽了，他瘫坐在椅子上，晕了过去。

"傻瓜！"弗兰克喃喃低语。

他抓住他的脖子，用力把他的头压下去，垂在两膝之间。很快，巴兹尔恢复了意识。

"先别抬起头来，我去给你拿点白兰地。"

弗兰克不是个一碰到突发情况就乱了手脚的人。他有条不紊地倒出适量的白兰地，让巴兹尔喝了下去。他让巴兹尔先静静坐一会儿，不要说话。然后，他拿出自己的烟斗，装上烟叶，慢慢地点燃，默默地坐下，把自己严严实实地裹了起来，然后抽起烟来。他动作中透出的冷静给了巴兹尔极大的安慰，弗兰克并没有因为他的突然闯入而惊讶，而是依旧那么淡定自若。这让巴兹尔也摆脱了极度的恐惧和紧张。弗兰克的漫不经心在巴兹尔身上起了一种类似催眠的作用,他莫名觉得放松了不少。过了好一会儿,医生终于转过身来,看着他:

“你还是把身上的湿衣服脱下来吧。我可以给你一套睡衣。”

弗兰克的声音把巴兹尔带回到了可怕的现实中来。他瞪着眼,哑着嗓子,痛苦地喘息着,毫无条理地告诉了弗兰克整个可怕的事件。然后,他又崩溃了,用手捂着脸,再次哭了起来。

“啊,我受不了——我真的受不了!”

弗兰克一边看着他,一边思考,考虑该如何是好。

“昨晚,我差点自杀。”

“你觉得这么做能有什么用么?”

“我鄙视我自己。我觉得我没有资格继续活下去了。但是,我却没有胆量跳下去。人们总是说,毁掉自己的人是懦夫:他们那是不知道自杀需要多么大的勇气。我无法面对那种痛。然而,珍妮却那么轻而易举地就做到了——她就那么走到了曳船道上,然后纵身跳进了河里。我真不知道另一端究竟有什么。也许这世上真的有一个残酷的复仇之神,若是我们触犯了他的律法,他就会惩罚我们,直到永远。”

“巴兹尔,如果我是你的话,我不会这么激动。你到隔壁的房间睡一会儿吧。如果能睡上几个小时,你会感觉好不少。”

“你觉得我还能睡得着吗?”巴兹尔叫道。

“走吧。”弗兰克抓起他的胳膊。

他把他带到了卧室,脱掉他的衣服,让他躺了下来。巴兹尔没有反抗。然后，弗兰克拿出他的注射器。

“伸出你的手来，不要乱动。我会给你打一针，不痛的。”

他给他打了一点吗啡。过了一会儿，他很满意地看着巴兹尔舒舒服服地睡着了。

弗兰克放下注射器，若有所思地笑了。

“真是有意思，”他低声说，“最狂烈、悲伤的人类情感，竟抵不过一针吗啡。”

那个小小的玩意儿能抚平混乱的思绪，在其作用下，悲痛和悔恨都失去了力气，良心的不安也消失了，人类最大的敌人——痛苦——被完全制服了。这也再次强调了那个事实：人类最微妙的情感，不过取决于愚蠢的人将哪些事情归入不道德的范畴。弗兰克把自己痛恨的二元论者、唯心论者、基督教科学家、骗子、科学的鼓吹者都狠狠地骂了一通，然后把自己裹在毯子里，舒舒服服地躺在扶手椅上，等待着迟迟不来的黎明。

两小时后，弗兰克来到了巴恩斯，在警察局里，他获得了更多关于珍妮不幸死亡事件的具体信息。弗兰克告诉警方的调查员，肯特现在完全崩溃了，无法亲自处理相关事宜。他给他们留下了自己的地址，并协助完成了警方需要的各种流程。他了解到，死因讯问可能在两天后进行，他保证巴兹尔到时候一定能亲自出席。之后，他去了他们家，女仆正在因为男女主人都不在家而惊慌失措。他告诉她昨天发生的事情，然后给詹姆斯·布什写了一封信，告诉他发生了什么。他答应女仆，明天早上还会回来，然后回到了哈利街。

巴兹尔已经醒了，整个人都很颓废。他整整一天没有说话。弗兰克只能在心里猜想他正在经受的巨大悲痛。他的脑海中不停地回放着与希尔达在一起时的场景,以及他对妻子的恶语相向。想到妻子时,他只能看到两个画面:她恳求他再给一次机会,然后就是——死亡。有时候,回忆起对希尔达说的那些激情澎湃的话语,他觉得自己就要痛苦地喊叫出声来:正是因为自己最后在这份激情面前屈服了,才导致了这场悲剧的发生。

第二天,弗兰克正准备出门,回头看了看巴兹尔——他正郁郁地盯着炉火。

“老兄,我要去巴恩斯了。你有什么东西要我带回来么?”

巴兹尔浑身剧烈地颤抖起来,脸色愈发苍白骇人。

“讯问怎么样了?我一定要去参加么?”

“恐怕是的。”

“那样的话,一切就会大白于天下。人们会知道,这都是我的错,我以后就再也抬不起头来了。哦,弗兰克,还有什么其他的办法么?”

弗兰克摇摇头,巴兹尔垂下嘴角,一脸绝望。他没再说别的什么。弗兰克出门时,他却跳了起来。

“弗兰克,有一件事你一定要帮我。我想你一定觉得我是个卑鄙残忍的人。上帝知道,我厌弃自己,就像其他所有人一样。但是,看在我们多年友谊的分上,再帮我一次吧。我不知道珍妮对她的家人说了些什么,他们一定会很高兴能在我失意低沉时把我彻底击垮。但是,无论如何,不管付出怎样的代价,一定不能让穆瑞太太受到牵连。”

弗兰克停下来想了一会儿。

“我想想看能怎么做。”他答道。

在去滑铁卢的路上，弗兰克去了一趟老皇后街。莱伊小姐正在吃早餐。

“巴兹尔今天早上怎么样？”她问。

“可怜的家伙，他现在糟糕透了。我真不知道该拿他如何是好。也许，讯问结束后，他应该马上出国。”

“在那之前，你为什么不让他住在我这里？我可以把他喂得饱饱的。”

“你只会大惊小怪。还是让他自己一个人待着吧。他会不停地想，直到精疲力尽，然后情况就会渐渐好起来了。”

对于他拒绝自己建议时表示出来的轻蔑，莱伊小姐只是淡淡一笑，等他继续说下去。

“听我说，我想让你借我点钱。你能今天上午给我的账户存二百五十英镑么？”

“当然可以。”她答道，很高兴他这么问了。

她走向桌子，拿出支票簿，弗兰克微笑着看着她。

“你难道不想知道这笔钱是做什么用的吗？”

“不想，除非你自己愿意告诉我。”

“你可真是个可靠的朋友！”

他热情地和她握了握手，看了一眼表，然后就匆匆赶去了滑铁卢。到巴兹尔家门口时，女仆范妮给他开了门，告诉他詹姆斯·布什已经在等着见他了。她说，詹姆斯一直在跟她讲，要怎样毁掉巴兹尔,并且在屋里到处翻找文件和信件。弗兰克昨天就把所有的东西都锁起来了,此刻,他为自己当时的谨慎而感到庆幸。他轻轻地走上楼,打开门,只见詹姆斯正在试图用各种钥匙打开写字台的抽屉。弗兰克进来后,他吓了一跳,但是很快又恢复了镇定。

"为什么所有的抽屉都锁上?"他无礼地叫道。

"大概是为了阻止好奇的人翻看里边的东西。"弗兰克答得温文尔雅。

"那个人在哪里?他害死了我的妹妹。他是个恶人,是个杀人犯!我要当着他的面骂他!"

"我之前就想着大概会在这里见到你,布什先生。我想和你好好谈谈。你能坐下么?"

"不,我不坐!"他恶狠狠地说,"这里不是绅士应该坐的地方。我要跟他好好算算账。我要给陪审团讲一个精彩的故事。他应该被吊死。是的,被吊死。"

弗兰克用锐利的眼神看着眼前这位拍卖行店员,注意到他的眼睛敏锐多疑,嘴唇很薄,表情中透着卑劣。现在,还没在交叉问讯中交待自己的家务事儿呢,巴兹尔就已经病得很厉害了,整个人都崩溃了。为了避免讯问时出现不光彩的场面,弗兰克觉得应该满足一下詹姆斯的心理,而这并不是什么难事。但是,因为对眼前这个人的厌恶,他决定采用一种坦诚得近乎残忍的方式。他觉得,对付这种人,没必要遮遮掩掩,也没必要拐来拐去掩盖自己的本意。

"你觉得在讯问时大闹一场对你来说有什么好处?"他盯着对方的眼睛,问道。

“哈,你已经想到了这一点,是吧?是巴兹尔大人让你来找我的么?没用的,小子。我就是要尽我所能,搞臭巴兹尔。我一直在忍受他。他对我太差了,就好像我只是微不足道的尘埃。可以说,对他来说,我总是不够好。”

他怀着最大的恨意吼出这些话,可以想象得到,其实他根本不关心自己妹妹的死活。只不过,这件事给了他一个机会,让他能够发泄出长久积攒的怨气。

“你不妨坐下来,不要打断我,让我说五分钟。”

“你这是想要迷惑我,我不会让你得逞的。我一眼就能看穿你的把戏,在我眼里,你就像是一块透明的玻璃。你们这些住在伦敦西区的人们——你们总觉得自己知道所有的事情。”

弗兰克只是静静地等着,等他说完这些无礼的话。

“你觉得这一屋子家具值多少钱?”他不紧不慢地问道。

这个问题让詹姆斯一愣,但是很快答道:

“值多少钱和能卖多少钱可完全是两码事。如果让一个懂行的人来卖的话,差不多能卖一百英镑吧。”

“巴兹尔考虑把它们送给你的母亲和妹妹——前提是,讯问时你们不要乱说话。”

詹姆斯讥讽地大笑起来。

“你可真是让我笑出声来。你以为送我母亲和妹妹一屋子家具就能堵住我的嘴了么?”

“对于你表现出来的冷漠,我可并不赞赏。”弗兰克冷笑道,“现在到你了。你好像欠了巴兹尔很多钱,你能还吗?”

"不能。"

"还有,你在上一份工作中好像遇到了点账目问题吧?"

"这是瞎说。"詹姆斯急躁地打断了他的话。

"也许吧。"弗兰克极其冷静地答道,"我之所以提起这件事,只是想提醒你,你也是个聪明人,如果你要小题大做的话,那我们也可以让你的日子很不好过。家丑若是外扬了,那双方都可以说上不少东西。"

"我可不在乎。"詹姆斯恨恨地喊着,"我就是要报复。如果能给他来上一刀,我也愿意承担这么做的后果。"

"我明白,你就是想在陪审团面前把巴兹尔婚姻生活的全部都抖搂出来。"弗兰克停了下来,看着眼前的人,"我可以给你五十英镑,让你闭嘴。"

这个交易本身就是个讽刺,詹姆斯的脸立马红了。他气得跳了起来,向弗兰克走去。弗兰克还是坐在那里,饶有兴致地看着他。

"你是想要贿赂我吗?我要让你知道,我是个绅士,并且,更重要的是,我是个堂堂正正的英国人,我以此为荣。之前可从来没有人贿赂过我。"

"如果有的话,你一定会接受的。"弗兰克轻声低语。

弗兰克的冷冰冰让詹姆斯感到挫败。他隐约感觉到,自己这番夸张的言辞有些可笑,弗兰克已经找到了对付自己的策略,一切虚伪造作都是没有用的。

"好啦好啦,布什先生,别傻了。这笔钱对你来说无疑是非常有用的,你那么聪明,怎么会让私人恩怨影响自己的大事业。"

“你以为五十英镑对我来说意味着什么?”詹姆斯叫道,语气中有些犹疑。

“你一定是听错了,”弗兰克快速瞥了他一眼,说道,“我说的可是一百五十英镑。”

“啊!”他的脸又红了,脸上的表情很是微妙,“那就不一样了。”

“那么?”

弗兰克看得出来,眼前这个男人正在内心中激烈地挣扎着。让他感到有趣的是,他竟然有一丝羞愧。詹姆斯犹豫了,但还是强迫自己说出了下面这番话;只不过,他的话里没有了往日的自信——他声音很轻,几乎是在耳语。

“要是两百的话,我就同意。”

“不。”弗兰克斩钉截铁地说,“你可以拿走一百五十英镑,或者直接滚开。”

詹姆斯没有回答,但是看样子他是已经同意了。弗兰克从口袋里掏出一张支票,在桌子上写好,交给了詹姆斯。

“我先给你五十英镑,剩下的钱讯问结束后再给你。”

詹姆斯点了点头,没有答话。此刻,他表现出了从未有过的谦恭。他看了看门,又看了看弗兰克——后者马上明白了他的意思。

“这里没你什么事了。需要你的话,我会再找你的。”

“那就再见了。”

詹姆斯·布什离开了,像一只落荒而逃的杂种狗。很快,女仆走了进来。

“布什先生离开了么?”弗兰克问。

“是的。总算把他给打发走了。”

弗兰克若有所思地看着她。

“啊,范妮,这世上若是没有了流氓,对诚实正直的人来说,那日子可真的是太难过了。”

十五

六个月过去了,和煦的夏日微风再一次吹进了莱伊小姐位于老皇后街的房子里。她正在和刚从遥远的东方周游回来、重获新生的卡斯蒂利恩太太一起吃午饭。为了把自我提升和个人娱乐结合在一起,保罗提议去印度庆祝他们的重归于好,在那里享受第二次蜜月,同时他也可以在那里研究几个在政治上很有价值的问题。卡斯蒂利恩太太穿着一件夏日连衣裙,风采依旧,还是保留着自己那一贯如德累斯顿瓷器般的优雅考究。同时,言行间新增的温柔,让她比以往显得更有魅力了。她让头发回归到了本来的颜色,以此展示自己内心的变化。

"你喜欢我现在的头发吗,玛丽?"她问道,"保罗说,这让我看起来年轻了十岁。我现在也不化妆了。"

"完全不化妆了么?"莱伊小姐笑着问道。

"当然,我还是会抹点粉,但那算不了什么。还有,你知道吗,我已经不用粉扑了。你不知道,我们在印度时有多快乐,保罗真的是个理想的丈夫。他对我实在是太好了。我重新爱上了他。我相信,下一次封爵时,他一定能得到男爵爵位。"

"这是对他美德的奖赏。"

卡斯蒂利恩太太脸红了,她笑着说:

“你知道吗,我很怕自己成为一个无聊的假清高,但是,现在我发现,做一个好人,问心无愧,这种感觉实在是太棒了……现在,告诉我,在我不在的这段时间里大家都怎么样了。你这个冬天是怎么过的?”

“和往常一样,我去了意大利。我的表亲阿尔杰农和他的女儿在圣诞期间和我在那里待了一个月。”

“贝拉因为丈夫的去世而受到了剧烈打击么?”

卡斯蒂利恩太太的声音里充满了真挚的同情,莱伊小姐意识到,她真的变了很多。

“她处理得非常好。并且,虽然有些莫名,但我觉得她还挺幸福的。她告诉我,她经常能感觉到赫伯特的存在。”莱伊小姐停了一下,“贝拉把她丈夫的诗歌收集了起来,希望能够发表。她还以写序言的方式非常感人地记录了他短暂的一生。”

“不过,这恰恰是这整件事情中最悲剧的地方了。我从来没见过一个天性这么充满诗意的人,写出来的每一行诗句竟然都是那么的平庸。如果他写的是自己的感受,是自己小小的希望和失望,那就好了。然而,他写的东西,却全都是对斯温伯恩、丁尼生、雪莱的模仿。我实在是无法理解,为什么如此朴实正直的赫伯特·菲尔德写出来的东西竟是那么的矫揉造作。我想,在他的心里,他认为自己没有文学表达的天赋。但其实,这跟崇高的理念、个人的真挚和那七宗美德没有半点关系。在他看来,死亡并不可怕。他生来就是为了成为一位伟大的诗人,在生命的尽头,他终于明白,自己永远成为不了那样的人。”

莱伊小姐已经见到过那本贝拉打算自费出版的漂亮小书了。字排得很齐整，留白很多，装帧也很精致。她看到了评论家们对这本书的轻视与忽略，也预见到了，最后，贝拉会把卖不出去的诗集拿回来，把它们作为礼物送给亲友们——他们会感谢她，但是绝对读不过十行。

“雷吉·巴塞特怎么样了？”格蕾丝突然问道。

莱伊小姐迅速看了她一眼，只见卡斯蒂利恩太太一脸平静，不过是随口一问。她或许只是想表明，自己已经完全摆脱了对他的迷恋。

“你听说他结婚的事情了么？”

“我在《晨报》上读到了。”

“他的母亲气炸了，有三个月的时间没有跟他讲话。不过，最后，我跟她说，她还是需要一个继承人的，于是，她下定决心，放下自己的傲气，接受了自己的儿媳——那个姑娘相当不错，很明事理。”

“她漂亮吗？”格蕾丝问。

“一点都不漂亮，但是很能干。她把雷吉变成了一个很得体的社会人。现在，巴塞特太太去了伯恩茅斯，那对年轻人在那里买了一栋房子，马上就要生小孩了。”

“看来，古老的巴洛-巴塞特家族不会灭绝了，这真的是太好了。”格蕾丝语含讽刺，“我想，你的这位年轻的朋友是真的安顿了下来，因为有一天，他归还了所有从我这里‘借’的钱。”

“这笔钱你是怎么花的？”莱伊小姐问。

格蕾丝脸红了，笑得古灵精怪。

“这笔钱正好在我们的结婚纪念日之前寄到，我就用这笔钱给保罗买了一个漂亮的珍珠胸针。他非常高兴。”

卡斯蒂利恩太太起身离开。莱伊小姐拿出一封午饭前刚送到的信件。因为客人的到来，她还没来得及打开这封信。信是巴兹尔寄来的。在莱伊小姐的建议下，他整个冬天都是在西班牙的塞维利亚度过的。她不知道这封信里会写些什么，这还是巴兹尔离开英国后第一次给他写信。

亲爱的莱伊小姐：

请不要因为我一直没有给你写信而觉得我忘恩负义。一开始的时候，我实在是没有办法给英国的朋友写信。一想到你们，所有的往事都会浮上心头，我只能努力逼着自己去忘掉那一切。有很长一段时间，我觉得自己再也无法面对这个世界了，我因为自责而极端痛苦。我发誓要用自己的一生来忏悔，我以为自己再也得不到安宁与快乐了。但是，不久后，我就发现，我又恢复了往日的脾性：有时候，我会心满意足地微笑，我会被别人逗乐，而且精力非常旺盛。我解脱了，这让我感到苦涩，因为那个可怜的女孩才去世几周，而我却又能被一些微不足道的事情逗乐了。我不知道自己这是怎么了，我不禁想到，那扇把我关进无尽深渊的门此刻已经打开了。我知道，我实在是又残忍又无情，但是，在我的内心深处，我知道，这是命运在给我另一个机会。一切过往，皆为云烟。我可以再一次重新开始了。我曾经欺骗自己，告诉自己我想去死，但那都是假的——我想活下去，我想要好好地珍惜自己的生命，享受自己的人生。我是如此渴望获得快乐和幸福，渴望拥有生活的完满和荣耀。我犯下了一个可怕的错误，我已经为此承担了沉重的后果：上帝知道，我是多么痛苦，我曾经多么拼命地想要这一切都好起来。但是，这可能并不全都是我的过错——对你说这些话，我觉得很惭愧。我应该继续做个好人，一直到生命的最后——在这个世界上，我们总是按照其他人觉得好的方式做事情、想事情；我们从来都没有机会遵从自己内心的意愿，我们总是被偏见和各种各样的道德规范束缚着。看在上帝的分上，让我们自由吧。让我们听从自己内心的声音，而不是顺从别人的期待。你知道这件事最糟糕的地方是什么吗？如果我像个流氓一样任由珍妮自生自灭，我可能还是快乐、自得、富足的，而她也不至于走上死路。正是因为我试图履行自己的职责，所有的悲剧才会发生。这个世界上有一个理想的典范，我以为这是让我们去学习的；我没有想到的是，人们只会对此嗤之以鼻。

不要因为我说了这番话而把我想得太坏；我是来到这里后想到这些的，是你让我来到这里的，你一定知道这片土地会对我产生怎样的影响。这是一片自由之地，在这里，我终于意识到，我还年轻。我怎么可能忘记在赛尔佩斯的愉快散步？卸下了禁锢着我的一切后，眼前的种种不过是场舞台剧，只是我有些担心，落幕后，那令人难以忍受的现实是否会再次上演？那些歌舞，那些在河边橘园中度过的闲散时光，月光下塞维利亚的快活：我无法长久地拒绝这一切，最后，我忘记了一切，只知道，时光易老，要好好活着。

当你收到这封信的时候，我已经在回来的路上了。

你永远的，

巴兹尔·肯特

莱伊小姐笑着看完这封信，叹了口气。

“我想，到了那个年纪，人们往往不会那么有幽默感了。”她喃喃自语。

她给巴兹尔发去一封电报，让他待在那里。不过，三天后，他还是回来了，晒了一整个冬天的太阳后，他黑了不少，看起来更健康更帅气了。莱伊小姐本来就邀请了弗兰克来吃晚餐，席间，他们冷冷地观察着巴兹尔，想看看这段时间对巴兹尔敏感的天性产生了怎样的影响。巴兹尔兴致高昂，很高兴回来后重新见到了自己的朋友们。不过，在他的活力中，又多了一分谨慎持重，他整个人也更沉静了一些。经历了过往的一切后，巴兹尔终于同自己和解了。他没那么情绪化了，成熟了不少。后来，莱伊小姐单独和弗兰克在一起时，她谈起了自己对巴兹尔的最新印象：

“每个英国男人的心里都住着一个教会执事，那是他们永远都摆脱不了的。有时候，你会以为他睡着了，或者死去了，但是，他的生命力格外强，迟早有一天，你会发现，他又一次夺走了你的灵魂。”

“我不知道你说的灵魂是什么意思，”弗兰克打断了她的话，“不过，如果你知道的话，那就继续说吧。”

“巴兹尔心中的教会执事是醒着的，并且，我相信他会有相当成功的职业生涯。我要警告巴兹尔,不要让他再次占了上风。”

莱伊小姐一直等着巴兹尔提起穆瑞太太,她等了两天,他却始终没有开口。她没了耐心,于是直接开口问了。提起这个名字时,巴兹尔的脸瞬间变得通红。

“我不敢去见她。发生了这么多事情,我再也不能去见她了。我正在努力想要忘记她。”

“那么,你成功了么?”她冷冷地问。

“没有,没有——我永远都忘不了她。我比过去更爱她了。但是,我现在不能娶她了。对于可怜的珍妮的回忆将永远横亘在我们的中间,因为,是我们,希尔达和我,把她逼上了绝路。”

“你可别再说这些吓人的傻话了。”莱伊小姐尖刻地答道,“你把自己说得像那些一便士就能买到的廉价小说里的惨兮兮的主人公一样。希尔达很喜欢你,并且,女人总有办法能拯救浪漫到无可救药的傻男人。把自己搞成一个备受命运摧残的悲剧人物,这对你来说有什么好处吗?我以为你已经不再那么英雄主义了。你之前写信对我说,要好好地活着——这可比其他任何东西都对。你认为假模假样,博取无关人士的好评,这么做有意义么?”

“你怎么知道希尔达还在乎我。她可能很恨我吧,因为我给她带来了耻辱。”

“若我是你,我会自己去问她的。”莱伊小姐笑道,“你就放心去吧,她喜欢的是你的样貌,而不是你的性格。关于这一点,我可以告诉你,不管那些道德家们怎么说,都是更为可靠的。因为,人们很可能会错看了别人的性格,但是,好的样貌确实是显而易见的。你现在比过去还好看。”

巴兹尔去找穆瑞太太后，莱伊小姐开始想象他们见面时的场景，乐不可支。她嘴上挂着笑，想象着他们两人握手时的尴尬，想象着他们一开始可能会谈些无关紧要的事情，还时不时地陷入令人难受的沉默。不过，最后，他们一定会渐渐热络起来，互诉衷肠。她开始了自己的说教：

“写书的人往往会犯一个常见的错误，他们的角色在情绪激动时还能保持着优雅的表达。没有比这更荒谬的了，在那样的时刻，不论是多文雅的人，都只会说三流小报里的那些大俗话。对热烈激情的诉说从来都是缺乏艺术性的，那时候，人们说的都是些俗气、可笑、怪异的东西，往往傻气可笑。”莱伊小姐笑了，“可能小说家们确实都用非常浪漫的方式表达爱意，不过，那十有八九是来自他们自己没发表的作品，或者只是自顾自沉醉在遣词造句的游戏中。”

不论如何，希尔达和巴兹尔的会面结果令人满意，从下面这封信里，我们就可以猜到了。这封信是巴兹尔几天后收到的。

我亲爱的儿子：①

今天在早报上，我看到了你和穆瑞太太订婚的消息，我很惊讶，也很高兴。你总算是安顿下来了，我的朋友，恭喜你。你还记得么，贝基·夏普②曾经说过，如果每年有五千英镑的收入，她也会是个很好的人？随着年纪的增长，我愈发觉得，这真

① 这封信中的法语用宋体字表示。
② 萨克雷代表作《名利场》中的女主人公。

的是至理名言。如果住在查尔斯街,过上优渥的生活,你会发现,整个世界都将变得不同。你会变得更有人情味,穿得更好,也不会再那么吹毛求疵了。明天中午,带上穆瑞太太来和我一起吃午餐吧。不会有很多人的,我希望这会是顿愉快的午餐。你们一点钟来。我知道,这个时间有点奇怪,不过,明天上午,我要去天主教堂,正式受洗。然后,我们会一起回来。我会在名字里加上在我皈依过程里对我影响至深的两位圣人的名字,因此,我的落款是:

爱你的母亲

玛格丽特·伊丽莎白·克莱尔·扎维德

P.S. 圣欧菲尔茨公爵将会是我加入天主教的担保人。

一个月后,希尔达·穆瑞和巴兹尔结婚了,科林森·法雷担任了他们的牧师。莱伊小姐将新娘交给了巴兹尔,当天出席的人除了他们之外,只有教堂司事和弗兰克·赫雷尔了。婚礼结束后,莱伊小姐在法衣室和牧师握了握手。

"我感觉一切都很顺利。你能主持他们的婚礼,这实在是太好了。"

"新娘是我非常好的朋友,我很愿意为她的新生活送上美好的祝福。"他停下来,温和地微笑着,这让知道他和希尔达一些往事的莱伊小姐很吃惊,不知道为什么他会如此豁达。她从来没有见到过他这么庄重、威严,他看起来俨然一副大主教的模样了。"我能告诉你一个秘密吗?"他淡淡地说,"我很快就会和弗洛伦斯·纽黑文夫人喜结连理。我们将在这个季末结婚。”

“亲爱的法雷先生，衷心地祝福你。我仿佛已经能够看到你儿女绕膝的场景了。”

法雷先生高兴地笑了起来，他已经习惯于欣赏这些年老的未婚女性开的无伤大雅的玩笑了，他可以很自豪地说，他的幽默感是这间装饰奢华的教堂带来的：在伦敦西区，没有哪间教堂比这里有更美的圣坛装饰和教堂用品，也没有哪间教堂有比这里更漂亮的跪垫或更精美的珍本赞美诗集。

这对新人想在水上度蜜月，在查尔斯街用过午餐后，他们便即刻启程了。

“我很高兴，他们没让我们去帕丁顿火车站送别。”同莱伊小姐一起往公园走去的路上，弗兰克突然说道。

“你为什么这么闷闷不乐？”她笑着问，“午餐期间，有那么两次，我就想提醒来着：结婚是个喜事，表现出一定程度的喜悦可不是什么不合礼节的事情。”

弗兰克没有说话。此刻，他们已经走到了公园的门口。在六月的好天气里，这里总有很多人。尽管时间还早，车却也不少了，汽车急匆匆地喧嚣而过，马车也静静地穿梭。穿着体面的伦敦人或是在椅子上懒洋洋地坐着，或是闲逛着去看望他们的邻居，愉快地谈论着时下热门的话题。弗兰克的双眼慢慢扫过人群，他有些颤抖，脸色变得铁青。

“在婚礼以及婚礼结束后，我能想到的只有珍妮。十八个月前，我才在一个脏兮兮的婚姻登记室里为巴兹尔的第一次婚姻签下自己的名字。你不知道,那一天,那个女孩有多美,她整个人身上都洋溢着爱、感激和幸福。她是那么热切地盼望着未来!现在,她却已经在地下腐烂了,她最恨的女人和她最崇拜的男人结了婚,他们甚至都没有想起过她遭受过的苦难。我讨厌穿着礼服的巴兹尔,还有希尔达·穆瑞,还有你。我无法想象,一个像你一样理智的女人,居然会为了这样一个场合盛装打扮。"

莱伊小姐知道,自己今天的服装很成功,忍不住笑了。

"我发现,每一次你不高兴时,就会攻击我。"她低声说。

弗兰克一脸严肃,乌黑的眼睛里满是怒气。他继续说道:

"一切都是白费力气。那个可怜的女孩经受了那么多的折磨,却只是把这两个平凡的人撮合到了一起。他们一定没有什么想象力,也没有什么羞耻心——他们之间有一个不幸的亡灵,他们怎么能结婚呢?无论如何,是他们害死了她啊!珍妮把自己的青春和爱,她那惊为天人的美丽,以及最最宝贵的生命都献给了巴兹尔,你觉得他对此心怀感激吗?他根本就没有想到过珍妮。还有你,就因为她是个酒吧女服务员,你就觉得她的出局是个天大的好事。我能为他们找到的唯一的理由就是,他们只是受到命运摆布的盲目工具:是自然之力在操控着他们,不知出于什么原因,它要让他们在一起。因为珍妮挡在了他们之间,于是就将她彻底地毁掉。"

"我能想到一个更好的理由。"莱伊小姐非常严肃地看着弗兰克,"我原谅了他们,因为他们是人,他们有着人类的软弱。活得越久,越是明白,那是人类彻彻底底的软弱:他们确实想要履行自己的职责,做诚实的人,走正道,但是,他们又都软弱得可怕。因此,我觉得我们应该同情他们,体谅他们。我知道,这话听起来有点傻,但是我发现,我现在最常说的就是:‘原谅他们吧,他们不知道自己在做什么。’”

他们默默地走着,过了一会儿,弗兰克突然停下来,看着莱伊小姐。他掏出表。

“现在时间还早,我们还有一整个下午的时候,你愿意和我一起去珍妮的墓地吗?”

“为什么就不能让死去的人安息呢?让我们多想想活着的人吧。”

弗兰克摇了摇头。

“我必须得去,否则我无法平静下来。我无法忍受,在今天这个日子里,她被彻底忘记了。”

“好吧,那我和你一起去。”

于是,他们转身走出公园。弗兰克叫了一辆马车。他们路过一幢幢宏伟、稳重的奢华宅邸,一路向北,穿过了一些两侧建筑低矮的长街,尽管阳光明媚,但这些建筑却显得肮脏、灰暗。他们继续前行,好像是无论如何都走不到尽头。每一条街都看上去很奇怪、很可怕,但它们又长得很像。他们经过了一些两边都是独栋建筑的路,每个建筑前都有花园,花园里长着树木和花朵。这是商人和股票经纪人住的地方,看上去整洁、体面,住在这里颇能让人沾沾自喜。很快,他们离开了这里,进入了更为拥挤的地区。现在,这里像是一个完全不同的伦敦,更生动鲜活,也更喧嚣吵闹。路上挤满了有轨电车和马车,路边有很多小店。商店里的东西又花哨又便宜,房子看上去也很破旧。他们又穿过了贫民窟,孩子们在街边快快乐乐地玩耍,女人们穿着脏脏的围裙,头发蓬乱,很是邋遢,在家门口懒洋洋地站着。最后,他们走上了一条宽阔、笔直的马路,这条路是白的,满是灰尘,一点树荫都没有。他们知道,目的地就要到了。时不时地,能看到出售墓碑的商店。一辆空载的灵车驶过,工人们在上面大声谈笑着,抽着烟,舒缓日常工作带来的疲惫。然后,他们看到了墓园,在门口停了下来,走了进去。这里很大,堆满了各式各样的葬礼装饰,在太阳下闪着黄白相间的光芒。这里可怕、俗气、肮脏,让人不禁想到,把自己心爱的人埋在这里是一件非常残忍的事情,因为,在这里,没人能获得平静和安宁。他们也许会说,灵魂不朽,但是,死去的人在他们的眼里无疑是一捧普普通通的泥土,否则他们绝不可能忍心就让死去的人在这里躺着,一直到那最后的审判日。并且,这里还有着令人不快的公事公办的感觉,让人很是压抑。弗兰克和莱伊小姐向前走着,经过了很多坟墓,还碰到了一个牧师正在一个新坟前急匆匆地做着祷告。他语速极快,毫无感情地读出这些人类能写出的最庄严的话语,语气里满是习以为常的倦怠:

> 凡人类所生之子,皆寿命短浅,一生悲惨。他来到这世界,如花;他离开这世界,如影;此后再也不会回来。

莱伊小姐脸色苍白,挽着弗兰克的胳膊,快速前行。四周的新坟上堆满了凋零的花朵,很多地方的地面还有翻新的痕迹。最后,他们总算来到了珍妮的墓前。这是个椭圆形的花岗岩石墓,上面有一个简单的十字架。弗兰克突然大叫一声，只见墓上堆满了鲜红的玫瑰花，只留下十字架露在外面。两人默默对视，非常吃惊。

"这些花都还很新鲜。"莱伊小姐说，"一定是他们今天早上送过来的。"她慢慢转头，看着弗兰克："你说他们已经把珍妮忘掉了，然而，他们却在婚礼当天早上来到这里，献上了玫瑰。"

"你觉得她也来了么？"

"那是肯定。啊，弗兰克，就凭着这一点，我们也应该原谅他们了。我跟你说过，他们真的努力过，想要做对的事情。如果他们失败了，那仅仅是因为他们是人，他们也很软弱。你不觉得我们应该更包容一点么？我不知道，如果遭遇到这么大的困难和这样的诱惑，我们会不会比他们做得更好。"

弗兰克没有回答。他们只是久久地盯着那些火红的玫瑰，想象着希尔达用温柔的手将它们放在这个可怜的女人冰冷的坟墓上。

"你是对的。"最后，他开了口，"我可以原谅他们了，因为他们还惦记着珍妮。我希望他们永远幸福。"

"我想，这是个好的兆头。"她挽着弗兰克的胳膊，"现在，我们离开这里吧，我们是活生生的人，死者没有什么想要对我们说的话。既然你把我带到了这里，现在，我要带你去另外一个地方，给你看点东西。"

他不明白她的意思，只是顺从地跟着她走向马车。莱伊小姐让马车一直往前走，远离伦敦，一直到她喊停。就这样，他们离开了那片悲伤的死亡之地，来到了乡野之间。他们行进在坚实的棕色乡间小路上，路旁是山楂树篱。路的两边，碧翠的田野一望无垠。他们可能已经到了离伦敦一百里远的地方。莱伊小姐叫停了马车，让车夫在原地等候，她和弗兰克下车步行。

“不要向后看。”她对弗兰克说，“只要向前看就好了。看看眼前的树和草地。”

天空一片湛蓝，和风吹拂，带来乡间宜人的味道。空气清新温柔，吹走了所有不好的念头。他们快步走着，大口呼吸，吸收着夏日午后的光芒与能量。在路的转角处，莱伊小姐高兴地叫出声来——她发现，篱笆后面有一丛野玫瑰。

“你带刀了吗？”她说，“我们采一点花吧。”

她站在那里，看着弗兰克采了一捧鲜花。他把花递给她，她用双手接了过来。

“我爱这些花，它们就跟在罗马花园中的石棺上开的花一模一样。它们从冰冷的棺木中长出来，告诉我们，生命总会战胜死亡。我们为什么还要在意年老或者疾病呢！这个世界上也许充满了苦难和幻灭，上帝也许听不到我们的心愿，我们得到的可能不是爱，而是恨——失望、不幸、肤浅，以及其他各种各样的东西。然而，有一样东西，能弥补这所有的一切。它能让旋转木马脱离乏味无聊的演出，赋予它意义、庄严与美好，让这一生值得一过。就为了这一样东西，我们遭受的所有苦难都算不了什么。”

“你说的究竟是什么东西啊？”弗兰克笑着问。

莱伊小姐满眼含笑，捧起玫瑰，面色绯红。

“是什么？是美啊！你这个傻瓜！”她快乐地叫道，“是美啊！”

W. Somerset Maugham
THE MERRY-GO-ROUND

图书在版编目(CIP)数据

旋转木马/(英) 毛姆(W. Somerset Maugham)著;
李磊译. —上海: 上海译文出版社,2023.9
(毛姆文集)
书名原文: The Merry-Go-Round
ISBN 978-7-5327-9243-6

Ⅰ.①旋… Ⅱ.①毛… ②李… Ⅲ.①长篇小说—英国—现代 Ⅳ.①I561.45

中国国家版本馆 CIP 数据核字(2023)第 158347 号

旋转木马
〔英〕毛 姆/著 李 磊/译
责任编辑/顾 真 装帧设计/张志全工作室

上海译文出版社有限公司出版、发行
网址: www.yiwen.com.cn
201101 上海市闵行区号景路 159 弄 B 座
浙江新华数码印务有限公司印刷

开本 850×1168 1/32 印张 13.5 插页 6 字数 222,000
2023 年 10 月第 1 版 2023 年 10 月第 1 次印刷
印数: 0,001—5,000 册

ISBN 978-7-5327-9243-6/I·5757
定价: 69.00 元